CLASH

Passion coupable

JAY CROWNOVER

CLASH
Passion coupable

roman

Traduit de l'anglais (États-Unis) par
KARINE XARAGAI

Titre original : CHARGED

Ce livre est publié avec l'aimable autorisation de HarperCollins Publishers, LLC, New York, U.S.A.

HARPERCOLLINS FRANCE

83-85, boulevard Vincent-Auriol, 75646 PARIS CEDEX 13.
Service Lectrices — Tél. : 01 45 82 47 47

www.harlequin.fr

ISBN 978-2-2803-8967-9

Je dédie ce livre à la seule personne qui m'ait soutenue dans tous mes choix, les pires comme les meilleurs… Les erreurs sont à l'origine des plus belles histoires, c'est le fil conducteur de ce roman, et il est pour toi, maman.

C'est toi la meilleure : tu as toujours été là pour me ramasser à la petite cuillère après chacune de mes bêtises et toutes les fois où je me suis mise dans le pétrin.

Heureusement, le calme a succédé à la tempête, et je me retrouve aujourd'hui avec tout un tas d'histoires géniales à raconter. Mais mon plus grand bonheur c'est de savoir qu'aucune de ces péripéties romanesques n'aurait eu de fin heureuse si je n'avais pas pu les partager avec toi.

Introduction

C'est une sale gosse.

Immature.

Agaçante et pas très sympa.

Alors, pourquoi lui consacrer un roman ?

Eh bien, parce que, chaque fois qu'un de mes protagonistes semble ne pas mériter d'avoir son histoire ni de trouver le bonheur, il devient le héros avec lequel j'ai envie de m'embarquer dans l'écriture. Je me passionne pour son parcours et je m'emploie à creuser sa personnalité pour découvrir ce qu'il cache au-delà des apparences. C'est ce qui s'est passé avec Asa comme avec Avett, à la seconde où son nom s'est inscrit sur la page. J'ai toujours voulu que la fille de Brite ait son roman, mais j'étais loin d'imaginer à quel point son histoire serait complexe. Avett, c'est un ouragan qui balaie tout sur son passage, et imaginer cette puissance en mouvement m'a procuré l'un de mes plus grands plaisirs d'écriture. Mes héroïnes ne sont jamais faites pour plaire, et ce que je souhaite, c'est qu'à l'arrivée mes lectrices les comprennent mieux, voire qu'elles éprouvent un peu de sympathie à leur égard… Et lorsque j'arrive à vous faire aimer un personnage que vous détestiez au départ… ça fait un point pour moi. < 3 (Melissa Shank, c'est à toi que je parle !)

Avett est le personnage qui correspond le plus à la fille que j'étais au même âge. Pendant que j'écrivais ce livre, je n'arrêtais pas de grimacer en pensant : Eh oui… je connais ça. Moi aussi, je suis passée par là… Mais, justement, c'est ce qui me permet aujourd'hui de vous raconter son histoire, ses erreurs de parcours et leurs conséquences. Faire le récit de ses conneries passées est loin d'être sans intérêt. C'est vrai : quoi qu'on ait fait, on a tous quelque chose à raconter. C'est l'impression que me font tous mes personnages, mais, étrangement, ça se vérifie plus encore dans le cas d'Avett et de Quaid.

A vingt-deux ans, je m'étais déjà plantée sur presque tout : les hommes, l'argent, les études, mon avenir en général. Il a fallu qu'on vienne à mon secours (mes parents, hein, pas un mec canon — ça aurait été trop beau !). A l'époque, je ne pensais pas pouvoir tomber plus bas et, pourtant, ça ne m'a pas servi de leçon. Avance rapide : j'entame ma trentaine, et l'histoire se répète, toujours à cause de mon entêtement à faire le mauvais choix. Pour la seconde fois de ma vie, il a fallu qu'on vienne à ma rescousse. Mais j'avais d'autant plus d'histoires à raconter que j'avais fini par apprendre de mes erreurs. (C'est à la suite de ça que j'ai trouvé un éditeur pour *Rule* et que ma vie a changé. Moralité : mon histoire, qui avait commencé par un chagrin d'amour, s'est achevée sur la réalisation d'un rêve.)

Alors, n'ayez pas peur de vous planter ! Accumulez les expériences pour avoir des expériences à raconter, et faites-le sans complexes.

Souvenirs et plantages ont chacun leur beauté et leur utilité.

Tatouagement vôtre,

Jay

« Toutes les choses vraiment atroces démarrent dans l'innocence. »

Ernest Hemingway

1

Avett

— Ne t'en fais pas, Sprite, les bêtises, ça fait de belles histoires à raconter…

Quand j'étais petite, c'était ce que me disait toujours mon père de son ton bourru, mais plein d'humour. Lorsque j'avais grimpé à un arbre en dépit de son interdiction, par exemple. Et comme, les bêtises, je les accumulais, cette formule avait rythmé mon enfance. Sauf que j'avais grandi, et qu'aujourd'hui mes « bêtises » avaient des conséquences bien plus graves qu'un genou écorché ou un poignet cassé. Cette fois, mon père aurait beau me consoler à sa façon ferme et tendre, en m'appelant sa petite Sprite et en embrassant mes bobos, ça ne suffirait pas à me tirer d'affaire.

Car, ce bobo-là, il était énorme.

Il allait chambouler ma vie.

Ce bobo-là, c'était tout sauf une belle histoire.

Il risquait de marquer ma chute, de rompre le lien précaire avec mes parents et de compromettre tout mon avenir. Un avenir que j'allais bousiller après toute une vie de décisions plus désastreuses les unes que les autres. A vingt-deux ans à peine, j'étais la spécialiste des erreurs de parcours : c'était même ma marque de fabrique. J'avais le coup pour miser sur le mauvais cheval. S'il y avait une route à ne pas suivre, sûr que je m'y engageais joyeusement, sans regarder dans le rétro, pour finir dans un cul-de-sac. Et cette fois encore j'étais retombée dans mes travers. Malgré tous mes efforts, mon naturel revenait au galop. A force de patiner dans mon ornière, elle s'était transformée en terrible bourbier.

Pourtant, j'aurais eu les moyens d'éviter ça. Même si toutes les preuves étaient contre moi.

Car, malgré les apparences, je n'étais pas stupide, ni naïve, immature ou débile. J'avais de bonnes raisons d'être cette ratée congénitale, cette catastrophe sur pattes. A l'origine de mes échecs, il n'y avait pas un manque de jugeote, mais la conviction que c'était bien tout ce que je méritais.

Ça faisait longtemps que je partais en vrille, que mes actes m'entraînaient toujours plus bas, dans une spirale infernale. Et, comme je n'avais rien fait pour briser cette logique d'autodestruction, un jour, forcément, j'ai touché le fond. Mais je n'aurais jamais cru que la chute serait aussi rude.

J'étais depuis longtemps ma pire ennemie, mais là il devenait urgent qu'on me protège de moi-même, parce que, cette fois, je risquais la taule. Oui, c'était ça, la réalité de ma situation, je le comprenais à présent, menottes aux poignets, hagarde et tremblant de peur face à cet avocat en costard impeccable. Jamais je n'aurais imaginé que mon sauveur serait un homme comme celui-là… Il avait le visage tentateur de la perdition, pas celui du salut et de la rédemption.

Je n'étais pas coupable de ce dont on m'accusait, mais pas totalement innocente non plus. L'histoire de ma vie, quoi, toujours limite entre le bien et le mal. Et l'homme censé me sauver la mise — me sauver tout court — semblait n'avoir ni la patience ni l'ouverture d'esprit pour gérer le chaos qui me submergeait. Il m'avait dit son nom, mais impossible de me le rappeler.

Les menottes m'entaillaient les poignets et cliquetaient bruyamment contre la table métallique qui me séparait de lui. Je joignis les mains devant moi, m'efforçant de ne rien montrer de ma détresse. Surtout ne pas éclater en sanglots. J'étais en stress total, complètement désorientée, et cet avocat ne faisait rien pour calmer mon angoisse. J'étais également en manque de sommeil et épouvantée à l'idée de ce qui m'attendait après cet entretien. Mon avenir avait toujours été incertain, établi sur un sol instable, mais à cet instant j'aurais tout donné pour retrouver ces fondations précaires : je crevais de trouille que ma dernière bêtise ne finisse par m'envoyer quelque part où mes mensonges, mes tricheries, mes vols et mes manipulations ne me seraient plus d'aucune utilité.

L'avocat, stoïque, était d'une beauté hallucinante, sans ressembler cependant à mes princes charmants habituels. Trop soigné pour ça, et le regard bien trop calculateur ! Je sentais dans son silence qu'il me jugeait. Non, cet homme n'était pas le mec bien qui vole au secours de la demoiselle en détresse et se révèle un héros ; c'était un avocat que des salauds payaient des milliers de dollars pour s'éviter la taule. Sauf que, moi, je ne m'étais jamais considérée comme une délinquante, malgré toutes mes conneries. OK, j'étais un *bad boy* (une *bad girl*, plutôt), mais pas une criminelle corrompue et amorale, animée par la volonté de nuire, sinon à moi-même. Néanmoins, soumise au regard perçant de cet homme, d'un bleu acier inhabituel et dénué de toute chaleur, de toute empathie, je commençais à réviser mon opinion. Il n'avait pas prononcé un seul mot que, déjà, je me sentais souillée par la corruption et le déshonneur. C'était la première fois que je faisais quelque chose d'assez grave et d'assez stupide pour avoir besoin des services d'un avocat et, à mon avis, ce mec se foutait complètement que je sois innocente ou non.

Tout ce que je voulais, c'était échapper à son regard, faire comme si j'étais ailleurs, n'importe où, mais pas dans ce minuscule local avec sa table rivée au sol. Mes mains s'agitèrent nerveusement, et je ne pus m'empêcher de tressaillir en entendant les menottes cogner contre le plateau en métal. Oui, cette fois, j'avais vraiment touché le fond. Et, si jamais j'arrivais à m'en sortir à peu près entière, ce ne serait pas avec quelques bleus et bosses mais avec des cicatrices vilaines et profondes. Et, le pire, c'est que je les méritais.

— Votre histoire ne m'intéresse pas, dit-il durement.

Sec et direct.

— Je me fiche de savoir si vous étiez au courant des trafics de votre copain ou pas. Ça m'est égal. Il n'y a qu'une chose qui m'intéresse : est-ce que vous comprenez de quoi on vous accuse et, si oui, est-ce que vous vous rendez compte de la gravité des charges qui pèsent sur vous ? Si la réponse est oui encore, êtes-vous d'accord pour m'obéir aveuglément à partir de maintenant ?

Si je me rendais compte de la gravité des charges qui pesaient sur moi ?

Il se foutait de ma gueule ou quoi ?

J'étais menottée ! Je portais un survêt orange et des chaussures dont la semelle en caoutchouc couinait sur le sol à chacun de mes pas ! Et ça faisait deux nuits que je n'avais pas dormi ! Depuis que tout était parti en vrille, depuis que je m'étais fait choper par les flics et qu'on m'avait flanquée en cellule avec deux autres femmes. La première était tellement allumée qu'elle n'arrêtait pas de voir des diablotins surgir du sol. Pour leur échapper, elle passait son temps à sauter sur les couchettes rigides fixées au mur en béton — c'était tout juste si je ne lui servais pas de marchepied. Quant à l'autre, elle avait essayé d'écraser son mari dans leur salle à manger avec le monospace familial, après l'avoir surpris au lit avec la voisine. Du coup, elle s'énervait contre lui jusqu'au petit matin. Parce qu'il la trompait, mais aussi parce qu'elle se demandait si ce salaud avait appelé leur compagnie d'assurances pour estimer les dégâts qu'elle avait elle-même causés à leur baraque. Une vraie tarée ! Manque de bol, plus je tentais de l'ignorer, plus elle semblait décidée à me raconter sa vie.

Alors oui, monsieur l'aigle de la justice, j'avais une petite idée de la gravité des charges qui pesaient sur moi et j'étais terrifiée à l'idée de ce qui allait m'arriver, si on me jugeait coupable.

Pour bien le lui faire comprendre, j'optai pour un message clair : je lui mis sous le nez mes mains menottées, que je laissai bruyamment retomber sur la table. Il ne bougea pas un seul de ses longs cils, mais sa bouche se pinça, une fraction de seconde. Jolie bouche, d'ailleurs. Et tout, en lui, était à l'avenant. A la sortie de cet entretien, est-ce qu'il s'ébrouerait comme un chien pour se débarrasser de la crasse et de la puanteur du crime ? Ce mec n'avait sûrement jamais fait un seul faux pas de sa vie. Il ruisselait d'un mélange de confiance en lui et d'arrogance — une véritable eau de toilette de luxe, créée et mise en bouteilles rien que pour lui. Son attitude aurait dû me rassurer, me donner l'impression qu'il contrôlait la situation, que j'allais très vite retrouver la sécurité de mon foyer et la chaleur de mon lit, pourtant, c'était le contraire. Ça me hérissait ; je me sentais encore plus mal. Comme si ça n'était pas déjà suffisamment humiliant d'être une telle calamité… Avoir en plus un témoin de mon naufrage, un témoin aussi calme et imperturbable que ce mec-là, ça me donnait l'impression d'être la dernière des dernières.

Lui n'était pas du genre à se planter dans son parcours. La preuve ? Il gagnait sa vie en volant à notre secours, nous, pauvres truffes qui ne savions qu'accumuler les erreurs. Et il en vivait plutôt bien, à en juger par la Rolex à son poignet et le stylo Montblanc avec lequel il tapotait sur mon dossier.

— Je comprends très bien la gravité de ma situation, répondis-je avec calme.

Ma voix résonna faiblement dans la pièce vide. On continuait à se mesurer du regard, lui et moi. J'inclinai la tête.

— C'est mon père qui vous a engagé ?

J'aurais voulu retenir ma respiration le temps qu'il réponde, mais je n'arrivais pas à contrôler mes poumons. De toute façon, j'étais incapable de contrôler quoi que ce soit.

Je n'étais qu'une merde. Une nullité, une minable. Une ratée, une manipulatrice. J'accumulais les pires conneries et, à chaque fois, mes parents — mon père, le plus souvent — étaient là pour ramasser les morceaux. Il me pardonnait. Il m'excusait. Il me remettait d'aplomb et me tendait la main. Il m'aimait quand je ne voulais plus qu'on m'aime. Mais pas sur ce coup.

Les bêtises, ça fait de belles histoires à raconter, Sprite.

Ses paroles tournaient en boucle dans ma tête. Je me sentais m'enfoncer un peu plus profondément dans ma nullité sous le regard froid de cet homme qui prétendait me défendre…

Là, j'avais vraiment touché le fond.

Il secoua la tête.

— Non. Je vous représente à la demande d'un de mes anciens clients. Il a intégralement payé mon avance sur honoraires, et c'est aussi à lui que je dois adresser tous les frais engagés pour assurer votre défense. Il a sollicité mes services avant même que vous soyez arrêtée.

OK, mon père n'était donc plus là pour déposer un bisou sur mon bobo. Il n'attendait pas au bord du terrain pour me relever et me dire que tout allait s'arranger. Pas cette fois. J'étais vraiment allée trop loin. Et cette nuit sordide dans une cellule, coincée entre une tordue complètement défoncée et une mère de famille ravagée, ça n'était rien à côté de la peur glacée qui remontait le long de mon échine, vertèbre après vertèbre, à l'idée que j'avais fini par commettre l'irréparable aux yeux de mon père. Brite Walker ne me pardonnerait pas. Ça devait arriver... Il y a des limites à tout, même à l'indulgence de mon grand costaud de père, ancien marine et conducteur de Harley. Il faut dire aussi que, depuis toujours, je faisais tout pour l'amener à son point de rupture. Ce jour-là, ça ferait une explosion gigantesque, me disais-je, une explosion qui raserait Denver. Erreur... Quand le cœur d'un homme bien se brise, ça ne fait pas de bruit, à peine un souffle, un gémissement. C'était ce qui me tuait, plus que tout le reste. Je ne pouvais pas tomber plus bas : j'avais perdu mon père. Un torrent de chagrin et de désespoir me submergea.

Ravalant mes larmes, je levai le menton d'un air de défi.

— Qui vous paie pour me défendre, alors ?

Ma mère, cette femme au cœur grand comme ça ? Elle m'aimait, mais elle aussi s'était détournée de moi — bien avant mon père. Ils avaient divorcé quand j'étais au lycée, tout de suite après l'événement qui devait briser mon adolescence. Mon père, lui, s'en était remis, comme toujours, et il avait tout fait pour me rendre leur séparation plus facile à vivre. Tandis que ma mère, déjà distante avec moi, m'avait carrément repoussée. Parce que nos rapports étaient déjà compliqués ? Parce que j'avais toujours été plus proche de mon père ? Je n'en savais rien, mais, vu nos relations conflictuelles, elle n'aurait jamais pu me détourner de la spirale autodestructrice dans laquelle je m'étais jetée à corps perdu, le jour où j'avais compris quel genre de fille j'étais.

Une fille toxique.

Une fille coupable.

Une fille égoïste.

Certaines personnes diraient même « dangereuse », et elles n'auraient pas tort. Car ne rien faire, ça peut être dangereux. C'est dingue, mais ne rien faire, c'est parfois pire que mal agir… En tout cas, ça s'était vérifié pour moi.

La voix onctueuse et cultivée de l'avocat me tira de mes idées noires.

— Asa Cross. L'une des victimes de la tentative de braquage commise par votre copain. L'autre, c'est une policière qui n'était pas en service ce jour-là : pas étonnant que les flics vous soient si vite tombés dessus ! La police de Denver protège ses éléments. Attendez-vous à ce que personne ne vous fasse de cadeau, ni à votre copain Jared, d'ailleurs.

Je tressaillis.

Jared, le garçon qui m'avait fait croire qu'il m'aimait. D'après lui, on était trop semblables, trop fracassés par la vie pour ne pas s'entendre, unis à jamais par le malheur et le dégoût de soi.

Il avait juste oublié de me dire qu'en plus d'être camé il trafiquait avec les gros dealers de la ville. Quand je l'avais appris, c'était trop tard, j'étais déjà mouillée jusqu'au cou, tout ça parce que je croyais l'aimer.

Jared, c'était le châtiment idéal pour une fille comme moi, incapable de mener sa barque. Je ne méritais que ce genre de mec.

Il avait filé après avoir consommé toute la came qui lui avait été confiée. Ses fournisseurs n'avaient pas du tout apprécié l'arnaque, et c'était moi qui en avais fait les frais, histoire de lui faire passer le message.

C'était lui aussi qui avait réussi à me persuader à la dernière minute que le seul moyen de nous sortir de là c'était de braquer le bar où je travaillais. Il avait fait vibrer ma corde sensible : ce bar, il avait appartenu à mon père et je continuais à m'y sentir chez moi. Ce vol minable, ça ne comptait pas, m'avait-il affirmé. Après tout, ce fric, il me revenait de droit, puisque mon père avait vendu notre bar, son gagne-pain, sans aucune considération pour mes sentiments. Quand il n'était pas défoncé, il était doué pour le baratin et, comme toujours, je m'étais empressée de faire ce qu'il ne fallait pas. Le problème, c'était que les quelques billets pris dans la caisse ne représentaient pas un millième du fric qu'il devait.

Lorsqu'il m'avait dit qu'il lui fallait faire un saut au bar, j'aurais dû me douter qu'il mijotait un truc pas clair. Il avait toujours des combines chelous, des plans foireux que je finissais invariablement par payer cash — parce que en plus il me cognait, mais uniquement aux bras et aux jambes. Il avait très vite compris que mes proches se préoccupaient de mon sort, malgré mes innombrables frasques, et ils n'aimaient pas me voir arriver au bar avec un œil au beurre noir et les joues tuméfiées. Un soir, Church, le nouveau videur, nous avait suivis jusqu'à la voiture pour mettre les choses au point avec lui. Après ça, Jared ne m'avait plus jamais frappée au visage. Les drogués sont imprévisibles, mais très forts pour faire leurs saloperies en douce. Il avait continué à me cogner. Simplement, il s'arrangeait pour que ça se voie le moins possible. Quant à moi, je préférais me mettre mes proches à dos pour ne pas avoir à leur donner d'explications. J'aurais été incapable de leur dire pourquoi je restais avec Jared, pourquoi j'estimais mériter ces mauvais traitements. J'avais mes raisons, bien sûr, mais jamais je ne les aurais fait accepter à mes parents.

Cet avocat ne voulait pas entendre mon histoire ? Tant mieux ! Chaque fois que je devais la raconter, ça me déchirait le cœur.

N'empêche, quelque chose m'échappait.

— C'est Asa qui vous a engagé pour me défendre ? Pourquoi ? Il me déteste.

Et ce n'était que justice. On ne s'était pas beaucoup fréquentés, lui et moi, mais en un rien de temps je lui avais donné toutes les raisons de me haïr. Je ne voyais vraiment pas pourquoi il aurait pris la peine de me tendre la main. Même dans ses meilleurs jours, ce beau gars du Sud n'était pas du genre sentimental.

L'avocat afficha un air narquois et se laissa aller contre le dossier de sa chaise. Puis il posa son stylo de luxe et me sonda du regard. Il possédait l'art de l'interrogatoire muet. J'avais l'impression qu'il devinait mes motivations et mes points faibles, rien qu'en me regardant. Je n'avais pas l'habitude d'être percée à jour si facilement, encore moins par un mec qui, de toute évidence, n'était pas du même monde que moi.

— Vu votre situation, vous pourriez simplement lui en être reconnaissante...

Je me hérissai, piquée au vif.

— Je ne sais plus où j'en suis, moi ! Je suis complètement larguée !

— Bien. C'est ce que vous direz quand on vous interrogera sur ce qui s'est passé ce soir-là. Vous étiez complètement larguée. Vous n'avez rien compris à ce qui se passait. Votre copain vous a menti et vous a fait agir sous la contrainte. Vous n'aviez aucune idée de ses intentions.

Je changeai de position sur la chaise qui me cassait le dos, faisant à nouveau cliqueter mes menottes.

— Mais tout ça c'est la vérité. Je ne savais pas ce qu'il avait derrière la tête. Je ne serais jamais montée dans la voiture avec lui s'il m'avait dit qu'il allait cambrioler le bar.

Ce que je ne disais pas, c'était que, dès que j'avais vu où on allait, j'avais compris qu'il s'apprêtait à faire un sale coup. Cependant, je n'avais rien fait pour l'en empêcher... comme d'habitude. J'aurais pu prendre le volant et partir. Ça aurait été tellement facile... J'aurais pu rouler, rouler, rouler jusqu'à ma dernière goutte d'essence, et m'arrêter quelque part, loin du cauchemar dans lequel je me trouvais maintenant.

J'aurais pu descendre de la voiture, entrer dans le bar et supplier Jared de renoncer à son plan.

J'aurais pu appeler la police de mon portable, leur dire que mon junkie de copain flippait parce qu'il était en manque, qu'il devait du fric à des dealers et qu'il essayait en ce moment même de braquer le bar qui avait sauvé la vie de mon père, un bar qui avait toujours été clean.

Les options ne manquaient pas... J'aurais pu prendre la bonne décision, mais j'étais restée dans la voiture à l'attendre. Je savais que ça allait mal tourner, que le sang allait couler, et, pourtant, je n'avais rien fait. Ne rien faire, c'était le pire des choix, et celui dans lequel je m'étais engluée. Je suffoquais sous le poids de tout ce que j'aurais pu faire, de tout ce que j'aurais dû faire, mais l'inaction l'avait emporté. Le rien me définissait, et c'était justement ce rien que je passais ma vie à expier, ce rien que je tentais de dépasser. Mais le rien finissait toujours par avoir le dessus.

Quelques minutes plus tard, alors que je me débattais toujours entre mon inaction passée et ma paralysie présente, je m'étais retrouvée face contre terre sur l'asphalte du parking, devant l'ancien bar de mon père, arrêtée en flagrant délit de complicité d'attaque à main armée. Tarif : de trois à cinq ans de prison ferme, selon le flic furax qui m'avait poussée sans ménagement sur la banquette arrière de son véhicule de patrouille.

— Je vous l'ai dit, votre histoire ne m'intéresse pas. Votre copain est à l'hôpital avec une balle dans le corps, mais il chante déjà une très jolie chanson qui vous désigne comme l'instigatrice du braquage. Il vous dépeint comme une fille vindicative, furieuse que le bar familial lui soit passé sous le nez. Il prétend que vous vous êtes servie de lui pour piquer la caisse, histoire de donner une leçon à votre père. Vu que cet individu a un casier long comme mon bras et qu'il est connu des stups, sa version n'est pas très crédible, mais franchement… la vôtre non plus.

De l'index, il tapota le dossier devant lui. Je ne pus que soupirer. Dans ce dossier, il y avait toute une vie d'erreurs de jugement. Tout était là, noir sur blanc, sous le nez de ce mec craquant à mort.

Jamais je ne m'étais sentie aussi exposée, vulnérable, nue. C'était tout sauf agréable, et il me fallut tout mon self-control pour ne pas me tortiller d'un air coupable sur ma chaise, sous son regard froid et implacable.

— J'ai eu quelques incidents de parcours, OK, mais je ne suis jamais allée en prison.

Je m'exprimais comme une gamine sur la défensive. Comment faisait-il pour ne pas me planter là ? A sa place, je me serais levée et serais sortie sans me retourner… sauf que, moi, je n'aurais jamais pu me payer ses chaussures. Cet homme était aux antipodes de tous ceux que je connaissais. Mon père n'avait sûrement jamais eu un seul costume, et les seules fois où je l'avais vu porter une cravate et autre chose que des rangers c'était aux mariages et aux enterrements.

De nouveau, l'avocat haussa ses beaux sourcils blond doré,

et sa bouche esquissa ce qui, sur un visage moins parfait, aurait pu passer pour une grimace désapprobatrice, mais qui, chez lui, ressemblait plus à une expression de déplaisir acquise au bout d'années de pratique. Je me serais mis des claques : comment pouvais-je remarquer ce genre de détails dans la situation où j'étais ? J'aurais dû ne m'intéresser qu'à ses compétences professionnelles… Mais il était tellement beau que j'avais du mal à ne pas me laisser distraire. C'en était énervant, à force ! J'aurais dû me concentrer sur mon triste sort, pas sur ses dents parfaitement alignées ou ses yeux d'un bleu désarmant !

— Multiples contraventions pour consommation illégale d'alcool, ivresse sur la voie publique, conduite en état d'ivresse…tout récent, une citation à comparaître pour vol à l'étalage, une autre pour violation de propriété privée, plusieurs inculpations pour agression… Je continue ?

Je secouai à peine la tête.

— Non. Ça ne peut pas être ma parole contre celle de Jared, je le sais bien. Pourquoi croirait-on l'un plutôt que l'autre ? On n'est pas des anges, lui et moi.

Cette dernière remarque le dégela un peu, assez en tout cas pour qu'il ébauche un sourire. Je le matai en douce, le souffle coupé. Cette ombre de sourire transformait cet homme scandaleusement canon en un mec d'une séduction surnaturelle. C'était trop pour mon pauvre cerveau… Remportait-il tous ses procès en subjuguant les femmes du jury ? Quoi qu'il en soit, c'était un point qui pouvait jouer en ma faveur. Restait à espérer que ça faisait partie de sa stratégie pour me faire sortir de taule…

— Ce n'est pas avec des ailes ou une auréole que vous convaincrez un juge ou des jurés de votre innocence. C'est en m'écoutant et en étant plus crédible que votre copain. Il essaie de vous faire porter le chapeau, c'est clair. J'ai visionné la vidéo de surveillance que les flics ont saisie au bar : on a affaire à un individu tout sauf respectable.

S'il avait visionné cette vidéo, il avait donc vu Jared me rabattre la tête contre le tableau de bord, quand j'avais refusé de participer au braquage. Distraitement, je tâtai mon front de mes mains menottées. J'avais un bel œuf de pigeon… Je n'avais pas de miroir pour m'examiner, mais les ambulanciers avaient qualifié ma bosse de blessure sans gravité. N'empêche, j'avais un mal de crâne carabiné.

— Non, dis-je. Il n'a rien d'un individu respectable. C'est un drogué.

— Sans vouloir être cynique… ce fait joue en notre faveur.

Il récupéra son stylo chicos, referma mon dossier et se leva, très à l'aise. Instinctivement, je me recroquevillai sur ma chaise, pour me faire aussi petite que possible. Je ne m'attendais pas à ce qu'il soit aussi grand, ni aussi baraqué… Il était déjà assis, lorsque les flics m'avaient conduite dans ce local.

— En ce qui concerne une éventuelle caution, l'audience n'aura lieu que demain, dans la matinée. Ce qui veut dire que, malheureusement, vous allez devoir passer une seconde nuit en prison. Cela dit, je suis confiant. Je devrais pouvoir obtenir votre remise en liberté provisoire. En revanche, ça risque de ne pas être donné, si le juge accepte de vous libérer sous caution. Je vais aussi devoir lui prouver que vous avez un point de chute.

Il me regarda d'un air d'expectative. Je ne pus que hausser les épaules. Mon père n'était pas là : ça en disait plus long que tous ses discours.

— J'habitais chez Jared, mais je ne peux pas y retourner. Quant à la caution…

Je haussai à nouveau les épaules.

— Je n'ai pas d'argent, et ça m'étonnerait que mes

parents payent la note. En plus, je ne suis pas sûre de vouloir le leur demander.

Les yeux plissés, il glissa mon dossier dans sa sacoche en cuir. Elle aussi avait l'air chère et luxueuse.

— Si vous ne pouvez pas payer la caution fixée par le juge, vous resterez en détention jusqu'à la mise en accusation. Ce qui peut prendre des semaines, voire des mois.

Je lâchai un énorme soupir. J'étais bel et bien au fond du trou !

— Ce n'est pas la première fois que je déçois mes parents, mais là… Me faire choper avec le mec qui a braqué leur bar, un mec qui aurait pu faire un carton sur les employés…

Je secouai la tête.

— Je mérite de moisir en taule.

Dit comme ça, on aurait pu croire que j'en faisais des tonnes, mais je le pensais vraiment. Je méritais la prison et même pire. L'auto-apitoiement, c'était tout ce qu'il me restait au stade où j'en étais, alors pas question de me priver si vite du réconfort qu'il me procurait.

Il me lança un regard indéchiffrable, avant de se diriger vers la porte.

— Je vais appeler vos parents pour voir si on peut mettre quelque chose en place d'ici demain. On travaillera beaucoup plus facilement si vous n'êtes pas incarcérée. Souvenez-vous, Miss Walker, vous devez absolument m'écouter. C'est la règle numéro un.

La panique m'envahit brusquement. Et si mon père lui répondait qu'il en avait par-dessus la tête de son boulet de fille et de ses conneries sans fin ? Et s'il ne m'aimait plus ? La prison, j'y survivrais. Mais, perdre l'amour de mon père, ça me tuerait.

Oubliant que j'avais les mains et les pieds entravés, je bondis de ma chaise dans un fracas métallique, et deux agents en uniforme firent aussitôt irruption dans la pièce. J'allais peut-être prendre la pire décision de ma vie, mais déjà les mots avaient franchi mes lèvres :

— Non, n'appelez pas mon père !

Témérité, ton nom est Avett Walker.

L'homme de loi se retourna. Il me regarda comme si j'étais une extraterrestre, mais ne broncha pas, tandis que les agents m'encadraient en m'ordonnant de me calmer.

— Vous ne pouvez pas appeler mon père.

Ma voix trahissait ma panique et mon désespoir.

Il haussa ses larges épaules, comme s'il se foutait royalement de bousiller ma vie. Vu ma situation, ça n'était pas très rassurant…

— Je ne peux pas faire autrement.

Visiblement, mon cri du cœur ne suscitait chez lui qu'ennui et impatience. Je plissai les yeux, furieuse, et l'horrible vortex dans lequel j'étais prise se mit à tourner de plus en plus vite autour de moi.

— Alors vous êtes viré !

Les deux flics échangèrent un regard surpris, tandis que le bel avocat blond se retournait entièrement vers moi.

— Je ne veux pas de votre aide, dis-je. Je ne veux rien qui vienne de vous.

Quelque chose d'autre que de l'indifférence apparut enfin dans son regard. Dans les profondeurs de ses yeux pâles, je lus de la surprise, une bonne dose d'amusement, peut-être même une pointe d'admiration.

— Désolée, Miss Walker, mais ce n'est pas vous qui m'avez engagé. Vous n'avez donc pas le pouvoir de me virer.

Son sourire, qui aurait dû figurer sur la liste des armes interdites, illumina à nouveau son visage, et il tourna les talons.

Je m'adressai alors au flic le plus proche de moi, les sourcils froncés :

— Ce n'est pas comme ça que ça marche ? J'ai quand même le droit de changer d'avocat, non ? L'Etat est obligé de m'en fournir un…

Je jacassai de façon incontrôlable.

Le flic haussa les épaules.

— On n'est pas là pour vous donner des conseils, ma petite dame, mais à votre place je ne renverrais pas Quaid Jackson. Ce type-là serait capable de faire acquitter la Faucheuse en personne.

Quaid Jackson.

J'étais sonnée, à la fois par l'homme et par ma situation. Je ne pouvais pas nier que son physique et son attitude en général m'avaient éblouie. Son nom était lui aussi à son image, original, sophistiqué et impossible à oublier. Il résonnait dans ma tête, en même temps que toutes les conneries qui m'avaient conduite jusqu'ici.

Après le départ de Quaid, les gardiens me libérèrent les chevilles et me ramenèrent en cellule. Je jurai sous cape : la fille-gremlin était partie, mais l'épouse psychopathe, elle, tapait l'incruste. Assise sur l'une des couchettes, elle sanglotait comme une hystérique, la tête dans les mains. On aurait dit un animal en détresse. Encore cinq minutes de ce boucan et j'étais bonne pour une migraine. Même si je ne passais pas la nuit à ressasser la réaction de mon père, je n'allais pas pouvoir fermer l'œil.

Je me retournai vers le gardien lorsqu'il ouvrit la porte de la cellule pour me faire entrer. Il secoua la tête et marmonna à mon intention :

— Son mari lui a présenté les papiers du divorce, la facture de la voiture et celle de la baraque. La nuit va être longue…

Ce n'était rien de le dire !

Tandis que la grille se refermait sur moi, je passai les mains entre les barreaux pour qu'on m'enlève les menottes. Ça faisait très *Orange Is the New Black*, mais en beaucoup moins distrayant. Pourvu que je ne moisisse pas ici trop longtemps… Je n'avais aucune envie d'établir d'autres parallèles de ce genre.

J'allai jusqu'au mur d'en face et m'appuyai de l'épaule contre le ciment dur. Je repoussai mes cheveux rose pâle et grimaçai de douleur en étouffant un cri. J'avais frôlé ma bosse. Je croisai alors le regard injecté de sang et mouillé de larmes de l'autre femme.

La tête contre le mur, je fixai le plafond de la minuscule cellule, hypnotisée par les néons qui grésillaient au-dessus de moi.

— Quand j'étais petite, mon père me disait toujours que les bêtises, ça fait de belles histoires à raconter. C'est ce qu'il m'a dit pour me consoler, à l'hosto, le jour où il a fallu me mettre une plaque en métal dans le bras. Je pleurais comme une Madeleine. J'étais tombée d'un arbre… il m'avait pourtant interdit d'y monter. Et puis il m'a dit la même chose quand j'ai plié ma première bagnole. Il m'avait pourtant bien prévenue : je n'étais pas prête à conduire sur route verglacée. Il m'a répété ça le jour où il m'a chopée en train de fumer ma première clope. J'ai été malade comme un chien.

La femme me dévisageait avec intérêt, sans cesser de pleurer, mais en silence, maintenant. Je poursuivis :

— Il avait raison. Par la suite, toutes ces bêtises m'ont fait pas mal de belles histoires à raconter. En plus, j'aime me dire que ces cicatrices de guerre, c'est comme un pense-bête : papa a toujours raison.

Elle renifla bruyamment et essuya de la main son visage mouillé de larmes.

— Pourquoi vous me racontez ça ? J'ai défoncé ma maison avec ma voiture. C'est une belle histoire, ça ? Une belle connerie, oui ! Et ça m'étonnerait que mes enfants apprécient d'être privés de leur mère pendant sûrement très, très longtemps.

Je me remis à fixer le plafond et me concentrai de toutes mes forces jusqu'à ce que j'entende la voix grave et bourrue de mon père me chuchoter : *Les bêtises, Sprite, ça fait de belles histoires à raconter.*

Mon petit discours ne s'adressait pas à ma compagne de cellule… C'était moi qui avais besoin de l'entendre… maintenant plus que jamais.

« Mais qui imposerait sa loi aux amants ? L'amour ne connaît que sa propre loi. »

BOÈCE

2

Quaid

J'ôtai ma cravate déjà desserrée et refermai du pied la porte d'entrée de mon loft. Je lançai ma sacoche en direction du canapé d'angle qui occupait presque tout le séjour… et loupai ma cible d'un cheveu. Eh merde ! La sacoche fila par terre, et mon ordinateur portable s'en échappa dans un fracas métallique, entraînant avec lui mon dernier dossier de la journée. Je me passai les mains dans les cheveux et soufflai d'agacement.

J'étais seul, chose qui n'aurait pas dû se produire. Mais mon rendez-vous avec Sayer avait tourné court. Ma belle consœur m'avait gentiment éconduit, et j'étais rentré chez moi bien plus tôt que prévu. Me prendre un râteau avec une femme aussi brillante m'avait mis à cran. La frustration sexuelle me rend irascible : je n'ai pas l'habitude de ne pas obtenir ce que je veux.

Et ce que je voulais, à ce moment-là, c'était mettre Sayer Cole dans mon lit.

La première fois qu'on m'avait présenté à cette ravissante spécialiste du droit de la famille, je n'étais pas libre, mais mon mariage battait déjà sérieusement de l'aile. A présent, j'étais divorcé, et Sayer me semblait la femme idéale pour fêter mon célibat retrouvé. Elle était incroyablement belle et surtout elle n'attendait rien de moi. Ses revenus étaient équivalents aux miens, elle était déjà associée dans son cabinet d'avocats et n'avait donc pas besoin de mon nom ni de ma réputation pour avancer ses pions sur l'échiquier professionnel. Depuis son arrivée à Denver, on ne lui connaissait pas de relation suivie. Pour moi, c'était le signe qu'elle ne me collerait pas. Elle n'avait rien d'une croqueuse de maris, et ça m'allait très bien : je refusais d'être la proie de qui que ce soit. J'étais bien plus à l'aise dans le rôle du chasseur que du gibier et, à mes yeux, le top de la séduction, chez une femme, c'était qu'elle n'ait absolument aucune raison de me saigner à blanc. Sayer avait beau être froide et réservée au premier abord, j'avais tout ce qu'il fallait pour la réchauffer, une fois dans mon lit.

J'aurais pourtant dû comprendre le message, quand elle avait annulé notre rencard pour la seconde fois. Les femmes ne me posent jamais de lapin, d'ordinaire. Le plus souvent, ce sont même elles qui me courent après, et moi qui me défile par manque de temps ou par ennui. Dès que mon divorce avait été prononcé, je m'étais lancé dans une débauche de plans sexe. La trahison de mon ex-femme m'avait laissé K-O. Dans ma tête, c'était clair : en accumulant les conquêtes d'un soir, je cherchais à la battre sur son propre terrain, afin d'apaiser mon ego meurtri. En baisant, j'évacuais ma déception amoureuse, toutes ces années gâchées et tout cet argent foutu en l'air. Mais je m'étais vite rendu compte que même ces aventures sans importance me demandaient plus que ce que j'étais prêt à donner.

L'une d'elles avait refusé de partir le lendemain matin ; il avait fallu que je la menace d'appeler la police. Une autre s'était imaginé que je lui passerais la bague au doigt après notre première nuit. Une autre encore s'était tirée avec ma montre préférée, une Tag Heuer. Sans compter celle qui m'avait attendu devant le palais de justice alors que je plaidais un procès difficile, juste pour savoir quand on allait se revoir. Enfin, il y avait eu celle qui s'était carrément présentée de ma part au principal associé de ma boîte, celui dont le nom figurait en premier sur la plaque, pour solliciter un entretien d'embauche. Le problème, c'était que, moi aussi, je voulais avoir mon nom sur la plaque, et très vite. Du coup, cet incident m'avait fait réfléchir : il était hors de question de laisser mon ressentiment envers mon ex et mes plans cul revanchards faire obstacle à ma promotion.

Résultat : j'avais cessé de coucher à droite à gauche et jeté mon dévolu sur Sayer, attendant qu'elle me tombe dans les bras. Sauf que ça ne l'intéressait pas. Ce soir, elle m'avait renvoyé dans les cordes, me laissant d'autant plus frustré que je n'avais pas de plan B — j'en avais rarement besoin.

J'expédiai ma cravate en soie en direction du canapé, atteignant mon but, cette fois. Puis je ramassai mon ordinateur portable et grimaçai : dans la chute, l'un des coins s'était fendu. J'allais devoir en racheter un, même si celui-là fonctionnait encore. Ça ne se faisait pas d'avoir un Mac endommagé. Ça ne se faisait pas de posséder quoi que ce soit d'abîmé, et tant pis pour tout le fric jeté par les fenêtres !

Je rassemblai les feuilles du dossier Avett Walker et me laissai tomber sur le canapé. Je consultai ma montre. Encore un gadget coûteux, acquis juste pour la frime — si je voulais avoir l'heure, je n'avais qu'à regarder mon téléphone portable. Je reportai mon attention sur le dossier. La soirée ne faisait que commencer… Et si j'appelais son père ? Il fallait que je le prévienne : s'il n'y avait personne pour payer la caution et si elle était dans l'impossibilité de justifier d'une adresse permanente, elle allait passer un certain temps derrière les barreaux, au moins jusqu'à ce que soit fixée la date de sa mise en accusation. L'ennui, c'était que l'appareil judiciaire n'appréciait pas beaucoup qu'on joue avec la sécurité de ses fonctionnaires. Le braquage avait failli coûter la vie à un flic, et je n'aurais pas été surpris que ma demande se perde ou soit classée dans le mauvais dossier, histoire de retarder au maximum la procédure.

Je tapotai du pouce la photo en noir et blanc de l'identité judiciaire et ne pus m'empêcher d'esquisser un sourire.

Elle avait essayé de me virer !

Ce petit bout de femme d'à peine un mètre cinquante, bien plus jeune que moi, avec ses cheveux d'un rose un peu fané et ses yeux d'animal sauvage, hésitant entre le vert, l'or et le marron… Elle crevait de peur dans son uniforme orange et, pourtant, elle avait voulu me virer ! Avec n'importe lequel de mes autres clients — le flic accusé d'agression sexuelle, l'étudiant (meurtre pour un pari de football qui avait mal tourné), l'instit (attouchements sur plusieurs de ses élèves) ou le joueur de football professionnel (violences conjugales) —, j'aurais arrêté les frais aussi sec, sans scrupule et sans rancune. Au revoir et bonne chance ! Les crimes, ce n'est pas ce qui manque, et on a toujours besoin d'un bon avocat. J'étais loin de courir après les clients, mais cette fille avait quelque chose. Une façon provocante de relever le menton, une sorte de désespoir dans la voix lorsqu'elle m'avait supplié de ne pas appeler son père.

Je ne veux pas de votre aide. Je ne veux rien qui vienne de vous. Elle avait l'air sincère, mais trop jeune et trop effrayée, selon moi, pour faire la part des choses. Cela dit, c'était rafraîchissant à entendre.

Tout le monde attendait quelque chose de moi — mon aide, *a minima*.

Je me remis à pianoter sur sa photo. Pourquoi m'était-il si facile de croire qu'elle n'avait pas trempé dans le projet de braquage de son mec ? Cette fille n'était pas une citoyenne exemplaire, loin de là, il n'y avait qu'à voir ses antécédents judiciaires ! Je la trouvais pourtant bien jeune et surtout bien trop craquante pour se trimballer un casier aussi lourd. Et, d'après son dossier, ses parents ne rechignaient jamais à voler à son secours. Avec ses cheveux bizarres et ses traits délicats, elle m'évoquait une petite fée de la forêt, tout droit sortie d'un Disney. Bref, il n'y avait aucune logique dans tout ça, mais je la sentais sincère quand elle disait qu'elle n'aurait jamais marché dans le plan de son copain, si elle avait connu ses intentions. Et la peur qui avait envahi son regard lorsque j'avais évoqué son père n'était pas feinte non plus.

J'avais appris à traiter mes clients comme s'ils étaient coupables. La vérité, je ne voulais pas la connaître. Les circonstances du délit non plus. Tout ce qui m'importait, c'était qu'ils suivent mes instructions à la lettre et me laissent faire mon job, à savoir convaincre le reste du monde de leur innocence, réelle ou pas. Mais cette fille, avec sa drôle de tignasse rose délavé et ses yeux agressifs, respirait l'innocence derrière sa façade de coupable toute désignée.

Décidément, elle m'intriguait trop pour que je la laisse me virer. J'allais appeler son père en espérant qu'il m'aide à la faire sortir, le temps que je trouve un moyen de négocier sa peine ou de réfuter l'accusation en bloc. Car rien n'était gagné dans cette affaire : encore une fois, l'une des victimes était flic, et le copain avait beau être un junkie il justifiait la participation d'Avett par des arguments tout à fait plausibles. Oui, j'allais devoir aider cette fille, avec ou sans son accord.

Je trouvai les coordonnées du père dans le dossier et sortis mon portable de ma poche. Si Brite Walker refusait de venir en aide à sa fille, je me tournerais vers Asa pour voir ce qu'il pouvait faire de son côté. Il n'était pas dans mes habitudes d'accepter une affaire juste pour rendre service, mais j'avais beaucoup de sympathie pour Asa Cross. Lui aussi, je l'avais cru innocent, lorsqu'il m'avait engagé pour assurer sa défense. Vu le montant de mes honoraires, la moindre des choses était de l'informer du sort qui attendait Avett, si jamais son cher papa se défilait.

Je composai le numéro de Walker, sans cesser de fixer le visage d'Avett sur le cliché granuleux de l'identité judiciaire. Pourquoi je ne laissais pas ma secrétaire ou l'un de mes assistants s'en charger ?

Une voix grave grommela un brusque « allô ». La tête en arrière, je contemplai les canalisations apparentes qui s'entrecroisaient au plafond.

— Brighton Walker ?

Un grognement, puis :

— Qui le demande ?

Je faillis me mettre à rire. C'était très éloigné des codes de communication de mon milieu professionnel ! A tel point que c'en était rafraîchissant.

— Je m'appelle Quaid Jackson. On m'a engagé pour défendre votre fille.

Bref silence suivi d'un profond soupir, typique d'un parent à bout.

— C'est l'un de mes gars qui vous a engagé.

Ce n'était pas une question, plutôt un exposé des faits.

— J'ignore si Asa Cross est l'un de vos « gars », mais il se trouve que je l'ai défendu dans le passé, dans le cadre d'une affaire qui concernait également votre ancien bar. Il m'a appelé dès que la police a arrêté votre fille et m'a dit que si j'acceptais de la représenter l'argent ne serait pas un problème.

Un juron étouffé me parvint aux oreilles, suivi d'un autre gros soupir.

— J'attendais qu'Avett me téléphone… Elle m'appelle toujours quand elle a des ennuis. Ils l'ont inculpée ?

Je changeai de position sur le canapé et coinçai le téléphone contre ma joue.

— Oui. Complicité de vol à main armée, incitation au crime et non-dénonciation de faits délictueux. Certains des chefs d'accusation ont été invoqués à la va-vite, simplement pour la boucler rapidement et empêcher sa remise en liberté. Le fait qu'il y ait une policière parmi les témoins va compliquer la situation de votre fille, en ce qui concerne la durée de détention préventive.

— Royal.

Il avait prononcé le nom de la jeune femme flic avec douceur.

— Je suis content que le seul blessé ait été son minable de petit ami…

Je me pinçai la base du nez.

— Heureusement que la policière se trouvait là, sinon, il aurait pu y avoir beaucoup plus de dégâts. Le copain de votre fille a fait irruption dans le bar, arme à la main, et il a braqué M. Cross. Tout ça aurait pu très mal finir.

Il y eut un autre silence, puis Walker marmonna :

— Je me rends bien compte qu'on a évité le pire, monsieur Jackson.

Je me sentais comme un petit garçon qui se fait gronder par son maître pour avoir pris la parole sans lever le doigt. Impressionnant… Ce n'était pas tous les jours que je me faisais remettre à ma place. Et pourtant c'était l'exploit qu'avait accompli cet homme avec calme et quelques mots choisis avec soin. Comment Avett avait-elle pu s'éloigner à ce point du droit chemin avec un tel pilier dans sa famille ?

— J'ignore pourquoi votre fille ne vous a pas appelé, monsieur Walker. Tout ce que je peux vous dire, c'est qu'elle est dans de sales draps. L'audience de mise en accusation a lieu demain. J'ai bon espoir d'obtenir sa remise en liberté sous caution, mais le montant risque d'être élevé, et le juge ne la laissera pas sortir si elle ne peut pas justifier d'un domicile fixe ou d'un hébergement stable. Il peut même l'assigner à résidence, vu son inquiétante capacité à aller au-devant des ennuis. Si c'est le cas, il faudra qu'elle ait une adresse à entrer dans son bracelet électronique.

Je marquai une pause, afin de le laisser assimiler tous ces éléments.

— Pour l'instant, elle a simplement déclaré qu'elle habitait chez son copain. Vous comprenez bien que cette solution n'est plus envisageable.

J'eus l'impression que Walker se grattait la tête, sans ménagement.

— Autrement dit, vous me demandez de payer la caution de ma fille et de la ramener à la maison, alors qu'elle est impliquée dans un vol à main armée au cours duquel certains de mes amis auraient pu être blessés… ou pire ?

Présenté comme ça, c'est vrai que ça semblait un peu gros.

— Si ça peut changer quelque chose pour vous, Avett ne voulait pas que je vous appelle. J'ai agi de mon propre chef. En tant que son avocat, je me dois de tout faire pour obtenir sa libération provisoire. Mais je comprends mieux maintenant qu'elle n'ait pas voulu vous contacter : elle a dû estimer que c'était une perte de temps.

Je ne connaissais pas cet homme, sa fille, à peine, mais bizarrement j'étais déçu par son attitude. Encore une chose qui me laissait perplexe. Dans cette affaire, rien ne se passait comme d'habitude, et j'étais constamment surpris par mes réactions. Pourtant, ça ne m'inquiétait pas, au contraire, ça m'excitait plutôt. Ne rien ressentir, à la longue, c'était barbant.

Je laissai passer quelques secondes. Je m'apprêtai à le remercier de m'avoir accordé un moment quand un petit ricanement résonna dans le portable, comme un grondement de tonnerre en montagne.

— Elle a peur et elle a honte. Voilà pourquoi elle ne m'a pas appelé.

Je ne pouvais pas le voir, mais je savais qu'il secouait la tête tristement.

— Avett a toujours été une gosse à problèmes… Elle a le coup pour se fourrer dans les pires embrouilles. A se demander si elle ne fait pas tout ça pour nous tester, sa pauvre mère et moi, pour voir jusqu'où on pourra la supporter. Elle ne comprend pas que pour un parent il n'y a pas de limite à l'amour. Elle peut tout me faire, je continuerai à être là et à en redemander. Sa mère, elle, est persuadée qu'Avett doit assumer seule les conséquences de ses actes — elle dit qu'il n'y a que comme ça qu'elle apprendra. Moi, je serais plus du genre à « aller au feu » à ses côtés. Dites-moi à quelle heure aura lieu l'audience, et je vous y retrouverai avec l'argent de la caution ou un garant, et tout ce qu'il faut pour prouver que ma fille a un domicile fixe — chez moi. Ma maison a toujours été son port d'attache, et quoi qu'elle ait fait je reste son père.

Je faillis pousser un soupir de soulagement. Lever un poing victorieux, même si la bataille n'avait pas encore commencé. Des années de pratique et le récent naufrage de mon couple m'avaient peut-être rendu cynique. L'amour inconditionnel que ce père vouait à sa fille ranimait ma foi en l'humanité. A force d'être confronté aux pires bassesses, à force de voir le mal partout, j'en avais bien besoin.

Je l'informai des pièces qu'il devrait fournir dans le cadre de la procédure de caution, au cas où le juge exigerait des justificatifs, et je préférai l'avertir : il allait trouver sa fille épuisée et en uniforme de prisonnier. Ça pouvait occasionner un choc de voir son enfant dans cet état, mais il me rassura : tout se passerait bien, il allait s'occuper d'elle.

Après l'avoir remercié, je m'apprêtais à raccrocher lorsqu'il me posa une question à mi-voix :

— Est-ce que je peux vous demander pourquoi vous avez pris la peine, après une longue journée de travail, sans doute, de m'appeler en personne, monsieur Jackson ? Ne vous méprenez pas, j'apprécie votre démarche, tout comme l'évidence de votre engagement envers Avett. Je n'ai pas une grande expérience des avocats, mais quelque chose me dit que ça n'est pas la procédure habituelle.

Non, en effet, mais cette fille non plus n'était pas habituelle. Je choisis de jouer franc jeu avec lui — cet homme devait repérer un mensonge ou une dérobade à un kilomètre.

— Non, vous avez raison, monsieur Walker, je ne suis pas du genre à emporter des dossiers à la maison, mais Avett n'est pas comme les autres.

Je secouai la tête.

— D'accord, elle n'est pas blanche comme neige, mais on ne peut pas la mettre dans le même panier que les criminels auxquels je suis confronté au quotidien. Elle est encore jeune et mérite mieux que ça. Je veux l'aider à s'en sortir.

— Avett a toujours été spéciale et un peu paumée. Sa mère et moi, on a bien essayé de lui montrer le bon exemple, mais cette gamine est têtue comme une mule. Impossible de la faire dévier de sa route ! Elle fonce toujours pied au plancher. Sauf que, maintenant, elle se trouve face à un virage difficile à négocier. En tout cas, j'apprécie votre aide. Je raccroche et j'appelle Asa dans la foulée. C'est un gars bien, mais là il s'agit d'une affaire de famille. A partir de maintenant, c'est moi qui réglerai vos honoraires.

Je me passai la main sur le visage et me redressai sur le canapé.

— Je vous laisse voir ça avec lui. Du moment qu'on me paie, je me fiche de savoir qui casque.

Petit gloussement bourru.

— Vous avez servi dans l'armée, fiston ?

Pris de court par son côté cash, je sursautai et baissai les yeux sur mes chaussures Burberry sang-de-bœuf et sur le pantalon de mon costume Canali bleu marine, fait sur mesure. J'étais bien loin du garçon de dix-huit ans, rebelle et inexpérimenté, qui s'était enrôlé une éternité plus tôt. Personne ne m'interrogeait jamais sur ces quatre années de ma vie qui avaient pourtant été les plus formatrices. On me questionnait sur mes études secondaires, bouclées en un temps record ; on me parlait de mon cursus de droit, de mon examen du barreau ; on se passionnait pour le cas d'un célèbre *serial killer* que j'avais défendu et pour l'acquittement obtenu pour un membre du Congrès en exercice, accusé d'homicide involontaire au volant. La plupart du temps, j'oubliais ce gamin qu'on avait envoyé dans le désert pour combattre les ennemis de la liberté sur des kilomètres de sable taché de sang. J'étais bien trop occupé à peaufiner mon personnage de ténor du barreau — costume sur mesure et coiffure impeccable, sans oublier, bien sûr, tous les gadgets témoignant de ma réussite sociale.

— Pourquoi cette question, monsieur Walker ?

Je n'avais pas l'intention de confirmer son intuition — mon émerveillement de gosse et mon passage dans l'armée n'avaient pas duré assez longtemps. Pas question pour moi de me faire passer pour celui que je n'étais pas auprès du père d'Avett ou de lui donner une fausse impression de l'avocat avec qui il allait traiter.

Il fit entendre un murmure amusé.

— J'ai un radar pour ce genre de chose. Je le sens dans la façon de parler, de se présenter à un parfait inconnu, même au téléphone. On reconnaît toujours ses semblables. J'ai hâte de vous rencontrer demain, monsieur Jackson.

On reconnaît toujours ses semblables.

C'était peut-être vrai, mais je ne voyais pas ce qu'on pouvait avoir en commun, lui et moi. Google me fournit tous les renseignements possibles. On y trouvait même le détail de son illustre carrière militaire au sein des marines, une carrière qui s'était prolongée bien au-delà de mes quatre années obligatoires. Certains articles décrivaient l'action qu'il avait menée en coordination avec le ministère des Anciens Combattants auprès de vétérans infirmes aux quatre coins du pays. La presse se répandait en bien comme en mal à propos de son ancien bar ; d'autres articles, enfin, évoquaient son engagement dans le plus grand club de motards des Rocheuses, mais aussi le plus tristement célèbre. En résumé, cet homme était autant un héros qu'un hors-la-loi. Une véritable légende locale, le genre de type sur lequel circulent tout un tas d'histoires. Une simple recherche en ligne brossait déjà de lui un portrait impressionnant : c'est dire s'il devait être fascinant en chair et en os ! Quelque chose me laissait penser que Brite Walker n'avait jamais vu une Rolex de sa vie et que les signes extérieurs de richesse qui forçaient le respect dans mon milieu le laisseraient de marbre. Bizarrement, je me sentis soudain à côté de la plaque. Je commençai à regretter de ne pas avoir laissé cette furie à cheveux roses me virer.

En temps normal, j'étais toujours en pleine possession de mes moyens. Je parvenais toujours à mes fins, quels que soient les obstacles qui se dressaient sur ma route. Je remportais toujours tous mes combats… sauf depuis quelque temps. Ces derniers mois, j'avais été trahi, rejeté, ratissé, détruit. Le départ de Lottie avait marqué pour moi la fin de toutes mes illusions : je me faisais l'effet d'un loser, d'un minable, d'un bouffon.

On s'était connus au lycée, elle et moi. On avait grandi dans la même petite ville de montagne, à deux heures de Denver. Elle venait d'une famille fortunée ; pas moi. Elle avait grandi dans une splendide demeure à flanc de montagne, une baraque qui, à elle seule, avait tout d'une station de sports d'hiver ! Moi, j'avais grandi dans un minuscule chalet sans eau courante ni électricité la moitié du temps. Ses parents travaillaient dans le show-biz et passaient l'été aux îles Vierges. Les miens vivaient principalement de la terre, refusaient de travailler pour « l'homme », et tout ce que nous possédions était issu du troc ou de magasins d'occasion.

Au début, je suis sorti avec elle pour me prouver que j'en étais capable. J'avais toujours eu la cote avec les filles, malgré mes origines plus que modestes et la honte minable qui me collait à la peau. Une fois parvenu à mes fins, je m'étais aperçu qu'elle était douce, drôle et infiniment gentille pour quelqu'un d'un milieu aussi friqué. Au début, le sexe avait été un baume pour mon ego immature, mais, très vite, j'étais tombé amoureux. Forcé de m'enrôler pour payer mes études, je l'avais suppliée de bien vouloir m'attendre. Etre incorporé dans l'armée, c'était pour moi le seul moyen de m'élever socialement, et j'étais bien décidé à devenir quelqu'un, même si pour ça il fallait que je laisse ma copine et ma famille, très opposée à ma décision.

Lottie avait promis.

Alors que j'effectuais ma première mission à l'étranger, elle s'était inscrite à Vassar, en sciences politiques. Elle voulait devenir avocate, bien avant que je le décide à mon tour, mais en fin de compte seul l'un de nous devait avoir la motivation nécessaire pour aller jusqu'au bout et réussir l'examen du barreau. Tandis que je combattais loin de chez moi et que je devenais un homme, elle avait lâché la fac et passait de mec en mec, sans cesser pour autant de m'envoyer lettres et messages dans lesquels elle me disait qu'elle m'aimait et que je lui manquais. Moi, bien sûr, je ne me rendais compte de rien, je la voyais toujours comme la fille douce et innocente dont j'étais tombé amoureux des années auparavant. De retour au pays, je lui avais passé la bague au doigt, puis on s'était installés à Boulder pour que je puisse aller à la Colorado University. A l'époque, j'assumais seul mes frais de scolarité, et toutes mes économies passaient dans mes efforts pour lui offrir le train de vie auquel elle était habituée.

Mais elle n'était jamais satisfaite.

Les tailleurs de luxe, les voitures de sport, les comptes en banque bien garnis… rien de tout ça n'avait suffi à faire son bonheur, ni à la rendre fidèle. Au début de notre relation, c'était l'oncle Sam qui m'avait envoyé à l'autre bout du monde, puis j'étais entré à la fac. Ensuite, j'avais travaillé d'arrache-pied pour réussir mon examen tout en bossant à temps complet. Enfin, j'avais été engagé dans le cabinet d'avocats où je m'étais donné à fond quinze heures par jour pour me faire un nom. Lottie me reprochait alors de n'être jamais là. Elle m'accusait de ne pas m'occuper d'elle. Elle avait fini par m'avouer qu'elle ne m'avait jamais aimé et qu'elle ne restait avec moi que parce que j'étais un bon placement pour sa future sécurité financière. Elle me l'avait plutôt jeté à la face, alors qu'elle était enceinte de cinq mois d'un enfant dont je n'étais pas le père. Un enfant qui ne pouvait pas être le mien, vu qu'elle ne me laissait pas la toucher depuis huit mois. Notre mariage était mort, et j'avais compris pourquoi lorsqu'elle avait commencé à se montrer sous son véritable jour. Même enceinte d'un autre jusqu'aux yeux, elle avait essayé de me faire endosser la responsabilité de notre séparation et de son comportement scandaleux. Selon elle, tout était ma faute : si j'avais été un meilleur mari, si je lui avais donné autre chose, elle aurait attendu, elle serait restée, elle ne m'aurait pas trompé et m'aurait rendu mon amour.

Elle ne m'avait jamais été fidèle depuis la fin du lycée, mais j'étais tellement aveuglé par l'amour, tellement fier d'avoir conquis une fille comme elle que je n'avais rien vu. Pourtant, j'avais été formé à l'observation ; j'avais aiguisé ma perspicacité naturelle pour déchiffrer la personnalité des gens et démêler le vrai du faux. Moi qui pouvais deviner le parcours de quelqu'un rien qu'à sa gestuelle et à sa physionomie, j'avais été berné par ma propre femme, la personne que je considérais comme mon alter ego. A moins que je ne me sois bercé d'illusions sur son compte… Jamais je ne l'aurais crue capable de me faire ça, de nous faire ça. En définitive, mon arrogance et ma confiance en moi m'étaient revenues en pleine tête, comme un boomerang. A aucun moment l'idée ne m'avait traversé qu'elle irait chercher ailleurs ce que, de toute évidence, elle ne trouvait pas chez moi.

Je pensais lui avoir déjà tout donné, mais non. Au moment de divorcer, elle avait voulu la maison. Mon argent. Ma voiture. Ma pension de retraite. Cette garce avait même tenté de me faire assumer le financement des études d'un enfant qui n'était pas le mien !

Vu le temps qu'on avait passé ensemble, j'avais craint de devoir tout lui abandonner. Heureusement, le Colorado a des lois plutôt strictes en matière de divorce, en raison des très nombreuses unions de militaires célébrées dans cet Etat. C'était ce qui avait empêché Lottie de me laisser à poil. De mon côté, j'avais pris soin de confier mes intérêts à un crack du divorce. Dès le départ, j'avais été clair avec lui : je comptais me battre comme un lion sur le moindre point de détail. Après une enfance passée dans le dénuement le plus total, il était hors de question que j'abandonne sans réagir tous mes biens à Lottie ! J'avais travaillé trop dur pour acquérir tout ça ! Ça représentait trop d'efforts et de sacrifices.

Je lui avais laissé la maison de Boulder : de toute façon, je n'aurais pas pu y entrer sans penser au mec qui la baisait dans mon propre lit pendant que moi je bossais comme un malade pour lui offrir le confort de cette baraque hors de prix et le luxe d'une putain de cuisine gastronomique ! Je lui avais également laissé la voiture. Elle correspondait bien aux codes de l'homme que j'étais devenu, mais, les voitures de sport, ça n'avait jamais été mon style. Je leur préférais mon énorme 4x4 à pneus tout-terrain et treuil électrique. OK, il jurait avec mes Ferragamo ou mon costume Armani, mais je m'en foutais complètement. Et puis, si j'avais des envies de vitesse et de conduite sportive, j'avais toujours ma moto, une Ducati Panigale. Elle cadrait mieux avec ma garde-robe, pourtant, Lottie ne l'avait jamais appréciée. Jamais elle n'était montée à l'arrière de ma fusée italienne. Du reste, je ne pouvais pas l'imaginer dessus.

Au bout du compte, j'avais accepté de lui verser une substantielle prestation compensatoire pendant cinq ans, ou jusqu'à son éventuel remariage. Cette garce froide et calculatrice n'avait pas encore accepté d'épouser le père de son enfant. Il faut dire qu'avec son artiste peintre elle n'avait pas fait une affaire : loin de crouler sous le fric et les commandes, le mec bouffait de la vache enragée. Lottie les ferait sûrement mariner pendant cinq ans, lui et sa bague de fiançailles… ou bien elle mettrait le grappin sur quelqu'un d'autre, nanti cette fois d'un portefeuille plus épais.

En attendant, la leçon avait été rude et humiliante. Et la plaie avait du mal à se refermer.

Je ne veux rien qui vienne de vous…

Ces mots tournaient dans ma tête, avec, en arrière-plan, l'image d'une jeune femme en uniforme de prisonnier.

Après tout, c'était aussi bien qu'Avett soit dans cette disposition d'esprit. Après Lottie et le défilé d'emmerdeuses qui l'avait remplacée, je n'avais plus rien à offrir à une femme, en dehors de ma connaissance du code pénal et de mes talents d'avocat.

3

Avett

Je n'ai pas pu fermer l'œil de la nuit. Pas à cause de ma compagne de cellule, les sages formules de mon père l'avaient calmée... mais pas avant quelques nouvelles heures passées à s'interroger à voix basse sur son coup de folie et sur ce qui allait advenir de ses enfants. Elle avait fini par s'endormir, tandis que, dans la cellule presque silencieuse, j'angoissais à mort. Comment allait réagir mon père à l'appel de Quaid, cet avocat trop séduisant pour être honnête ? J'avais beau passer en revue tous les scénarios possibles, Brite Walker ne figurait jamais au casting.

Quelques heures plus tard, escortée de deux agents, j'entrai dans la salle d'audience, écrasée de remords. Quelle raison mon père aurait-il eue d'être à mes côtés pour ma comparution devant le juge ? Il devait être tellement déçu... Tellement blessé. Dégoûté, exaspéré de constater qu'une fois de plus j'avais agi en dépit de ses conseils et du bon sens le plus élémentaire. Comment justifier que j'aie suivi un mec comme Jared, alors que tout en lui aurait dû m'alerter et me faire fuir ? Je n'avais plus douze ans ! Mon obstination à n'en faire qu'à ma tête n'avait plus rien de craquant, au contraire, et je ne voyais pas comment mon père, cet homme qui s'était toujours montré loyal, encourageant et compatissant envers moi, pourrait excuser mon comportement irresponsable, alors que ses amis auraient pu le payer de leur vie. Si quelque chose était arrivé à Asa ou à sa belle copine flic, je n'aurais plus pu me regarder dans un miroir. Si j'étais incapable d'affronter les conséquences de mes actes, comment pouvais-je attendre de mon père qu'il m'apporte le soutien de sa robuste épaule ?

L'audience de mise en accusation ne ressemblait à rien de ce que j'avais connu précédemment. J'avais été transférée sous bonne garde au palais de justice, en même temps que d'autres détenues. Dans le fourgon pénitentiaire, je n'avais pas tardé à comprendre que la couleur des survêtements qui nous avaient été attribués variait en fonction de la gravité des faits qui nous étaient reprochés. C'était bien plus intimidant et bien plus stressant que l'impression que pouvait en donner un visionnage marathon de *The Good Wife*.

Une fois dans la salle, on me fit asseoir sur un banc de bois inconfortable, à côté d'une femme qui attendait d'être inculpée de meurtre. Elle m'affirma qu'elle était innocente, ce qui ne me rassura pas — j'étais quasiment assise sur ses genoux. Un écran en plexiglas nous séparait du public, une sorte de protection, sans doute. Pour nous ou pour les gens qui s'entassaient dans la salle ?

Il y en avait tellement, des gens... Des rangées et des rangées de curieux, les yeux rivés sur nous, les parias. Certaines personnes pleuraient, d'autres, furieuses, nous regardaient d'un air mauvais. Tandis que nous attendions de connaître le sort qui nous serait réservé, je tentais d'apercevoir dans la foule la tête parfaitement coiffée de mon défenseur au teint hâlé, cet avocat dont je ne voulais pas, mais qui allait m'être indispensable. Est-ce qu'il était là ? Ça n'en avait pas l'air... A cette idée, mon cœur se mit à battre à tout rompre, et j'enfonçai les ongles dans mes mains moites. Dans quel pétrin je m'étais fourrée ! Une peur panique m'envahit. Cette fois, je ne m'en sortirais pas. J'allais rester au fond de mon trou, seule et anéantie.

Et dire que je l'avais viré, comme une idiote ! Tout ça parce que je ne voulais pas qu'il appelle mon père…

Au moment où je m'y attendais le moins, les remords me rattrapaient. En dépit de toutes mes tentatives de sabotage, un reste de fierté m'empêchait de passer pour cette fille indigne que je n'étais pas : j'avais encore un cœur et une conscience, même si les deux avaient pris cher.

Je déglutis, les dents serrées, pour tenter de ravaler mes larmes. Pas facile. J'avais envie d'éclater en sanglots, de m'écrouler sous le poids de la honte et des regrets. Pourtant, je resterais digne. J'étais peut-être une petite conne butée et stupide, mais pas une mauviette. J'avais déconné, comme d'habitude, mais, cette fois, j'assumerais les conséquences de mes actes, stoïquement et en silence. Au point où j'en étais, c'était le seul moyen de prouver à Brite Walker que sa fille n'était pas un cas désespéré. S'il m'accordait une dernière fois sa confiance, j'étais encore capable de changer.

Sans m'en apercevoir, j'avais fermé les yeux. Quand je me forçai à les rouvrir, une fois mon émotion maîtrisée, je vis une tête blonde et élégante franchir les hautes portes de bois. A peine remise de ma surprise, j'eus un second choc en voyant Quaid se tourner vers une tête que je connaissais bien — plus brune, plus grisonnante —, tandis qu'ils s'avançaient dans la salle. Des yeux anthracite s'attachèrent aux miens, brillant de tant d'amour que je ne pus retenir une larme de soulagement. Mon cœur se gonfla de joie et de réconfort à la vue de mon père, qui m'adressa un petit signe du menton en prenant place à côté de mon avocat. Le petit signe du menton, c'était sa façon de me rassurer. Et en le voyant là, avec sa barbe foisonnante et son regard toujours aussi bienveillant, j'entrevis une infime lueur d'espoir, la première depuis mon arrestation. Tout allait peut-être s'arranger. J'étais au fond du trou, mais il m'aiderait à remonter et j'étais bien décidée à ne pas retomber immédiatement dans mes travers.

Il me fallut une seconde pour m'apercevoir que mon colosse de père, visible comme un éléphant dans un magasin de porcelaine, était accompagné par une personne nettement plus menue et plus frêle que lui. Ma mère. Elle lui tenait la main et, alors que je luttais contre mes larmes, parcourue d'un long frisson, les siennes coulaient sans retenue. Mes parents m'adoraient, je le savais, mais le seuil de tolérance de ma mère était moins élevé que celui de mon père et je ne comptais plus les fois où je l'avais poussée à bout. Je n'en revenais pas de la voir là. Etait-elle venue me soutenir moi, ou soutenir mon père ? Ils avaient beau avoir divorcé et être comme chien et chat, il y avait encore quelque chose entre eux : un lien qu'aucune tension, qu'aucune discorde, qu'aucune liaison n'aurait pu rompre.

En tout cas, elle était là et, pour moi, c'était tout ce comptait. J'étais heureuse de la voir. Je me tournai vers Quaid. Il arborait un air de triomphe et hocha légèrement son menton racé dans ma direction, d'un geste très similaire à celui de mon père. La seule différence, c'était qu'il était rasé de près. Rassérénée par leur présence silencieuse, je me mis à respirer un peu plus facilement et desserrai enfin les poings, envahie par un sentiment qui n'était pas tout à fait du soulagement, mais qui y ressemblait beaucoup. Tout allait bien se passer ou, du moins, on allait limiter la casse.

Comme on comparaissait par ordre alphabétique, je dus patienter un bon moment avant qu'on appelle la lettre W. Entre-temps, la femme accusée de meurtre se vit refuser sa libération sous caution, de même qu'une dealeuse. Plus le temps passait, plus mon angoisse augmentait. Sans connaître le détail de toutes ces affaires, je voyais bien que les filles qui comparaissaient avec un passé judiciaire chargé se faisaient casser sans pitié, et retournaient derrière la paroi en plexiglas, sur le banc des accusés, avec, pour tout horizon, un séjour prolongé en préventive. J'étais sonnée. Tout allait si vite… Chaque audience durait moins de cinq minutes. Ça me semblait bien trop rapide pour trancher entre celles qui pouvaient rentrer chez elles et celles qui devaient rester en prison pour une période indéterminée. Tout ça ne laissait rien présager de bon, mais, lorsque je croisai le regard de mon avocat à travers la vitre, il ne cilla pas et ne manifesta aucune inquiétude. Ses yeux clairs exprimaient une confiance froide et tranquille.

Mon père, de son côté, se trémoussait de plus en plus nerveusement sur son siège au fur et à mesure que les inculpés défilaient à la barre pour se faire démolir par le juge. C'était un homme imposant, à la présence écrasante, alors quand il était mal à l'aise son inconfort se propageait à tous ceux qui se trouvaient à proximité. Le juge lui avait déjà lancé quelques regards méfiants, et toutes les personnes de sa rangée s'étaient mises à s'agiter au fil des audiences. Je m'attendais à ce que Quaid lui demande de la mettre en veilleuse, de faire taire son instinct protecteur, mais non, il le laissait tranquille. En fait, chaque fois que le juge regardait dans leur direction ou que quelqu'un se levait du premier rang, Quaid esquissait un petit sourire et une lueur ironique dansait au fond de ses yeux. Mon père faisait toujours forte impression sur les gens, et Quaid Jackson, sous ses airs glacés, n'était pas immunisé contre le charisme légendaire de Brite Walker.

Enfin, mon tour arriva.

— La cour va à présent examiner l'affaire suivante : Etat du Colorado contre Avett Walker, appela le greffier.

Je m'avançai à la barre pour solliciter ma liberté conditionnelle — ou, plutôt, je laissai Quaid plaider à ma place. Je mis une minute à manœuvrer entre les dernières prévenues et trébuchai, à la limite de la chute, incapable de me rattraper à cause de mes mains menottées. L'huissier me jeta un regard agacé, tandis que plusieurs accusés ricanaient de ma maladresse, me traitant de « bleue » à mi-voix.

Je parvins enfin à la barre, et Quaid se leva pour me rejoindre. De gratitude, je lui aurais sauté au cou !

Le juge me dévisagea, puis regarda d'un air surpris au-delà de ma tête, en direction de mon père, me sembla-t-il. Il considéra ensuite pensivement le procureur, qui se tenait à notre gauche.

— Est-il vraiment nécessaire d'effectuer un rappel des faits dans les règles, maître Jackson ? La journée a été longue pour le parquet, et je suis sûr que Me Townsend apprécierait que nous passions directement à la lecture de l'acte d'accusation.

Quaid opina avec un petit rire.

— Je n'y vois aucun inconvénient, Votre Honneur. La tâche du ministère public n'est pas de tout repos…

Le juge grommela quelque chose d'indistinct et ouvrit mon dossier. J'eus envie de me précipiter pour le lui arracher. Toutes mes erreurs de parcours étaient consignées là-dedans, toutes l'incitant à me refuser la liberté !

— Maître Townsend ? Quel est l'avis du ministère concernant une éventuelle caution dans cette affaire ?

Mes genoux se liquéfièrent. Tandis que je m'efforçais de ne pas m'effondrer contre Quaid, le procureur se mit à feuilleter son propre dossier, puis me jeta un coup d'œil sévère.

— Les accusations sont graves. La prévenue est déjà connue de la justice pour des faits de délinquance, et l'affaire dans laquelle Miss Walker est accusée de complicité a mis en danger la vie d'une fonctionnaire de police qui n'était pas en service ce jour-là. En ce qui concerne Miss Walker, le ministère public n'a pas pu établir de domicile connu, d'antécédents professionnels ni d'attaches solides dans la communauté. Tout cela nous porte à penser qu'elle pourrait profiter de sa mise en liberté provisoire pour fuir la justice. En conséquence, nous demandons que sa caution soit fixée à cinq cent mille dollars au moins.

Mes jambes faillirent se dérober, et un souffle rauque s'échappa de mes lèvres. Un demi-million de dollars ? Mon père gagnait bien sa vie et il avait mis pas mal d'argent de côté, mais il ne roulait pas sur l'or, loin de là… Rassembler une telle somme n'était pas du tout évident pour lui ! Sans compter que jamais, jamais je ne serais en mesure de le rembourser un jour. J'allais donc retourner en prison ! J'avais beau l'avoir cherché, le coup était terrible.

Désespérée, je me tournai vers Quaid, prête à le supplier de faire quelque chose, n'importe quoi, pour m'éviter la détention provisoire, mais il fixait le procureur, la mine sombre. Son coude frôla le mien. Je crus d'abord que c'était involontaire, mais lorsqu'il croisa mon regard je vis que, dans ses yeux, l'agacement avait à nouveau cédé la place à une expression de tranquille assurance.

Le juge lui donna alors la parole :

— Maître Jackson, nous vous écoutons. Je suis sûr que vous ne manquez pas d'arguments pour contrer la recommandation du ministère public.

— Me Townsend oublie sans doute que, dans cette affaire, ma cliente n'est accusée que de complicité. L'auteur des faits est en détention, Votre Honneur, il attend de comparaître à son tour pour être inculpé de crime, lui, et non de complicité. Alors, c'est vrai, Miss Walker n'a pas toujours eu une conduite exemplaire aux yeux de la loi, mais ses précédents démêlés avec la justice ne concernaient que des délits mineurs, aucun n'ayant entraîné de peine d'emprisonnement. Je suis réaliste, cependant, et je comprends que la cour ne peut pas fermer les yeux sur ces précédents écarts. Je ne vais donc pas tenter le diable en requérant pour ma cliente une libération sur parole. Quant au risque qu'elle cherche à se soustraire à la justice…

Un sourire se dessina sur sa bouche et, à nouveau, je me demandai si c'était calculé. Ce sourire-là, c'était une arme fatale !

— … Me Townsend a eu la bonté de souligner que Miss Walker ne travaille pas et que son CV n'est pas très fourni. Aussi, je vois mal comment l'Etat imagine qu'elle puisse financer sa cavale.

Un gloussement bourru s'éleva dans mon dos. Je mourais d'envie de me retourner et de me jeter au cou de mon père. Le juge fit entendre un petit grognement et, de la main, encouragea Quaid à poursuivre.

— Quant à la question du domicile, Miss Walker a toujours eu sa chambre chez son père, M. Brighton Walker, domicilié à Denver. Dès lors que nous nous serons mis d'accord sur une caution d'un montant raisonnable…

Il fusilla du regard le procureur, qui se rembrunit.

— … M. Walker s'engage à la payer intégralement et à héberger sa fille. Il m'a également donné l'assurance qu'elle collaborerait sans restriction avec la justice en ce qui concerne son affaire et qu'elle s'engageait à témoigner dans le cadre du procès que l'Etat du Colorado intente à M. Jared Dalton. Bien que Miss Walker ne soit pas très impliquée dans la société, son père est honorablement connu dans sa communauté, et je le crois lorsqu'il dit qu'il veillera à ce que sa fille assume ses responsabilités.

Je retins mon souffle, tandis que le juge reportait son attention sur mon dossier. Au bout de ce qui me sembla une éternité, il leva à nouveau les yeux et fixa un point quelque part au-dessus de ma tête.

Lorsque son regard se reposa sur moi, je me redressai et m'efforçai d'avoir l'air aussi innocent que l'agneau qui vient de naître. Tentative qui relevait du défi : je me sentais tout sauf innocente. Le coude de Quaid frôla encore le mien. La première fois, ce n'était donc pas un hasard... Par ce geste, il me faisait savoir que je n'étais pas seule, que mon sort ne dépendait pas que de moi. C'était à peine un effleurement, mais cet infime contact me fit plus d'effet que toutes les effusions du monde.

— Miss Walker !

Je sursautai et dévisageai le juge comme une idiote, tant j'étais troublée, puis je déglutis avant de répondre, histoire de ne pas croasser comme un crapaud-buffle.

— Oui, Votre Honneur ?

— Votre avocat s'efforce de minimiser les accusations retenues contre vous. Néanmoins, vous devez vous rendre compte de leur gravité et savoir que l'Etat a la ferme intention de vous poursuivre dans cette affaire.

Je fis oui de la tête. Quaid me donna un léger coup de coude, et je me raclai la gorge.

— Je m'en rends bien compte, oui.

— Vous me semblez avoir la fâcheuse habitude d'ignorer la loi, jeune fille. Sachez que la cour n'apprécie pas cette attitude. Toutefois, elle est disposée à vous reconnaître l'excuse de la jeunesse, à la condition que vous tiriez des enseignements de vos erreurs. Je suis d'accord avec votre avocat : le montant de la caution requise par l'Etat est disproportionné au vu des faits et de vos antécédents judiciaires.

Une fois de plus, il fixa un point derrière moi, tandis que mon père changeait pour la énième fois de position sur son banc. J'avais l'impression qu'il déplaçait tout l'air de la salle d'audience...

— J'espère aussi que vous vous rendez compte que

l'important soutien familial dont vous bénéficiez a été déterminant dans la décision de ce tribunal. Nous comptons donc que cela vous encourage à rester dans le droit chemin, dans l'attente de votre audience préliminaire. En conclusion, la cour fixe le montant de la caution à cent cinquante mille dollars, à la condition que l'accusée demeure au domicile de M. Brighton Walker jusqu'à la fin de la procédure judiciaire.

Mes genoux cédèrent sous le poids de mon soulagement. Heureusement, Quaid me retint avant que je m'effondre sur lui, le bras passé autour de ma taille. Il imprima une légère pression sur ma hanche.

— Miss Walker…, reprit le juge.

J'inspirai nerveusement et relevai le menton.

— Oui, Votre Honneur ?

Ma voix tremblait, mais je ne cherchai pas à le dissimuler.

— Un bon conseil : réveillez-vous ! Restez à bonne distance des autres accusés, en particulier des personnes qui vous ont conduite devant ce tribunal, et commencez à vous servir de votre tête.

C'était un excellent conseil, en effet. Mais les bons conseils, je n'en avais jamais manqué. Si seulement j'avais été câblée pour les suivre !

Cette fois, pourtant, j'étais bien décidée à ne plus décevoir mon père.

— Merci, Votre Honneur.

D'une pression sur mon bras, Quaid me fit pivoter vers lui.

— Votre père va payer la caution, puis il viendra vous chercher à la prison dès que la procédure de libération sera effective. Comptez en fin d'après-midi. Ensuite, je vous laisserai deux jours, le temps de vous installer chez lui et de vous remettre les idées en place. A ce moment-là, on fixera une réunion pour élaborer notre stratégie de défense. L'Etat va nous soumettre une proposition de plaider-coupable dans la semaine, et je dois savoir quelle position adopter.

Je fronçai les sourcils et retirai mon bras avec brusquerie.

— Je refuse le plaider-coupable, maître. Je ne suis pas coupable.

Il poussa un soupir et me regarda comme si j'étais débile, mais avant qu'il ait pu dire quoi que ce soit un géant s'interposa entre nous. Je fus plaquée contre un torse en tonneau, tandis que mon visage s'enfouissait dans une barbe aussi légendaire que son propriétaire dans tout Denver.

Jamais je n'avais autant eu besoin d'embrasser mon père. Dès que ses bras solides comme des troncs se refermèrent sur moi, je craquai. Les larmes se mirent à déborder de mes paupières closes ; mes cils n'étaient pas assez épais pour endiguer leur flot. Secouée de sanglots, je m'agrippais désespérément au T-shirt Harley-Davidson délavé, malgré l'entrave des menottes.

— Je m'en veux tellement, papa !

Les paroles avaient du mal à se frayer un chemin dans ma gorge nouée par l'émotion. Une patte d'ours se posa sur ma tête.

— Je sais, Sprite, mais on va te sortir de là.

Quelqu'un toussota discrètement. Je m'écartai de mon père, qui laissa tomber sa main sur mon épaule, tandis que l'huissier me désignait d'un signe de tête les portes menant à la cellule du palais de justice.

— Vous pourrez la retrouver dans un petit moment, monsieur. Mais, pour l'instant, elle doit venir avec moi.

Mon père grogna littéralement sur l'homme, qui recula d'un pas, puis il me serra brièvement l'épaule et posa un baiser au sommet de mon crâne. Entraînée par l'huissier, je jetai un rapide coup d'œil au-delà de la large silhouette de mon père, pour tenter d'apercevoir ma mère. Je ne pus que croiser son regard, mais j'eus le temps de voir qu'il était voilé de chagrin et de déception.

— Merci d'être venue, maman. Je suis tellement désolée pour tout ça !

L'huissier me fit avancer, tandis que Quaid conduisait mon père vers la partie de la salle d'audience réservée aux familles et au public.

— Dire que tu es désolée et l'être vraiment, ce sont deux choses bien différentes, Avett.

Elle se leva, alors que mon père lui prenait la main, le regard dur, et me contempla en secouant la tête. Sa dernière phrase avait beau avoir été couverte par l'appel de l'affaire suivante, elle avait tout de même fait mouche.

« Désolée », c'était un mot qui me venait si facilement à la bouche que je l'avais vidé de son sens. Cette fois, il fallait vraiment que je me repente de ce que j'avais fait, même si mon problème, justement, c'était que je n'avais « rien » fait. J'avais beaucoup de choses à prouver, beaucoup de choses à rattraper, et mes antécédents étaient merdiques. Je voulais que ma mère puisse me regarder dans les yeux et refusais que mon père hypothèque sa retraite pour payer ma caution. Ma mère avait raison. Dire « désolée », ça ne suffisait plus : cette fois, il me fallait vraiment changer.

Je retournai dans ce que l'huissier appelait la « cage » et repris ma place entre la meurtrière et la dealeuse. Elles se tournèrent toutes les deux vers moi, le regard chargé d'envie et d'agacement. Ce soir, je dormirais chez moi, alors qu'elles seraient derrière les barreaux.

La droguée haussa les sourcils et passa la langue sur ses lèvres desséchées. J'eus un mouvement de recul involontaire, ce qui me valut un rictus qui se voulait un sourire. Elle avait les dents jaunes et ébréchées.

— Ton avocat, il est trop canon ! Tu te le fais ? Moi, je me le ferais bien. Combien il te prend de l'heure ? Je parie qu'il est cher, mais qu'il assure au lit. Cet enfoiré de juge a refusé la caution à tout le monde, sauf à toi.

Prise de court, je regardai la meurtrière qui me faisait face et venait de m'interpeller : elle semblait attendre ma réponse avec autant d'intérêt que la dealeuse.

Mal à l'aise, je me raclai la gorge et me tortillai sur le banc, toujours aussi dur.

— Je ne sais pas combien il prend, ce n'est pas moi qui le paie. Et, non, je ne couche pas avec lui. Je ne le connais que depuis hier.

Mais alors pourquoi mon corps entrait-il en fusion chaque fois qu'il me décochait son fameux sourire ? Et pourquoi m'étais-je immédiatement sentie mieux, quand son coude avait effleuré le mien ? C'était complètement déplacé, comme réaction : il avait dix ans de plus que moi, était issu d'un milieu très différent du mien et ne m'avait vue qu'en uniforme orange de la prison. Surtout, détail à ne pas oublier, c'était mon avocat. Son job, c'était de m'éviter la taule. Mes hormones devaient être les seules à ne pas avoir pigé la situation : j'étais dans la merde jusqu'au cou, et Quaid Jackson, juste le mec qui s'efforçait de m'en sortir.

« Moi, je me le ferais bien », avait dit la femme accusée de meurtre. Quaid était-il au courant que toutes les criminelles de Denver le trouvaient baisable ?

Je fis cliqueter mes menottes, histoire de me ramener à la réalité, et marmonnai :

— Je ne pense pas qu'on soit son genre…

Il devait préférer les femmes qui n'ont jamais connu la morsure des menottes — celles qu'on utilise dans leur usage premier —, et je le voyais mal fantasmant sur une fille aux cheveux roses… D'autant que j'aurais bien eu besoin de me refaire une couleur ! Mon rose pâlissait au niveau des pointes et virait au pourpre près des racines, trahissant mon brun foncé naturel.

— Moi, je suis le genre de n'importe qui, putain ! Du moment que le mec y met le prix !

La junkie s'humecta à nouveau les lèvres. J'avais envie de me recroqueviller sur moi-même, de me faire toute petite afin de leur échapper et de ne plus entendre la façon dont elles parlaient de mon avocat. Leurs manières ne me plaisaient pas. Et ma réaction non plus.

Heureusement, il ne restait que deux personnes à comparaître. Ensuite, on serait escortées jusqu'au fourgon, direction la prison.

Moi qui craignais de devoir réintégrer la cellule où m'attendait l'épouse bafouée, je me retrouvai dans un local semblable à celui où j'avais eu mon premier entretien avec Quaid, au lendemain de mon arrestation. On me rendit les vêtements que je portais le soir du braquage, avec ordre de me changer et de me tenir tranquille. Pour une fois, j'obéis avec joie ! Jamais je n'aurais cru qu'un jean déchiré, un T-shirt déformé et des Vans pourries me feraient un jour autant d'effet qu'une robe de soirée et des escarpins de créateur. Ça n'était pas de la haute couture, mais me parut du luxe à côté de cet uniforme qui grattait ! J'avais même un chouchou dans ma poche et je pus relever ma tignasse en un chignon approximatif. Puis je fis ce qu'on m'avait dit de faire : je me tins tranquille.

L'attente me sembla très longue, plusieurs heures… Je comptai les carreaux au sol, mémorisai le rythme auquel le néon défectueux clignotait au-dessus de ma tête… Surtout, j'eus tout le temps de revenir sur toutes les conneries que j'avais faites dans ma vie. Le bon choix était toujours devant moi, gros comme une maison, mais en bonne rebelle à la con j'optais systématiquement pour le plus court chemin vers la chute. Et maintenant que je m'étais officiellement ramassée je pouvais en parler en toute connaissance de cause. Au bout de la dégringolade, on finit toujours par toucher le fond. La chute est effrayante, interminable, mais le plus dur, c'est le choc brutal contre le sol. C'est ce brusque contact avec la réalité qui laisse des marques.

A la seconde où j'avais croisé la route de Jared, j'aurais dû savoir qu'il n'allait m'attirer que des ennuis. Pourquoi s'était-il fixé sur moi ? Je venais de laisser tomber la fac, je n'avais pas d'appart, pas de boulot… L'abus de Netflix et de malbouffe avait sérieusement enrobé ma silhouette, et les mecs de mon âge ne se battaient pas pour sortir avec moi. De toute façon, à chaque fois que je me faisais larguer, mon père devait me ramasser à la petite cuillère. Autant dire que, dans le domaine sentimental, mes résultats n'étaient pas brillants. Et pourtant, malgré tous ces signaux négatifs, Jared m'avait couru après avec acharnement.

Au début, il s'était montré charmant, gentil. Son côté *space* de camé me plaisait bien, sans parler du fait que mes proches ne l'aimaient pas. Plus mon père le flinguait, plus je le trouvais attirant. Mon père, c'était mon héros, mon idole, mon meilleur ami, mais, dès qu'il essayait de me détourner d'un mec, je m'accrochais aussitôt à ce dernier. Ça me tuait, mais c'était cette souffrance que je recherchais. J'avais donc fini par coucher avec Jared et passer de plus en plus de temps chez lui. Très vite, j'avais compris qu'il ne se contentait pas de fumer de la beuh, mais je m'étais réfugiée tout aussi vite dans le déni : il n'était pas accro aux drogues dures, il aimait juste faire des expériences, de temps en temps…

Un mensonge qui n'avait pas tenu longtemps face à la réalité…

J'avais supplié mon père de me filer un job au bar. Il me

fallait à tout prix m'éloigner de la drogue et des coups. Bien sûr, il aurait mieux valu que je rompe avec Jared, mais je ne le pouvais pas, je ne le voulais pas. Jared, lui, était ravi que j'y bosse. Pour lui, ça signifiait bouffe et picole gratos, et quand il manquait d'argent pour se payer sa dose il m'obligeait à piquer dans la caisse. Je détestais voler. Je me sentais à chaque fois sale et moche, mais c'était ça ou devoir expliquer un œil au beurre noir ou une lèvre enflée. Or, ça, je ne le pouvais pas. J'étais incapable de dire pourquoi je restais avec ce mec qui me battait. De même que les mots me manquaient pour justifier la passivité dont j'avais fait preuve, la nuit du braquage.

Je ressassais mon amertume quand un flic en uniforme m'ordonna de le suivre. Il me conduisit à un bureau où on me demanda de remplir tout un tas de formulaires. Je signai sans regarder, et on me tendit un sac en plastique scellé ; j'y retrouvai les affaires qu'on m'avait confisquées lors de mon arrestation. Tout y était : mon sac et mon téléphone portable. En me retournant, je vis mon père se lever d'une petite chaise en plastique.

Sans un mot, je me précipitai vers lui et l'enlaçai. Il me rendit mon étreinte et pressa sa joue broussailleuse contre mon crâne, aplatissant mon chignon. Je respirai son odeur familière qui m'évoquait toujours sa moto et son bar, laissant sa force et son amour alléger le poids de tout ce qui m'écrasait.

— On rentre à la maison, Sprite ?

Je le serrai de toutes mes forces en me promettant que plus jamais je ne l'obligerais à me sauver de moi-même.

— Oui, papa. Je ne demande que ça.

Après tout, sa maison, c'était mon foyer, le lieu où je trouvais toujours la force de me relever, quelles que soient les épreuves.

4

Quaid

J'arrivai en retard au cabinet. Comme souvent, j'avais été retenu au bureau du procureur, mais aujourd'hui ce contretemps me contrariait plus que d'habitude. J'étais furieux d'avoir obligé Avett à poireauter une demi-heure devant mon bureau sous le regard oblique de mon assistante, bien planquée derrière son ordinateur. Notre dernière rencontre remontait à trois jours et, depuis, je n'avais pas cessé de penser à elle — à elle et pas à son affaire. Aussi, lorsque je la vis, mignonne, fraîche et innocente, dans sa tenue *streetwear* qui l'avantageait nettement plus que l'uniforme orange de la prison, je me montrai abrupt, à la limite de la grossièreté. Jamais je ne me serais permis une telle attitude avec mes autres clients.

Sans m'embarrasser des salutations d'usage, je lui désignai mon bureau d'un signe de tête et lui demandai sans me retourner :

— Votre père n'est pas là ? Je croyais pourtant que votre sort ne lui était pas indifférent…

Je m'exprimais comme un con. Je me conduisais comme un con.

J'attendis d'être assis à mon bureau pour la regarder :

de toute évidence, ma mauvaise humeur ne lui avait pas échappé. Elle croisa les bras sur sa poitrine, une poitrine ample, ronde, bien plus opulente que je l'aurais imaginé au vu de sa petite taille. Ces derniers jours, j'avais fantasmé à mort sur elle. C'était complètement déplacé, étant donné les circonstances, mais ses courbes et ses vallons étaient bien trop alléchants pour que je m'en tienne à des considérations strictement professionnelles. Aussi agaçant que ça puisse être, j'avais du mal à ne pas la mater. Elle était tout en formes, et deux de ses rondeurs, au moins, me faisaient bander de façon intempestive. La combinaison de la prison, trop grande pour elle, m'avait caché jusque-là la sensualité de son petit corps qui irradiait, lui aussi, de mauvaise humeur contenue.

Je n'aurais pourtant pas dû y être sensible, pas plus qu'à son air farouche. Ce n'était qu'une gamine, et avant tout ma cliente. J'étais là pour l'aider, l'empêcher de retourner en taule. Pas pour me laisser fasciner par sa moue irritée ou le rose — raccord avec ses cheveux — qui lui était monté aux joues, en réaction à mon accueil merdique. Je n'aurais pas dû aimer sa façon de se cabrer face à mon attitude de connard, mais ça me plaisait.

— Papa voulait venir, mais j'essaie de lui prouver que je suis capable de faire ce qu'il faut toute seule, pour une fois. Si je le laissais faire, il me tiendrait la main toute sa vie, et je ne veux pas l'impliquer plus encore qu'il ne l'est.

Elle se renversa contre le dossier de son siège et me fixa de son air renfrogné.

— Je vous vois venir... Vous allez me proposer d'accepter un plaider-coupable pour bénéficier d'une remise de peine. Je reconnais que, dans ma situation, c'est ce qui semble le plus logique. Ça m'éviterait de payer plein pot pour les conséquences de mes actes. Quant à mon père, je sais déjà ce qu'il va me dire : écoute ton avocat, il est payé pour agir au mieux de tes intérêts.

Elle secoua la tête et resserra les bras sur la poitrine, comme pour se donner du courage.

— Il a peut-être raison, mais je m'y refuse. Parce que je n'ai jamais voulu braquer ce bar. A aucun moment je n'ai été la complice de Jared ou le coauteur des faits. Vous comprenez ? Je n'ai eu aucune participation active à ce braquage, c'est pourquoi tout arrangement avec le parquet m'est impossible. Mon père va flipper à mort, bien sûr. Je lui en ai déjà tellement fait voir…

Elle baissa les yeux sur le luxueux tapis berbère qui s'accordait mal avec ses baskets et reprit :

— Je me plante peut-être, mais j'ai l'habitude.

Ma tension s'était envolée en l'écoutant. La plupart de mes clients choisissaient leur stratégie de défense en fonction de leurs intérêts, pas elle. C'était surprenant, voire rafraîchissant, de se trouver face à une accusée qui se souciait en priorité d'épargner ses proches. J'étais content. Avett était montée un peu tard sur le ring, mais elle était venue pour se battre.

— Le bureau du procureur m'a fait parvenir une proposition de plaider-coupable, ce matin. Le ministère public est d'accord pour abandonner les charges, à l'exception de l'accusation de complicité, si vous acceptez de purger une peine de prison de quatre-vingt-dix jours, assortie d'une mise à l'épreuve de deux ans. Le parquet exige aussi que vous témoigniez contre Jared Dalton.

Je guettai sa réaction, les mains croisées devant moi. Sa respiration s'était accélérée, et un anneau d'or flamboyait autour de ses prunelles, qui avaient viré au noir. J'avais l'impression de regarder un kaléidoscope.

— Je ne veux pas voir Jared.

Sa voix se brisa, et les articulations de ses doigts blanchirent sur ses avant-bras.

— Vous n'aurez pas le choix, en la circonstance. Vous devrez témoigner à son procès, que vous plaidiez coupable ou pas. Vous êtes témoin dans son affaire : le ministère public comme le défenseur de Jared peuvent à tout moment vous appeler à la barre. Votre ex vous charge au maximum, il soutient que vous en vouliez à votre père d'avoir vendu le bar. C'est avec cet argument qu'il espère semer le doute dans l'esprit des jurés. Que vous le vouliez ou non, vous serez partie prenante à son procès, indépendamment de ce qui va se passer pour vous.

Elle fit la moue.

Une moue qui me troubla. Qui aurait dû exprimer une irritation boudeuse. Lui donner l'air d'une petite fille gâtée. Mais qui la rendait encore plus craquante. Rien à voir avec celle que m'adressait Lottie, lorsque je lui refusais un canapé ou un sac hors de prix dont elle ne se servirait qu'une fois. Non, c'était la moue dépitée d'une femme face à un cas de conscience, une expression pleine de charme et de candeur. Une fois de plus, je m'en voulus de prêter autant d'attention à cette petite moue de rien du tout.

— C'est un bon arrangement, Avett. Un très bon compromis. Parce que, si vous n'êtes condamnée que pour complicité, vous encourez tout de même trois ans de prison minimum.

J'insistai :

— Je dis bien *minimum* ! Si votre affaire passe en justice et que les jurés vous reconnaissent coupable, vous risquez même d'en prendre pour cinq ans. Perdez votre pari, et ça fera un sacré bout de temps à passer derrière les barreaux !

Laissant retomber les bras le long du corps, elle s'avança sur son siège et se pencha vers moi pour me fixer avec intensité. Ses yeux aux mille reflets avaient un pouvoir hypnotique. Soudain, je m'aperçus qu'elle attendait une réponse de ma part. Bon sang ! Il fallait que je me concentre sérieusement sur cette fille… Enfin, sur son *affaire*… Je n'avais que trop tendance à l'oublier.

— Excusez-moi, vous avez dit quelque chose ? fis-je d'une voix altérée.

Je changeai de position dans mon fauteuil. Certaines parties de mon anatomie réagissaient beaucoup trop aux nombreux charmes d'Avett Walker !

— Je disais que je vous avais cherché sur Google.

Elle rejeta une mèche de cheveux par-dessus son épaule, et j'eus beaucoup de mal à garder les yeux rivés sur son visage. Ce simple geste avait fait pigeonner sa poitrine sous son T-shirt noir.

— Ah oui ? Et ça vous a appris quelque chose ?

Je savais pertinemment ce qu'elle avait dû trouver : mes états de services, l'annonce de mon mariage, mon parcours dans ce cabinet juridique, divers articles sur mes affaires les plus médiatisées et des potins croustillants sur mon divorce. La majorité des divorces ne méritent pas de faire la une, mais, lorsque l'un des conjoints vient d'un milieu fortuné et que l'autre est un pénaliste aussi en vue que moi, c'est du pain bénit pour les journalistes en manque d'actu. J'étais curieux de connaître son interprétation de cet instantané de ma vie.

Elle se leva de son siège et se mit à arpenter mon bureau.

— Pas mal de choses, oui. J'ai vu que vous vous étiez enrôlé dans l'armée, dans votre jeunesse. Je comprends mieux maintenant pourquoi vous avez tout de suite plu à mon père.

Elle me regarda par-dessus son épaule, un léger sourire aux lèvres.

— D'habitude, il est plutôt méfiant. Il lui faut un petit moment pour apprécier quelqu'un.

Je l'écoutais distraitement, fasciné par la crinière colorée qui flottait sur ses épaules. Elle qui ne donnait pas l'impression d'être trop féminine ou *girlie*, comment se faisait-il qu'elle ait opté pour une coloration aussi délicate ?

— J'ai appris que vous étiez né au Colorado, que vous aviez grandi dans les montagnes, que votre anniversaire tombait le jour de Noël, que vous alliez sur vos trente-deux ans et que vous aviez donc accompli une carrière fulgurante. Je sais aussi que vous collectionnez les costumes.

Mon rire de surprise lui fit stopper son va-et-vient. Elle s'avança vers mon bureau et s'y appuya des deux mains. Cette position faisait bâiller son T-shirt, m'offrant bien malgré moi une vue plongeante sur son soutien-gorge à imprimé léopard. Cet aperçu au goût d'interdit me dessécha la bouche et m'emballa le cœur — réaction bien puissante face à cette toute petite provocation.

Tandis que je me ressaisissais, elle poursuivit :

— Depuis que vous avez quitté l'armée, vous êtes en costume sur toutes vos photos. Bleus, noirs, gris, à rayures… Ça fait beaucoup de costumes !

Je me défendis.

— Je passe énormément de temps dans les prétoires. Le costume, ça fait partie de mon image.

Ça me permettait aussi de prendre ma revanche sur le petit sauvageon des montagnes qui ne possédait en tout et pour tout qu'un seul jean et une seule paire de chaussures dont la semelle n'était pas trouée.

— Et si j'ai réussi c'est parce que je travaille dur et que je suis doué dans ma partie.

Depuis ma naissance, je n'avais jamais relâché mes efforts. Au lycée, je me surpassais pour bénéficier de tous les cours intensifs que proposait l'établissement à ses meilleurs élèves. Je savais déjà que je ne pourrais pas faire d'études supérieures sans en passer par l'armée. J'allais devoir donner quatre ans de ma vie à mon pays et retarder d'autant la réalisation de mon projet professionnel. Heureusement pour moi, j'avais achevé mes études secondaires avec des résultats qui me mettaient pratiquement au niveau d'un étudiant de deuxième année. J'avais bouclé ma licence en un temps record, mais je m'étais arraché pour y arriver.

— Oui, j'ai bien compris que vous étiez du genre accro au boulot, vu tout ce qui a été dit sur votre divorce.

Son ton sec me hérissa. Je me mis à pianoter sur mon genou, agacé.

— Je n'aborde jamais la question de ma vie privée avec mes clients, Avett.

Elle esquissa un sourire et haussa les sourcils, l'air faussement intrigué.

— Pourquoi ? Vos clients sont sûrement les seules personnes à se trouver dans une situation pire que la vôtre. A partir de là, ce sont bien les derniers à pouvoir porter un jugement sur ce qui se passe chez vous. Moi, par exemple, vous savez pourquoi je suis là. Qu'est-ce qu'une petite infidélité, comparée à ce que j'ai fait ?

Incapable de me maîtriser, je bondis de mon fauteuil, me passant la main dans les cheveux.

— C'est elle qui m'a trompé, pas moi ! De toute façon, ça n'a aucune importance, et je n'ai pas envie d'en discuter.

Malgré tous mes soins, la plaie n'avait toujours pas cicatrisé.

Avett se redressa et me considéra une seconde, les mains sur les hanches, avant de baisser les yeux.

— Même quand quelqu'un ne veut pas entendre notre histoire, on ne peut pas faire autrement que de la lui raconter.

Ces paroles me revinrent en pleine tête, comme un

boomerang. *Votre histoire ne m'intéresse pas*, ces mots, c'était moi qui les avais prononcés, lors de notre premier entretien à la prison.

Elle reprit son va-et-vient et poursuivit, comme pour elle-même :

— J'ai aussi appris que vous étiez le meilleur dans votre job. Vous gagnez la plupart de vos procès. Vous avez fait acquitter des coupables, mais vous avez également évité à des innocents de prendre perpète. Pour parier sur mon avenir, je n'aurais pas pu choisir meilleur partenaire de jeu. J'ai décidé de croire que, pour une fois, les cartes ont été distribuées en ma faveur.

Elle s'arrêta à nouveau en face de moi, et on se dévisagea longuement.

— Merci de ne pas m'avoir laissée vous virer, maître Jackson.

La douceur de son intonation m'incita à dire une chose que je n'avais jamais dite à aucun de mes clients :

— Appelez-moi Quaid.

Ses yeux extraordinaires s'agrandirent, et elle se mordit la lèvre inférieure.

— Très bien, Quaid. Je refuse l'arrangement qu'on me propose, et c'est mon dernier mot.

On se rassit tous les deux, de part et d'autre de mon imposant bureau. Il y avait de l'électricité dans l'air, une vibration que je n'aurais su définir, plus excitante que tout ce que j'avais éprouvé depuis longtemps. En fait, la dernière fois que j'avais ressenti une telle décharge d'adrénaline, c'était à dix-huit ans, lorsque j'étais monté dans l'avion qui devait m'emmener au camp d'entraînement, loin, très loin, de la lutte constante qu'avait été jusqu'alors mon existence. Ma rencontre avec Avett, c'était comme un nouveau départ, une chance de faire quelque chose de valable, je le comprenais maintenant… Mais j'étais déstabilisé par la force et la rapidité de cette sensation qui prenait le pas sur ma raison.

— L'audience préliminaire sera fixée dans quelques semaines. D'ici là, le bureau du procureur va fouiller tout votre passé pour dénicher des faits qui puissent étayer leurs accusations, au cas où nous irions jusqu'au procès. De mon côté, je vais leur rappeler que leur dossier repose sur les déclarations d'un drogué notoire, elles-mêmes basées sur des ouï-dire. On a également la vidéo du parking où l'on voit votre copain en train de vous molester. Nos preuves et nos témoins sont bien plus solides que tout ce que l'Etat peut sortir de son chapeau. On prouvera de manière irréfutable que Jared Dalton est l'unique auteur des faits.

Je lui souris, et il me sembla qu'elle réprimait un soupir.

— Vous savez quoi, Avett ? A votre place, je dirais moi aussi au procureur de se mettre son arrangement là où je pense.

Son rire surpris me noua les tripes.

— Vous et moi, on est dans le même bateau. On fait le même pari. Du coup, qu'on gagne ou qu'on perde, ce sera ensemble.

Elle renifla d'un air sceptique.

— Sauf que, si on perd, la prison, ce sera pour ma pomme…

— Exact. Mais j'ai remporté des affaires autrement plus complexes que la vôtre et qui, parfois, se présentaient très mal pour mon client. Si je perds cette affaire, j'aurais l'air d'avoir bâclé mon boulot. Or, je ne bâcle jamais rien.

— Je ne suis quand même pas votre genre de client habituel. J'ai bien vu l'air dégoûté de votre secrétaire…

— Si vous avez traité Pam de secrétaire, ça ne m'étonne qu'à moitié ! Elle préfère le titre d'assistante.

Je la regardai droit dans les yeux, pour bien la convaincre de ma sincérité.

— Mon genre de client, c'est celui qui a les moyens de se payer mes services. Je me fiche que vous ayez les cheveux roses ou que vous soyez le joueur vedette des Broncos de Denver. A partir du moment où vous décidez de me confier vos intérêts, je me fais un devoir de vous fournir la meilleure défense possible et de traiter votre affaire en priorité absolue.

Elle poussa un soupir de soulagement.

— Il faudra que je remercie Asa de vous avoir engagé, alors.

Je choisis de ne pas lui révéler que, désormais, c'était son père qui signerait les chèques. D'un air faussement détaché, je me contentai de lui dire :

— Quant à vos cheveux, ils me plaisent comme ils sont.

Elle battit des paupières, l'air incrédule, et effleura ses pointes roses.

— C'est vrai ?

J'opinai.

— Mais oui ! Par contre, il vous faudra peut-être songer à changer de couleur avant l'audience. Autant avoir l'air aussi respectable et honnête que possible.

Je levai les mains en un geste d'apaisement devant son expression furieuse.

— Je suis sûr que votre père m'approuverait, s'il était là. Je vous l'ai dit, j'ai l'habitude des prétoires. Ça peut vous sembler un détail insignifiant, mais je vous assure que votre couleur de cheveux peut avoir un impact énorme sur l'impression que vous ferez sur le juge et les jurés. A condition, bien sûr, qu'on aille jusqu'au procès.

Pourtant, je serais le premier désolé si elle retrouvait sa couleur naturelle. Le rose lui allait bien, et j'aimais la façon dont sa présence illuminait mon bureau tristement fonctionnel.

Sa main se crispa sur une de ses mèches, et elle ferma les yeux, l'espace d'une demi-seconde. Lorsqu'elle les rouvrit, ils ne reflétaient plus que de la résignation. Elle fit de nouveau la moue. Je mourais d'envie de mordre ses lèvres, et rien que d'y penser mon pantalon sur mesure devint subitement beaucoup trop étroit.

— OK, à part mes cheveux, qu'est-ce qu'il faut que je change ? Qu'est-ce que je peux faire d'autre pour avoir l'air respectable et honnête ?

L'idée avait tellement l'air de l'écœurer que je dus réprimer un gloussement.

— Soigner votre coiffure et avoir une tenue convenable. Quelque chose de strict mais de pas trop BCBG. Vous êtes jeune, Avett, et vous dégagez une certaine innocence. Vous avez toute la vie devant vous pour vous corriger. C'est sur cet aspect-là qu'on va mettre l'accent. En dehors de ça, faites ce que vous a recommandé le juge lors de votre première comparution : restez loin de votre copain et tâchez d'arrêter les bêtises.

Elle se raidit et murmura :

— Ex-copain, et, je vous l'ai déjà dit, je ne veux plus jamais le revoir.

— Et moi je vous ai répondu que vous n'auriez pas le choix.

Je consultai ma montre. Incroyable ! J'avais largement dépassé le créneau que j'avais bloqué dans mon agenda. Je n'avais pas vu le temps passer…

— Je comprends ce que vous ressentez, Avett. Moi non plus, je n'aimerais pas revoir une personne qui m'aurait causé ce genre d'ennuis, mais je vous rappelle que c'est vous qui êtes entrée dans mon bureau en déclarant que vous vouliez bien faire les choses. Que vous n'aviez pas besoin qu'on vous tienne la main. C'est à vous qu'il revient d'aider la justice à mettre hors circuit ce type qui vous a fait du mal, ce salaud qui a mis en danger plusieurs personnes en braquant ce bar qui représente tellement pour votre famille. Si vous témoignez contre lui, vous aurez fait un grand pas dans la bonne direction.

Je me levai de mon siège, et elle fit de même.

— Et maintenant excusez-moi, mais il me faut mettre un terme à notre entretien : j'ai un autre rendez-vous. Je vous recontacterai. Le procureur va vouloir discuter avec vous du procès de votre ex.

Je lui tendis la main et faillis la retirer lorsque ma peau entra en contact avec la sienne. Une décharge électrique me parcourut, on aurait dit que j'avais frôlé un câble sous tension ! Mon sang se mit à bouillonner d'une excitation inconnue, et il me fallut tout mon sang-froid pour ne pas me frictionner le bras.

De son côté, elle recula et serra les poings, comme pour retenir l'électricité qui avait jailli entre nous.

— J'ai hâte de vous revoir, dit-elle.

Elle s'éclaircit délicatement la voix, tout en se dirigeant vers la porte. Une fois sur le seuil, elle marqua une pause, la main sur la poignée, et se retourna pour me décocher un regard aigu.

— Quaid…

Je levai les yeux du dossier que j'étais en train d'examiner et haussai les sourcils d'un air interrogateur.

— Oui ?

— Je ne suis ni aussi jeune ni aussi innocente que vous semblez l'imaginer. Mais si vous voulez faire avaler ça à un juge et à des jurés, et que ça peut m'éviter la prison, OK, je jouerai ce rôle… Seulement, de votre côté, vous devez admettre que ça n'est pas la réalité.

Elle sortit avant que j'aie pu répliquer.

Me renversant sur mon fauteuil, j'appelai Pam pour lui dire que j'avais besoin de quelques minutes avant de recevoir mon client suivant. En réalité, j'avais du mal à me remettre du passage de l'ouragan Avett. Cette fille envoyait du lourd, et je n'arrivais pas à gérer la tempête d'émotions qu'elle soulevait en moi. Oui, elle était un cas. Je ne me souvenais pas d'avoir eu affaire à une personne aussi authentique, aussi franche à propos de ses erreurs et de ses échecs. Elle était prête à jouer son destin à la roulette russe. Il y avait là quelque chose qui m'intriguait. Comme dans le défi qu'elle m'avait lancé en partant…

A l'état civil, elle affichait vingt-deux ans. C'était jeune, bien plus jeune que moi, en tout cas. A son âge, j'étais revenu de ma guerre dans le désert et m'étais inscrit en fac. J'avais plus de maturité que la plupart des mecs de vingt ans, mais c'était plus lié à mon enfance marginale qu'au fait d'avoir combattu pour ma patrie. N'empêche, la différence entre mon vécu de l'époque et mon savoir actuel était énorme. En conclusion, oui, Avett Walker était jeune, même si elle soutenait le contraire.

Quant à son innocence… J'avais son casier judiciaire sous les yeux, et elle n'avait rien d'un ange. Pourtant, au fond de son regard farouche brillait quelque chose de très doux et de très tendre.

La main sur le combiné, je m'apprêtai à demander à Pam d'introduire mon rendez-vous suivant, quand mon téléphone se mit à sonner. Orsen McNair. L'homme qui m'avait engagé, le McNair de McNair et Duvall, les fondateurs de ce cabinet juridique. J'aimais bien Orsen ; je lui étais reconnaissant de m'avoir donné ma chance à ma sortie de la fac et de m'avoir soutenu lors de mon divorce. Lottie avait tout fait pour traîner mon nom dans la boue — et celui de la boîte, par ricochet. Oui, je devais beaucoup à cet homme, car, au départ, mon pedigree n'était pas aussi classe que celui de la plupart de mes confrères. Cependant, ma réussite tenait aussi à mes qualités propres : à mon éthique, ma finesse psychologique et mon habileté à manœuvrer un jury. Bref, mon ambition était de faire figurer mon nom en bonne place à côté du sien et je le lui avais clairement fait savoir.

Je décrochai.

— Quoi de neuf, chef ?

A l'autre bout du fil, j'entendis un gloussement éraillé et un fauteuil gémir sous le poids de son occupant.

— Alors, comme ça, on défend des punkettes rock, maintenant ?

Je fronçai les sourcils et maudis Pam en silence.

— Qui t'a raconté ça ?

— Allons, Quaid... Tu sais bien que dans cette boîte les filles passent leur temps à bavasser. A croire qu'on les paie pour ça... Pam s'est dépêchée d'aller raconter à Martha que tu avais gardé cette fille plus d'une heure dans ton bureau. Et que, lorsqu'elle en était enfin sortie, elle était aussi rose que ses cheveux. Tu as quelque chose à me dire, fiston ?

Je fermai les yeux et me massai vigoureusement la tempe de ma main libre.

— Rien du tout, Orsen. C'est une nouvelle cliente. Elle m'a été adressée par un gars que j'ai défendu il y a quelque temps. Les cheveux roses, c'est un détail. Je lui ai d'ailleurs conseillé d'adopter une couleur plus passe-partout avant l'audience. Si Pam l'a trouvée bouleversée ou agitée à la sortie de mon bureau, c'est parce que je venais de lui apprendre qu'elle allait être le principal témoin à charge au procès de son petit copain. Autant dire que ça ne lui a pas plu du tout. Et Pam ferait mieux de se taire !

— Elle craint juste qu'une autre chercheuse d'or essaie de te mettre le grappin dessus.

Je serrai les dents, touché au cœur. Je n'avais pas besoin qu'on me rappelle les péripéties de mon divorce, ni les conséquences qu'elles avaient eues sur la boîte.

— Pam s'inquiète pour rien. Ça n'arrivera plus. Je t'ai déjà dit cent fois qu'on ne m'y reprendrait plus.

Le gloussement éraillé résonna à nouveau dans le combiné.

— Ce qu'il te faut, fiston, c'est une femme qui sache satisfaire un homme tout en étant belle. Tu devrais t'en trouver une pour la soirée de la boîte. La fin d'année, c'est très bientôt.

Contrarié, je chassai l'image qui s'était imposée à mon esprit : moi, débarquant dans la luxueuse baraque d'Orsen à Belcaro, une tornade à cheveux roses à mon bras. Son associé et lui en péteraient un câble, et pas seulement parce que Avett était ma cliente. McNair et Duvall avaient une réputation à entretenir. Du coup, tous leurs collaborateurs se devaient d'adopter un comportement et un look à leur image. En apparence, Lottie passait pour la parfaite épouse d'avocat, même si, intérieurement, elle n'était qu'une garce perverse et corrompue. Putain ! Le seul fait d'établir une comparaison entre Lottie et Avett me hérissait le poil. Ces deux femmes ne sortaient pas du même moule. Et celui qui avait façonné Avett ne devait avoir servi qu'une fois.

— Je verrai, Orsen. Je croule sous les dossiers, en ce moment, ça ne me laisse pas beaucoup de temps pour le reste.

— On arrive toujours à trouver du temps pour une femme bien, fiston, surtout quand on en a autant perdu avec une garce. Essaie de me caser à déjeuner en début de semaine prochaine. Tu pourras me parler de tes affaires en cours, y compris celle de la punkette !

J'allais répliquer qu'avoir les cheveux roses n'impliquait pas forcément qu'on soit punk, mais Orsen avait déjà raccroché. Mon boss était de la vieille école, enfermé dans ses principes. Il ne saurait pas voir dans les cheveux d'Avett une facette de sa nature fougueuse et indomptée. Je n'avais pas menti, tout à l'heure, quand je lui avais dit que sa couleur ne me déplaisait pas. C'était original, et puis ça lui allait bien. En même temps, il fallait être réaliste : elle ne pouvait pas garder ses cheveux roses. Cela dit, cette idée me contrariait, moi aussi.

Il fallait que je cesse de penser à elle en dehors du cadre professionnel. S'il y avait sur terre une femme appropriée à ma situation actuelle, ça n'était certainement pas cette petite délinquante qui semblait cent fois mieux dans sa peau que je ne l'avais jamais été. Non, j'avais besoin d'une femme qu'on baise et qu'on oublie. Pas de cette fille qui squattait ma tête et s'insinuait, sans même s'en rendre compte, sous l'armure derrière laquelle je me planquais depuis tant années.

5

Avett

— Tu es bien jolie, comme ça !

La voix bourrue de mon père me fit sursauter. J'étais dans la salle de bains, en train de fixer une dernière mèche à mon chignon serré.

J'aurais dû me teindre les cheveux. J'avais eu trois semaines pour acheter une coloration et recouvrir ce rose, mais je n'avais pas pu. Chaque fois que j'y pensais, chaque fois que j'envisageais de partir en taule pour un bon bout de temps, je reculais. L'idée de me faire passer pour quelqu'un d'autre, de comparaître devant un juge et des jurés comme une imitation de moi-même me faisait froid dans le dos. Et puis, chaque fois que Quaid me recevait dans son bureau de ringard, avec son tapis chicos et ses meubles fadasses, la première chose qu'il faisait, c'était de regarder mes cheveux, puis de me fixer avec un mélange de reproche et d'admiration. J'aimais susciter ces deux sentiments chez lui. J'aimais lui faire de l'effet, en bien ou en mal. Le provoquer était devenu un défi personnel, même si j'avais conscience de jouer avec le feu. Car, sous son costume de marque, ce mec était un prédateur, un grand fauve à crinière dorée. Oui, mon bel avocat était plus complexe qu'à première vue, et les secrets que cachaient son sourire ravageur et son regard bleu acier m'attiraient comme la flamme attire le papillon.

Il ne m'avait plus reparlé de mes cheveux. Peut-être avait-il compris que leur couleur faisait partie de ma personnalité… Encore un choix qui risquait de m'exploser à la figure, mais j'étais bien décidée à en assumer les conséquences, comme pour le reste. J'étais une fille qui, par manque de jugeote, passait son temps à merder. Puisque j'étais prête à le reconnaître, pourquoi me teindre d'une autre couleur ? Mes cheveux resteraient roses, mais j'avais fait le maximum pour que ça ne se voie pas trop. Et puis j'avais suivi l'autre conseil de Quaid. Je ne m'étais pas fringuée comme une glandeuse professionnelle, raison pour laquelle mon père me regardait avec des yeux ronds, comme s'il n'avait jamais vu sa fille aussi propre sur elle.

Sans doute parce que c'était le cas.

Dans ma famille, le *casual look*, c'était génétique. Je n'avais qu'une seule jupe, et elle datait du lycée. N'ayant ni voiture ni argent, j'avais embarqué mon père dans une virée shopping, histoire de me dégoter une tenue susceptible de convaincre un juge que je n'avais pas le profil d'une braqueuse.

Les mains en appui sur le lavabo, je fixai dans le miroir les yeux gris foncé de mon père. Depuis mon retour à la maison, la cohabitation n'était pas tous les jours facile. Entre nous, la tension était palpable, comme si un nuage planait en permanence au-dessus de nos têtes. Je ne savais pas comment j'allais pouvoir arranger la situation. Une grande partie de son malaise venait du mécontentement de ma mère à mon égard : quand Darcy n'était pas heureuse, Brite ne l'était pas non plus. Mais, comme je ne savais pas quoi faire pour améliorer mes rapports avec elle, je ne faisais rien.

Ne rien faire semblait toujours la solution la plus dévastatrice, et pourtant je m'entêtais à la choisir.

— Merci, papa. Et ma coiffure, tu la trouves comment ?

Ce chignon bien tiré m'avait pris plus de temps que tous les soins que j'avais apportés à mes cheveux en vingt-deux ans. En général, je ne les attachais pas, laissais mes mèches souples vivre leur vie. En matière de coiffure, j'avais un principe : faire simple et pratique.

— Très joli... Tout est très joli. De face, on ne voit même pas que tu as les cheveux roses.

Il essayait de me rassurer, mais je devinais sa nervosité. Ses larges épaules étaient crispées, et aucun sourire n'éclairait sa barbe en broussaille.

— Tant mieux. Il faudra que je pense à ne jamais tourner le dos au juge, alors. Encore merci pour les fringues, papa, elles sont trop stylées.

Je tirai sur la robe, qui m'arrivait au genou. C'était lui qui l'avait choisie — dentelle crème et manches trois quarts. Plutôt mignonne, finalement, et surtout elle restait sage, même associée à un legging noir et des rangers. Ça ne faisait ni mémère ni BCBG, deux choses que je ne serais jamais. Non, j'avais le look d'une fille de vingt-deux ans censée assurer à la barre. En tout cas, j'étais bien décidée à l'être, même si, pour l'instant, je me sentais carrément à la rue.

— Je suis content de pouvoir t'aider, Sprite. Je suis toujours content de pouvoir t'aider.

Sa figure envahie de barbe se plissa tellement que ses sourcils poivre et sel se rejoignirent.

— Et ta mère aussi, ajouta-t-il gravement.

C'était bien ça... Le nuage Darcy qui nous bouchait l'horizon depuis que mon père avait payé ma caution. Non, depuis bien plus longtemps que ça. Entre ma mère et moi, les relations avaient toujours été difficiles.

Je poussai un gros soupir et me tournai vers lui.

— Je ne sais pas quoi lui dire, papa… Elle n'est pas comme toi. Elle ne sait pas pardonner.

Quand j'avais entamé ma spirale infernale, quand la fêtarde gentille mais rebelle avait sombré dans l'autodestruction, elle n'avait pas compris. Elle m'avait regardée dégringoler sans me témoigner beaucoup de compassion ni de sympathie. OK, elle ne connaissait pas toute l'histoire, mais j'attendais d'elle qu'elle m'aime assez pour me pardonner, ou du moins pour excuser mes fautes. Au lieu de ça, elle avait creusé un fossé entre nous, si bien que la culpabilité et la honte que je cultivais depuis la terrible nuit où j'avais appris combien il pouvait être tragique de ne rien faire avaient eu toute la place pour s'épanouir.

— Tu lui ressembles tellement, Sprite ! Mais tu es trop dure et trop têtue pour t'en apercevoir. Elle t'aime. Elle t'aimera et te soutiendra toujours, exactement comme je le fais. Darce aussi s'est cherchée dans sa jeunesse, tout comme toi, ma poulette. C'est juste qu'aujourd'hui elle espère autre chose pour sa petite fille. Elle ne veut pas que tu fasses comme elle, que tu glandes avec tous ces losers, et ça l'agace que tu t'accroches à un bar sans intérêt. On sait tous les deux que tu as bien mieux à faire de ta vie. C'est plutôt normal pour des parents d'avoir ce genre d'ambition pour leur gosse, non ?

Je soupirai et redressai les épaules.

— Je convaincrai maman que je suis innocente et que j'ai compris la leçon, cette fois. Mais laisse-moi d'abord convaincre le juge. Ça roule ?

Il me fixa si longtemps sans rien dire que je me mis à me trémousser nerveusement.

— Papa, je te promets que je vais essayer de faire la

paix avec elle. J'ai laissé les choses aller trop loin, et ça ne m'a pas franchement réussi.

Enfin, un sourire éclaira son visage, un sourire qui transforma le *biker* coriace, râleur et bourru, en brave *biker* chaleureux, genre Père Noël.

— Je te crois, Sprite. J'ai confiance en toi... J'ai toujours eu confiance en toi. Tu as peut-être voulu te passer de nous, mais on reste tes parents. Depuis que tu es née, on a toujours été là pour toi.

Je tirai nerveusement sur ma robe.

— Merci, papa. Et maintenant c'est parti !

Quaid semblait absolument certain d'obtenir un non-lieu, mais il n'oubliait jamais de me rappeler qu'on pouvait toujours choisir la négociation et que, à tout prendre, quatre-vingt-dix jours de prison, c'était mieux que trois ans. J'étais nerveuse, mais il y avait quelque chose chez lui, quelque chose dans sa façon de gérer la situation et de me gérer, moi, qui m'inspirait une confiance absolue. J'étais sûre que la procédure évoluerait comme il l'envisageait. Sûre qu'il obtiendrait l'abandon des poursuites. Et si, malgré tout, on allait jusqu'au procès, son sourire fatal et son charme coquin lui permettraient de se mettre le jury dans la poche.

Mon père s'écarta de l'encadrement de la porte et me suivit le long du couloir jusqu'au vestibule. Munie de mon sac, j'ouvrais la porte d'entrée quand sa grosse patte de grizzly se posa sur mon épaule. Je me retournai, l'œil interrogateur, et vis avec soulagement qu'il avait toujours le sourire.

— Avett, il faut que tu comprennes comment j'en suis venu à croire au pardon. Si je crois aux secondes chances et à la rédemption, c'est qu'à un certain moment de ma vie, moi aussi, je me suis égaré. Moi aussi, j'ai eu besoin que quelqu'un me pardonne et m'indique la route à suivre.

Tous les choix que tu fais dans la vie, bons ou mauvais, sont riches d'enseignements, et il est temps que tu apprennes de tes erreurs, Sprite.

C'était déjà fait. Ces erreurs résonnaient douloureusement dans mon cœur et mon âme, mais je l'avais bien cherché. Elles me rappelaient jour après jour quel genre de fille j'étais et soulignaient une réalité incontournable : quand on ne se conduit pas comme il faut, on s'expose à toutes sortes d'ennuis, et les miens, je ne les avais pas volés. Aujourd'hui, je commençais à tirer des leçons de mon attitude, et tant pis si c'était à la dure.

Mon père referma la porte derrière lui, et on descendit le perron. Depuis le divorce, il occupait une jolie maison à étage en brique italienne, magnifiquement restaurée. Je m'y sentais chez moi, autant que dans notre ancien bar. Oui, j'adorais cette maison et ce quartier de Curtis Park.

On se dirigeait vers notre pick-up rouge lorsqu'il s'arrêta pour faire signe à quelqu'un, de l'autre côté de la rue. Je plissai les yeux dans le soleil pour voir à qui il s'adressait, mais j'eus à peine le temps d'apercevoir des cheveux roux et un bras couvert de tatouages multicolores qui disparut aussitôt dans une splendide Cadillac d'époque. Le mec était pressé, et sa voiture démarra dans un vrombissement agressif. Ça n'était pas une bagnole pour la frime, c'était une Caddie qui en avait sous le capot.

— C'était qui ?

Mon père m'ouvrit la portière. Même le pire des durs à cuire traite sa fille comme une princesse, et il n'en attend pas moins des hommes de sa vie.

Il inséra son immense carcasse derrière le volant et chaussa des lunettes de soleil à verres miroir. Au lieu de faire une fixette sur mes cheveux, Quaid aurait peut-être dû briefer mon paternel sur ce qu'il convenait de porter pour se rendre à une convocation du tribunal. Enfin… Au moins avait-il troqué son T-shirt Harley contre un T-shirt noir tout simple. C'était comme ça qu'il s'habillait pour impressionner les foules. Cette pensée me fit pouffer tandis qu'il sortait de l'allée en marche arrière.

— Nouveau voisin. Les garçons l'appellent Wheeler. Il tient un garage dans la zone des entrepôts. Il a de l'or dans les mains pour tout ce qui touche à la mécanique. D'ailleurs, je lui dis tout le temps que, s'il tombe un jour sur une Panhead 1959, je l'achète sans poser de questions et je lui demande de me la remettre en état. C'est un bon gars, et mes garçons l'aiment bien.

Je haussai un sourcil.

— Et il a atterri dans ce quartier par hasard ? Juste en face de chez toi ?

Il se tourna vers moi en gloussant, ce qui me permit de voir mon visage blême et crispé dans ses lunettes. C'était ça, la fille qui allait assurer face au juge ? *Allez, va te rhabiller, tu ne feras pas illusion une minute !*

— Il se peut que les garçons m'aient dit qu'il cherchait une maison… Il se peut aussi que je lui aie indiqué qu'une baraque était à vendre dans le quartier. Il vient de se fiancer. C'est un brave gars qui essaie de se poser et de faire les choses bien. Et tu sais ce que je pense des mecs comme lui.

Il marqua une pause et marmonna dans sa barbe, si bas que je dus tendre l'oreille :

— Même s'il n'a pas choisi la bonne fille pour ça.

— Tu n'aimes pas sa copine ?

Il haussa les épaules et se concentra sur la route. En langage Brite Walker, ça voulait dire qu'il n'en avait strictement rien à foutre.

— Le gamin bosse dur, et c'est un bon. Tandis que cette fille n'a pas l'air d'aimer faire grand-chose, à part se tourner les pouces et mener son mec par le bout du nez. Ça fait longtemps qu'ils sont ensemble. J'ai même l'impression qu'il n'a jamais connu d'autre fille. Ça me rappelle ma première femme et mon premier mariage. Tu sais comme moi comment ça s'est fini.

Je le savais, oui. Mal… très mal. Mon père l'avait trompée avec ma mère, qu'il avait mise enceinte de moi, puis il l'avait quittée sans un regret, alors qu'ils se fréquentaient depuis le lycée et qu'elle l'avait attendu durant tout son engagement dans les marines. Il m'avait cent fois répété qu'il regrettait que ça se soit terminé comme ça, qu'elle méritait mieux qu'un mec comme lui, mais heureusement il n'avait pas tout perdu dans l'affaire. J'étais la belle histoire que lui avait value sa faute et je savais qu'à ses yeux ça justifiait tout le reste.

Je laissai fuser un petit rire amusé et regardai par la vitre. On approchait du centre-ville et du palais de justice.

— Rien ne t'oblige à voler au secours de tous les gamins paumés que compte Denver, papa.

Il se mit à rigoler et engagea son énorme pick-up sur un emplacement payant. Impossible de faire un créneau avec ce monstre dans les rues encombrées du centre. Même les durs à cuire détestent faire un créneau dans des rues bondées.

— Je suis à la retraite, Avett. Qu'est-ce que tu veux que je fasse de mes journées ?

Pour le coup, il marquait un point. Il vint m'ouvrir la portière et, inspirant profondément, je m'agrippai au bras qu'il m'offrit. Ma nervosité était montée de plusieurs crans, et j'avais l'estomac noué.

— J'espère au moins qu'ils t'apprécient à ta juste valeur et qu'ils se rendent compte de ce que tu fais pour eux.

Il tapota ma main devenue moite au contact de son bras tatoué.

— Ça, je m'en fiche. Je sais que, moi, je les apprécie et je me rends compte de ce qu'ils font pour moi.

C'était ça, Brite Walker. Un géant qu'il ne fallait pas emmerder, grisonnant, bourru, mais avec un cœur énorme. Un homme extraordinaire… Je n'avais jamais fait quoi que ce soit pour mériter un tel père mais, dans mon égoïsme de fille avide d'amour, je savais que jamais je ne le laisserais s'éloigner de moi. Pourtant, je ne pensais pas pouvoir être un jour digne de sa loyauté et de son dévouement à mon égard.

Sa voix grave me détourna de mes idées noires.

— Prête, Sprite ?

J'inspirai un grand coup, tandis qu'il me guidait vers le contrôle de sécurité.

— Autant que je peux l'être…

On entra dans le palais de justice en silence. Au moment de franchir les dispositifs de sécurité, les agents lancèrent un regard appuyé à mon père et, comme il fallait s'y attendre, l'entraînèrent sur le côté pour le passer au détecteur, avant de nous laisser partir.

On arriva enfin devant le local minuscule où nous attendait Quaid, à côté de la salle d'audience. A notre entrée, il était en train de pianoter sur son téléphone, calme et au taquet, comme d'habitude.

Il arborait un costume noir, une chemise anthracite et une cravate en soie d'un beau bleu roi qui faisait ressortir son hâle. Un régal pour les yeux ! Il portait bien le costume, mais j'étais curieuse de savoir à quoi il ressemblait sans. Google m'avait généreusement fourni une seule et unique photo de lui en treillis, mais, à l'époque, il était très jeune — un gamin, vraiment —, rien à voir avec l'homme imposant qui me faisait face. Est-ce qu'il lui arrivait parfois de se détendre ? Est-ce qu'en rentrant chez lui il troquait son costume contre un survêt pourri et un vieux T-shirt ? Pas sûr. En revanche, j'étais prête à parier qu'il était aussi craquant en tenue décontractée qu'en costume à mille dollars.

Il me parcourut du regard et m'adressa un hochement de tête approbateur, avant de serrer la main que lui tendait mon père.

— Je vois que vous avez suivi mes conseils, Miss Walker. Vous présentez bien, très bien, même.

Je levai les yeux au ciel. *Miss Walker!* Depuis des semaines, il m'appelait Avett et, moi, je l'appelais Quaid. Ce titre formel me rappela brutalement que le spectacle allait commencer et que j'avais intérêt à jouer mon rôle devant les instances judiciaires.

— Merci. C'est papa qui a choisi ma robe. De mon côté, j'ai mis des heures à essayer de cacher mes cheveux roses. Je n'ai pas pu faire mieux, dis-je en tournant légèrement la tête pour lui faire voir mon chignon.

Si je n'avais pas été pile en face de lui, je n'aurais pas entendu l'exclamation étouffée qui s'échappa de ses lèvres et ressemblait fort à un soupir de soulagement.

— Votre travail a payé, dit-il.

J'opinai et soutins son regard glacé.

— Quoi qu'il se passe aujourd'hui, je suis la seule concernée. C'est moi qui vais affronter la tempête, admettre que j'ai fait une connerie, que j'ai misé sur le mauvais cheval. Une fois de plus. Et je vais le faire en étant moi-même : une fille à cheveux roses qui préférerait crever plutôt que de mettre un tailleur de femme d'affaires.

Je parcourus du regard la longue et élégante silhouette arborant un costume qui, à lui seul, coûtait plus cher qu'une mensualité de l'emprunt immobilier de mon père.

— Ne le prenez pas mal, maître…

Comme si c'était possible ! Aucun homme au monde

ne portait le costume aussi bien que lui. C'était un fait incontestable, du moins pour moi.

Ses sourcils se levèrent, mais il ne s'autorisa pas à me sourire.

— Je ne le prends pas mal, Miss Walker, et personne ne vous oblige à porter un tailleur. Votre tenue convient parfaitement. L'essentiel, c'est que vous vous sentiez bien dedans. Ça donne une impression de sérieux et d'honnêteté. L'erreur serait de porter une tenue dans laquelle vous vous sentiriez mal à l'aise, ce qui trahirait votre inquiétude et vous donnerait l'air coupable.

Il se dirigea vers la table où se trouvaient son ordinateur portable et tout un tas de documents.

— C'est l'Etat qui va prendre la parole en premier. Le procureur va disséquer votre casier. Il va dire que vous avez abandonné vos études. Répéter que vous étiez employée dans le bar, que vous vous êtes fait virer et que vous étiez bouleversée que votre père l'ait vendu.

Je sentis mon père se raidir dans mon dos, mais je ne me retournai pas. J'adressai un signe de tête à Quaid.

— Je suis prête.

— L'accusation va essayer de convaincre le juge que vous étiez là pour prêter main-forte à Jared, que vous représentez une menace pour la société et qu'en conséquence votre place est derrière les barreaux. Puis ils vont chercher à influencer le juge en vous proposant « généreusement » une procédure de plaider-coupable.

Il me lança un regard appuyé.

— Je ne pourrai pas vous défendre avant la fin de leur intervention. Il faudra donc que vous restiez tranquille, pendant qu'on vous traînera dans la boue. Vous devrez rester tranquilles *tous les deux*. Est-ce que je me fais bien comprendre ?

Je jetai un coup d'œil à mon père. Il avait repris son masque renfrogné. Il semblait presque aussi anxieux que moi.

— Compris, fiston.

Sa voix grave résonna fortement dans la toute petite pièce.

Quaid opina.

— Tant mieux, parce que, si je suis là, c'est pour gagner. L'Etat a quelques cartouches contre vous, mais un dossier médiocre, ça ne suffit pas, face à moi. On est dans le même bateau, pigé ?

Ça faisait des semaines qu'il me répétait ça, que c'était son combat autant que le mien, mais, vu que j'étais la seule qui avait quelque chose à perdre, à savoir ma liberté, j'avais du mal à acheter son argument. Pourtant, dans ce minuscule local, entre mon père qui vibrait de tension et lui qui ruisselait de confiance et de compétence, je commençais à y croire.

— OK. On est dans le même bateau, vous et moi.

Un éclair glacé traversa son regard, donnant à ses yeux une lueur d'acier. Mon rythme cardiaque s'accéléra, et mon anxiété se mua en une sensation plus profonde et plus languide. Il n'y avait aucune chance pour que ça arrive, mais j'eus soudain envie de me le faire. Exactement comme le disaient ces filles avec qui j'avais comparu lors de ma mise en accusation. Quaid était torride, même s'il ne répondait pas à mes critères habituels ; il était certes très beau, mais c'était son attitude inébranlable, son côté invincible qui m'excitait le plus.

Il n'avait rien d'un irresponsable ou d'une tête brûlée. C'était un mec qui avait un plan, mais aussi la détermination nécessaire pour mettre ce plan en œuvre et le faire aboutir. Lui, pour le coup, il assurait carrément ! Ce trait de caractère, qui, jusque-là, ne m'avait jamais attirée, était soudain devenu à mes yeux la qualité la plus désirable chez un homme.

Quaid était parfait. Pas étonnant qu'il me fascine, moi qui avais les pires défauts !

Je vidai tout l'air de mes poumons et bloquai ma respiration jusqu'à mon entrée dans la salle. Les seules personnes présentes en dehors de notre petite troupe étaient le greffier, le procureur et son assistant. J'aurais dû être soulagée que ça se passe en comité restreint mais, entre l'enjeu de l'audience et le fait que mon père y assistait, j'avais l'estomac en vrac.

On s'assit tous les trois sur le côté de la salle. Le magistrat du parquet était le même que pour ma première comparution. Il vint serrer la main à Quaid avant de se rasseoir et laissa son regard errer sur son confrère tiré à quatre épingles.

— Joli costume, Jackson.

Quaid lui sourit, mais ce n'était pas le sourire qui me faisait fondre. Aujourd'hui, il montrait les crocs.

— Merci, Townsend. C'est pour toi que je me suis fait beau.

Le magistrat étouffa une exclamation ironique et posa le regard sur moi. J'avais envie de me tortiller sur mon siège, consciente que c'était la dernière chose à faire. Je devais assurer, ne surtout pas broncher.

— Tu es sûr que ta cliente ne préfère pas accepter le plaider-coupable ? J'ai trouvé le grand chef plutôt généreux, quand j'ai pris connaissance de sa proposition.

J'ouvris la bouche pour protester vivement de mon innocence, mais me ravisai aussitôt. Quaid se faisait payer une fortune pour me représenter. Pas question de tout gâcher en tentant d'assurer moi-même ma défense ! J'inspirai profondément et me remémorai la leçon : ne pas réagir aux provocations de l'accusation.

— Ce serait un bon accord si ma cliente était coupable. Mais mal choisir ses petits copains et se faire choper avec un junkie, ça n'est pas encore passible du code pénal, répliqua Quaid d'un ton glacial.

Visiblement, il n'était pas d'humeur à plaisanter. L'autre n'en lâcha pas pour autant l'affaire.

— Peut-être, mais, quand ce junkie braque un bar avec une arme non déclarée et qu'il met la vie d'un flic en danger, c'est puni par la loi. Ta cliente n'a pas appelé les flics, Jackson, elle n'a rien fait du tout.

Je me recroquevillai sur moi-même, incapable de supporter plus longtemps leur passe d'armes. *Elle n'a rien fait du tout*... Non, je n'avais rien fait du tout, et ce souvenir me hanterait à jamais. J'étais accablée par ma passivité. Ne rien faire, c'était aussi grave que de commettre un crime, du moins, c'était l'impression que ça me donnait. Ce « rien » pouvait engluer jusqu'à l'asphyxie totale. Moi, en tout cas, ça faisait un bail que je suffoquais...

— Encore une fois, Townsend, ne rien faire n'est pas un crime.

Peut-être, mais je risquais de le payer très cher.

— On verra bien si le juge te suit ou pas, Jackson...

Townsend repartit discrètement de l'autre côté de la salle. Peu après cet échange, l'huissier ordonna à la salle de se lever, et un homme d'âge mûr fit son entrée dans une envolée de toge. Il prit place sur le banc des juges. Le greffier énonça mon numéro de dossier ainsi que les accusations retenues contre moi, puis on déclina notre identité complète pour le registre d'audience.

Le juge salua sèchement les deux avocats et, sans préambule, le ministère public expliqua pourquoi il estimait que ma place était en prison. Heureusement que Quaid m'avait prévenue, parce que le grand déballage de linge sale commença et rien ne me fut épargné. L'accusation pour conduite en état d'ivresse que j'avais réussi à négocier en plaidant coupable, la bagarre de bar qui s'était terminée au poste de police un soir où, complètement bourrée, j'avais cru qu'une fille draguait Jared, la violation de propriété privée, la fois où j'avais sauté par-dessus la clôture d'un village de vacances pour me baigner à poil avec le musicos d'un groupe que j'avais rencontré dans un bar… Oui, Townsend recensa tous mes exploits dans leur lamentable gloire. Toutes les fois où j'avais fait le mauvais choix, ne m'estimant pas digne de faire le bon. C'était rude, mais j'encaissai sans broncher, refusant d'esquiver le regard du juge, qui ne me quittait pas des yeux.

— Nous avons également une personne prête à témoigner que Miss Walker s'est fait renvoyer de ce bar pour vol. Cette même personne est prête à témoigner qu'elle en voulait à son père d'avoir vendu son bar, un bar dont elle s'estimait propriétaire et qui, selon elle, aurait dû rester dans la famille. C'est pour ça qu'elle a monté ce projet de braquage, par vengeance.

Quaid se leva et s'appuya des deux mains sur la table.

— Vous parlez sérieusement, maître Townsend ? Quand allez-vous révéler au tribunal le fait que votre témoin est un drogué notoire ? Comptez-vous également informer le juge que, parallèlement, vous entendez poursuivre ledit témoin pour attaque à main armée et mise en danger de la vie d'un fonctionnaire de police ? Quel genre d'arrangement avez-vous fait miroiter à votre fameux témoin, pour qu'il accepte de témoigner à charge contre ma cliente ?

Rompant enfin le contact avec le visage indéchiffrable du juge, je m'intéressai à Quaid.

Ses bras étaient crispés par une tension qui se propageait à tout son dos. Il était furieux pour moi. Le petit coup de cœur que je commençais à nourrir pour lui se transforma en un coup de foudre puissance dix. Le seul homme de ma vie qui s'était battu pour moi, jusque-là, c'était mon père. Alors, voir ce mec si propre sur lui, si parfait en apparence, prendre ma défense, même s'il était payé pour le faire, me réchauffait jusqu'à la pointe des orteils.

— Maître Jackson, intervint le juge, vous aurez très bientôt l'occasion de répondre au parquet. D'ici là, veuillez éviter ce genre d'interruption intempestive. Dans votre intérêt et celui de votre cliente.

Visiblement agacé de s'être fait taper sur les doigts, Quaid se rassit à côté de moi et me lança un regard plein d'ardeur et de colère. En réponse, je lui adressai un petit signe de tête confiant et laissai mon coude effleurer le sien, comme lors de ma mise en accusation. Même galère, c'était ce qu'il m'avait répété, non ?

Une fois l'intervention du parquet terminée, le juge prit le temps d'examiner les documents éparpillés devant lui, puis il se tourna vers le magistrat.

— Je suppose que vous allez proposer un accord à la défense, maître ? J'ai visionné l'enregistrement du parking : il apparaît très clairement que Miss Walker n'était pas là de son plein gré.

Townsend se raidit et s'éclaircit la voix.

— Le procureur a effectivement proposé un plaider-coupable, Votre Honneur. Miss Walker l'a refusé. Nous estimons donc avoir un dossier suffisamment solide pour porter cette affaire devant la justice.

Le juge ne répondit pas et regarda Quaid, qui se leva.

— Maître Jackson, votre cliente se rend bien compte du risque qu'elle prend en refusant cet arrangement ?

— Tout à fait, Votre Honneur. Mais ma cliente n'est pas coupable : elle ignorait que Jared Dalton allait braquer le bar cette nuit-là. Tout comme elle ignorait qu'il était armé.

Lorsqu'il lui a exposé son plan, elle a tenté de sortir de la voiture. La suite, nous la connaissons.

Il se tourna vers moi.

— Miss Walker s'est trouvée au mauvais endroit au mauvais moment, c'est tout, et elle paie cher son manque de discernement en matière d'hommes. Si vous choisissez de nous faire comparaître devant un jury, vous savez aussi bien que moi ce que verront les jurés : une jolie jeune femme qui a, certes, commis quelques erreurs dans le passé, mais dont la pire est d'être restée avec un toxicomane qui la maltraitait. Cette vidéo est accablante, mais le témoignage que je produirai le sera tout autant. Il attestera du fait que ma cliente est venue travailler à plusieurs reprises avec un œil au beurre noir. Il vous dira aussi que Jared Dalton était notoirement violent. Sans parler du fait que le témoin principal du parquet fait l'objet d'une enquête pour trafic de stupéfiants, en plus de l'accusation pour attaque à main armée. La balle qu'il a reçue lui a visiblement délié la langue. Lors de son séjour à l'hôpital, il a proposé de fournir des renseignements sur ses petits trafics en échange d'une remise de peine. Vous voyez bien, Votre Honneur, qu'Avett Walker est une victime, pas une criminelle.

Je n'étais pas une victime : j'étais maso, avide de châtiment, et j'avais de bonnes raisons pour ça. Mais le juge ne pouvait pas le savoir. Il reporta son attention sur moi. Je déglutis péniblement.

— Miss Walker…

Je me levai, les jambes tremblantes, tandis que Quaid posait une main sur mon bras en signe de son soutien.

— Oui, Votre Honneur ?

— Que s'est-il passé exactement, ce soir-là ?

Mes genoux se mirent à flageoler ; mon cœur cognait sourdement à mes oreilles.

— Je… euh…

Je bredouillai et dus me racler la gorge. Je serrai les poings. Il fallait que je sois franche. Après l'examen détaillé de mon casier, la vérité ne pouvait être pire.

— Jared était parti de Denver depuis un moment. Il se cachait, parce qu'il devait beaucoup d'argent à son fournisseur. C'est pour ça que j'avais déjà piqué dans la caisse. Je l'avais fait en désespoir de cause, pour aider l'homme qui prétendait m'aimer.

Ma voix se brisa. Quaid, qui n'avait pas lâché mon bras, m'encouragea d'une petite pression. Je poursuivis :

— Durant son absence, des types sont venus le chercher. Ils… euh…

Ma voix se perdit à nouveau. Je fermai brièvement les yeux, rassemblant tout mon courage pour continuer.

— Ils sont entrés de force dans notre appartement et s'en sont pris à moi.

Ça avait failli très mal finir, mais, heureusement, la proprio, cette vieille fouine, avait entendu du boucan et aussitôt rappliqué.

— Quand il est rentré, Jared m'a trouvée dans un sale état. Il m'a dit qu'il allait tout arranger, qu'il avait repéré un endroit sûr pour nous deux. Il m'a fait monter dans la voiture en me disant qu'il devait juste s'arrêter quelque part et, avant que j'aie compris son intention, il s'est garé devant le bar.

J'étais tellement oppressée que je dus contenir d'une main mon cœur, qui semblait sur le point d'exploser.

— J'aurais dû me méfier. Il était défoncé, il l'était en permanence, et furieux.

Machinalement, je tâtai mon front, à l'endroit où ma bosse était restée sensible durant des jours.

— Je lui ai dit d'arrêter, que, sinon, j'appellerais la police. C'est là qu'il m'a empoignée par la nuque et m'a cogné la tête contre le tableau de bord. J'étais déjà pas mal amochée après le passage des deux hommes de main de son fournisseur, et ce coup, pile entre les deux yeux, m'a pratiquement assommée. Je suis restée K-O quelques secondes.

Je déglutis avant de reprendre :

— Je voulais appeler la police.

Je lâchai un petit rire amer, mal assuré.

— Et je voulais appeler mon père. Vraiment.

Je cherchai du regard le soutien de celui qui avait toujours été mon roc et faillis craquer en voyant son visage fermé. Une fois de plus, je lui brisais le cœur.

— Mais je n'ai rien fait de tout ça. Je suis restée dans la voiture, me demandant comment j'avais fait pour me retrouver dans une situation aussi épouvantable. Je ne savais pas que Jared avait une arme. Je ne la lui avais jamais vue. Et, avant qu'on arrive devant le bar, j'ignorais quelles étaient ses intentions. J'aurais dû agir… Mais je n'ai rien tenté pour empêcher ce braquage, je le reconnais. Je n'ai pas non plus aidé Jared à le commettre.

Un silence inquiétant suivit ma déclaration. Je n'entendais que la respiration régulière de Quaid, qui ne bronchait pas. Avais-je été convaincante ? Je l'espérais. Après tout, j'avais exposé cash la réalité de ma nature tordue.

Le juge poussa un soupir qui résonna dans la salle d'audience presque vide.

— Maître Townsend… Nous savons tous les deux que, si la défense fait citer Miss Walker à la barre et qu'elle démontre, preuves à l'appui, que votre témoin est un drogué notoire et un homme violent, votre affaire ne tient pas la route.

— Votre Honneur…

Irrité, Townsend tenta d'objecter, mais le juge l'arrêta d'une main levée.

— Maître, je vous en prie ! Je n'ai pas l'habitude de faire

perdre son temps à ce tribunal, pas plus que de soumettre des affaires aussi mal ficelées à un jury. Je suis d'accord avec Me Jackson : cet enregistrement vidéo constitue une preuve irréfutable de l'innocence de sa cliente, et les allégations de votre principal témoin sont plus que douteuses au vu de ses antécédents judiciaires. Miss Walker a certes quelques infractions à son casier, mais aucune qui la désigne comme une menace pour la société. Miss Walker est simplement une jeune personne qui doit se mettre un peu de plomb dans la cervelle et apprendre à réfléchir avant d'agir.

Il me transperça du regard.

— Vous vous considérez comme quelqu'un de chanceux, jeune fille ?

Je battis des paupières, troublée, et secouai la tête.

— Non, Votre Honneur, en général, non.

— Eh bien, changez d'attitude et prenez ça comme un avertissement ! Car vous avez énormément de chance que M. Dalton n'ait blessé personne, à commencer par vous. Et s'il vous a effectivement impliquée dans ses trafics de stupéfiants, ce qui semble être le cas, vous pouvez vous estimer encore plus heureuse d'être en mesure de comparaître ici.

Je hochai la tête comme un automate.

Il poursuivit :

— Je déclare un non-lieu dans votre affaire, à une condition : vous allez devoir collaborer avec la police et le bureau du procureur dans l'enquête concernant M. Dalton. Sinon, je me ferai un plaisir de siéger à votre procès, si l'on vous inculpe d'obstruction à l'enquête en cours. Me suis-je bien fait comprendre ?

J'opinai à nouveau.

— Tout à fait, Votre Honneur.

— A votre place, je réfléchirais longuement à l'enchaînement de décisions qui vous a menée à vous retrouver ce soir-là dans cette voiture avec M. Dalton et un pistolet chargé, Miss Walker. La prochaine fois, vous pourriez avoir moins de chance.

Je relâchai lentement ma respiration. Surtout, ne pas tomber dans les pommes maintenant…

— Je déclare un non-lieu dans l'affaire Avett Walker. La séance est levée !

Le marteau retomba, et tout le monde se leva, tandis que le juge sortait majestueusement de la salle, dans un bruissement de toge.

— Non-lieu.

Je murmurai ce mot magique comme une incantation, avant de chavirer entre des bras puissants. Mais, cette fois, je ne reconnus pas la douceur du vieux T-shirt ni le torse en tonneau de mon père. Non, ma joue s'appuya sur une cravate en soie et un torse aussi dur que celui d'une statue de marbre. Instinctivement, j'enlaçai la taille étroite de Quaid et respirai son parfum cher et citronné. Pour rien au monde je ne l'aurais avoué à mon père, mais cette une étreinte était plus agréable que la sienne. J'en avais des frissons partout. Je me sentais en sécurité, protégée d'une façon totalement différente, d'une façon profonde, enivrante pour mes sens déjà à fleur de peau.

— Et voilà le travail, marmonna-t-il dans mes cheveux.

Puis il s'écarta de moi comme s'il s'était brûlé, ce qui ne m'aurait pas franchement étonnée, vu le feu qui me dévorait de l'intérieur.

Mon père se racla la gorge, et je me précipitai pour l'embrasser. Son étreinte était rassurante, familière, et pourtant j'y aurais renoncé sans hésiter pour retrouver les frissons que j'éprouvais dans les bras de Quaid.

Apparemment, j'étais parvenue à vaincre ma tendance à l'autodestruction.

6

Quaid

J'avais failli l'embrasser ! Il s'en était fallu de peu quand son visage avait touché mon torse et que ses bras m'avaient enlacé. J'en mourais d'envie, mais je pris sur moi et me contentai de lui rendre son étreinte.

Je ne donnais jamais l'accolade à mes clients après une victoire. D'habitude, je m'en tirais par une poignée de main pro et une vanne à deux balles sur mes honoraires déjà partis au courrier. Mais pas avec elle. Elle, j'avais envie de la serrer contre moi et de lui faire promettre de ne plus jamais me refaire un coup pareil. Elle, j'avais envie de découvrir si sa bouche avait la saveur sauvage et rebelle que suggérait son look. Je voulais mettre au jour cette innocence qu'elle cachait quelque part en elle, enfouie sous le poids de ses fautes. Je savais que ce serait aussi doux et tendre que dans mon imagination. C'est pour ça que je m'écartai d'elle comme si sa peau me brûlait, et que je soutins le regard entendu de son père avec prudence.

Car rien n'échappait à ce colosse. D'où venait le soulagement qui faisait briller ses yeux sombres ? De l'abandon des charges contre sa fille ou du fait que je m'étais écarté d'elle ? Les deux, sans doute.

Je lui serrai la main et hochai la tête lorsqu'il m'adressa un « merci » bourru.

— Je n'ai fait que mon travail.

Je veillai à garder une intonation strictement professionnelle, dénuée de toute émotion. A force de me répéter qu'Avett n'était qu'une cliente comme les autres, je finirais peut-être par m'en convaincre. Je préférais me raccrocher à cet espoir plutôt que d'aller droit dans le mur.

Les yeux d'Avett s'agrandirent, et sa bouche forma cette moue délicieuse que j'avais toujours envie de mordiller. Frustré, je désignai du menton le banc où s'attardait Townsend, de l'autre côté de la salle.

— Je dois aller lui dire un mot avant de sortir. Si vous avez besoin de quoi que ce soit, Avett, prenez contact avec mon cabinet.

Je ne pus m'empêcher de croiser son regard, comme aimanté par ses prunelles aux couleurs changeantes.

— En tout cas, bonne chance pour l'autre procès, dis-je.

Elle parut vouloir répliquer, mais se contenta de secouer la tête. Ses yeux se réduisirent à de simples fentes, et elle marmonna d'un air mauvais :

— Merci.

Son père la prit par le bras, lui murmura quelque chose et la fit sortir de la salle d'audience. Je réprimai un soupir de soulagement. J'avais passé la main : ce cataclysme modèle réduit n'était plus mon problème, je n'allais plus devoir lutter contre cette tentation aussi malvenue qu'incompréhensible. Alors d'où venait ce vide à l'intérieur de moi ? Mes tempes se mirent soudain à cogner comme un lendemain de cuite.

Townsend s'avança vers moi et posa sa sacoche élimée à côté de la mienne, nettement plus élégante. Il haussa un sourcil et me demanda, sarcastique :

— Tu crois que, si je me payais un costume à deux mille dollars, le juge Wills arbitrerait plus souvent en ma faveur ?

En temps normal, j'aurais ricané et répondu négligemment que l'habit ne fait pas le moine, mais mon sens de l'humour était HS et je ne ressentais pas la fierté habituelle d'avoir gagné la partie. Je levai les yeux au ciel, sans essayer de masquer mon agacement.

— Tu sais aussi bien que moi que ton dossier était vide. Même si Wills avait maintenu les poursuites contre ma cliente, tu n'aurais jamais réussi à obtenir une condamnation, entre l'enregistrement vidéo et la crédibilité zéro de ton unique témoin. Même Tom Ford et Ralph Lauren réunis n'auraient pu te sauver la mise. Ne sois pas con, Townsend !

En temps normal, je ne me serais jamais exprimé de façon aussi brutale et je n'aurais jamais laissé mes sentiments transparaître. Décidément, ça ne me valait rien de côtoyer Avett et sa totale absence d'artifice ou de duplicité. Dans mon job, je devais rester insensible, imperméable à tout ce qui se passait dans le prétoire. C'était à cette seule condition que je pouvais défendre les monstres et les malfaiteurs qui composaient ma clientèle. Je n'avais pas besoin que Townsend pointe du doigt les défauts de mon armure.

Il ramassa son attaché-case et me décocha un sourire narquois.

— Vos embrassades après la déclaration du juge, c'était très touchant, Jackson. Tu comptes faire ça avec toute ta clientèle d'assassins et de violeurs ?

C'était la réplique qui tue, la flèche finale, celle que tout bon avocat se doit d'avoir dans son carquois. Heureusement que cette affaire était bouclée et bien bouclée ! Je n'aurais pas à me taper une seconde mise en accusation, une seconde audience préliminaire, voire des semaines de procès, obligé de nier à tout bout de champ les sentiments tout sauf professionnels qu'Avett éveillait en moi. Coucher avec elle n'était pas prévu à mon programme : avec cette fille, je n'aurais pas pu faire semblant. Elle aurait vu au travers des écrans de fumée et des jeux de miroir derrière lesquels je me cachais habituellement. Elle aurait percé à jour le véritable Quaid Jackson, cet homme que je ne connaissais pas et que je craignais de découvrir.

J'empoignai ma sacoche à mon tour et sortis du palais. Je consultais mon emploi du temps sur mon téléphone lorsque je m'aperçus que j'avais reçu un message d'Orsen. Sa énième relance pour la soirée de la boîte. Je gémis tout haut. Ce cocktail n'aurait pas lieu avant plusieurs mois, mais il ne me lâchait pas ! Plus il me harcelait, moins j'avais envie d'y aller. D'autant que je n'avais fait aucun effort pour me dégoter une quelconque bimbo. Bien trop absorbé par mon travail, et plus spécialement par l'affaire impliquant une minifrondeuse à cheveux roses. Celle-là même qui m'attendait, bras croisés sur la poitrine, contre un muret en ciment, à l'entrée du bâtiment. Visiblement agacée, elle martelait le trottoir avec impatience du bout de sa chaussure.

J'éteignis mon téléphone, le glissai dans ma poche et m'avançai vers elle, alors qu'elle se détachait du muret et marchait droit sur moi. Ses yeux flamboyaient, et ses talons martelaient rageusement le sol. Lorsque nos chaussures se touchèrent, elle inclina la tête en arrière pour me regarder droit dans les yeux. Ma main se crispa douloureusement sur la poignée de ma sacoche. Elle m'arrivait à peine aux épaules, mais dégageait une personnalité et une énergie surprenantes chez une femme aussi petite. Sa colère faisait vibrer l'air. On se dévisagea longuement, unis par un combat muet, peut-être plus intense que celui qu'on venait de mener dans la salle d'audience.

— Vous m'attendiez pour une raison particulière, Miss Walker ?

Des paillettes d'or s'allumèrent dans ses yeux noisette lorsque je lui donnai ce titre formel. A défaut de distance physique, j'avais besoin de mettre cette distance mentale entre nous. Mon corps, lui, crevait d'envie de se rapprocher d'elle.

Elle se campa devant moi, les mains sur les hanches. Cette posture faisait pigeonner ses seins ronds et pleins sous la fine dentelle de sa robe. Je tentai de ne pas le remarquer, en vain. Lamentable…

— Alors ça va s'arrêter là ?

Son ton était sec, railleur.

Je la considérai, perplexe, et transférai mon poids d'une jambe sur l'autre. Sa proximité physique, alliée à la tension de nos rapports, me mettait la fièvre dans le sang et dans la queue. Ses provocations m'excitaient autant que les courbes de son corps.

En bon avocat, je refusai d'entrer dans son jeu et répondis à sa question par une autre :

— Où est votre père ?

Je détournai les yeux de son regard aigu, à la recherche du grand *biker* baraqué. J'aurais autant de mal à expliquer à Orsen un œil au beurre noir ou un bras cassé que mon manque d'enthousiasme à me chercher une fille baisable pour sa foutue soirée.

— Il m'attend à la voiture. Je lui ai dit que j'avais quelques questions à vous poser concernant la suite.

— Et c'est vrai ?

— Qu'est-ce qui est vrai ?

Son irritation augmentait à vue d'œil. Ses joues s'étaient enflammées, et elle respirait de façon saccadée. Je gémis intérieurement. A tous les coups, elle devait ressembler à ça quand elle était sur le point de jouir. Merde ! Il ne fallait surtout pas que je pense à des trucs comme ça ! Je me mettais en danger.

— Que vous avez des questions concernant la suite, dis-je d'une voix que je reconnus à peine.

Je lui coulai un regard prudent. Si elle lisait dans mes yeux, je ne pourrais pas lui cacher plus longtemps que je la désirais comme un malade.

Lentement, elle secoua la tête, défaisant son chignon. Des mèches roses bouclaient sur ses épaules, flottaient autour de son visage. Je mourais d'envie de les ramener derrière ses oreilles.

— La suite, je la connais, Quaid… Pas vous ?

Sa voix s'était muée en un murmure rauque qui m'atteignit au bas-ventre. Tout mon corps se contracta, et je faillis me laisser aller à rencontrer sa bouche, alors qu'elle se dressait sur la pointe des pieds. J'avais trop envie de l'embrasser. Trop envie qu'elle m'embrasse. Ses lèvres se rapprochaient des miennes quand, au-delà de sa chevelure rose, je repérai une silhouette connue. L'enivrante bulle d'interdit qu'elle avait créée autour de nous éclata aussitôt, et je retombai lourdement sur la terre ferme de la réalité.

Je tournai brusquement la tête, et ses lèvres frôlèrent ma joue. C'était le plus innocent des baisers, mais il me parut plus érotique, plus transgressif, plus illicite que toutes les aventures sexuelles que j'avais pu avoir. Ce petit bout de femme avait le pouvoir de me démolir, de me ravager, de m'anéantir, et, si je la laissais continuer, j'en tirerais paradoxalement un bien-être que je n'avais pas connu depuis longtemps.

— Vous croyez savoir ce qui va se passer, Avett, mais vous vous trompez. Et maintenant, si j'ai un bon conseil à vous donner, c'est de cesser de perdre votre temps avec des minables, des hommes qui n'ont rien à vous offrir et qui finiront par vous détruire. Vous devez commencer à mener votre barque de façon un peu plus réfléchie, vous montrer à la hauteur de votre potentiel.

Elle se cabra comme si je l'avais giflée, et ses joues joliment rosies virèrent au rouge furax. Elle recula d'un pas, mais pour mieux m'attirer à elle d'un doigt glissé dans mon nœud de cravate. Son visage se rapprocha du mien. Son père allait entendre tout ce qu'on allait se dire, aussi il fallait que je fasse gaffe. Me contrôler et renfiler l'armure qu'elle avait réussi à m'ôter morceau par morceau, sans que je m'en aperçoive. C'était pour ça que rien ne se passerait entre nous. Je voulais m'éloigner d'elle avant de me retrouver à poil, déshabillé par son regard perspicace… et pas que par son regard.

— Vous savez quoi ? Vous êtes un connard, Quaid. Un beau salaud et le roi des foireux !

Ses yeux étincelaient. Elle haussa encore le ton.

— Ça, c'est moi quand je mène ma barque de façon plus réfléchie. Enfin, c'était avant que je découvre que vous n'êtes qu'un lâche !

Je secouai la tête. J'étais tout sauf un lâche, au contraire, mais je ne voulais pas lui en donner la preuve.

— Arrêtez, Avett. Je ne sais pas ce que vous cherchez à faire, mais c'est inutile et ça manque de classe.

Elle rit d'un rire sans humour.

— Non, Quaid. C'est vous qui êtes inutile ! C'est vous qui manquez de classe !

Je soupirai avec irritation. On était en train de se donner en spectacle ; les gens commençaient à nous regarder. Or, je n'avais pas besoin de me faire remarquer, ni qu'Orsen ait vent de cette scène embarrassante. Je levai les bras au ciel, exaspéré.

— Je ne sais pas ce que vous vous êtes imaginé, mais entre nous c'était juste professionnel. Pour moi, vous êtes une cliente comme les autres, Avett. Ni plus ni moins.

Elle se remit à rire et s'écarta de moi comme si j'avais la peste.

— Je suppose qu'à force d'être payé pour mentir, de gagner votre vie en racontant des salades aux juges et aux jurés, vous êtes devenu très doué pour croire à vos propres conneries. Merci pour tout le travail que vous avez fourni si professionnellement, maître. J'y repenserai chaque fois que je me montrerai à la hauteur de mon potentiel !

Là, elle parlait de coucher avec quelqu'un d'autre. De s'envoyer en l'air avec un mec qui ne serait pas moi. Un autre que moi allait s'emparer de cette tornade rose et se perdre dans son mélange de sauvagerie et de douceur. Dans sa bouche, mes mots devenaient sales et cruels. Il fallait que ça se finisse comme ça, c'était indéniable, mais le savoir ne m'empêchait pas de morfler sérieusement.

Elle tourna les talons, juste au moment où Sayer Cole et un homme qui aurait pu en remontrer à Brite, du moins par la carrure, s'approchaient de l'endroit où j'étais resté scotché sur place. Ils s'arrêtèrent à ma hauteur. Le grand barbu avait un bras passé autour de la taille fine de Sayer. Ils avaient l'air plutôt intimes, et c'était d'autant plus surprenant que Sayer se montrait si correcte, si guindée, chaque fois qu'on se voyait. Pour qu'elle laisse ce mec poser ses pattes sur elle, il fallait qu'entre eux ce soit du sérieux, bien autre chose qu'une relation courtoise entre une avocate et son client.

Lorsque je lui souris, le type me fusilla du regard. On aurait dit qu'il voulait m'arracher la tête. Amusant… J'avais besoin de souffler un peu après ma pénible confrontation avec Avett.

Sayer, qui avait suivi toute la scène, me vanna gentiment

sur mes piètres talents de séducteur. Je lui répondis en toute franchise.

— C'est certainement l'une de mes clientes les plus difficiles. Si elle n'apprend pas à écouter son avocat, elle risque d'avoir de gros ennuis avec la justice…

Je laissai mon regard errer sur l'homme. Comment ce bûcheron qui semblait tout droit sorti des forêts de l'Alaska avait-il pu conquérir Sayer et vaincre ses réserves, alors que je n'avais même pas réussi à les entamer ? Quelques semaines auparavant, je l'aurais envié, mais depuis ma rencontre avec Avett j'étais trop déchiré entre ma raison et mes désirs.

— C'est une emmerdeuse, une petite fille gâtée, mais je ne pense pas qu'elle mérite de faire de la prison… Là, tu vois, elle me reprochait juste de m'être arrangé pour qu'aucune charge ne soit retenue contre elle.

Le bûcheron me foudroya du regard et grogna d'un ton qui devait en faire battre en retraite plus d'un :

— Avett est une fille bien ; elle a juste eu la malchance de fréquenter des mecs chelous, c'est tout. Elle ne mérite sûrement pas d'aller en taule pour ce qui s'est passé au bar. Elle a une famille très bien qui saura s'occuper d'elle. D'ailleurs, son père le fait déjà, puisqu'il raque pour que vous la défendiez.

J'eus un mouvement de surprise. Ce mec connaissait Avett ? Apparemment, il connaissait aussi Brite et Asa… Décidément, Denver était un village où tout le monde savait tout sur son voisin !

Sayer s'éclaircit la voix et me présenta à son client, qui me tendit la main. Sans surprise, sa poignée de main était ferme, virile. Il voulait me faire mal, revendiquer la magnifique blonde qui se tenait entre nous, je le sentais à sa façon de me broyer les doigts.

Je fis une remarque déplacée sur le fait que ses amis devaient être un peu spéciaux pour avoir tous besoin d'un avocat, et à partir de là tous deux me firent la gueule. Je l'avais bien cherché. Qu'est-ce qui m'avait pris d'être aussi agressif ? C'était peut-être pour me changer les idées après mon engueulade avec cette fille que je n'arrivais pas à chasser de mon esprit. Je cherchais peut-être la bagarre, quelque chose qui me viderait la tête du regret et de la frustration de l'avoir laissée filer.

Je savais que Sayer allait refuser, je savais que j'allais foutre le bûcheron barbu en rogne en empiétant sur sa chasse gardée, mais je lançai :

— J'ai une soirée dans quelques mois, avec les associés de ma boîte… J'allais t'appeler pour savoir si tu voulais m'accompagner, mais puisqu'on est là autant t'inviter de vive voix. J'aimerais énormément être ton cavalier, Sayer.

Mensonge. Je n'avais jamais songé à l'appeler, même si c'était la femme idéale à emmener à ce genre de réception. Elle était belle, mais elle était également bien plus que ça. Orsen me lâcherait enfin la grappe si je m'amenais à sa petite fête avec à mon bras une femme capable de me remettre en selle après les ravages que Lottie avait causés dans mon existence et dans ma confiance en moi. Il voulait retrouver l'ancien Quaid. Le problème, c'était que l'ancien Quaid était une façade et que le nouveau avait beaucoup de mal à continuer à faire illusion.

Le bûcheron émit un grognement mauvais, et aussitôt je m'en voulus d'avoir mis Sayer dans une position embarrassante. Je me conduisais comme un con, alors qu'elle ne m'avait rien fait.

Elle me renvoya dans les cordes d'un ton glacial :

— Merci pour l'invitation, Quaid, mais je t'ai déjà dit de ne pas insister : je préfère qu'on reste amis. Désolée.

Pour le coup, je ne pouvais pas lui en vouloir. Je fis bonne figure et tentai d'arrondir les angles avant qu'on se sépare. Je la croisais très souvent au palais de justice ou ailleurs. Je ne voulais pas laisser le trouble que me causait Avett détruire notre belle camaraderie. Cette fille avait entamé mon armure, et je me sentais vulnérable. Raison de plus pour garder mes distances avec elle.

— Sans rancune, Sayer… C'est mon job d'amener les gens à voir les choses de mon point de vue. A très bientôt, alors. Et bonne chance pour aujourd'hui.

Elle marmonna quelque chose et partit précipitamment, le bûcheron sur ses talons. Il me lança un regard assassin par-dessus son épaule avant que les portes du palais de justice se referment sur eux.

Comme si je n'avais pas déjà été assez con pour mettre dans l'embarras une femme que je considérais comme mon amie et provoquer inutilement un mec qui aurait pu soulever mon pick-up d'une seule main, je décidai de pousser l'inconscience jusqu'au bout : je fis défiler mes e-mails sur mon téléphone jusqu'à ce que je retrouve celui qui contenait les coordonnées d'Avett.

Tout en retournant vers mon véhicule, je composai un rapide message. J'aurais fait la même chose pour n'importe lequel de mes clients. Faux ! Je n'envoyais jamais de textos à mes clients et je ne leur donnais que très rarement mon numéro de portable. Avett avait raison : à force de raconter des salades, j'avais fini par y croire. Je vivais dans le déni depuis que j'avais laissé derrière moi les montagnes et le gamin misérable qui n'avait rien et n'était rien. Seulement, continuer à croire à mes conneries me paraissait impossible depuis qu'Avett avait fait irruption dans ma vie avec sa culpabilité en bandoulière. Elle n'avait pas été dupe une seule seconde du tissu de mensonges sur lequel j'avais bâti mon existence. Sa franchise et sa candeur étaient contagieuses, et j'avais chopé le virus.

Avett, vous allez bientôt recevoir la citation à comparaître au procès de votre ex. Je sais que vous angoissez à l'idée d'être confrontée à lui. Si vous avez besoin de moi à ce moment-là, faites-moi signe. Je suis là pour vous aider, sincèrement. C'est une proposition d'ami, pas d'avocat.

Rien.

Pas de réponse. Je traversais à présent le centre-ville pour rejoindre mon bureau. J'avais envie de balancer ce foutu téléphone par la vitre et en même temps je voulais appeler Avett pour lui dire d'arrêter de faire sa tête de mule, d'accepter ma main tendue, d'ignorer le fait que j'avais repoussé ses avances. J'avais envie de lui dire de retenter le coup avec moi parce que, cette fois, je la laisserais faire. Je lui rendrais son baiser, voire plus, car je n'étais pas sûr de pouvoir en rester là. Je voulais caresser son petit corps d'animal sauvage, me perdre en elle. Goûter sa tendresse, savourer sa douceur sucrée.

Je poussai les portes de l'immeuble, me préparant mentalement à mon prochain entretien, quand mon portable me signala enfin la réception d'un message. Je retins mon souffle et pris connaissance de son texto. Sa réponse ne me surprit pas.

Je vous le répète : je ne veux pas de votre aide.

Je soupirai et ripostai :

Eh bien, elle vous est quand même acquise.

J'avais évolué. Moi qui étais absolument certain de ne

plus rien avoir à donner, je crevais d'envie d'offrir tout ce qui me restait à cette fille un peu paumée.

Je ne veux rien qui vienne de vous, monsieur l'aigle de la justice. Votre job est terminé. Je ne suis plus votre cliente, et on n'est carrément pas amis.

L'aigle de la justice ? Je ne pus m'empêcher de sourire en découvrant ce surnom débile.

Mon assistante me lança quelques mots qui me passèrent au-dessus de la tête. Il faut dire aussi que je marchais droit vers mon espace de travail, sans même la regarder. Je jetai ma sacoche sur le bureau et jurai. Une fois de plus, mon ordinateur portable s'en était échappé. J'aurais de la chance si cette foutue bécane s'allumait encore ! Je n'avais toujours pas trouvé le temps d'en changer.

Entre le moment où j'avais rencontré Avett Walker et celui où j'avais décidé de ne plus lutter contre mon désir fou de me frotter à sa fougue indomptable, mon perfectionnisme et mon obsession de l'apparence s'étaient mis en veilleuse. Ça n'était plus qu'une sourde palpitation dans un recoin de mon cerveau, à peine un petit pincement qui se rappelait à moi de temps en temps.

Je sais très bien que vous n'êtes plus ma cliente, Avett. C'est pour ça que vous avez mon numéro perso. Je ne le donne pas à mes clients. N'hésitez pas à vous en servir en cas de besoin.

Pas de réponse, mais je n'en attendais pas vraiment de sa part.

Je ne voulais pas être son ami ni son avocat… Je voulais être quelque chose de bien différent. Mais je voulais aussi être quelqu'un d'autre et, ça, ça m'effrayait bien plus que le fait de la désirer comme un fou.

7

Avett

J'écartai discrètement les rideaux de ma chambre et scrutai l'obscurité. Une voiture noire stationnait le long du trottoir d'en face. En temps normal, je n'y aurais pas fait attention, mais elle s'était garée là juste après le départ de mon père. Il était allé raccompagner ma mère chez elle après sa journée de travail. Traduction : il allait passer la nuit avec elle, ce qui lui arrivait très souvent lorsque c'était elle qui s'occupait de la fermeture du bar.

J'étais donc seule dans cette grande baraque, et je n'aurais pas remarqué la voiture noire si le nouveau voisin tatoué de mon père et sa furie ne s'étaient pas lancés dans un concours de hurlements qui couvrait le boucan de l'émission que je regardais à la télé. Pour être juste, c'était la fille tout en jambes et en gueule qui braillait. Curieuse, j'avais entrebâillé la porte d'entrée pour écouter. Ils allaient se marier dans quelques mois, et elle lui reprochait de ne pas s'investir assez dans la composition du plan de table ou un truc du même tonneau. Tout à fait le genre de conversation qui aurait dû se passer dans le calme et l'intimité, à l'intérieur de leur jolie maison, mais de toute évidence elle voulait un public. Le mec avait beau hocher la tête, s'excuser, essayer de la calmer, ses efforts ne servaient qu'à attiser la colère et les cris de sa copine. Enfin, elle avait poussé un soupir exaspéré et s'était mise au volant de la Cadillac cerise. Je n'en revenais pas qu'il lui ait filé les clés de ce bijou, après toutes les conneries qu'elle lui avait dites ! Il s'était contenté de secouer la tête et était rentré tranquillement chez lui. J'aurais bien aimé lui conseiller de se tirer avant qu'il ne soit trop tard. Il était trop mignon et trop canon pour se laisser pourrir la vie par cette fille — ou par une autre, d'ailleurs. Parce que c'était ce qui allait arriver. Sa copine avait fini par se barrer dans un hurlement de pneus, et c'est à ce moment-là que j'avais repéré la voiture et ses deux occupants, qui semblaient très intéressés par la maison de mon père. J'avais refermé la porte, tiré le verrou et mis la chaîne de sécurité. J'étais parano, forcément ! Ces mecs devaient juste attendre le retour d'un pote qui habitait dans la rue, ou je ne sais quoi. Sauf que, là, à 22 heures passées, je commençais à ne plus trouver de raison valable à leur présence. J'avais allumé toutes les pièces, sauf ma chambre, et j'étais allée sur la pointe des pieds jusqu'à la fenêtre.

Je tentai de distinguer leur visage, mais ne vis que le bout rougeoyant d'une cigarette dans le noir d'encre de l'habitacle. Affolée, je m'emparai de mon portable en charge près de mon lit et cherchai le numéro de mon père. Au dernier moment, je me ravisai. Si je l'appelais, il rappliquerait au quart de tour. Pour une fois qu'il pouvait passer un peu de bon temps avec ma mère, j'allais lui gâcher la soirée. Ils en seraient tous les deux déçus, et ma mère, qui ne m'avait toujours pas pardonné mes dernières conneries, aurait une raison de plus de secouer la tête avec ce regard qui exprimait mieux que des mots sa condamnation et sa rancœur. Conclusion : je devais leur foutre la paix. Je trouverais bien un moyen de régler le problème. D'ailleurs, il y avait certainement une explication toute simple à la présence de cette voiture dans la rue…

Je me mordis la lèvre, hésitante, et me tapotai la cuisse avec le téléphone. J'avais l'impression qu'il s'était écoulé des heures, mais en fait il n'y avait que quelques minutes que je m'angoissais. N'empêche que la voiture était toujours là, et ses occupants n'avaient pas bougé.

Et si j'appelais Asa ? Il se précipiterait, si je lui expliquais que je flippais toute seule dans cette grande baraque. Ce beau blond du Sud semblait avoir le mystérieux pouvoir de se pointer au moment où j'avais le plus besoin de lui… OK, il n'était pas mon plus grand fan, mais il avait l'air bien décidé à me sauver de l'enfer, moi qui n'avais que trop tendance à jouer avec le feu. Je devais lui rappeler ses propres erreurs de jeunesse… Il pensait sûrement me faire évoluer en me transmettant les enseignements qu'il avait tirés de ses propres bêtises. Le problème, c'était que, si je l'appelais, il préviendrait aussitôt mon père. Résultat, ils viendraient tous les deux, sans doute pour rien, et je me sentirais conne de les avoir dérangés pour des prunes.

Normalement, dans ce genre de situation, je m'abstenais d'agir, mais mon inaction se révélait toujours catastrophique. Que faire, alors ? Taper à la vitre de la voiture noire ou appeler la police ? Je me décidai finalement pour un moyen terme entre totale inconscience et morne raison, et laissai mon index appuyer sur la touche appel, à côté du nom de Quaid.

Je retins ma respiration, les yeux toujours fixés sur la voiture. Le téléphone sonnait dans le vide. Ça m'aurait étonnée qu'il réponde, vu la façon dont on s'était quittés… Et puis il était tard. Pourtant, dans son texto, il affirmait vouloir être quelque chose comme un ami pour moi, et c'était justement de ça que j'avais besoin, là, tout de suite !

Il m'avait même proposé son aide avec insistance, alors que je ne voulais plus en entendre parler.

J'allais raccrocher et sortir voir ce qui se passait dans la rue quand sa voix résonna à mon oreille. Bourrue, ensommeillée, pâteuse.

— Avett ? Qu'est-ce qui se passe ? Vous avez un problème ?

J'entendis un froissement de draps et le bruit d'un objet qu'on renverse. Je l'imaginais, tout ébouriffé dans son lit défait. J'en avais déjà la bouche sèche et les mains moites, mais sa question me hérissa immédiatement.

— J'ai toujours des problèmes !

Seulement, jamais ils ne m'avaient semblé aussi excitants qu'à cet instant, alors que je l'imaginais nu. En même temps, ça n'était pas évident, vu que j'ignorais ce qu'il cachait sous son costume.

— Quel genre ?

Il se déplaçait dans la pièce, à présent ; on aurait dit qu'il s'habillait. Est-ce qu'il dormait à poil ? Etait-il en train de mettre un de ses costards au pli impeccable ?

— Euh… je ne sais pas trop. Je suis seule chez mon père et il y a une voiture garée en face de chez nous, avec deux types à l'intérieur. Ils n'ont pas bougé depuis une demi-heure. Je suis sûrement parano, mais je flippe à mort. Je ne sais pas ce que je dois faire.

— Et votre père, il est où ?

J'aurais juré entendre un cliquetis de clés à l'autre bout du téléphone.

— Chez ma mère. Je n'ai pas voulu les déranger, au cas où je me ferais des idées. Il ne passe que quelques nuits par semaine avec elle… Vous voyez, j'essaie d'agir de manière responsable. Vous croyez que je devrais appeler la police ?

A nouveau, je glissai un coup d'œil derrière le rideau. Quelque chose brilla dans l'obscurité, comme si la lumière de l'entrée se reflétait sur une surface de verre… Soudain, je compris : quelqu'un observait la maison avec des jumelles depuis la voiture. C'était évident, à présent ! Ces deux mecs m'épiaient…

— Donnez-moi vingt minutes, Avett. Je préviendrai la police de chez vous, si nécessaire. Les flics réagiront plus vite à mon appel qu'au vôtre. Entre-temps, restez à l'intérieur. Eloignez-vous des portes et des fenêtres. Je vous envoie un texto en arrivant.

S'ensuivirent un claquement de porte et des pas précipités, mais mon cerveau restait bloqué sur : « Donnez-moi vingt minutes. » Il venait ! Il ne m'avait pas prise pour une mytho ni pour une parano. Il ne s'était pas moqué de moi. Ça faisait longtemps que je n'avais plus de meilleur ami, mais il était soudain devenu ce qui s'en rapprochait le plus.

— Euh, d'accord… Mais, vous savez, Quaid, je panique peut-être pour rien…

Enfin, il y avait quand même deux mecs garés en face qui m'espionnaient à la jumelle.

— Avett !

Il prononça mon nom avec un brin d'agressivité qui me fit frissonner.

— Vous êtes le principal témoin d'un procès lié à un trafic de drogue. Vous ne croyez tout de même pas que ces mecs poireautent devant chez vous pour s'amuser ? En pleine nuit ! Ne faites pas de folie, surtout ! Attendez que j'arrive.

— La folie, je n'en ai plus, Quaid. Le passage en taule, ça m'a calmée. Raison et bon sens, c'est ma nouvelle devise.

J'essayais de prendre un ton léger, mais j'avais la chair de poule. Je n'avais pas fait le lien avec les trafics de Jared. Je savais comment opéraient ces mecs. La dernière fois que je les avais vus, je m'étais fait tabasser et presque violer. Pour rien au monde je n'aurais voulu les recroiser. Ma première idée — aller taper à la vitre de leur voiture — m'apparaissait à présent d'une inconscience folle, fatale, même. Heureusement, pour une fois, j'avais fait le bon choix : j'avais appelé mon avocat à la rescousse. Un sacré miracle, vu mon penchant pour les conneries et l'autodestruction…

Quaid marmonna quelque chose d'indistinct, et j'entendis un moteur qui démarrait. Il ronronnait puissamment, puis se mit à rugir de façon très excitante à mon oreille.

— Eh bien, restez raisonnable et sensée en attendant que j'arrive. Quant à votre folie, pas la peine de la remiser définitivement. Il faut juste que vous appreniez à vous en servir au bon moment et au bon endroit. Je suis là très vite.

Je lui demandai s'il voulait mon adresse, mais il répondit qu'il l'avait déjà dans mon dossier.

Il raccrocha sans un au revoir, et je fourrai mon téléphone dans la poche avant de ma salopette baggy. Je regardai encore une fois derrière le rideau, laissai aussitôt retomber le lourd tissu et portai la main à mon cœur, qui battait à tout rompre. Cette fois, j'en étais sûre : les jumelles étaient braquées pile sur ma fenêtre !

Il fallait que j'appelle mon père, que je lui raconte la situation, que je lui dise ma peur. Mais en même temps je voulais changer pour qu'il ne soit plus obligé de venir à mon secours. Je voulais être ma propre héroïne, et non plus cette fille certaine de mériter le pire, qui ne cherchait donc jamais à se montrer sous son meilleur jour.

J'arpentai ma chambre pendant vingt minutes, oppressée à mort. J'osais à peine respirer. Enfin, le ronronnement sexy que j'avais entendu au téléphone résonna dans la rue. Quand Quaid arriva devant ma fenêtre, je rasai le mur et écartai prudemment les rideaux, pour voir ce qui se passait dehors. Exactement ce qu'il m'avait défendu de faire ! Mais j'avais pris mon maximum de décisions intelligentes pour la journée, et mes réserves étaient à sec.

Une moto rouge vif, hyper profilée, à l'opposé de la massive Harley noir et chrome de mon père, s'arrêta devant la maison. Je fixai, stupéfaite, cette bécane sexy et racée, tandis que son pilote en descendait et levait la tête vers l'endroit précis où je me tenais. Il retira son casque rouge et noir, et des cheveux blonds, tout ébouriffés, brillèrent à la lumière du clair de lune.

Le casque sous le bras, Quaid traversa la rue en direction de l'endroit où stationnait la voiture noire. J'étais fascinée par sa démarche, pleine d'assurance et de détermination. J'étais également scotchée par son look : jean noir qui lui moulait les fesses à tomber, et blouson en cuir du même style, aussi chic et cher que les fringues de luxe qu'il portait pour bosser. En costume, ce mec était beau comme un dieu, mais en jean et blouson noir et rouge — assorti à sa moto — il devenait plus accessible, plus approchable… pour quelqu'un comme moi. Bon, il restait quand même hors d'atteinte, mais il faisait moins rigide et moins conventionnel que dans sa tenue de bureau.

La moto aussi le mettait en valeur. Elle n'avait rien à voir avec les monstres légendaires américains avec lesquels j'avais grandi. Cette moto italienne était faite pour la vitesse, mais également pour prendre de l'angle dans les virages et déchirer l'asphalte avec classe. Elégante et stylée, elle ne grondait pas, elle ronronnait. Comme le mec qui la pilotait, peut-être. Jamais je n'aurais imaginé Quaid branché moto. Il semblait trop coincé, trop sérieux pour apprécier l'euphorie de la vitesse sans entrave. La plupart des gens estiment les motos sportives cent fois plus dangereuses que les grosses routières que pilotaient mon père et ses potes. Quaid Jackson ne m'avait jamais donné l'impression d'un mec fan de sensations fortes, mais, ça, c'était avant qu'il se pointe chez moi en pleine nuit sur ce splendide bijou mécanique.

Il se tenait au milieu de la rue, le regard braqué sur la voiture, quand le conducteur démarra. Le véhicule jaillit du trottoir, et Quaid dut faire un bond en arrière pour ne pas être renversé. Il se retourna pour le voir disparaître à toute vitesse au bout de la rue, tous phares éteints. Il scruta l'obscurité une bonne minute, puis tourna la tête vers moi. Du bout des doigts, je lui fis un tout petit coucou ; il fronça les sourcils en réponse. Il ressemblait à un rapace en colère guettant son prochain repas. Mon corps se mit à vibrer, tandis que mon cœur partait dans une équipée sauvage.

Quaid tourna les talons et se dirigea vers la maison. Je quittai enfin la fenêtre et dévalai l'escalier. J'ouvris la porte d'entrée à l'instant où ses bottes de motard touchaient la dernière marche du perron.

Je ne pouvais lui cacher mon trouble : j'étais rouge et excitée. Il me parcourut de la tête aux pieds et, l'espace d'une seconde, je regrettai mon espèce de chignon en pétard et ma salopette deux fois trop grande, vestige de mes années de lycée. D'accord, elle était sympa et confortable, mais elle avait carrément connu des jours meilleurs… Je me sentais mal fringuée et enfoncée par l'allure de Quaid, qui arrivait à être stylé même en jean et T-shirt moulant.

— Merci d'être venu. Je ne savais vraiment pas quoi faire, ni si j'avais raison de paniquer.

Je m'effaçai pour le laisser entrer. Il promena son regard sur l'intérieur accueillant et cosy. Puis il se dirigea vers le sofa avachi et y jeta son casque rutilant, qu'il tenait toujours sous le bras.

— Etant donné que ces mecs ont failli m'écraser au

moment où j'allais distinguer leur visage, je dirais qu'il y avait de quoi paniquer.

Il se retourna vers moi, et son air de prédateur me coupa le souffle. Ce n'était plus l'aigle de la justice, c'était un aigle tout court, prêt à fondre sur moi et à me déchiqueter. Auréolé par sa blondeur, il vibrait d'une rage et d'une inquiétude qui le rendaient cent fois plus sexy. Le voir aussi préoccupé par ma sécurité faisait fourmiller des parties de mon anatomie que je n'aurais jamais crues capables de réagir avec autant d'intensité. Aucun des mecs que j'avais connus n'avait jamais déclenché ce genre d'excitation en moi. Mais tout, chez Quaid, me faisait éprouver des sensations inconnues. C'était à la fois flippant et euphorisant.

Sa voix grave détourna ma pensée de mes zones érogènes.

— Je voulais relever le numéro de la voiture, mais elle n'avait pas de plaques d'immatriculation. Conclusion : ces types ne veulent pas qu'on puisse les retrouver facilement. Vu votre situation, ça m'étonnerait que leur présence soit une coïncidence. Je vais appeler l'inspecteur chargé de l'enquête concernant votre copain. Je veux qu'un véhicule de patrouille passe régulièrement dans le quartier.

J'opinai, l'esprit ailleurs, et joignis les mains nerveusement.

— Ex-copain.

C'était sorti tout seul. Quaid pinça les lèvres.

— Il faut avertir votre père de ce qui se passe, Avett. Je n'aime pas ça. Ça ne me semble pas correct de le tenir à l'écart. Si ces mecs vous croient impliquée dans les trafics de votre ex…

Il secoua la tête, et une mèche de cheveux lui tomba sur les yeux. J'avais tant envie de l'écarter de son front que j'en avais des fourmis dans les doigts.

— … Alors, vous êtes en danger.

Je hochai à nouveau la tête et fourrai les mains dans mes

poches arrière pour ne pas me ridiculiser en remettant en place cette mèche rebelle.

— Je vais lui en parler, dis-je. Entre ma mère et lui, c'est…

Je haussai une épaule.

— … Compliqué. Et je n'aime pas m'immiscer dans leur intimité.

Il fronça les sourcils, son regard clair rivé à ma poitrine, que ma posture mettait en valeur. Sous ma salopette, je ne portais qu'une brassière qui m'arrivait bien au-dessus du nombril. En fait, si je me tournais, il aurait une vue imprenable sur la culotte rose pétard taille basse que j'avais enfilée ce matin, après ma douche. La tenue idéale pour regarder un film sur Netflix en mangeant un sandwich Jimmy John's, vautrée sur un canapé, mais totalement inadaptée quand on tente de s'entretenir d'adulte à adulte avec un mec qui vous attire autant qu'il vous horripile.

— Ce sont vos parents, Avett. Votre mère peut très bien comprendre que votre père soit obligé de rentrer chez lui s'il se passe quelque chose de louche.

Oh ! ma mère comprendrait très bien… Elle comprendrait surtout que mon père la laissait en plan pour voler une fois de plus à mon secours. Tout ça parce que j'étais incapable de m'en sortir seule. De quoi creuser plus encore le fossé qui existait entre nous.

Je me raclai la gorge, nerveuse.

— Elle peut le comprendre, oui, mais, elle et moi, on n'est pas en très bons termes, et depuis un bon bout de temps. Je ne vois pas l'intérêt de lui donner une raison de plus de m'en vouloir.

Il ramena sa mèche rebelle en arrière et, alors qu'il levait le bras, son T-shirt remonta, m'offrant un spectacle de rêve : des abdos ciselés et un V concave bien dessiné entre ses hanches. Qu'est-ce qu'il était bien foutu ! Costaud, élancé, avec de larges épaules et une taille étroite. Blindé de muscles durs et noueux sous ses airs BCBG. Je vis tout de suite beaucoup mieux à quoi il devait ressembler à poil dans son lit, et je n'avais plus qu'une envie : le toucher.

— Votre mère ne vous déteste pas, Avett. J'étais assis à côté d'elle lors de votre mise en accusation : elle pleurait d'angoisse.

Il haussa un sourcil et croisa les bras sur son torse. Je matai ses biceps, hypnotisée.

— Quand j'ai annoncé à mes parents que je m'engageais dans l'armée et qu'ils ne me reverraient pas avant quatre ans minimum, ils n'ont pas versé une seule larme. C'est pour ça que je sais, quoi que vous vous imaginiez, que votre mère ne vous déteste pas.

Il avait lâché cette info personnelle comme une bombe à mes pieds.

— Vos parents ne s'angoissaient pas pour ce qui pouvait vous arriver ? Ils n'étaient pas tristes de vous voir partir, sans savoir s'ils vous reverraient un jour ?

Ça me paraissait impossible. Ma mère me montrait souvent son ras-le-bol et sa frustration, mais elle était toujours là ; elle se préoccupait de mon sort. Si elle m'en voulait, c'était parce qu'elle avait d'autres ambitions pour moi. Comment les parents de Quaid pouvaient-ils ne pas crever de fierté devant tout ce qu'il avait accompli, devant l'homme qu'il était devenu ? Franchement, ça me dépassait !

— Mes parents étaient furieux que je m'en aille. Mon enrôlement, ils l'ont vécu comme une déception, une trahison vis-à-vis de leurs convictions et de leurs principes d'éducation. Les parents qui tournent le dos à leur enfant, je sais ce que c'est, Avett. Ce n'est clairement pas le problème avec votre mère.

J'inspirai un grand coup, bouleversée par tant de franchise. Mais il aurait été complètement malvenu de me jeter à son cou. Il n'était pas l'arbre que mon père m'interdisait d'escalader, mais quelque chose me disait qu'avec lui, si je tombais de haut, je risquais bien plus qu'un bras cassé.

— Je n'ai jamais été très douée pour faire ce qu'il faut, Quaid. Mon père m'a plus d'une fois ramassée à la petite cuillère, et ça fait tellement d'années qu'il est le seul à me tendre la main…

Je secouai la tête et lui fis un petit sourire triste.

— Ma mère, je lui en ai fait baver. A cause de toutes mes galères, déjà, mais aussi parce que mon père n'hésitait jamais à tout lâcher pour voler à mon secours. Je savais que je mettais leur relation à rude épreuve, qu'entre eux la situation était tendue, que ma mère était malheureuse, mais ça ne m'a pas empêchée de continuer mes conneries. Ça fait de moi une belle ordure, quel que soit l'angle sous lequel vous me regardez, maître. Dans ce dossier, toutes les preuves sont contre moi.

Il ne m'avait pas quittée des yeux, et s'avança vers moi, avec détermination. Il me fit reculer jusqu'à la porte d'entrée. Le dos plaqué au panneau de bois, je ne voyais plus que lui. Il s'appuya d'un bras au-dessus de moi, et je dus renverser la tête pour continuer à le regarder. Il n'était plus qu'à cinq centimètres de moi, et j'avais l'impression que chaque atome de mon corps s'efforçait de supprimer cette distance. Mes tétons durcis pointaient droit sur lui ; chaque centimètre carré de ma peau vibrait de frustration en le sentant si près.

— Ce que tu appelles des preuves, Avett, ce ne sont que des présomptions, des interprétations biaisées. Tu prétends ne jamais faire ce qu'il faut, ne pas pouvoir t'en empêcher, même si tu sais pertinemment que tes actes font autant de mal à ton entourage qu'à toi-même. Alors, ma question à l'accusée, c'est… pourquoi ? Pourquoi tu continues à prendre la mauvaise route ? Pourquoi tu continues à faire du mal à tout le monde ? C'est quoi, ton mobile ?

Je laissai échapper un petit soupir en sentant son souffle danser sur mes lèvres. Il m'embrassait en paroles, me dévorait des yeux. Nos deux corps n'étaient pas en contact, et pourtant je le sentais partout, y compris au plus profond de moi, là où toutes sortes d'émotions s'étaient mises à éclore et à bouillonner. Incapable de réprimer mon besoin de le toucher, je posai mes mains tremblantes sur son torse. Ses muscles d'acier se contractèrent ; mes genoux, au contraire, se transformèrent en cire molle. Mes doigts frémirent en sentant la douceur de son T-shirt sous le cuir rigide et froid de son blouson. Sa main se referma sur mon poignet et, l'espace d'une seconde, je crus qu'il allait me repousser. Une fois de plus, je me trompais. Son pouce trouva la tendre fossette de mon poignet, là où mon pouls battait à toute allure, et il se mit à le caresser.

— Tu ne veux pas entendre mon histoire. Tu te souviens ? lançai-je d'une voix trop aiguë, tandis qu'il se rapprochait imperceptiblement de ma bouche.

Je soutins son regard en silence. Dans ses yeux clairs soufflait une tempête de neige.

Mon histoire, je ne l'avais jamais racontée à personne, du moins, jamais dans sa totalité. Mon histoire, c'était le contraire d'un conte de fées : on pouvait la tourner dans tous les sens, elle finissait toujours mal. C'était dingue, mais j'avais envie de la lui raconter. Je voulais lui expliquer ce qui me poussait à agir comme je le faisais et je voulais qu'il me comprenne.

Il pencha la tête et, soudain, il n'y eut plus d'espace entre nous. La pointe de ses chaussures touchait mes orteils nus. Lâchant mon poignet, il glissa la main dans le large entrebâillement de ma salopette et s'attarda sur ma hanche arrondie. Ça faisait beaucoup de chair nue sous sa paume, et je vis dans son regard qui s'embrasait que cette abondance ne lui déplaisait pas. Vu mon petit gabarit et la taille de ses mains, il lui suffirait d'écarter les doigts pour être à la fois sous ma brassière et à la lisière de ma petite culotte. Bon sang, j'avais envie de ses mains partout sur moi !

— Tu me fais rêver de tout un tas de choses, Avett, y compris les moins recommandables.

Il se rapprocha encore. Ses lèvres n'étaient plus qu'à un murmure des miennes.

— Comme ce baiser que tu as tenté de me donner, devant le palais de justice. J'en crevais d'envie, c'est pour ça que je n'ai pas pu l'accepter. Je n'avais pas le droit de prendre ce que tu m'offrais, parce que je n'ai rien pour toi en échange. Il n'empêche… Je n'arrête pas d'y penser depuis, et de fantasmer sur le goût de ta bouche.

Il soupira. Lèvres entrouvertes, j'essayais de capter la saveur de son haleine au bout de ma langue. Moi aussi, je mourais d'envie de connaître le goût de ses baisers.

La voix brouillée par des émotions intenses et contradictoires, il murmura :

— Je veux tout, Avett, l'histoire et le baiser.

Ses lèvres effleurèrent les miennes d'une caresse aérienne. Le temps s'arrêta, et je me demandai si je n'avais pas été mise au monde dans le seul but d'embrasser cet homme.

— A toi de décider dans quel ordre, dit-il avec un petit sourire entendu.

Mais, avant qu'il ait pu franchir le dernier millimètre qui nous séparait encore, je le repoussai.

— Non, c'est un mauvais plan.

Je le savais, je le sentais jusque dans ma moelle.

Bien sûr, j'étais attirée par l'envie de lâcher prise, de

faire ce que j'avais toujours fait, sauter à pieds joints dans les ennuis. Mais, justement, j'étais censée changer. Me repentir pour de bon, ne pas me contenter de dire que j'étais désolée, avant de m'embarquer dans une nouvelle galère. Ce baiser allait forcément m'apporter toutes sortes de chagrins et de regrets. Je le savais et, en même temps, je m'en fichais. Mais en dépit de toutes mes bonnes résolutions j'allais l'embrasser et, comme toujours, suivre mon instinct tordu jusqu'au crash final.

— Les mauvais plans, tu les as accumulés, ces derniers temps. Tu n'es plus à ça près...

Il avait raison. Surtout quand ce plan ressemblait à Quaid Jackson, qu'il avait son odeur ensommeillée, son parfum de luxe, qu'il était chaud et dur contre mon corps. Que représentait une erreur de plus, quand ces lèvres se pressaient, fermes et exigeantes contre les miennes ? Que représentait un désastre de plus, quand ces mains viriles remontaient le long de mes flancs pour s'arrêter sous le galbe de mes seins tendus à craquer ? Que représentait une bourde de plus dans la kyrielle de celles qui m'avaient conduite jusque dans les bras de cet homme qui n'était pas pour moi ?

J'aurais tout le temps de prendre la bonne décision demain. Pour le moment, j'allais m'éclater en prenant la mauvaise. De toute façon, sa bouche se pressait avec plus d'insistance contre la mienne, m'ôtant la liberté du choix. Ce serait donc d'abord le baiser, puis l'histoire. C'était peut-être ce qui m'attirait tellement chez lui : il ne me laissait jamais le temps ni la possibilité de faire un choix, bon ou mauvais. C'était lui décidait. Moi, je ne faisais que le suivre aveuglément vers la victoire ou la défaite... Et ce baiser avait le goût des deux, comme si l'une n'allait pas sans l'autre.

Pour la première fois de ma vie, un mauvais plan allait peut-être me mener à la réussite.

8

Quaid

Je n'aurais jamais dû poser ma bouche sur la sienne.

Je n'aurais jamais dû poser mes mains sur son corps.

Je n'aurais jamais dû bander à ce point.

Ma queue se pressait douloureusement contre ma braguette, tandis qu'Avett gémissait dans ma bouche et que sa langue s'enroulait autour de la mienne.

Tout ça n'aurait pas dû arriver, mais ni mon cerveau ni ma libido ne semblaient vouloir interrompre ce qui se passait entre nous. Ma main s'aventura le long de ses côtes, s'insinua sous son haut minuscule et découvrit la peau encore plus douce d'un sein lourd, rond et généreux. Décidément, j'étais plus que ravi que ma raison se soit mise en veille. Avett était comme un rêve sous mes doigts. Comme le rêve érotique qui m'avait fait émerger du sommeil, le sexe dur et douloureux. Un rêve moite, torride. Je n'aurais pas su décrire les sensations qu'il m'avait procurées, car elles ne ressemblaient à rien de ce que j'avais connu auparavant. Le corps d'Avett me replongeait dans le rêve qui m'avait tourmenté juste avant qu'elle m'appelle et me réveille.

A l'instant où j'avais vu son nom s'afficher sur mon téléphone, toute ma raison s'était envolée. Dès qu'elle avait prononcé mon nom, mes décisions n'avaient plus été guidées que par sa voix tremblante à l'autre bout du fil. J'aurais dû lui conseiller d'appeler les flics. Après tout, c'était à eux de s'occuper de cet aimant à problèmes ! Mais mon obsession pour elle m'embrouillait la tête et me faisait faire les pires folies. Y compris me précipiter chez elle en pleine nuit pour m'assurer qu'elle était indemne. C'était plus fort que moi, il fallait que je vérifie par moi-même qu'elle allait bien. J'avais besoin de veiller personnellement à sa sécurité.

Dans sa voix, panique et passion formaient un cocktail complexe que j'étais incapable de démêler. Brutalement tiré de mon rêve érotique, j'avais su que jamais je ne pourrais supporter de rester sans rien faire dans l'immense lit de mon loft au style froid et industriel. Il fallait que je sache, même si j'étais sûr de succomber au désir que j'avais d'elle. Cette fille attisait mon imprudence et ma gourmandise. Elle me donnait envie de choses que je serais incapable de lui rendre. Le sang en ébullition, je m'étais promis de ne pas rentrer chez moi sans avoir vérifié que la véritable Avett était à la hauteur de sa version fantasmée.

Et c'était le cas !

La réalité était même infiniment supérieure. Avett était douce. Avett était sucrée. Hypersensible à mes caresses, à mes baisers. J'avais envie de la dévorer toute crue, au lieu de la déguster comme la friandise au miel qu'elle était. Sa salopette aurait mieux convenu à un jardinier ou un mécano. Tout, chez elle — sa tenue, sa coiffure en pétard, son visage dénué de maquillage —, aurait dû me rappeler qu'elle était beaucoup plus jeune que moi et qu'on appartenait à deux mondes bien différents. Mais tout ce que je voyais, en cet instant, c'était l'absence de soutien-gorge sous la salopette XXL et la dentelle rose qui soulignait ses hanches. Elle me donnait tellement faim que j'en avais l'eau à la bouche.

Elle était si terriblement aguichante que j'avais envie de prendre ce qu'elle m'offrait si imprudemment.

Je me pressai plus encore contre elle en veillant à ne pas écraser ses pieds nus et son corps menu. Physiquement, je la dominais largement, mais elle avait le pouvoir de me rendre fou… Le souffle court, l'esprit embrumé par le désir, je n'étais pas assez naïf pour me croire encore maître de la situation.

Je l'avais fait reculer contre la porte. Elle était si petite qu'elle s'était dressée sur la pointe des pieds pour pouvoir nouer les bras autour de mon cou. De mon côté, je devais me pencher sur sa bouche, mais j'adorais sa façon sexy de se cambrer, la tête en arrière, pour pouvoir m'embrasser. Toutes les rondeurs et les courbes de son petit corps sensuel étaient à ma portée ; je pouvais enfin les explorer et les apprendre par cœur. J'aimais sa chair moelleuse, qui me permettait d'en avoir plein les mains.

Avant elle, je n'avais connu que des femmes dures. Leur corps, leur mentalité, leur cœur étaient durs, et leur âme, impitoyable. Trop sèches pour aller au-delà des apparences, elles se laissaient décourager par mon armure, indifférentes à l'homme qui se cachait derrière. Ces femmes-là prenaient tout et ne cédaient jamais rien.

Avett Walker, elle, se donnait tout entière. Elle me laissait la pétrir, et j'aimais la sentir docile et abandonnée sous mes doigts inquisiteurs. A sa façon de gémir, de se plaquer à moi et de m'agripper les cheveux, elle me faisait clairement comprendre son désir. Je n'étais donc pas le seul à la vouloir comme un malade. Et j'adorais qu'elle n'ait pas de soutien-gorge ! Passé la fine barrière de son crop top, ma main se remplit immédiatement de chair chaude et consentante. Je la refermai sur son sein généreux jusqu'à ce que je sente son joli petit téton se dresser contre ma paume. Il fallait que j'arrête de me mentir : c'était trop bon pour qu'on en reste à ce baiser.

J'avais envie de la voir nue. Envie de savoir si ce mamelon velouté était du même rose que ses cheveux. Je voulais le prendre dans ma bouche. Faire rouler ce petit bourgeon sous ma langue et entendre Avett hoqueter mon nom. Je voulais glisser la main dans sa petite culotte rose, pour voir si elle était aussi excitée que moi. Parce que je ne pouvais pas lui cacher l'effet qu'elle me faisait. Tandis que je l'embrassais plus profondément, que je m'appropriais sa bouche, ma queue palpitante avait trouvé un nid idéal au creux de son estomac. Mais maintenant j'avais envie de lui ôter cette salopette dont le jean rêche empêchait mon érection brûlante de se frotter à sa peau souple et soyeuse.

Je n'avais jamais été un rapide de la gâchette, mais cette bouche avide, ce sein lourd, ce téton durci, ce corps qui se collait à moi, toujours plus cambré… Je savais que si ma queue excitée entrait en contact avec sa peau ça suffirait à me faire décharger. Je n'avais pas été aussi sensible et réactif à une femme depuis que j'avais commencé à coucher, au lycée. Cette façon qu'elle avait de haleter légèrement contre mes lèvres, de m'attirer à elle pour pouvoir me rendre mon baiser… Tout était infiniment plus fort que les coups d'un soir que j'avais accumulés pour rien.

Je poussai un grognement. Elle venait de me mordre la lèvre inférieure. Une seconde après, sa langue vint effleurer la petite brûlure. C'était à la fois tendre et sauvage. Deux facettes de son caractère que je mourais d'envie d'explorer à fond. Piégeant la pointe dure de son sein entre mes doigts, je tirai sèchement dessus : ma façon de lui rendre sa morsure. Elle poussa un petit cri de plaisir. Fou d'excitation, je lui ravageai la bouche. Je voulais la dévorer tout entière. Je voulais me vautrer dans sa sauvagerie animale et brûler mes vieilles rancœurs au feu de son désir. Mais je voulais également me laisser bercer par sa douceur, lorsque nos corps seraient enfin repus de plaisir. Jamais je n'avais été aussi troublé par une femme, jamais je n'avais laissé mes émotions prendre à ce point le pas sur ma raison. Avett me faisait oublier l'homme que je prétendais être, mais aussi celui que j'avais passé ma vie à renier. Avec elle, je devenais quelqu'un d'autre, un homme qui ne se sentait ni factice ni rejeté. En caressant son corps, en suivant de ma langue la veine qui palpitait à son cou, j'avais l'impression de vivre vraiment, d'exister au-delà de mes biens matériels et de mes compétences professionnelles.

Je titillai une dernière fois la pointe de son sein, puis, frôlant du dos de la main sa frêle cage thoracique, je ressortis par l'ouverture de la salopette et tapotai doucement la boucle d'une de ses bretelles. Nos deux poitrines se soulevaient à l'unisson. La bouche sous le délicat coquillage de son oreille, je murmurai :

— Jusqu'où tu es prête à aller ?

Pour ma part, j'avais l'impression qu'on avait déjà atteint le point de non-retour. Maintenant que je connaissais le goût divin de sa bouche, j'étais accro. Je ne pensais plus qu'à me perdre dans l'ouragan Avett. La flambée de désir, ce besoin urgent de la dévorer, c'était fini. A présent, j'avais envie de la baiser. Oui, plus que tout, je voulais me glisser dans la douceur de ce petit corps tendre, mais j'avais encore suffisamment de lucidité pour savoir que ça n'était ni le moment ni l'endroit. Je ne pouvais pas la baiser maintenant, chez son père, debout contre la porte d'entrée. Mais j'allais coucher avec elle, après cette soirée, c'était évident. Je ne pouvais pas ne pas le faire.

Ses yeux noisette se mirent à chatoyer, tandis qu'elle réfléchissait à la réponse à me donner. Ça n'était pas facile :

ça revenait pour elle à aller plus loin dans l'interdit, un interdit qui avait un terrible goût d'évidence.

Ses mains quittèrent ma nuque pour se poser sur mes épaules. Ses yeux lancèrent des éclairs dorés et le marron vira au noir, éclipsant le vert.

— D'habitude, quand je me plante, je ne le fais pas à moitié. C'est pour ça que je rate ma vie de façon aussi spectaculaire, dit-elle d'une voix altérée qui se brisa lorsque je défis la bretelle.

Je lâchai un juron, lorsque la salopette me dévoila sa poitrine et son ventre. Plaquée contre cette porte, Avett incarnait la femme dont rêvent tous les hommes qui ont quelque chose dans le crâne. Rouge et ébouriffée, elle irradiait de sensualité, et je n'avais qu'une envie : lui ôter cette dentelle rose qui m'empêchait de goûter aux autres délices que recélait son corps et de lui faire découvrir tous les plaisirs que j'allais lui donner.

Je déposai un baiser juste sous son oreille et, du bout des doigts, me mis à dessiner des arabesques sur la peau frémissante de son estomac.

— Je n'appelle pas ça rater sa vie, dis-je.

J'avais plutôt l'impression d'avoir touché le jackpot ou plutôt une récompense que je n'aurais jamais pensé à réclamer. C'était d'autant plus étrange que j'avais passé ma vie à collectionner les marques de reconnaissance de toutes sortes. Cette quête obsessionnelle avait commencé le jour où je m'étais rendu compte que pour tout le monde, élèves comme professeurs, j'étais un moins-que-rien dénué de tout. Toute ma vie illustrait ma volonté de prouver aux autres que l'important, ce n'était pas le point de départ mais la ligne d'arrivée. Pourtant, à cet instant, je me sentais le roi du monde, même si, avec Avett, je m'écartais sacrément de l'image que je voulais donner.

Glissant un doigt sous l'élastique de sa culotte, je suivis la courbe de son bas-ventre. Elle tressaillit, et ses hanches se plaquèrent contre moi. Je gémis en sentant ma queue raidie s'enfoncer plus encore dans son estomac. Ses mains se crispèrent sur mes épaules.

— Je pensais que tu étais là pour que je te donne du plaisir, murmura-t-elle contre ma mâchoire contractée. Pas pour m'en donner. Du coup, pour moi, c'est un ratage.

Elle laissa échapper un petit cri, trop spontané pour être simulé, lorsque mes doigts s'aventurèrent plus bas. Sa peau soyeuse et brûlante m'amena jusqu'à des profondeurs humides. Rien n'était plus sexy que la vue de ma main déformant sa petite culotte rose vif. La dentelle était relativement élastique, mais pas assez pour que je puisse m'amuser. Les doigts coincés contre les zones les plus sensibles de son anatomie, je la tenais tout entière dans ma main, comme si elle avait été faite pour moi. En tout cas, je n'avais aucune envie de m'échapper de ce joli piège.

Je repris possession de sa bouche pendant que mes doigts s'enfonçaient entre ses pétales veloutés.

— Je veux goûter ton côté doux et sauvage, Avett. Je veux savoir ce que ça fait. Je veux m'habituer à ta saveur et à tes réactions pour ne pas être submergé quand je serai en toi.

Sans boussole, il était très facile de se noyer dans la tempête d'émotions générée par ce petit bout de femme. Et je ne voulais pas perdre complètement le nord parce que au final j'allais devoir retrouver le cap de la réalité, de l'existence que j'avais passé tant d'années à me construire.

Du genou et de la main, je l'incitai à écarter les cuisses pour pouvoir accéder à ses parties les plus secrètes. Elle s'exécuta docilement et s'offrit à moi dans un léger soupir. Elle se pliait à mes moindres désirs, sans exiger quoi que ce soit en retour. Sa générosité et sa candeur me montaient à la tête et à la queue, plus vite et plus efficacement que n'importe quel jeu de séduction.

Son sexe était chaud et déjà mouillé. Souple et velouté. Elle haletait sous le va-et-vient de mes doigts dans son vagin trempé, gémissant quand je frôlais son clito gonflé d'excitation. Cramponnée à moi, elle s'arc-boutait sur la pointe des pieds pour aller à ma rencontre. Les yeux clos, elle recherchait les sensations que je lui donnais.

C'était une vision magnifique.

Elle arracha sa bouche à mes lèvres brutales et rejeta la tête en arrière si fort qu'elle alla cogner contre la porte. Le front contre mon bras, je profitais du spectacle. J'étais capable de fusionner avec cette femme, de me perdre dans sa nature sauvage et de retourner ensuite au simulacre de vie bien ordonné que j'avais échafaudé avec soin et où il ne manquait rien qu'un peu de chaleur. Oui, j'allais y arriver.

Non, c'était un mensonge.

Avett était la vie. Sa façon d'aller à ma rencontre, de m'agripper, de ruisseler de plaisir sans inhibition et sans honte.

Elle était vraie.

Elle était sincère.

Elle était authentique.

Tout ce que, moi, je n'étais plus depuis longtemps et dont je ne pouvais me rassasier. C'était ce que j'essayais d'obtenir en clouant ce petit corps contre cette porte : une véritable émotion. Elle articula mon nom dans un souffle alors que, du pouce, je pressais son clito. Le petit bouton pulsa sous ma caresse, et tout son corps parut se mettre à léviter.

Ses paupières papillonnèrent, elle ouvrit les yeux et passa une langue coquine sur sa lèvre inférieure ravagée par mes baisers. Ses yeux brillaient d'une lueur sauvage, me défiant d'aller jusqu'au bout, de la faire chavirer dans le plaisir. Mais je voyais aussi toute sa douceur dans sa façon de poser ses lèvres sur la veine qui palpitait à mon cou.

Elle était toute proche de l'orgasme. Je sentais son corps mollir, s'abandonner sous mes doigts. Caressant plus fermement son clito, je lui pris le visage d'une main pour mieux pouvoir l'embrasser et me délecter du goût de son plaisir. C'était une sensation carrément décadente. Avett avait la saveur de son orgasme.

Tandis qu'on haletait doucement l'un dans l'autre, elle jouit sous mes doigts avec de petits spasmes délicats. Redescendue sur terre, elle leva sur moi des yeux remplis d'un millier de questions auxquelles je n'avais pas la réponse et laissa ses mains retomber de mes épaules.

Elle tressaillit en sentant le froid métal de l'arme que j'avais accrochée à ma ceinture avant de foncer chez elle. Je l'avais complètement oubliée, et mon blouson de cuir la lui avait dissimulée jusque-là. D'où sa stupéfaction. Je promenai mes doigts mouillés sur son ventre. Mon arme avait semé encore plus d'interrogations dans son regard.

— Tu as un flingue ?

Je m'écartai d'elle pour rajuster délicatement sa salopette. Puis je suivis du pouce la douce courbe de sa joue rouge d'excitation et me tournai légèrement afin que ses mains ne soient plus en contact ni avec l'arme ni avec moi.

— Plusieurs, même. C'est une habitude que j'ai gardée de l'armée. Mais ton copain Google t'a déjà tout dit là-dessus, non ?

Elle souffla avec humeur et croisa les bras sur la poitrine. Elle était encore adossée à la porte d'entrée. Peut-être par besoin de s'y appuyer après l'intensité de son orgasme, du moins, c'était ce que j'avais envie de me raconter.

— Google m'a dit que tu avais été militaire, pas que tu allais te pointer chez moi en pleine nuit, armé d'un flingue et à moto. Visiblement, les détails les plus intéressants ne sont pas sur la Toile. Vous êtes un homme plein de surprises, maître…

Je ramenai mes cheveux en arrière. Entre mon rêve interrompu, le casque et les mains exigeantes d'Avett, ils étaient carrément en pétard.

— J'ai appris à tirer à la carabine au berceau et à chasser avant de savoir lire. Quand tu m'as appelé, tout à l'heure, mon premier réflexe a été de prendre une arme. Quant à la moto, elle passe la plus grande partie de l'année au garage. Mais, récemment, elle s'est rappelée à mon bon souvenir, dis-je d'un air faussement innocent. Ces derniers temps, j'ai eu envie de me lâcher et de me la jouer sauvage. Je me demande bien pourquoi…

Elle renifla avec dédain et se détacha enfin de la porte. Mon ego faillit exploser de fierté : elle flageolait un peu sur ses jambes, comme je l'avais espéré.

— Ta fusée n'a rien de sauvage… Et toi, encore moins. Alors, t'imaginer en couche-culotte avec un fusil à la main, j'ai franchement du mal.

Elle s'effleura la bouche, avant de porter la main à son cœur.

— Qui êtes-vous exactement, Quaid Jackson ?

— Moi ? Personne. Je ne suis personne.

C'était bien ça, mon problème. Et c'était pour ça que j'avais décidé de devenir quelqu'un, que j'avais tout quitté pour m'inventer une vie en apparence parfaite qui ferait envie à tout le monde. Pourtant, depuis ma rencontre avec elle, je ne pouvais plus continuer à être cet avocat lisse, habile et calculateur, car ce mec-là savait pertinemment que notre relation n'avait pas d'avenir.

Je me forçai à sourire.

— Et vous, Avett Walker, qui êtes-vous, au juste ?

Elle se mit à rire et écarta les bras.

— Exactement ce que tu penses de moi : une fille à papa qui a abandonné ses études, sans thune, sans taf, menteuse et petite délinquante. Une fille incapable de faire le bon choix, même quand il n'y en a qu'un, une fille qui flashe systématiquement sur le mauvais mec. Une fille sans surprise, Quaid, alors ne va pas te faire un film sur moi parce que tu ne trouveras rien de planqué sous la surface, pas de cœur d'or ni d'âme délicate. Je ne suis rien d'autre que ce que je suis, et quand tu seras prêt à entendre mon histoire tu comprendras que les emmerdes que j'ai eues, je ne les ai pas volées. Bien fait pour moi.

C'était pour ça que je ne pouvais pas rester loin d'elle ni me la sortir de la tête. Son authenticité était addictive et tellement rafraîchissante ! Surtout pour moi qui avais toujours vécu dans le mensonge, que ce soit dans ma vie actuelle, dans ma vie d'avant ou durant la mascarade qu'avait été mon mariage.

Je lui fis un petit sourire en coin et portai la main à ma bouche — cette main qui avait joué avec elle, qui l'avait touchée, caressée, cette main qui lui avait procuré un orgasme foudroyant. Je léchai mon pouce en la regardant. Ses yeux s'agrandirent.

— J'aime ce que je vois chez toi, Avett. J'aime aussi ce que j'obtiens et ce que tu me donnes.

Elle fit entendre un petit bruit de gorge, et sa main vola à son cou, comme pour retenir ce son.

— Et j'ai vraiment envie d'entendre ton histoire, si tu veux bien me la raconter. Dis-moi ce qui te pousse à toujours aller au-devant des ennuis, alors que ton côté sauvage et ta douceur devraient t'attirer les faveurs de tout le monde.

Par « tout le monde », je voulais dire « tous les hommes »,

bien sûr, mais Avett était assez futée pour le comprendre toute seule.

Elle s'écarta de moi et plaqua la main sur sa bouche, bouleversée. Ses yeux fuyaient mon regard encourageant, et il lui fallut quelques secondes avant de se lancer. Les mots sortirent enfin, hésitants, contraints, tandis qu'elle se dandinait nerveusement d'un pied sur l'autre, privée de sa fougue et de son culot habituels.

— J'ai toujours été une bourrique incontrôlable. Il suffisait qu'on m'interdise de faire un truc pour que je fonce.

Elle se mit à aller et venir devant moi.

— Quand j'étais petite, mes parents se plaignaient que j'étais une enfant difficile. Les autres adultes me traitaient de sale gosse. A partir de mon adolescence, ils se sont mis à dire que j'avais une mauvaise influence sur leurs enfants, que j'étais une rebelle. Je n'avais pas beaucoup d'amies, à l'époque, ma réputation me collait à la peau. Je n'avais pas trop la cote avec les filles de mon âge ni avec leurs parents. Ils craignaient que je sois un mauvais exemple pour elles. Il faut dire que j'étais une sacrée fêtarde, toujours partante pour faire la bringue, s'éclater quoi qu'il arrive, et je me foutais pas mal de ce qu'on pensait de moi. Au début, c'était marrant... et puis ça ne l'a plus été du tout.

En fait, j'avais une amie, une seule : Autumn, une fille du Kansas, adorable. Elle s'était inscrite ici en troisième. Elle était effacée, plutôt timide, et elle avait du mal à s'intégrer. Pour cette petite provinciale dans l'âme, Denver, c'était la grande ville. Je ne me souviens pas du jour où on s'est rencontrées, mais dès le départ ça a collé entre nous et on est restées inséparables jusqu'à la fin du lycée, enfin, presque.

Je l'écoutais avec attention. Jusqu'ici, tout ça me semblait plutôt banal. Ma propre enfance ayant été tout sauf conventionnelle, je n'étais pas expert en la matière, mais ce qu'elle me racontait ressemblait beaucoup aux tribulations de n'importe quelle ado qui se cherche. Néanmoins, je m'abstins de tout commentaire de crainte de décourager ses confidences.

— J'aimais faire la bringue et sortir avec des garçons. J'aimais faire des choses qui n'étaient pas de mon âge — les risques qui allaient avec, je m'en foutais. Comme Autumn était loyale et que j'étais sa *seule* amie, elle me suivait partout. Du coup, elle se retrouvait souvent dans des situations difficiles, entourée de gens avec qui elle ne se sentait pas du tout à l'aise. Bien sûr, elle ne me le disait pas, de peur que je la laisse tomber, que je cherche une autre meilleure amie. Moi, j'étais égoïste. Je ne pensais qu'à m'amuser. Et, puisqu'elle me suivait partout où j'allais, je pensais qu'elle était d'accord, qu'elle connaissait les règles du jeu, même si on n'en avait jamais parlé… Je pensais qu'elle faisait gaffe.

Tête inclinée, je la considérai longuement.

— Mais les règles, tu les connais, toi aussi. Est-ce que tu les respectes toujours pour autant ?

Après tout, la question pouvait se poser, vu dans quelles circonstances je l'avais rencontrée.

Elle émit un bruit de gorge à mi-chemin entre le rire et le sanglot, secoua la tête et se prit le visage entre les mains. Elle était pâle.

— Je les connais, oui… Ce que je n'arrive pas à piger, apparemment, c'est qu'enfreindre la loi peut faire du mal aux gens que j'aime, même si, moi, je m'en tire sans dommage.

Elle se frappa soudain la poitrine du poing.

— Je devrais être la seule à morfler quand je décide de franchir la ligne blanche, mais ça ne marche jamais comme ça ! Jamais !

J'interrompis son va-et-vient frénétique et la regardai droit dans les yeux.

— Si je comprends bien, il est arrivé quelque chose à ton amie parce qu'elle t'a accompagnée dans la fosse aux lions sans y être préparée ? Tu culpabilises par rapport à ce qui s'est passé et depuis tu te punis en enchaînant les conneries, c'est ça ? Qu'est-ce qui s'est passé, un accident ? Elle a été blessée ?

Avett déglutit avec difficulté et me saisit les poignets.

— Autumn n'a pas été blessée. Et ça n'était pas un accident, mais la pire chose qui puisse arriver à quelqu'un. Autumn est morte. Et c'est moi qui l'ai tuée.

Des aveux, j'en avais entendu dans ma carrière, autant que des protestations d'innocence, mais celui-ci me fit l'effet d'un coup à l'estomac.

— Qu'est-ce que tu racontes, Avett ?

Mon ton était sec, mais sa confession m'avait pris au dépourvu.

Elle serra très fort les paupières, et sa lèvre inférieure se mit à trembler. Mais les aveux faits dans les larmes, j'en avais aussi l'habitude.

— On était à une fête dans un quartier où on n'aurait jamais dû mettre les pieds. J'y étais allée parce qu'un étudiant m'avait invitée, mais surtout parce que ma mère m'avait privée de sortie pour le week-end — j'avais foiré une éval. C'était une manière de lui dire « je t'emmerde ! », et puis ça cadrait bien avec mon idéal de rébellion. Au départ, ça devait être un samedi soir comme les autres, mais très vite c'est parti en vrille. Cette soirée est devenue mon histoire, une histoire que j'ai du mal à raconter aujourd'hui parce que ça devrait être celle d'Autumn et qu'elle n'est plus là pour la raconter. Je me sens tellement coupable…

Elle rouvrit les yeux. L'horreur de ce soir-là se reflétait dans son regard embué de larmes. Ce n'était plus la même tempête qui l'animait, celle-ci était perverse et destructrice.

— Je lui avais pourtant dit de ne pas accepter un verre de n'importe qui. De ne jamais demeurer seule avec quelqu'un, de rester collée à moi. Je l'avais prévenue que ces mecs étaient plus âgés que nous, qu'elle devait faire gaffe, parce que personne ne savait où on était. Je pensais que ça suffirait, comme précautions, et puis j'étais là, moi… Mais ça n'a pas suffi. Loin de là.

Elle lâcha un rire amer et laissa tomber sa tête en avant, comme un pantin désarticulé. Incapable de supporter sa détresse, je l'attirai à moi, l'encourageant en silence à poursuivre son récit, à laisser libre cours à sa tempête intérieure, pour que le calme puisse revenir dans son cœur.

— Dès qu'on est entrées, Autumn s'est mise à fumer. Elle planait, picolait et, tout d'un coup, je me suis rendu compte qu'elle avait disparu. Elle avait suivi deux mecs qui avaient drogué son verre. Je l'ai cherchée dans toute la maison, et quand je l'ai enfin retrouvée elle était nue et inconsciente. Elle avait été violée, c'était clair. J'ai voulu appeler la police et une ambulance, mais le mec qui m'avait invitée à la soirée m'a arraché mon téléphone des mains. Il ne voulait pas que je dénonce ses potes aux flics. J'étais folle de rage et morte de trouille pour Autumn. Elle était encore dans les vapes, mais je savais qu'au réveil elle serait dans un sale état. Ce n'était pas une fêtarde, elle n'était pas comme moi.

Sa voix se brisa dans un sanglot, et elle serra les poings pour s'empêcher de trembler.

— J'ai mis mon poing dans la gueule de ce type, sans réfléchir qu'il pouvait riposter. Il m'a cognée. Je n'en revenais pas tellement ça faisait mal. Je sens encore le goût du sang dans ma bouche. C'était la première fois que quelqu'un me frappait. J'avais l'habitude des soirées qui partent en *live*, mais là je me sentais complètement démunie. Je n'avais pas su protéger mon amie et je n'étais pas capable de me défendre.

Je la serrai encore plus fort contre moi. Quel genre de pourri pouvait s'en prendre à elle, si petite et si vulnérable ? Cette pensée éveillait mon instinct protecteur de mâle dominant.

— Le mec m'a dit de fermer ma gueule si je ne voulais pas finir comme Autumn, et puis il s'est remis à me cogner. A un moment, elle a émergé et elle s'est mise à vomir partout. Elle était terrifiée, complètement désorientée et elle n'arrêtait pas de vomir. J'ai cru qu'elle allait mourir là, sous mes yeux.

Elle prit une inspiration tremblante et releva la tête pour me regarder.

— Elle m'a suppliée de la sortir de là, de la ramener chez elle. Je lui ai dit qu'on devait aller à la police, qu'il fallait qu'un médecin l'examine, mais elle n'arrêtait pas de pleurer et de me dire qu'après tout ce qu'elle avait fait pour moi je pouvais bien faire ça pour elle. Alors j'ai manqué de jugeote, je l'ai aidée à sortir de la maison et je l'ai ramenée chez ses parents. Heureusement, le mec qui m'avait pris mon téléphone nous a laissées partir. Il était sûr qu'Autumn n'oserait jamais porter plainte — elle était bien trop terrifiée pour ça. Et puis, avec la réputation que je traînais, il savait que personne ne m'écouterait, si je racontais ce qui s'était passé.

A sa façon de cracher ces mots, je compris quel dégoût elle avait d'elle-même et pourquoi elle estimait mériter le pire.

— Je n'ai rien fait, Quaid. Ma meilleure amie, ma seule véritable amie, avait été droguée, battue, violée, dans une fête où je l'avais poussée à aller, et je n'ai rien fait pour l'aider !

Elle s'écarta de moi et reprit son va-et-vient fébrile.

— Je lui ai cassé les pieds pendant quelques jours

pour qu'elle porte plainte, mais elle ne voulait rien savoir. Je lui disais qu'elle devait en parler à quelqu'un, au moins à ses parents. Elle faisait semblant de m'écouter, semblant d'aller bien… Mais petit à petit elle s'est éloignée de moi. Elle ne répondait plus à mes appels. Au lycée, elle m'évitait dans les couloirs. En cours, elle ne s'asseyait plus à côté de moi. Elle faisait comme si je n'existais plus, mais, le pire, c'est qu'elle-même avait l'air d'un fantôme. Elle était tellement lointaine, tellement renfermée sur elle-même que c'était comme si elle n'était plus là. Je savais que je n'aurais jamais dû l'entraîner dans ce genre de soirée, que je n'aurais jamais dû la laisser toute seule. Ce n'était pas son truc, la bringue. Tout ça, c'était ma faute. Elle ne se serait jamais rendue à cette soirée si je n'avais pas insisté, si je ne m'étais pas entêtée dans ma connerie, si je n'avais pas pensé qu'à moi. Du coup, je me suis dit que le mieux c'était de la laisser tranquille. Je trouvais normal qu'elle me déteste, je me détestais déjà suffisamment toute seule. J'étais malheureuse, mais elle devait se sentir mille fois plus mal que moi. Et puis, au bout de quelques semaines, j'ai entendu dire qu'elle était enceinte.

Elle porta la main à sa poitrine et se cassa en deux comme si elle avait du mal à respirer, les yeux rivés au sol.

— Je suis allée la voir, je lui ai demandé si c'était vrai et, quand elle m'a avoué qu'elle était enceinte de deux mois, je l'ai suppliée de tout dire à ses parents. Elle m'a répondu qu'elle ne voulait pas garder l'enfant et que personne ne devait jamais savoir ce qu'il lui était arrivé. Elle ne m'a pas dit en face que c'était ma faute, mais moi, je le savais. Je savais que j'aurais dû payer à sa place. C'était moi qui aurais dû subir tout ça. Parce que c'était moi qui aimais faire la bringue, moi qui aimais traîner avec des mecs chelous. C'était moi qui aurais dû souffrir, ne plus avoir d'avenir, pas elle.

Elle inspira difficilement et se redressa.

Elle s'était donc elle-même condamnée à perpétuité pour un crime qu'elle n'avait pas commis ? Elle croyait sincèrement que son histoire commençait et finissait avec la tragédie vécue par son amie et justifiait la lourdeur de sa peine pour n'être pas intervenue ce soir-là ? Un tel fardeau, c'était trop pour une adolescente rebelle et sauvage.

— Ce même week-end, la mère d'Autumn a appelé ma mère. Elle avait trouvé sa fille pendue à une tringle du placard. Autumn s'était suicidée et, comme elle n'avait pas laissé de lettre, j'étais la seule à savoir pourquoi. Je suis allée à son enterrement, j'ai vu ses parents sangloter pendant qu'on descendait son cercueil dans la tombe et, moi, je ne pensais qu'à une chose : une fois de plus, je n'avais rien fait. Je n'avais rien dit à personne. Peut-être que si j'avais parlé Autumn serait encore là. Un instant, j'ai envisagé de me suicider, moi aussi, mais pour rien au monde je n'aurais infligé ça à mes parents. Je passais déjà mon temps à essayer de les provoquer, je les avais déjà assez fait souffrir comme ça.

Elle haussa les épaules en signe d'impuissance.

— Je voulais expier. La fille qui aimait faire la bringue est devenue une fille à la limite de l'autodestruction. Les salauds, je n'attendais plus de tomber dessus par hasard, j'allais les chercher. Je me suis mise à picoler encore plus, j'ai touché à la drogue, mais très vite je me suis rendu compte que ça n'était pas mon truc. Ce que je voulais, c'était souffrir, éprouver la douleur qu'avait connue Autumn. La drogue m'anesthésiait, au contraire, me faisait oublier. Je n'ai même plus fait semblant de m'intéresser à mes études, et avec ma mère aussi j'ai arrêté les frais. J'étais déjà rebelle, mais après ce soir-là je suis devenue complètement incontrôlable. Je voulais me détruire de toutes les façons possibles, mais ça n'était jamais assez. Je n'arrivais pas à payer suffisamment pour tous ses malheurs, pour sa vie gâchée. J'ai fini par aller voir ses parents et je leur ai raconté tout ce qui s'était passé. Je leur ai dit pour la soirée et le viol. Je leur ai parlé de l'enfant…

Elle s'enserra les tempes d'une main, très fort.

— Je pensais que ça les aiderait à faire leur deuil, que ça les consolerait un peu de comprendre qu'Autumn s'était sentie prise au piège et qu'elle n'avait pas vu d'autre issue que le suicide.

Une larme perla à sa paupière, échappant au champ de force invisible qui avait retenu les autres durant tout son récit. Elle resta accrochée à ses cils bruns, puis tomba sur sa joue, glissa en silence et se perdit sous son menton.

— Ses parents m'ont dit ce que je savais déjà depuis cette nuit de cauchemar : que tout était ma faute, que c'était à moi que tout ça aurait dû arriver. Qu'Autumn était une fille bien, une enfant douce et gentille avant de me fréquenter. Que je l'avais détruite et tuée. Ils m'ont dit que c'était moi qui devrais être morte. Que je méritais de souffrir et que je ne pourrais jamais racheter tout le mal que je lui avais fait. Du coup, je n'ai même pas osé dire la vérité à mes propres parents. Ils savaient qu'Autumn était morte, que je me sentais responsable, mais je n'aurais pas pu supporter l'idée qu'ils réagissent comme les parents d'Autumn. Si eux aussi me reprochaient ce qui s'était passé, comment est-ce que je pourrais continuer à me regarder dans une glace ? J'avais l'habitude de les décevoir, mais les dégoûter… je savais que je n'y survivrais pas.

Elle essuya le sillage de sa larme et leva son regard torturé vers moi.

— Je n'ai rien fait, et c'est ce qui a tué ma meilleure amie. C'est ça, mon histoire, maître, dans toute son atroce vérité.

Elle poussa un soupir frémissant, et ses yeux humides plongèrent dans les miens.

— Alors, tu continues d'aimer ce que tu vois quand tu me regardes, Quaid ?

Ce que je voyais, surtout, c'était la haine qu'elle avait d'elle-même, ainsi que ce sentiment de culpabilité qu'elle portait comme une pierre au cou.

A nouveau, je la fis reculer contre la porte et lui inclinai la tête en arrière. Elle me fixa avec de grands yeux, stupéfaite.

— Depuis le temps que je défends des gens, Avett, j'en ai vu passer, des clients. Et, s'il y a une chose que tous les coupables ont en commun, c'est justement de ne jamais se sentir coupables de rien. Ils rejettent toujours la faute et la responsabilité sur quelqu'un d'autre. Il n'y en a jamais un pour assumer les actes qui l'ont conduit à avoir besoin d'un avocat. Tous mes clients sont comme ça, à part toi. Tes choix, tu les assumes, tes responsabilités, tu les prends, tu ne te cherches pas d'excuse ! Ce qui est arrivé à ton amie est tragique, ça ne devrait jamais arriver à personne, mais c'est elle qui a choisi de t'accompagner. Elle qui a choisi de boire ce verre. Elle qui a choisi de ne rien dire aux gens qui auraient pu l'aider. Tu l'as forcée à venir avec toi à cette soirée, Avett ?

Sa tête fit non entre mes mains.

— Tu l'as menacée de mettre fin à votre amitié si jamais elle ne t'accompagnait pas ?

Cette fois, elle répondit dans un souffle :

— Non.

— Alors, il faut que tu comprennes que ce qui lui est arrivé n'était en rien ta faute. C'est affreux, d'accord, ça aurait pu être évité, d'accord, mais les coupables, dans cette histoire, ce sont les mecs qui ont agressé ton amie. Vous auriez pu décider d'y aller à poil ou de vous mettre minables, c'était pareil ! Du moment qu'il n'y a pas consentement, il y a viol, et en la droguant ces garçons ont privé ton amie de la possibilité de dire oui ou non. Ce sont eux, les coupables ! Pas toi ! Elle, encore moins.

Je la regardai, préoccupé. Elle devait avoir été anéantie par son entretien avec les parents d'Autumn.

— Ses parents cherchaient un bouc émissaire parce qu'ils souffraient, repris-je, et qu'il leur fallait une cible pour atténuer leur chagrin. Pour des parents, c'est insupportable de penser qu'ils n'ont pas été là pour leur fille, qu'ils n'ont pas su repérer les signes qui leur auraient fait comprendre que leur enfant était en détresse. Ces gens ont eu le cœur brisé, Avett, ils ont eu l'impression d'avoir manqué à leur devoir. Je vois ça tous les jours au tribunal. Les parents se réfugient dans le déni. Ils ne peuvent pas croire que leur bébé a pu s'en prendre à un tiers ou à lui-même. Alors, ils cherchent une autre explication à leur tragédie : forcément, il faut que ce soit la faute de quelqu'un d'autre. En allant parler aux parents d'Autumn, tu t'es dessiné une cible dans le dos, et ils ont fait feu à volonté.

Je l'embrassai avec douceur, pour la réconforter. Je frottai ma bouche contre la sienne, encore gonflée, et de la langue suivis le joli sillon de sa lèvre supérieure. Elle avait besoin qu'on s'occupe d'elle, et moi qui croyais ne plus rien avoir à donner, je me surprenais à lui rendre tout l'amour dont elle m'inondait comme si j'en avais des réserves illimitées.

— Ton histoire ne change rien à la vision que j'ai de toi, mais je comprends mieux maintenant ta tendance à toujours faire le mauvais choix. Parce que, malheureusement, ton histoire, c'est celle de beaucoup de jeunes femmes. Certaines ont même connu la fin tragique de ton amie. Ton histoire et la sienne ne sont pas des cas uniques, hélas ! Des histoires comme celle-là, j'en vois tous les jours au tribunal, avec des issues similaires. Elles ont toutes une chose en commun : la culpabilité et la faute, trop souvent rejetée sur la mauvaise personne. Il ne sert à rien que tu cherches à attirer sur toi un quelconque châtiment cosmique, Avett : tu n'as rien fait de mal.

Du moins, pas cette nuit-là, ajoutai-je en mon for intérieur. Ne rien faire avait coûté cher à Avett et Autumn, mais malheureusement elles avaient agi comme beaucoup de filles dans ce genre de situation. Le seul coupable, c'est l'agresseur. Pourtant, trop souvent, on s'en prend à la mauvaise personne, et ce blâme a un effet dévastateur sur la victime. Autumn avait cru que la seule issue était de se donner la mort. De toute évidence, c'était aussi ce qui avait conduit Avett à se juger seule responsable des actes de ces garçons dépravés.

Comme elle ne réagissait pas, je m'écartai à nouveau de la porte. Il était temps que je m'en aille. J'étais à court de sages paroles et de conseils pour ce soir. En plus, j'avais besoin d'un temps de solitude pour appréhender totalement la complexité des courants souterrains qui l'animaient. Elle me fascinait et accaparait mon attention de façon inquiétante. Je m'étais tellement focalisé sur mon travail pour essayer d'oublier mon divorce catastrophe que le fait de voir cette tentatrice à cheveux roses anéantir tous mes efforts me faisait l'effet d'un coup derrière la nuque.

— Je vais demander qu'une unité de patrouille fasse des rondes dans le quartier, mais de ton côté tu dois appeler ton père. Tu ne peux pas rester seule ici cette nuit.

Elle se cabra aussitôt.

— Je t'ai déjà dit que je ne voulais pas l'enlever à ma mère…

Je savais qu'elle allait me répondre ça…

— Appelle-le, Avett. Parce que, dès que j'aurai appelé

les flics, je lui téléphonerai. Et si c'est moi qui le tire des bras d'une femme amoureuse ce sera encore pire.

Jamais de la vie je ne me serais permis de dire ce genre de choses à quelqu'un, encore moins à la femme avec qui j'avais envie de faire toutes sortes de choses coquines, mais tous mes repères avaient été balayés par le nouveau Quaid Jackson — ce mix improbable de mon passé et de mon présent.

Délaissant Avett, j'ouvris la porte.

— Et, cette fois, ne t'approche pas de ces putains de fenêtres ! Le conducteur de la bagnole n'a pas hésité à me foncer dessus, alors je ne te raconte pas ce qui se passera si jamais tu te retrouves dans son viseur.

Elle eut un petit frisson et s'accrocha au bord de la porte alors que je sortais.

— Pigé, capitaine ! dit-elle en portant les doigts à son front pour m'adresser un petit salut tout aussi ironique que le ton qu'elle avait employé.

— Je suis sérieux, Avett. C'est toi qui te plains de ne jamais faire ce qu'il faut. Eh bien, cette fois, je ne te laisse pas le choix. Appelle ton père et fais profil bas le temps qu'on comprenne ce qui se passe, bordel !

Elle fronça les sourcils, agacée par ma brusquerie, mais finit par capituler avec un petit hochement de tête.

— OK. Je vais l'appeler et je me tiendrai éloignée des portes et des fenêtres.

J'étais en bas du perron lorsqu'elle m'appela timidement :

— Quaid…

Je me retournai et faillis remonter les marches quatre à quatre en la voyant appuyée dans l'encadrement de la porte, les cheveux en désordre et la salopette de travers — adorable. Au diable la raison et le respect des règles !

— Oui ?

— Merci de m'avoir donné ton numéro perso. Merci d'avoir répondu à mon appel. Et merci d'être venu, me dit-elle à toute vitesse.

Elle s'interrompit le temps de reprendre sa respiration.

— Merci d'être resté après ce que je t'ai raconté. Tu sais exactement qui je suis, maintenant. Et… tu n'es pas « personne » pour moi, Quaid. Tu es bien plus que ça.

Troublé, je coiffai mon casque avant de lui répondre du ton le plus neutre possible :

— Je n'aurais jamais fait tout ça pour quelqu'un d'autre que toi, et ce que tu m'as raconté ne change rien à ce que tu es ni à mes sentiments pour toi. Maintenant, pour la dernière fois, rentre appeler ton père !

Elle acquiesça avant de refermer la porte. Je retournai à ma moto et attendis quelques minutes avant de partir, histoire de vérifier qu'elle n'entrebâillait ni les rideaux ni les stores. Je voulais être sûr qu'elle m'obéissait. Mais elle avait compris la leçon. Satisfait, j'enfourchai ma bécane et mis le contact. J'allais m'arrêter au poste de police le plus proche pour leur demander de surveiller la rue.

Il était beaucoup plus difficile de me refuser quelque chose, quand je venais plaider ma cause en personne.

9

Avett

— Je n'ai pas besoin d'un baby-sitter, Asa ! Ça fait presque une semaine, maintenant, et ces mecs ne sont pas revenus. J'en suis à me dire qu'ils étaient venus supprimer la voisine d'en face, cette garce qui refuse de lâcher la grappe à son mec. Si j'étais lui, je n'hésiterais pas à mettre un contrat sur sa grande gueule. N'importe quoi, plutôt qu'épouser une meuf comme elle !

Je lançai un regard au beau blond baraqué assis à côté de moi dans le café. En récompense, j'obtins une esquisse de sourire, ce sourire narquois que j'avais vu faire tant de ravages et de miracles. Ses yeux d'or scintillèrent, m'encourageant à poursuivre.

— Je suis sûre que tu as mieux à faire que de me servir de taxi.

J'en avais marre de rester claquemurée chez mon père, marre d'être en tête à tête avec moi-même !

Il était temps de me bouger, de me remettre sur les rails, et ça passait forcément par un job. Ne rien faire, ça n'était plus pour moi. Depuis que je m'étais délestée de mes peurs les plus intimes et de mes secrets les plus noirs auprès de Quaid, je me sentais mille fois plus légère. Le brouillard de remords et de culpabilité dans lequel j'évoluais ne s'était pas complètement levé, mais j'y voyais quand même plus clair.

Mon père avait passé une heure à me vanter les bienfaits de l'action, mais trouver un emploi avec ce grand *biker* barbu pendu à mes basques, c'était mission impossible. Au bout d'un moment, il avait fini par accepter de me laisser effectuer mes recherches sans lui, à condition que je prenne un de ses gars en renfort, au cas où. De guerre lasse, j'avais cédé. Résultat : je me retrouvais flanquée d'Asa, qui s'était vu attribuer le double rôle de garde du corps et de porteur de CV.

Son air narquois se mua en un sourire épanoui, et la patronne du café à qui je venais de proposer mes services en parut éblouie. C'était tout juste si elle ne s'éventait pas avec mon formulaire de candidature... Normal. Asa Cross était si canon qu'il faisait cet effet-là à tout le monde. Comme la femme n'avait pas l'air très intéressée par mon CV, elle devait se dire qu'elle pouvait en profiter pour draguer.

Asa se mit à rire alors qu'on ressortait du café, après ce énième coup d'épée dans l'eau.

— Je t'assure, Avett, que te voir faire des sourires et des manières à des gens que tu meurs d'envie d'étrangler, c'est bien plus amusant que tout ce que j'avais à faire aujourd'hui. En plus, ton père m'a demandé de ne pas te lâcher d'une semelle.

Je levai les yeux au ciel.

— Et quand Brite demande quelque chose à ses gars...

Asa eut un petit rire.

— ... Ils répondent présent et font le job !

Je marmonnai sous cape et balayai du regard le quartier pour voir s'il restait des magasins ou des cafés auprès desquels je n'avais pas encore postulé. A première vue, j'avais fait le tour des possibilités. J'avais rempli des formulaires de candidature et laissé mon CV dans tous les magasins et commerces de restauration où l'on cherchait quelqu'un, sans grand résultat jusqu'ici. La frustration et l'agacement commençaient à me gagner, d'autant plus qu'Asa avait l'air de trouver ça hilarant. J'avais bien envie de lui envoyer mon pied dans le tibia ! Je ne lui avais pas dit que, si je cherchais désespérément un job, voire deux, c'était pour rembourser mon père du montant de la caution, mais aussi pour le rembourser, lui. Je n'oubliais pas que c'était lui qui avait payé l'avance sur honoraires de Quaid.

— Ce qui m'étonne, dis-je, c'est que mon père ait fait appel au charmeur de service et pas au soldat. Toi, tu viens armé d'un sourire, Rome, d'un flingue. C'est toute la différence.

Jouant avec l'extrémité de ma tresse, je baissai les yeux sur ma tenue. Jean skinny rentré dans de vieilles rangers, surchemise dont le col ouvert laissait entrevoir un débardeur bordé de dentelle. C'était hipster et tendance, l'idéal pour une journée d'automne au Colorado. N'empêche, j'aurais peut-être dû me fringuer un peu plus classe pour chercher du taf. J'étais vraiment nulle pour faire bonne impression !

— Rome n'était pas dispo, il avait une réunion de boulot et ensuite il devait accompagner Cora chez le toubib. Elle doit accoucher d'un jour à l'autre. Et puis, malgré toute l'admiration et tout le respect qu'il a pour ton père, il n'a pas encore digéré le coup du braquage… Cora non plus, d'ailleurs.

Je tressaillis et poussai un profond soupir.

— Je ne peux pas lui en vouloir.

D'un geste hésitant, je touchai sa main, qui tenait un café à emporter.

— Et toi ? Pourquoi tu es venu ? Et pourquoi tu as appelé Quaid, la nuit où j'ai été arrêtée ? Tu as tout autant de raisons que Rome Archer de me haïr, sinon plus. Jared aurait pu vous tuer, Royal et toi.

Ma voix se brisa. Je me mordis la joue pour m'empêcher de me perdre en excuses inutiles et en paroles incohérentes. S'il était arrivé quelque chose à Asa et à sa jolie copine flic, j'aurais été anéantie. Il m'avait à l'œil, et ça depuis notre toute première rencontre. Moi, je faisais semblant de le détester, de lui en vouloir d'être le patron de ce bar qui avait toujours appartenu à ma famille, je le chambrais sur son passé agité et sa tendance à l'abnégation, mais en réalité je l'admirais. Ce qui me plaisait chez lui, c'était que jamais il ne me jugeait, jamais il ne me rabaissait, et ça, malgré tout ce que je faisais. J'étais fille unique, mais si j'avais eu un grand frère j'aurais voulu que ce soit la copie conforme d'Asa Cross, défauts compris.

Ses yeux se plantèrent dans les miens et, dans leurs reflets d'ambre, je lus toute une vie d'erreurs et d'expérience.

— Tu n'as jamais entendu Brite dire qu'on reconnaît toujours ses semblables au premier coup d'œil ?

J'acquiesçai distraitement. C'était l'une des formules préférées de mon père, lorsqu'il pouvait deviner, rien qu'en le voyant, dans quelle armée un mec avait servi. Il l'employait aussi pour parler de ses frères *bikers*. Tous n'avaient pas fait la guerre, mais les mecs en quête de ce genre de fraternité s'attirent à tous les coups.

— Si, très souvent.

Il hocha la tête et, me prenant par le coude, me fit traverser la rue en direction d'un petit centre commercial devant lequel stationnaient plusieurs *food trucks*. Il y avait une file d'attente devant chaque camion, et les délicieuses odeurs qui en émanaient me mirent aussitôt l'eau à la bouche.

Asa s'arrêta un peu en retrait de la foule et posa sa lourde patte sur mon épaule. Son regard doré avait un pouvoir magnétique, et son accent traînant donnait à la rudesse de ses paroles la douceur d'une plume.

— Toi et moi, on est pareils, Avett. Toutes ces conneries que tu fais, cette putain de culpabilité que tu te trimballes...

Il secoua la tête, et ses mèches en bataille lui tombèrent sur le visage. Pas étonnant qu'il fasse autant d'effet aux filles et que les ennuis lui collent aux semelles ! Il avait le look du *bad boy* intégral.

— Tout ça, je connais. En fait, avant Royal et avant Denver, j'étais au fond du trou. J'y avais une place à mon nom et je pensais y passer le reste de ma vie. Je savais que je merdais, que mes conneries me hanteraient à jamais et qu'elles me maintiendraient dans le caniveau, mais je ne pouvais pas m'arrêter. Vu mon passif, j'avais l'impression que je n'avais pas d'autre choix que de continuer sur la mauvaise pente.

J'eus envie d'ôter sa main de mon épaule, de lui dire qu'il ne savait rien de moi, mais c'était faux. Il me connaissait très bien, au contraire, et ça ne l'empêchait pas d'essayer de me faire comprendre qu'il y avait une alternative à mes conneries, une alternative à mon sentiment de culpabilité. Que j'étais la seule à me condamner à la galère à vie.

— Le truc, quand tu es plus bas que terre, Avett, c'est que tu n'y es jamais seul. Parce qu'il y a toujours quelqu'un pour merder plus encore que toi. Tu ne t'en rends pas compte, bien sûr. Tu as la tête tellement pleine de tes propres conneries que tu ne vois plus rien. Des conneries, on en fait tous. Mais il y a une chose que je sais : quelle que soit la faute que tu essaies d'expier en sabotant toutes tes chances, c'est que dalle face à la méchanceté du monde. Tu as beau croire que tu as touché le fond, tu trouveras toujours quelqu'un pour te prouver qu'on peut tomber encore plus bas. Et, à force d'en voir passer, tu t'apercevras un jour que tu n'es pas condamnée à rester dans ton bourbier. A partir de là, tu as le choix. Soit tu continues à dégringoler parce que la vie est dure, pleine d'obstacles et qu'il y a toujours pire, soit tu décides de remonter la pente parce que en haut c'est le seul endroit où tu as peut-être un avenir.

Je me raclai la gorge.

— Quand tu as décidé de remonter la pente, tu y es parvenu ?

En fait, ça me semblait beaucoup d'efforts à accomplir pour un résultat finalement pas garanti.

Asa lâcha mon épaule et me décocha un sourire où se côtoyaient le pire et le meilleur.

— Loin de là ! Parfois, il m'arrive encore de lâcher prise et de redégringoler, mais ce qui me tire vers le haut, c'est Royal. Alors, à chaque fois, je me relève. Chaque jour, j'ai l'impression de me rapprocher un peu plus du but, et le bourbier où je gâchais ma vie n'est plus qu'un lointain souvenir.

Il haussa un sourcil et me tapota le menton de l'index.

— Attaque-toi à la remontée, Avett. C'est fatigant, l'effort te brûle le corps et l'âme, mais, au final, il n'y a rien de plus gratifiant.

Je m'éclaircis la voix ; j'avais la gorge nouée par l'émotion.

— Tu as toujours été doué pour les beaux discours, Opie. Mais ce ne sont pas quelques mots qui vont effacer toutes mes conneries. C'est comme vouloir rafistoler la coque du *Titanic* avec trois bouts de scotch.

Il poussa un soupir d'exaspération et, d'un signe de tête, me désigna les snacks ambulants.

— A mon avis, tu n'as pas idée du pouvoir des mots. Bien choisis, ils peuvent arranger beaucoup de choses. Bon, on se prend quelque chose à bouffer ? Je meurs de faim, là…

J'opinai, soulagée que s'arrête cette discussion à cœur ouvert. En tout cas, ça valait le coup d'y réfléchir. Surtout que je frissonnai de plaisir à l'idée qu'un autre blond, plus élégant et plus propre sur lui, m'aide à remonter la pente.

Depuis le soir où je l'avais arraché aux bras de ma mère, mon père ne m'avait pas lâchée une seconde : il refusait que je reste seule à la maison, que je sorte sans lui... Son inquiétude partait d'un bon sentiment, mais on avait chacun notre vie, et mon autonomie passait forcément par le travail. C'était aussi mon seul moyen de me sentir utile. L'idée de mon père, c'était de demander à Rome de me reprendre au bar. Pour moi, c'était hors de question. Je ne me sentais pas encore prête à affronter ce grand militaire tatoué, et puis la cuisine serait trop petite pour ma mère et moi, on finirait par s'entre-tuer.

Cette surveillance de tous les instants m'avait empêchée de revoir Quaid depuis le soir où il était apparu comme une autre version de lui-même. Un Quaid qui roulait à moto, portait du cuir, un flingue, et me donnait un orgasme.

Et quel orgasme...

En fermant les yeux, je sentais encore chaque cellule de mon corps réagir à ses caresses. C'était au-delà du septième ciel. Après ça, comment aurais-je pu reprendre le cours de ma vie comme si de rien n'était ? C'était une sensation qui subsistait, m'accompagnait et me surprenait parfois dans la journée, quand je me souvenais du plaisir et de la sensualité de cet acte. Le sexe, je l'avais déjà pas mal pratiqué. Certains mecs étaient de meilleurs coups que d'autres, mais cet interlude contre la porte m'avait appris que le sexe c'était comme beaucoup de choses : plus on a d'expérience, plus on assure. Les partenaires que j'avais connus avant Quaid avaient tous à peu près mon âge. Du coup, ils manquaient d'expérience, indépendamment du nombre de femmes qu'ils avaient eues. Maintenant que Quaid m'avait touchée, je n'avais plus envie de perdre mon temps avec un amateur ou un stagiaire. J'étais sûre que ce type était aussi pro au lit qu'au tribunal.

Il me caressait comme il faisait tout le reste, avec confiance, assurance, détermination. Sans se demander si j'aimais ce qu'il me faisait, parce qu'il *savait* que j'allais aimer… Que j'allais adorer, même, et qu'il allait me rendre folle. S'il n'avait pas dit stop, l'autre soir, j'aurais enlevé ma salopette, me serais mise à genoux au milieu du séjour et lui aurais rendu la pareille. Pourtant, même si j'aimais le risque, il y avait des limites à tout, et baiser sous le toit de mon père avait toujours été tabou pour moi. Mais, ça, c'était avant que mon bel avocat ne se pointe avec son look de dur à cuire, de mec qui en a.

Depuis ce fameux soir, il m'avait envoyé deux textos pour me dire que la police n'avait pas retrouvé la voiture noire et que l'enquête concernant Jared suivait son cours. Pour finir, il me proposait de le contacter en cas de besoin, rien d'autre. Moi, j'avais envie de lui écrire que je voulais sa queue dans mes mains et ma bouche, mais ça n'était sûrement pas le genre de message à envoyer. J'apprenais, lentement mais sûrement, à réfléchir avant d'agir et à prendre la bonne décision…

Après avoir longuement hésité sur le choix du snack ambulant, je me rangeai à l'avis d'Asa. Il avait opté pour celui qui promettait à ses clients une version revisitée de *soul food*. A l'œil, tout avait l'air délicieux, et je fus agréablement surprise de constater que ça l'était tout autant en bouche. J'adorais la nourriture et j'adorais manger. La cuisine avait toujours été mon refuge, même quand la vie me semblait sombre et sans espoir. Quels que soient les ingrédients que j'utilisais, j'étais toujours enthousiasmée par le résultat. Quand mes parents s'étaient séparés, j'avais passé beaucoup de temps seule à la maison — à l'époque, papa tenait le bar, et maman n'était pas du genre à s'asseoir pour manger avec moi. Je préparais le repas presque tous les soirs, histoire de me revaloriser un peu à mes propres yeux et de ne pas me sentir trop seule face à mes démons. Confectionner des plats m'apportait un peu de liberté et de réconfort.

On alla s'installer sur un muret en ciment et, côte à côte, on savoura notre déjeuner aux riches parfums du Sud.

— Alors, la copine de Wheeler, elle craint ? me demanda Asa, la bouche pleine.

Je fis la grimace.

— Oui. Elle n'arrête pas de lui crier après et de le faire flipper. Elle s'arrange pour le coincer quand il rentre du boulot et elle fait ça devant la maison, pour que tout le quartier en profite.

Je me rembrunis.

— J'ai aussi remarqué une Honda rouge. Elle arrive après le départ de Wheeler et reste garée dans l'allée presque toute la journée. Le soir, elle repart juste avant qu'il rentre. Je n'ai pas vu le conducteur…

Je haussai les épaules.

— Cette fille est infernale, mais Wheeler a l'air d'un gars sympa. Alors, ce serait peut-être bien qu'un de ses amis lui parle de la Honda…

Je lançai à Asa un regard appuyé, tandis qu'il s'essuyait avec une serviette en papier.

Il acquiesça.

— C'est un mec super sympa. Ils se connaissent depuis un bail, avec Nash et Zeb. Il bosse dur, mais c'est un taiseux qui ne se mêle pas des histoires des autres. Il n'emmène jamais sa copine, mais j'ai entendu deux des gars dire qu'elle ne leur manquait pas vraiment. En tout cas, on est tous invités au mariage, en janvier.

Mon père avait des gars un peu partout. Tous formaient un clan soudé qui semblait s'agrandir grâce à l'amour et toutes ses heureuses conséquences.

Je finis de m'empiffrer de pain au maïs et m'essuyai les mains à mon jean.

— C'est peut-être le trac prénuptial qui la travaille…

Asa eut l'air incrédule et, ramassant ma boîte en polystyrène, se dirigea vers une poubelle.

— Peut-être, oui… Seulement, ça n'explique pas la présence de la Honda, si ?

— Non, tu as raison. Bon, vu qu'apparemment mon CV n'intéresse personne, je vais surveiller son petit manège et, si jamais je découvre quelque chose de solide à propos du mec à la Honda, je te fais signe.

Asa gloussa et se passa les mains dans les cheveux.

— Merci, Avett…

Entendant soupirer derrière moi, je me retournai : un groupe d'étudiantes le regardait avec des yeux remplis d'adoration. Je réprimai un rire.

Il me tendit la main pour m'aider à me lever.

— Ce n'est pas que ton CV n'intéresse personne, Avett, mais tu débarques partout avec l'air de dire que tu es surqualifiée pour le job. Que faire des sandwichs et des pizzas, ce n'est pas assez bien pour toi. Mets-toi à la place des gens. Ceux qui pourraient t'embaucher se disent que tu ne vas pas rester, que tu es juste là en attendant un meilleur job. Du coup, pourquoi voudraient-ils investir du temps et de l'argent pour te former et t'intégrer à leur équipe ?

J'ouvris de grands yeux, tandis qu'il tournait en direction de la maison.

— Moi, surqualifiée ? T'as fumé ou quoi ? J'ai lâché la fac, j'ai eu mon bac de justesse et je me suis fait virer de mon dernier emploi pour avoir piqué dans la caisse. Alors, faire des sandwichs et des pizzas, c'est tout à fait pour moi… à condition bien sûr que quelqu'un accepte de me donner ma chance.

Il secoua la tête et me sourit.

— Arrête tes conneries… Ça va bien pour les gens qui n'ont jamais goûté tes bons petits plats ou qui ne t'ont jamais vue gérer toute seule le coup de feu de midi. La cuisine, c'est ton rayon. Tu connais les produits et les saveurs. Tu sais aussi diriger une équipe, et, ça, ce n'est pas à l'école que ça s'apprend. Tu deviendrais dingue dans un de ces petits restos ; les gens le savent. Il faut que tu fasses un truc à la hauteur de ton potentiel, que tu arrêtes de te brader.

Il avait été mon patron durant le peu de temps où j'avais bossé au bar, du coup, son compliment et son point de vue valaient leur pesant d'or. Il m'avait vue travailler et avait mangé mes plats. J'étais *bonne* en cuisine, sans doute trop pour préparer des sandwichs ou tenir la caisse. Mais j'avais besoin de faire quelque chose tout de suite, et repartir du bas de l'échelle, sans responsabilités ni compétences particulières, ça ne me dérangeait pas.

Non loin de là, un hurlement de sirène déchira soudain l'air. Je tournai la tête pour voir d'où elle venait.

— C'est exactement ce que m'a dit Quaid, le jour où le juge a prononcé mon non-lieu, répliquai-je d'un air perplexe. Que je devais me montrer à la hauteur de mon potentiel.

Ce jour-là, d'ailleurs, j'avais fait exprès de donner un sens sexuel à sa remarque, parce qu'à part ma capacité à semer la pagaille et le chaos je ne voyais pas bien de quel potentiel il pouvait parler.

— Quaid est un mec très futé, déclara Asa.

C'était aussi le plus doué pour embrasser, et il avait des mains de magicien. Mais, ça, Asa n'avait pas besoin de le savoir.

— Il est aussi très cher. C'est pour ça qu'il faut que je me dégote un job, n'importe lequel, pour pouvoir te rembourser ses honoraires.

Je tirai sur l'extrémité de ma tresse et haussai la voix pour me faire entendre par-dessus le son des sirènes qui se rapprochaient.

— C'est le moins que je puisse faire, après tout ce qui s'est passé.

Asa pila net et m'arrêta de la main.

— Avett…

Son accent du Sud était plus marqué que jamais.

— Ce n'est pas moi qui ai payé Quaid. Il m'a appelé tout de suite après votre premier entretien pour me dire que ton père réglerait la facture. J'avais pourtant dit à Brite que je paierais ta défense, que j'avais touché de l'argent avec la vente de la ferme, mais tu le connais, avec lui, on ne peut jamais discuter.

Il écarta les bras avant de conclure :

— Tu ne me dois rien du tout, poupée.

C'était comme si le ciel m'était tombé sur la tête. Je savais que mon père avait payé ma caution en empruntant sur son fonds de retraite, mais, s'il avait aussi payé l'avance sur honoraires de Quaid, il devait l'avoir totalement liquidé ! Il n'allait plus avoir un sou pour vivre ; il allait être complètement fauché, et tout ça c'était ma faute. Je portai la main à ma poitrine, écrasée par le poids de cette révélation. C'était moi qui, durant des années, m'étais appliquée à foutre ma vie en l'air, et c'était mon père qui avait toujours pris les coups à ma place ! Lui qui continuait d'en souffrir aujourd'hui !

Submergée par la honte et la culpabilité, je dus avoir une absence, car, tout à coup, Asa me tira de ma stupeur en m'entraînant dans un véritable sprint. Ses longues jambes lui permettaient de courir vite, contrairement à moi qui trébuchais derrière lui.

— Hey, Opie… qu'est-ce que tu fous ?

Il accéléra encore, alors qu'on arrivait à hauteur du pâté de maisons où vivait mon père.

— Tu ne sens pas la fumée ? C'est tout près !

Il avait l'air préoccupé, à juste titre. On s'engagea dans la rue et, immédiatement, une odeur de brûlé, âcre et puissante, m'agressa les narines. Toute à mes sombres réflexions, je n'avais pas remarqué que les sirènes fonçaient dans notre direction ni qu'un épais nuage de fumée noire flottait au-dessus de nos têtes.

Je parvins à accélérer l'allure et à rester au niveau d'Asa, malgré la peur qui me nouait le ventre. Plus on se rapprochait, plus il devenait évident que les flics et les pompiers s'activaient devant la belle maison de mon père, d'où s'élevaient d'énormes volutes de fumée. La bâtisse en briques était cernée de flammes si hautes qu'elles semblaient toucher le ciel.

L'air était brûlant, la chaleur, à couper le souffle. Voisins et badauds regardaient partir en fumée tout ce que je possédais, tout ce que mon père avait accumulé au cours de sa vie. Bientôt, tout ça ne serait plus que cendres et souvenirs.

Je tremblais si fort que mes jambes ne me portaient plus. Je tombai à genoux sur le trottoir et m'enserrai la poitrine. Aveuglée par les larmes, j'avais l'impression que la violence de l'incendie pouvait aussi m'atteindre. Le feu allait me faire fondre sur place, me transformer en une flaque bouillante de culpabilité et de remords.

Un policier s'approcha de nous : c'était dangereux, il fallait qu'on recule. Quand Asa lui apprit que c'était ma maison qui brûlait, une expression de compassion et d'excuse se peignit sur sa figure.

Il aida Asa à me remettre debout et nous conduisit devant la maison, où stationnaient les fourgons d'incendie. D'énormes jets jaillissaient des lances surpuissantes, tandis que les pompiers allaient et venaient en courant dans leur tenue ignifugée. Un homme — un officier, à en juger par son insigne —, impeccable dans son pantalon bleu marine et sa chemise à col boutonné, m'entraîna à l'écart et me bombarda de questions auxquelles je m'efforçai de répondre.

Y avait-il quelqu'un dans la maison ?

Non. Mon père était au bar pour remplacer Rome, absent pour la journée.

Est-ce que je me souvenais d'avoir laissé quelque chose d'allumé, une bougie parfumée en train de brûler ?

Non, ça ne risquait pas. Là-dessus, mon père était carrément maniaque : on n'avait même pas de bougies à la maison.

Avais-je remarqué quelque chose d'inhabituel en partant ?

Non.

Se pouvait-il que j'aie laissé quelque chose de branché, un fer à boucler, par exemple ?

Sûrement pas. Je vérifiais toujours tout deux fois avant de sortir.

Cuisinait-on au gaz ou à l'électricité ?

Au gaz, et non, je n'avais pas senti d'odeur de propane ni rien qui aurait pu indiquer une fuite.

L'installation électrique était-elle aux normes ?

Oui. Mon père avait fait refaire toute l'installation à Zeb, quelques années auparavant, lorsqu'en manipulant le grille-pain il s'était pris une décharge qui l'avait projeté à terre.

La tête me tournait. A deux reprises, je crus que j'allais vomir sur le flic car, malgré les trombes d'eau qui s'abattaient sur le brasier, les flammes semblaient continuer à s'élever toujours plus haut vers le ciel. La maison était en proie à de monstrueux tentacules rouge et orange. Asa avait raison.

J'avais cru toucher le fond le jour où je m'étais retrouvée en taule, mais devant cette scène de désespoir je compris que la prison n'était qu'une étape dans ma chute. La dégringolade se poursuivait… Je ne voyais même plus le ciel.

Le mec continuait de me cuisiner, de me poser des questions auxquelles je n'avais pas la réponse. Enfin, Asa me passa un bras autour des épaules et m'attira contre son large torse.

— J'ai appelé ton paternel. Ta mère et lui sont en route.

Blottie contre lui, je le serrai de toutes mes forces.

— Comment il t'a paru ? Brisé ? Furieux ? Terrifié ?

Asa marmonna quelque chose d'indistinct dans mes cheveux et m'écarta de lui pour me secouer rudement.

— Qu'est-ce que tu crois ? Il était mort de trouille à l'idée que tu puisses être blessée ! Et oui, il était furax… de ne pas être là pour te consoler, alors que ton héritage est en train de partir en fumée. Et bien sûr, qu'il a peur, comme n'importe quel parent digne de ce nom, que cet incendie ait un lien direct avec les mecs qui surveillaient votre maison.

De nouveau, il me secoua comme un prunier.

— Tu t'attendais à quoi exactement ?

Je me libérai et enfouis mon visage dans mes mains.

— Je m'attendais à ce qu'il soit furieux. Parce que, si ce sont ces mecs qui ont mis le feu, alors tout ça, c'est ma faute. De toute façon, c'est toujours ma faute !

Asa grommela quelques mots malsonnants, puis me fusilla du regard, bras croisés sur le torse.

— C'est toi qui as foutu le feu à la maison, Avett ?

En temps normal, son accent du Sud était doux et sensuel comme une caresse ; là, il claquait comme un coup de fouet.

— Bien sûr que non ! J'ai passé tout l'après-midi avec toi et je sais que je n'ai rien laissé d'allumé en partant. Je vérifie toujours.

— Exact ! aboya-t-il, si fort que je sursautai comme s'il m'avait giflée. Et, même si tu avais laissé quelque chose d'allumé, ça aurait été un accident, pas ta faute ! Si tu crois que je ne sais pas reconnaître quelqu'un qui tend le bâton pour se faire battre, tu te trompes lourdement. Les gens qui cherchent à expier une faute imaginaire, je les connais, Avett ! Quoi que tu essaies de te faire payer, ce n'est pas en te pourrissant la vie que tu vas te sentir moins coupable, et je sais de quoi je parle ! En plus, c'est ton entourage qui trinque. Ton attitude ne sert à rien : ta faute sera toujours là, dans le rétro, quoi que tu fasses pour te punir. Tu ne pourras jamais changer le passé, il faut que tu apprennes à vivre avec.

Un voile de tristesse ternit l'or de son regard.

— C'est pour ça que je continue à m'accrocher, même s'il se peut que je n'atteigne jamais le sommet. Parce que le passé, c'est un énorme poids à se coltiner.

J'aurais voulu lui dire de se tirer, de fermer sa gueule. Je ne voulais pas que sa résignation et son réconfort adoucissent l'âpreté de ma souffrance. Je ne voulais pas qu'il lise en moi comme dans un livre ouvert. Au fil des ans, je m'étais forgé une théorie : à force de faire souffrir mes proches, à force de les décevoir, à force d'en baver moi-même, je finirais par payer pour mes fautes et je pourrais retrouver une vie normale, une vie où marcher enfin la tête haute. C'était à ça que je me raccrochais. Alors, entendre de la bouche de quelqu'un qui m'analysait à la perfection que ma théorie ne valait rien, c'était insupportable !

Asa pouvait remballer son petit sermon ! Il n'avait pas idée de ce qui s'était passé le soir où ma vie avait basculé. Il n'était pas présent à l'instant où j'avais compris que j'étais toxique. Cette nuit-là, mon histoire avait commencé, mais elle avait également pris fin.

Avant que j'aie pu protester, l'énorme pick-up de mon père — suivi d'un autre, très similaire — s'arrêta dans un crissement de pneus derrière les barricades qu'avaient installées les équipes de secours. M'attendant à voir Rome Archer descendre du second véhicule, je ne pus réprimer un hoquet de surprise quand apparut non pas un vétéran couturé de cicatrices mais un beau blond en costume sur mesure. Quaid prit le temps d'ôter sa veste, puis il fit claquer sa portière et s'avança vers nous à grands pas dans ses chaussures parfaitement cirées, très ténor du barreau. J'aurais préféré le mec en jean et rangers, vu les circonstances — l'air était rempli de suie et de fumée —, mais franchement j'étais prête à le prendre tel qu'il était.

Ma mère et mon père furent les premiers près de moi. Mon père m'étreignit de toutes ses forces. Je faillis me remettre à pleurer quand ma mère me serra à son tour dans ses bras en me murmurant à l'oreille :

— Je suis si heureuse que tu n'aies pas été à la maison ! On a eu la peur de notre vie.

Je lui rendis son étreinte et m'écartai d'elle, tandis que Quaid se joignait à notre petit groupe.

— Il n'y a pas de blessé ? demanda-t-il à la cantonade. Le chef des pompiers a des éléments ? On sait s'il s'agit d'un accident ou d'un incendie criminel ?

On le regarda d'un air hagard, incapables de répondre à cette rafale de questions. Comprenant qu'on était encore en état de choc, il se radoucit et me caressa la joue du pouce.

— Désolé. J'étais en train de plaider quand j'ai reçu l'appel et je n'ai pas vraiment eu le temps de changer de registre. Je suis encore en mode contre-interrogatoire. Ça va ?

Je soupirai et réprimai mon envie d'enfouir mon visage dans sa paume.

— Oui, à part que j'ai tout perdu, même si ça n'était pas grand-chose.

Ma mère s'éclaircit la voix et se blottit contre mon père, qui ne parut pas s'en apercevoir. Il était trop occupé à foudroyer Quaid du regard.

— Comme je le disais à ton père, vous allez vous installer chez moi, tous les deux. Je suis un peu plus grande que toi, Avett, mais j'ai suffisamment d'affaires pour que tu m'en empruntes, le temps de te racheter des vêtements.

Merde ! Je n'avais pas pensé à ça. Où étais-je censée aller, maintenant que le seul endroit où je m'étais jamais sentie chez moi n'existait plus ?

Asa dut voir l'affolement dans mon regard.

— Vous pouvez aussi venir dormir chez nous, dans la nouvelle maison. On a de la place, et Royal n'est pas seulement belle, elle est aussi flic et armée. Ce n'est pas plus mal, si l'incendie a un rapport avec le témoignage d'Avett contre le junkie.

Mon père ouvrit la bouche pour refuser, au moment où j'ouvrais la mienne pour accepter. J'ignorais si la jolie copine d'Asa serait ravie de m'avoir sous son toit, mais je préférais de loin être un sujet de discorde entre cette rouquine et son charmeur du Sud plutôt qu'un embarras pour ma mère.

Finalement, un outsider, ou plutôt un beau blond en costume chicos, entra en piste. Quaid me frôla le coude, comme au tribunal, et ce petit geste de rien du tout apaisa un peu ma panique.

— Tu peux venir chez moi, Avett. Si quelqu'un t'espionne, il ne pensera jamais à te chercher chez ton avocat. Et, si cet incendie est bel et bien lié au procès de ton ex, je pourrai te conseiller, puisque tu vas devoir témoigner contre lui.

Il désigna la maison d'un geste.

— S'il s'agit d'un incendie criminel, le message est clair :

c'est de la subornation de témoin. On cherche à t'intimider. Il faut informer la police de la situation, leur expliquer que ce feu est peut-être lié à une affaire bien plus grave. Je peux t'aider. Je veux t'aider.

C'était ce qu'il faisait depuis le début. J'allais donc, sans surprise, faire le seul choix logique : le pire de tous.

J'acquiesçai sous le regard contrarié de mon père et celui, plus spéculatif, d'Asa.

— D'accord pour aller chez toi, dis-je.

Et quand il m'aurait brisé le cœur, ce qui ne manquerait pas de se produire, j'aurais au moins la satisfaction de m'être infligé le châtiment que je méritais. Car, lorsque Quaid Jackson aurait épuisé mes charmes, je connaîtrais enfin le chagrin suprême.

10

Quaid

Au poste de police, les flics cuisinèrent Avett durant des heures. Sur sa relation avec Jared, sur les trafiquants qu'il avait arnaqués, sur le braquage du bar et les mecs qui l'avaient espionnée l'autre soir. J'étais content qu'ils prennent cette affaire au sérieux, mais frustré à mort qu'ils ne puissent rien tirer des maigres éléments en leur possession. En effet, Avett n'avait pu leur fournir qu'une vague description de la voiture noire et des salauds qui l'avaient tabassée quelques semaines plus tôt, dans l'appartement de Jared. En l'écoutant leur raconter les détails de son calvaire d'un débit hésitant et saccadé, j'avais envie de cogner. Cette fille était une battante, une tornade pleine de vie, mais, lorsqu'elle revivait cette tentative de viol qui aurait pu la traumatiser à jamais, c'était d'une voix blanche et apeurée qui me déchirait le cœur. Je vibrais d'un instinct protecteur que seul savait susciter cet ouragan à cheveux roses.

L'inspecteur nous indiqua qu'il allait réinterroger Jared, à qui la liberté sous caution avait été refusée, et qu'il nous contacterait dès qu'il aurait les résultats de l'enquête des pompiers. Dans ma tête, il n'y avait aucun doute : cet incendie était criminel, une menace à l'intention d'Avett.

Quelqu'un cherchait à l'effrayer, mais dans quel but ? De par ma profession, je savais qu'un acte cache toujours un mobile, et tant que ce mobile ne serait pas éclairci Avett serait en danger. Tu ne peux pas remporter la bataille, si tu n'en connais pas l'enjeu.

On repartit tous les deux. Avett, très sombre, ne décrochait pas un mot. Je lui proposai de passer au centre commercial ou au Target le plus proche pour y acheter quelques articles de première nécessité, mais elle secoua la tête en signe de dénégation. Tout ce qu'elle voulait, c'était prendre une douche et dormir. Son teint de rose était d'une pâleur mortelle, et sa jolie bouche boudeuse s'était pincée en un mince trait qu'elle mordillait anxieusement. Ses yeux vifs étaient tristes et rougis. Avoir perdu tous ses biens dans l'incendie lui avait porté un coup terrible. Elle battait des paupières pour refouler ses larmes et contenir ses émotions, mais le chagrin l'étreignait comme une créature vivante. J'avais envie de lui prendre la main pour lui offrir un peu de réconfort, mais je la sentais à deux doigts de craquer. Mieux valait attendre qu'on soit rentrés chez moi. Là, elle pourrait se laisser aller. En fait, la pagaille que semait sur son passage cette Miss Catastrophe ne pourrait qu'être bénéfique à mon loft froid et dénué de vie. Avett était un cyclone dont les ravages pouvaient être constructifs du moment que quelqu'un était là pour l'aider à faire le tri.

Je mis le pick-up au garage attenant à l'immeuble et, prenant Avett par le bras, je la guidai jusqu'à l'ascenseur qui nous lâcherait au dernier étage. Elle ne dit pas un mot de toute la montée. J'ouvris la porte et la fis entrer. Je m'attendais à ce qu'elle soit impressionnée par mon loft, ses hauts plafonds quadrillés de canalisations et le mur de briques nues au fond de la cuisine. Je m'attendais à ce qu'elle s'extasie devant la vue à trois cent soixante degrés sur la *skyline* de Denver et la majestueuse chaîne de montagnes. A lui seul, ce panorama valait plus d'un million de dollars et faisait plus d'effet aux femmes que toutes mes paroles et mes caresses.

Mais j'aurais dû savoir qu'elle n'était pas comme les autres. Elle ne prêta aucune attention au luxueux canapé d'angle en cuir. Le gigantesque centre multimédia, qui n'avait rien à envier à un écran de cinéma Imax, ne lui fit ni chaud ni froid. Elle foula de ses rangers le sol en marbre de Carrare sans même s'en apercevoir, pas plus qu'elle ne remarqua l'énorme lit *king size* adossé à un mur parsemé d'œuvres choisies avec soin, chacune ayant coûté plus cher que ses études universitaires. En résumé, elle semblait totalement insensible à mon appartement décoré et aménagé avec minutie. Mais, quand ses yeux se posèrent sur l'espace cuisine avec son électroménager en inox brillant et son piano de cuisson de qualité professionnelle qui n'avait jamais servi, ils retrouvèrent un peu de leur éclat.

Elle se dirigea nonchalamment vers le seul endroit de mon loft où je n'allais jamais et, caressant la cuisinière à six brûleurs avec amour, elle m'adressa un pâle sourire par-dessus son épaule.

— Cette cuisine est magnifique ! Je pourrais y passer ma vie…

Je crevais d'envie de lui demander son avis sur le reste du loft, mais, comme elle venait de tout perdre, aller à la pêche aux compliments me parut indélicat et puéril. De toute façon, ce luxe inutile lui passait visiblement au-dessus de la tête. Pourquoi tenais-je tant à obtenir son approbation, d'ailleurs ? C'était moi qui vivais ici, moi qui avais besoin de tous ces signes extérieurs de richesse, moi qui essayais de vendre cette image à tout le monde.

— La salle de bains est derrière la porte, de l'autre côté

du lit. Je vais aller te chercher un T-shirt et quelques sweats en attendant de mettre tes affaires à la machine.

Elle opina avec raideur et contourna le comptoir en granit qui séparait l'espace cuisine du séjour.

— Je dois sentir la fumée, non ? dit-elle en tirant sur l'élastique de sa tresse.

Elle fronça le nez et tenta de me sourire. Le résultat fut une pauvre petite grimace crispée qui me fendit le cœur.

Bouleversé, j'allai vers elle. Elle avait l'air complètement perdue, hors de son élément, dans cet appartement au luxe ostentatoire. Plus que jamais, elle me coupait le souffle, bien plus que cette vue spectaculaire qui m'avait coûté un bras. Elle était aussi bien plus précieuse et plus haute en couleur que tous ces tableaux inutiles qui ornaient mes murs. J'écartai ses mains pour finir de défaire sa tresse et enfouis mes doigts dans sa crinière, dont le rose apparaissait encore sous la mince couche de suie. Elle me regarda, un cyclone d'émotions dans les yeux, et je compris qu'elle ne pouvait que laisser passer l'orage et subir les éléments déchaînés. De mon côté, je me devais d'être imperméable à l'affectif pour rester droit dans la tempête.

— Ce n'étaient que des biens matériels. Tu le sais, ça ? lui dis-je d'un ton brusque.

Sa chevelure défaite faisait comme un nuage autour de son visage. Je reculai d'un pas pour croiser son regard bouleversé.

Elle haussa les épaules.

— Des biens matériels, oui, mais toutes ces choses comptaient beaucoup pour moi. Tout ce que mon père avait conservé de sa carrière de soldat, tous ses souvenirs du bar… Ces choses-là ont une valeur irremplaçable, et c'est ce qui fait mal, quoi que tu puisses en dire.

J'émis un murmure compréhensif et allai vers le dressing

aménagé sous l'escalier qui menait à l'étage, où se trouvaient mon bureau et mes ouvrages de droit.

— Toi aussi, tu as beaucoup de valeur, Avett. Et je suis sûr que ton père se fout pas mal d'avoir tout perdu, du moment que tu es saine et sauve. Vous avez tous les deux de la chance.

Elle laissa échapper un sanglot étranglé et partit en direction de la salle de bains. La douche à l'italienne en ardoise, avec sa cabine en verre et ses multiples jets, l'impressionnerait-elle autant que la cuisine ? Sans doute pas, mais au moins elle pourrait y laisser couler ses larmes en toute tranquillité. Il lui serait plus facile de craquer sous l'eau plutôt que devant un four à chaleur tournante.

Elle s'arrêta sur le seuil et me lança un regard par-dessus son épaule. Je savais que les pleurs qu'elle refoulait depuis longtemps menaçaient de lui échapper à tout instant.

— De la chance ? Je n'ai pas l'impression d'en avoir beaucoup, en ce moment.

Sa réaction était parfaitement compréhensible, pourtant, elle avait de la chance d'être sortie de prison, de la chance que son innocence ait transparu malgré tous ses efforts pour la cacher. Elle avait de la chance que personne n'ait été blessé dans l'incendie et que le feu ait pu être maîtrisé — les maisons voisines n'avaient subi aucun dégât. Elle avait de la chance d'avoir des parents qui l'aimaient et la soutenaient en toutes circonstances — personne ne lui faisait de reproche pour cet incendie, à part elle-même. Elle avait de la chance d'être encore jeune : ses bêtises passées ne la définiraient pas pour toujours. Elle avait de la chance que tant de personnes se préoccupent de sa sécurité et la protègent, le temps qu'elle achève le processus de rédemption qu'elle avait commencé la nuit du braquage.

Elle avait de la chance de ne pas devoir affronter seule sa situation actuelle et le procès qui se profilait à l'horizon.

Et moi j'avais une putain de chance qu'elle ait choisi de se réfugier dans mon loft !

Elle n'était pas là pour la vue à un million de dollars. Elle n'était pas là pour le nombre de zéros qu'affichait le solde de mon compte en banque, ni pour obtenir quelque chose de moi. Elle se foutait royalement que je sois bien placé pour devenir associé de la boîte qui m'employait. C'était tellement vrai que, lorsqu'elle s'était retrouvée dans la mouise, j'avais dû la forcer à accepter mon aide.

Quand Asa m'avait appelé pour m'annoncer que la maison de Brite était en flammes et Avett sous le choc, j'avais eu du mal à ne pas quitter le palais de justice en courant. Avant de m'en aller, j'avais demandé une brève suspension de séance, le temps de briefer mon assistant pour qu'il termine mon intervention. C'était la première fois de ma carrière que je quittais le prétoire en pleine audience. La première fois que je déléguais la responsabilité de mener un contre-interrogatoire. En bon perfectionniste, j'étais toujours persuadé que personne ne saurait faire le job aussi bien que moi. Mais, là, plus rien n'avait d'importance. Tout ce que je voulais, c'était me rendre sur le lieu de l'incendie et m'assurer qu'Avett n'avait rien. Dès que je l'avais vue, j'avais su que je voudrais la ramener chez moi.

Elle avait l'air si petite, si vulnérable, à côté de ce déchaînement de flammes ! Moi qui croyais que Lottie avait tué en moi toute compassion, j'avais été submergé par l'empathie quand je l'avais vue sur le point de s'effondrer. J'éprouvais un besoin viscéral de la réconforter.

Et c'était moi qu'elle avait choisi. C'était chez moi qu'elle s'était réfugiée, et non chez sa mère, pour faire le deuil de la maison avec ses parents. C'était à moi qu'elle avait fait confiance : elle me croyait capable de tout arranger et de lui proposer la seule chose dont elle avait besoin. Alors, même si j'étais convaincu de ne plus avoir d'affection à donner, l'âme vidée de tout sentiment, j'allais gratter le fond de mon cœur et offrir à Avett Walker les quelques miettes d'amour qui lui permettraient de surmonter cette nouvelle épreuve.

J'aurais tout le temps, ensuite, de renfiler le costume du salaud hargneux, cynique, désabusé et matérialiste que j'étais devenu depuis mon divorce. Auprès d'Avett et pour elle, je me sentais libre de… d'exister, tout simplement. Je n'avais pas à feindre quoi que ce soit, je retrouvais un mode de fonctionnement authentique. Mais savais-je encore à quoi ressemblait la vraie vie ? En tout cas, plus je la côtoyais et plus les priorités de l'existence émergeaient du brouillard qui m'avait empêché d'y voir clair jusque-là.

Je dégotai un vieux T-shirt barré de l'inscription ARMÉE en lettres passées — un truc qui m'allait à l'époque où je faisais dix kilos de moins et où j'étais cent fois moins cynique. Pour le bas, c'était plus compliqué. Menue comme elle était, Avett aurait flotté dans tous mes pantalons de survêt. A force de fouiller dans les tiroirs, je tombai sur un caleçon en flanelle encore dans son emballage — cadeau de Noël de Lottie, qui n'avait apparemment pas remarqué que je ne portais que des boxers. Un tel manque d'intérêt de la part de la femme qui partageait ma vie aurait dû me faire comprendre plus tôt que notre mariage était voué à l'échec.

Je frappai doucement à la porte de la salle de bains. Je ne savais pas si Avett m'entendrait par-dessus le bruit de la douche. Elle avait laissé la porte entrebâillée, et ses affaires imprégnées de fumée étaient posées près du lavabo. Je souris en voyant le tas vaguement plié. Même quand elle essayait d'être ordonnée, elle restait bordélique.

— Avett, je te laisse ces fringues et je vais mettre les tiennes à la ma…

Un sanglot déchirant fit mourir les mots sur mes lèvres.

Elle était affalée sur le carrelage de ma luxueuse douche à l'italienne, en pleurs.

Je savais qu'elle allait avoir besoin d'un moment pour reprendre le dessus, que toute sa combativité l'avait provisoirement désertée. Cependant, je ne m'attendais pas à la voir anéantie à ce point, tel un ouragan vidé de sa puissance et de son énergie.

Elle était couchée en chien de fusil, nue et secouée de sanglots. Ses yeux étaient clos, mais, malgré la vapeur et l'eau qui ruisselait sur elle, je voyais les larmes s'insinuer entre ses paupières serrées. C'était l'image du désespoir absolu. Un spectacle de désolation.

Un gémissement d'animal blessé s'échappa de ses lèvres. Je m'approchai d'elle, bouleversé. Sa détresse était semblable à celle d'un soldat qui tue pour la première fois ou qui voit un de ses frères d'armes mourir sous ses yeux.

Je jetai les vêtements dans le lavabo et, sans songer aux dégâts que l'eau allait causer à mes mocassins Bruno Magli et à ma cravate en soie préférée, j'entrai dans la douche et me penchai au-dessus d'elle. Je fermai le robinet et la soulevai dans mes bras. Sa peau était à la fois brûlante et glacée. Elle s'accrocha à mon cou sans cesser de geindre et de pleurer dans ma chemise trempée. Elle tremblait si fort qu'elle me glissait entre les doigts. Ma queue était bien la seule à rester insensible à toute cette détresse… Tout ce qui l'intéressait, c'était qu'Avett était mouillée, nue et qu'elle m'agrippait comme si elle n'avait plus que moi au monde. Et ce spectacle l'excitait au plus haut point, la coquine !

Repoussant les mèches collées qui m'empêchaient d'y voir, j'entrepris, dans un équilibre précaire, d'ôter mes chaussures définitivement foutues sans lâcher Avett. Puis, assis au bord du lit, son corps menu sur mes genoux, je dégageai son visage de sa tignasse trempée. On dégoulinait sur mon luxueux couvre-lit peint à la main, mais c'est à peine si mon cerveau enregistra l'info.

Elle ouvrit ses yeux noyés de larmes et les riva aux miens.

— Je suis une calamité !

Sa voix se brisa et, dans son regard, je lus un chagrin absolu. Le spectacle de cette jeune femme pleine de vie, anéantie par la perte de ce qui, finalement, n'était que des biens matériels, me troublait énormément. Ayant grandi dans un total dénuement, je m'étais mis à amasser des richesses auxquelles, aujourd'hui, je n'aurais renoncé pour rien au monde. Mais, après tout, quand j'étais pauvre, je ne craignais pas de tout perdre puisque je n'avais rien… Et si tous mes efforts avaient été mal dirigés ? Si je m'étais trompé de priorités ?

— Je sais, dis-je. C'est même ce que je préfère chez toi.

Son bras se resserra autour de mon cou, et ses doigts glacés se glissèrent dans mes cheveux.

— Tais-toi.

Elle avait dit ça sans colère et, malgré sa tristesse, esquissa un petit sourire.

Je jouai avec ses mèches, qui bouclaient souplement sous mes doigts.

— C'est vrai, je t'assure. Le chaos qui t'entoure me fascine. Il semble faire partie de toi, tout comme tes cheveux roses. On ne s'ennuie jamais avec toi, tu es trop imprévisible…

Elle fronça légèrement les sourcils et s'installa à califourchon sur moi, les bras noués autour de mon cou, son sexe nu pile au-dessus de ma braguette humide. Ses seins se pressèrent contre mon torse, et je réprimai un gémissement lorsqu'elle tendit la main vers mon nœud de cravate, pas pour le desserrer, mais pour m'attirer à elle.

— Je ne veux pas être le chaos, Quaid. Je veux être une fille qui ne détruit pas tout ce qu'elle touche.

Du bout de la langue, je suivis la courbe de sa lèvre inférieure, émoustillé par le sel de ses larmes et le goût piquant de son désir.

— Je pense qu'il y a des gens nés pour être tempête et d'autres nés pour les chasser.

Je murmurai ces mots contre sa bouche, alors qu'elle se trémoussait pour s'installer plus confortablement sur ma queue en érection. Je la sentais palpiter sur moi. Nos deux sexes n'étaient séparés que par le métal de ma fermeture Eclair. Si elle n'arrêtait pas de gigoter, j'allais avoir le zip imprimé à vie sur ma bite ! Je saisis sa hanche ronde et posai la main sur sa joue.

Elle cilla et appuya son front contre le mien.

— Qu'est-ce qui se passe, quand le chasseur finit par rattraper la tempête ?

Je gloussai et la fis basculer sous moi. Elle était piégée entre mon corps et le matelas.

— Il la chevauche. C'est la seule chose à faire quand ça mouille trop fort.

La tristesse s'estompa dans son regard, et sur ses lèvres se dessina un sourire empreint de cette douceur qu'elle portait aussi en elle. A cet instant, ce sourire fut plus précieux pour moi que tous les objets que j'avais choisis avec soin pour la déco de mon loft.

Tirant sur ma cravate, elle m'entraîna dans un baiser bien plus tendre que celui de l'autre jour, contre la porte. Tandis qu'elle s'escrimait à en défaire le nœud trempé, j'entrepris d'enlever ma chemise humide, sans cesser de lui dévorer la bouche. Je voulais toucher et goûter la moindre parcelle de sa peau. Je voulais remplacer les brûlures de l'incendie par le feu de la passion et du désir. Je voulais qu'elle oublie sa peine, l'espace d'un moment, pour qu'on puisse savourer l'alchimie de nos corps. Parce qu'un tel miracle méritait qu'on le célèbre dans les formes !

Une fois ma chemise ôtée et cette stupide cravate passée par-dessus ma tête, puisqu'elle refusait obstinément de se dénouer, je me mis en appui sur un bras au-dessus d'Avett et m'emparai d'un de ses seins. Sa peau retrouva peu à peu sa chaleur, et la délicate petite pointe rose ne tarda pas à durcir sous la caresse de mes doigts. J'embrassai ses lèvres, le coin de ses yeux rougis, gonflés de larmes. J'embrassai ses joues écarlates et le bout de son petit nez, froncé par une grimace. Je l'embrassai sous l'oreille et parcourus tendrement de mes lèvres la ligne de sa mâchoire, tandis que ma main quittait son sein pour s'aventurer plus bas.

Dans le sillage de mes doigts, le long de ses côtes, de son ventre et jusqu'au creux de son nombril, sa peau se couvrait de chair de poule. Ses jambes se mirent à remuer nerveusement de chaque côté de mes hanches, et ses mains parcoururent ma chair échauffée.

D'une voix essoufflée, elle murmura, un peu abasourdie :

— Ton tatouage, Quaid, il est immense…

Je mordis l'endroit de son cou où palpitait une veine, assez fort pour y laisser ma marque. Ce n'était pourtant pas mon style, au lit. D'habitude, j'aimais que ça se passe gentiment et sans brutalité. Mais je voulais qu'Avett se souvienne de moi. Je voulais qu'en se regardant dans la glace elle se souvienne de ce qu'on avait fait ensemble. Je voulais qu'elle me sente encore dans tous ses mouvements, que ma voix continue de résonner à son oreille longtemps après que je l'aurais fait jouir. Je voulais qu'elle soit aussi consumée que moi par la pulsion débridée et explosive qui faisait rage entre nous. Alors, je suçai la petite morsure que je lui avais faite au cou et relevai la tête au moment où ma main aventureuse atteignait la jointure de ses cuisses.

Son ventre frémit de plaisir anticipé, mais son regard changeant restait fixé sur le gigantesque tatouage qui s'étalait sur tout mon torse : un aigle tenant un fusil dans une serre et la balance de la justice dans l'autre. Ce tatouage, je me l'étais fait faire sur un coup de tête, juste après mon inscription au barreau. Ça avait pris des heures, vu la taille du motif, et après chaque séance j'avais subi l'acrimonie de Lottie, qui me reprochait d'abîmer mon corps de façon irréversible.

Avett, elle, était loin de détester cette œuvre d'art audacieuse, à en juger par son expression admirative. Elle ne détesta pas non plus que mes doigts franchissent ses lèvres humides et trouvent l'entrée accueillante de son corps. Elle se cambra, et ses mains vinrent se poser sur les muscles tendus de mes épaules.

J'embrassai un téton, puis l'autre, et marmonnai contre sa peau satinée :

— Je suis un mec plein de surprises…

Elle eut un petit rire qui se transforma en gémissement lorsque je gobai la pointe d'un de ses seins. Ils étaient fermes et pleins. Fiers et beaux, haut sur sa poitrine. J'avais envie de glisser ma queue dans leur doux vallon et qu'elle me la suce avec sa moue boudeuse. Je voulais imprimer tous mes désirs sur chaque centimètre carré de son corps. Je fis rouler le téton durci autour de ma langue, tandis que mes doigts labouraient son sexe mouillé tout en excitant son clito gonflé.

Ses ondulations, ses halètements de plaisir me mettaient au supplice. Ma queue exigeait que je la libère, mais je ne recherchais pas un embrasement immédiat. Je voulais suivre la lente poussée d'un désir torride pour la réchauffer durablement.

Dans un petit bruit de succion, je lâchai son téton et passai à son oreille dont j'entrepris de dessiner le délicat coquillage du bout de la langue.

Ses jambes tentaient de se refermer sur mes doigts qui continuaient d'aller et venir dans son sexe contracté, mais je ne bougeais pas. Ses mains délaissèrent alors mon dos pour s'accrocher à la boucle de ma ceinture.

— Attends un peu, murmurai-je.

Son petit geignement plaintif me fit sourire. J'avais connu pas mal de femmes pressées de voir cette partie de mon anatomie, mais d'habitude ce n'était jamais un acte désintéressé. En général, elles visaient toujours autre chose. C'était la première fois qu'une femme faisait la moue parce que je ne dégainais pas assez vite pour la satisfaire. Avett avait simplement hâte de faire l'amour avec moi, sans arrière-pensée. Décidément, elle aussi était pleine de surprises !

Je passai la langue sur sa clavicule, saisis son petit bouton palpitant de plaisir et le pinçai doucement avant de le relâcher. Elle se cabra violemment tandis que je me redressai comme pour la laisser en plan.

— Qu'est-ce que tu fais ? demanda-t-elle, stupéfaite.

J'aimais, pour une fois, être celui qui jette le trouble.

Elle poussa un soupir de frustration. Avec un petit rire, je posai la main sur son cœur qui battait à cent à l'heure.

— Je te surprends.

— Quaid !

Je ris franchement et m'agenouillai entre ses cuisses. Elle essaya de les refermer, en vain — mes épaules l'en empêchaient. Elle tenta alors de se reculer sur le lit, mais je fus plus rapide qu'elle et l'attirai par les hanches vers mes lèvres impatientes. J'adorais me repaître à pleines mains et à pleine bouche de sa chair opulente. Elle avait beau être aussi imprévisible que le temps du Colorado, son corps était généreux et bien réel sous mes doigts.

J'embrassai l'intérieur de sa cuisse et, avec ma langue, remontai jusqu'à son intimité brillante d'excitation. J'adorais la couleur de ses cheveux, mais je préférais, de loin, le rose nacré et accueillant de son sexe qui m'implorait de le goûter.

Elle protesta sans conviction quand je calai ses jambes sur mes épaules, et je me mis à la dévorer tout entière.

Je me régalais de sa saveur. Je respirais son odeur sous le va-et-vient acharné de mes doigts. Je me délectais de chaque frémissement, de chaque tremblement, de chaque palpitation de son vagin, tandis que je la baisais avec mes doigts et ma langue. Je grignotais ce petit bourgeon comme si c'était un dessert de prince. Sans cesser de répéter mon nom, elle agrippa mes cheveux pour m'attirer plus près, et je compris son invitation.

Je la mangeai, la suçai de haut en bas, jusqu'à ce qu'elle se liquéfie de plaisir dans ma bouche. Dans la jouissance aussi, elle était douce et sauvage. Son tempérament passionné était comme une drogue dont je ne pourrais jamais me libérer.

Je me relevai entre ses jambes amollies et portai la main à ma boucle de ceinture. Avett était étendue sur le lit, apaisée et bien plus silencieuse que d'habitude. Ses yeux étaient immenses, et son regard, vague, mais une ébauche de sourire flottait sur ses lèvres. Elle semblait ravagée, mais cette fois c'était beau et sensuel. J'étais ridiculement fier d'avoir amené cette expression de bien-être sur son visage, à tel point que je m'en serais frappé la poitrine en signe de victoire.

Mon pantalon encore humide tomba par terre avec un bruit sourd, puis je fis lentement glisser mon boxer noir le long de mes jambes, sous le regard attentif d'Avett. Ma queue jaillit, enfin libre, et se tendit instinctivement vers sa chaude intimité. A croire que c'était un missile à tête chercheuse !

Avett ouvrit de grands yeux et, se redressant, amena ses magnifiques seins au niveau de ma queue. J'en avais des fantasmes classés X. De l'index, elle étala l'humidité qui perlait au bout de mon érection douloureuse. Je lui attrapai le poignet d'un air désolé.

— Il faut que je mette une capote et que je vienne en toi. Si tu me touches, je ne vais pas y arriver.

Ses pupilles se dilatèrent encore un peu et, laissant retomber sa main, elle se mordit la lèvre inférieure. Ce fut plus fort que moi. Je me penchai vers elle pour mordre à mon tour cette lèvre gourmande. Quand je relevai la tête, je vis qu'elle était un peu surprise et extrêmement excitée. Je l'embrassai à nouveau et lui demandai de m'excuser quelques secondes.

J'étais furieux contre moi-même. Pourquoi est-ce que je n'avais pas de table de chevet où ranger mes capotes ? Avoir des préservatifs sous la main au moment crucial me semblait soudain infiniment plus important que d'avoir une vue exceptionnelle sur Denver. Je me rendis à la salle de bains en râlant. A mon retour, je n'étais toujours pas calmé. Je poussai un juron de désespoir.

Durant mon absence, Avett s'était installée sur le lit. La tête appuyée contre les oreillers, elle se caressait, jambes écartées, tout en pétrissant un de ses seins opulents. Ses yeux me fixaient sans une once d'inhibition. Elle me décocha un petit sourire coquin et se passa une langue gourmande sur les lèvres, comme si elle était affamée, et moi, le seul capable de la rassasier.

— Tu es parti en emportant tous tes jouets, du coup, j'ai dû improviser.

Son côté sauvage était torride, sa douceur, addictive. Si le chaos ressemblait à ça de l'intérieur, est-ce que je pourrais le supporter longtemps ?

Mon érection ne me permettait pas de prolonger ce petit jeu. Ma queue exigeait satisfaction, et mes couilles étaient tellement gonflées de désir que j'avais l'impression qu'elles allaient exploser à la moindre caresse.

Je montai sur le lit, émerveillé. Quel pouvoir renfermait ce corps si menu ! Je me mis au-dessus d'elle, en appui sur un bras, et posai ma main sur la sienne, qui continuait de caresser paresseusement son sexe encore humide de jouissance. Les yeux plantés dans les siens, je la pénétrai lentement. Chaque centimètre qui cédait sous ma pression, chaque millimètre qui m'acceptait et m'enserrait me donnait l'impression de ma plus grande victoire.

Rendue docile par mes précédentes caresses et la double stimulation de nos doigts, elle n'en restait pas moins étroite, contrairement à moi. Il me fallut plus de patience et de volonté que jamais pour glisser mon énorme érection en elle. Une fois enfoncé jusqu'à la garde, je sentis Avett se détendre et se liquéfier autour de moi. Je commençai alors mon va-et-vient.

J'avais vraiment l'intention de prendre mon temps, de profiter au maximum de la montée du plaisir et de cette fougue que j'essayais de ranimer en elle. Mais mon projet tourna court à la seconde où elle cala une jambe autour de mes reins et enfonça son talon dans mes fesses. Rejetant la tête sur l'oreiller, elle se mit à pincer et triturer son téton velouté avec plus de brutalité que moi. Elle délaissa son clito pour planter ses ongles courts dans mes flancs, et ordonna :

— Encore ! Encore !

Je voulais lui rendre tout ce qu'elle avait perdu. Je n'étais pas du genre à refuser quoi que ce soit à une femme, au lit. Mais, elle, je voulais vraiment la combler.

Alors, on chevaucha la tempête. Ensemble.

Je me déchaînai en elle. La clouai au matelas. La pilonnai à grands coups de reins. Longtemps. Je l'embrassai à en perdre le souffle et m'enfonçai en elle comme si je voulais lui tatouer mon nom à l'intérieur. Son sexe frémissait autour de moi et se contractait de toutes ses forces pour m'attirer toujours plus profond. On n'était pas vraiment faits l'un pour l'autre, Avett et moi, mais entre nous c'était authentique et sauvage. Le plaisir ne nous était pas donné, on devait le gagner ensemble. On devait accepter de se perdre et de s'offrir, pour atteindre cet œil du cyclone où tout est apaisé, tout pardonné. C'était du sexe qui n'allait pas de soi. Du coup, c'était aussi une sensation inoubliable, incroyablement gratifiante, un plaisir inconnu.

On s'empoignait, s'encastrait, se broyait en un corps à corps frénétique, violent et passionné qui laisserait des traces dans notre chair. On s'essoufflait mutuellement de baisers, on s'étourdissait du nom de l'autre, on grognait notre satisfaction animale. On transpirait, fusionnait. On se ravageait, on se reconstruisait. Pour moi, c'était comme le début et la fin de tout mon univers.

Ma main s'éloigna de son sexe trempé, mais ça n'était pas très grave. Ses doigts habiles étaient de retour et, chaque fois qu'elle effleurait son clito palpitant, le dos de sa main frottait contre ma queue chauffée à blanc. C'était déjà la caresse la plus érotique au monde, mais ça devint carrément prodigieux quand elle m'enserra la base du sexe entre deux doigts, alors que je la pilonnais sans relâche.

Je sentis mes couilles se rétracter et un violent ressort de plaisir se tendre à la naissance de ma colonne vertébrale.

Je n'allais pas pouvoir me retenir très longtemps, et, à en juger par son visage écarlate et l'ardeur avec laquelle elle accompagnait mes mouvements, elle non plus. Je voulais la faire jouir pendant que j'étais en elle, à grands coups de boutoir. C'était devenu une obsession qui éclipsait toutes les autres, comme mon besoin d'amasser toute cette camelote inutile pour avoir l'impression d'exister. Je voulais que son plaisir brut et animal déferle sur moi et que ça ne s'arrête jamais.

— Avett...

Je prononçai son nom parce qu'à cette seconde elle était tout pour moi. Ma queue se raidit, et mon cœur se mit à cogner à deux cents à l'heure.

Ses yeux se rivèrent aux miens, et elle s'accrocha à moi comme une noyée, m'enlaçant de tout son corps.

— Quaid...

Elle explosa sous moi en même temps que le plaisir m'embrasait tout entier. Je jouis avec une violence égale à la sienne, dans un éblouissement qui atomisa le souvenir de toutes les femmes que j'avais eues avant. Emporté par un torrent de satisfaction et de plénitude, je m'écroulai enfin sur elle, vidé, épuisé.

Ce n'était pas un orgasme. C'était une apocalypse !

Ses lèvres effleurèrent mon oreille comme une aile de papillon.

— Finalement, je me disais... Il vaut mieux vivre d'amour et d'eau fraîche avec la bonne personne, plutôt que s'enfermer dans le luxe avec la mauvaise. Tu en penses quoi ?

J'en pensais qu'elle avait tout à fait raison.

11

Avett

— Je n'en reviens toujours pas de ce tatouage !

Quaid était en train de se rhabiller. Son aigle de la justice ondulait sur ses pectoraux, encadré par les pans de sa chemise déboutonnée. Il enfila son pantalon gris clair, et je retins un soupir de déception en voyant disparaître ce cul de classe internationale. En costume de ville, il était à tomber ; en jean et blouson de cuir, il me faisait chavirer, mais c'était encore à poil qu'il était le plus sexy.

Débarrassé de ses vêtements, le véritable Quaid Jackson apparaissait dans toute sa splendeur. Les encres qui recouvraient presque tout son torse ressortaient sur sa peau hâlée, tel un étendard provocateur. Ayant grandi parmi des hommes tatoués, je savais apprécier un dessin bien exécuté. Le sien était spécial, peut-être parce qu'on ne s'y attendait pas. Ce qui me plaisait, c'était qu'il se soit fait tatouer un motif éminemment emblématique, et qu'il se le soit approprié de façon aussi insolente. A travers ce symbole, il revendiquait sa volonté de ne pas s'oublier totalement sous les fringues de marque et les gadgets inutiles. J'aimais aussi cette vilaine cicatrice au-dessus de sa hanche, et cette autre qui lui barrait le flanc sur au moins trente centimètres. En tout cas, leur contour irrégulier atténuait un peu la perfection de l'ensemble. Quaid en devenait presque normal, et ce défaut physique me le rendait encore plus cher. Lorsque je lui demandai si c'était un souvenir de guerre, je n'obtins qu'un vague :

— Non, je me suis fait ça quand j'étais gosse.

Avec son impressionnant tatouage, il aurait pu passer sans problème pour un de ces mecs qui ont un million d'abonnés sur leur compte Instagram et un milliard de *likes* pour chaque photo qu'ils postent. Une telle perfection, c'en était intimidant, aussi j'étais contente que sa nudité me révèle des détails qui rendaient sa beauté plus humaine. Cela dit, ses abdos et son cul n'enlevaient rien à l'ensemble…

En fait, ça m'ennuyait carrément qu'il se rhabille. Pourtant, assise au bord du lit, dans son vieux T-shirt qui couvrait à peine ma toison ébouriffée, je ne pouvais que le regarder remettre ce que je commençai à considérer comme son déguisement d'avocat. En voyant mon expression de surprise, il baissa les yeux sur son torse et haussa les épaules.

— En fac de droit, j'ai fait un stage au bureau du procureur général. Il y avait un mec, là-bas, Alexander Carsten, qui avait tout un tas de tatouages, des trucs très impressionnants. Quand j'ai réussi l'examen du barreau, j'ai décidé de marquer le coup, de souligner le fait que ma vie prenait enfin la direction que j'avais toujours voulu lui donner.

Je levai les sourcils, étonnée.

— Tu veux dire que ce tatouage, c'est ta dernière grande rébellion d'ado ?

Il secoua la tête d'un geste brusque, et son indomptable mèche blonde retomba sur ses yeux.

— Non, mon seul acte de rébellion, ça a été de m'engager dans l'armée. Mes parents s'attendaient à tout sauf à ça.

C'était la deuxième fois qu'il faisait allusion au fait qu'il avait déçu ses parents en s'enrôlant. Ça m'intriguait beaucoup et j'aurais voulu en savoir plus, mais il enchaîna très vite — il n'avait visiblement pas envie de s'étendre sur cette période de son passé…

— J'ai pris rendez-vous avec le tatoueur d'Alex, Rule Archer, un gamin avec une crête violette et un piercing à la lèvre. Je lui ai dit que je souhaitais quelque chose qui symbolise mon parcours — d'où je venais et où j'allais. Ce mec a fait un boulot si spectaculaire que je me foutais bien de la taille du tatouage, au final. De toute façon, très peu de gens le voient.

Je pouffai doucement et l'attirai à moi par la boucle de sa ceinture. J'entrepris de lui reboutonner sa chemise, même si je passai plus de temps à caresser ses abdos en béton qu'à l'aider à se rhabiller.

— Figure-toi que je connais très bien Rule, dis-je. Son frère aîné, Rome, c'est le gars à qui mon père a vendu notre bar. Celui qui a dû me virer, parce que j'avais piqué dans la caisse.

Je fis la grimace. J'étais à mi-parcours du reboutonnage.

— Rome m'en veut encore à mort, et je lui dois des excuses. Il faut absolument que je me rachète à ses yeux, parce qu'il est le fils que mon père n'a jamais eu. Je ne peux pas me permettre qu'il me déteste.

Je poussai un soupir et me levai pour terminer ma tâche. Arrivée aux boutons du col, je me dressai sur la pointe des pieds pour poser mes lèvres sur les puissants tendons de son cou avant de continuer. J'aimais beaucoup ce costume, mais je préférais vraiment Quaid sans rien.

Il prit mon visage en coupe et me caressa les joues de ses pouces. Après le déferlement d'émotions de la veille, ce calme après la tempête, c'était quelque chose d'entièrement nouveau pour moi. J'avais envie de me laisser porter par ce bien-être, de l'absorber jusque dans mes os et de laisser un peu de cette sérénité nouvelle apaiser la pulsion autodestructrice qui semblait toujours m'habiter.

— Ça m'étonnerait qu'il te déteste, Avett. Quant à toi, tu dois laisser aux autres la possibilité de te pardonner. Le problème, quand tu fais une connerie, c'est qu'après tu dresses un mur entre eux et toi. Tu es tellement occupée à te vautrer sans fin dans ta culpabilité que tu ne permets jamais à personne de te dire que oui, en effet, tu as fait une bêtise, mais que ce n'est pas la fin du monde.

Ses doigts se déplacèrent vers ma mâchoire. J'avais envie de frotter mon visage contre sa main douce et chaude, comme une chatte.

— Tu assumes les conséquences de tes actes comme un chef. Maintenant, il faut que tu apprennes à accepter l'absolution des autres.

Qu'est-ce qu'il était sexy quand il me parlait en avocat !

Jamais je ne m'étais imaginé avoir droit au pardon. Du coup, je n'aurais jamais pensé que quelqu'un à part mon père — la seule personne qui m'avait toujours témoigné un amour inconditionnel — puisse m'ouvrir les bras après tout le mal que j'avais fait autour de moi.

Je m'éclaircis la voix et me forçai à sourire.

— Ce qu'il faut surtout, c'est que je te laisse te préparer. Tu es sûr que tu as le temps de me déposer chez ma mère, en allant au palais ?

Il m'avait invitée à rester chez lui — l'immeuble était sécurisé par un portier et des vigiles —, mais pour moi c'était inenvisageable. J'aurais eu trop peur de casser ou d'abîmer quelque chose ! Il m'avait répété au moins dix fois de me détendre, de faire comme chez moi. Impossible : je n'osais toucher à rien et je ne me sentais pas à l'aise dans cet appart de luxe. Pourtant, j'avais décidé de squatter chez ma mère, de faire une descente dans son dressing et, si possible, d'enterrer la hache de guerre avec elle.

Quaid était tout sauf emballé par ma décision. Pour lui, c'était important que j'apprécie son lieu de vie. De fait, son appart me plaisait, *à condition* qu'il y soit avec moi. Sans lui, je me sentais comme une intruse dans ce loft digne de figurer dans un magazine de déco, comme si ces laques luxueuses et ces parquets en bois exotique savaient que je détonnais dans le tableau. C'était complètement irrationnel, mais je n'avais pas envie de passer la journée recroquevillée dans un coin, en craignant que les objets se révoltent contre ma présence.

— Mais oui, j'ai le temps, je te l'ai dit, et j'en trouverai encore pour t'emmener faire du shopping en fin d'après-midi, si tu veux.

Il me regarda, l'air interrogateur.

Je lui avais répondu non plusieurs fois. Je ne voulais pas qu'il m'achète quoi que ce soit. Vu tout ce que mes parents lui devaient déjà, l'idée qu'il dépense un centime pour moi me rendait malade. Une vie entière ne me suffirait pas à payer ma dette ! Car il était hors de question que mon père vide son compte retraite pour moi, lui qui venait de tout perdre dans l'incendie de sa maison. Déjà que je ne savais pas comment j'allais rembourser les frais de ma défense, je n'allais pas en rajouter une couche !

— Moi aussi, je te l'ai dit, Quaid…

Je passai la main sur sa braguette. Il étouffa une exclamation de surprise, tandis que j'empoignai son impressionnant paquet et le palpai pour faire bonne mesure.

— … Ce qui m'intéresse, c'est ce que tu as dans le pantalon, pas dans le porte-monnaie.

Sentant son sexe se gonfler et se raidir sous mes doigts, je le regardai avec un grand sourire. Savoir que d'une simple caresse j'étais capable de faire réagir cet homme en apparence si calme et si maître de lui me procurait un sentiment de toute-puissance. Son fameux sang-froid s'évanouissait à mon contact, et j'aimais ça. J'aimais qu'il ne rationalise pas, qu'il s'abandonne juste aux sensations que j'éveillais en lui.

Ses doigts se refermèrent comme un étau sur mon poignet, et je crus qu'il allait écarter ma main. Au lieu de quoi, il la plaqua sur toute la longueur de son érection et se caressa avec.

— Je t'offre les deux, Avett.

Le regain de désir donnait à ses yeux un éclat argenté.

Il m'offrait les deux, même si, comme moi, il ne comprenait pas ce qui lui arrivait.

On se dévisagea intensément. Entre nous, il n'y avait plus de masque ni de faux-semblant. Il savait que j'étais une calamité, et moi, je savais qu'il était bien plus complexe que ce qu'il s'imaginait. Jusque-là, je ne lui avais jamais menti, je n'allais pas commencer maintenant.

Posant mon autre main sur sa ceinture, je lui dis simplement :

— Je te veux, toi, c'est tout.

Et, au cas où mes mots ne suffiraient pas à le convaincre, j'allais le lui prouver de la façon la plus concrète possible.

Mes yeux rivés aux siens, je le fis reculer pour pouvoir m'agenouiller devant lui. Je m'attendais à ce qu'il me dise d'arrêter — son audience au palais ne nous laissait pas beaucoup de temps —, mais il ne protesta pas lorsque je défis sa ceinture en cuir souple, que je fis sauter le bouton de son pantalon et baissai sa braguette. Il ne dit rien non plus quand je frottai ma joue à l'érection brûlante qui tendait son boxer en coton noir. Au contraire, il passa la main dans mes cheveux et poussa un soupir de total abandon. Considérant cette protubérance impressionnante, je demandai à Quaid d'écarter les pans de sa chemise impeccablement repassée.

J'embrassai tour à tour ses hanches et chatouillai du bout des doigts les muscles en V qui pointaient sensuellement vers son pubis. Tandis que je dévoilais peu à peu son sexe, j'effleurai du bout du nez la toison dorée autour de sa chair palpitante. Ses doigts se crispèrent dans mes cheveux. Il était impatient, sa queue aussi. Longue, raide, elle s'échappa du boxer, pulsant de vie et de désir dans ma main.

Son sexe était à son image : élégant dans ses proportions. S'il y avait une queue bien faite, c'était vraiment la sienne. Robuste, elle tressautait contre ses abdos toniques. Sûre du plaisir à venir, elle palpitait dans ma main et perla d'anticipation au premier coup de langue que je donnai sur son gland hypersensible.

Je commençai à la lécher, la goûter, la découvrir. Empoignant la base de son érection, je la serrai jusqu'à ce que, d'un coup de reins, il se fraye un passage vers ma bouche accueillante. En temps normal, son impatience m'aurait fait glousser, mais c'était la première fois que je suçais un homme de pouvoir et je voulais savourer cette expérience.

Je le pompais, explorant de ma langue chaque repli, chaque veine, chaque détail de son sexe. Il m'appuya sur la tête pour imprimer le rythme qu'il désirait. C'est à ce geste qu'on voit la différence entre un homme de pouvoir et un simple stagiaire. L'homme de pouvoir a de l'autorité : il indique le chemin, montre comment faire le job de la façon la plus efficace. Le stagiaire, lui, n'a ni l'expérience ni les compétences requises.

Instinctivement, Quaid avait repris le contrôle de la situation. Je croyais le sucer, mais c'était lui qui me baisait la bouche et c'était la chose la plus torride qui me soit jamais arrivée.

Le voir se révéler aussi tendre et aussi sauvage que moi me mettait dans un état d'excitation incroyable.

Il m'ordonna d'ouvrir plus grand la bouche. De le sucer plus dur. De l'avaler plus profond et de le serrer plus fort. En même temps, il me disait que j'étais unique. Que ma bouche était comme un rêve. Que voir ses mains enfouies dans mes cheveux roses allait le faire exploser. Qu'il avait passé des semaines à m'imaginer agenouillée devant lui et que la réalité était cent fois mieux que son fantasme. Son côté rude me rendait chaude comme la braise, mais c'était sa douceur qui contractait douloureusement mon sexe et me faisait mouiller. Si je n'avais pas été aussi concentrée sur son plaisir, j'aurais glissé ma main libre sous mon T-shirt et je me serais fait jouir tout en engloutissant Quaid aussi profondément que possible.

Pour ne pas me laisser distraire, je caressai ses fesses rondes et dures comme du granit et le chatouillai entre les cuisses. Il poussa un juron quand mes doigts effleurèrent son scrotum rétracté. A sa voix altérée et ses mains crispées dans mes cheveux, je compris qu'il était tout près de jouir. Je l'aspirai alors à fond, lapai avec gourmandise les gouttes salées qui s'échappaient de son gland. Même son goût était plus raffiné que celui des autres hommes que j'avais sucés.

Il articula mon nom dans un souffle et, perdant le contrôle de sa cadence, s'écrasa contre ma bouche. Je lui pris les testicules et les fis rouler doucement dans ma main. Cette caresse suffit à le faire basculer dans l'orgasme.

Il ne me prévint pas. Ne me donna pas le choix. Il attira ma tête à lui et me plaqua contre son ventre d'un geste presque désespéré, coulissant une dernière fois entre mes lèvres. Il prononça mon nom dans un long soupir tandis que, le saisissant par les hanches, je l'avalai tout entier.

Quand il se calma, je m'écartai avec un sourire satisfait. Je m'attendais à ce qu'il me dise que c'était sympa, mais que maintenant il fallait qu'on y aille, qu'il n'avait pas toute la journée. Au lieu de ça, il m'aida à me relever et, à ma grande surprise, me renversa sur le lit. Me fixant d'un regard brûlant comme la glace, il m'ôta mon T-shirt et, lorsqu'il s'installa entre mes jambes, l'excitation me coupa le souffle.

Je mouillais déjà mais, au contact de sa bouche qui embrassait mes tendres replis, je me liquéfiai. Lui avoir fait perdre tout contrôle m'avait déjà amenée au bord de l'extase. Du coup, l'orgasme n'était pas loin. Les yeux fixés au plafond, je gémis et me pressai sans honte contre sa bouche entreprenante pour me délivrer de la frustration qui tendait tout mon corps. Sucer un mec ne m'avait jamais mise dans un tel état d'excitation. C'était mon tour de crisper les doigts dans ses épais cheveux blonds et de l'attirer à moi tout en caracolant sur sa bouche. Lorsque, ajoutant ses doigts à la fête, il se mit à agacer mon clito gonflé, j'explosai dans un flot de plaisir qui me parut interminable.

La tempête passée, je me redressai sur les coudes pour le regarder. Il se releva, rentra sa chemise dans son pantalon et boucla sa ceinture. Il était rouge et chiffonné, mais de mon point de vue ça le rendait plus sexy encore. Il se pencha au-dessus de moi, en appui sur les mains. Nos nez se touchaient presque.

— Je ne rencontre que des gens pour qui tout est monnayable. Pour eux, la vie se résume à ce qu'ils possèdent, et ils n'ont avec les autres que des relations intéressées. J'en ai plus que marre du réseautage et des marchandages mesquins, Avett. Je ne veux pas de ce genre de rapport entre nous.

Troublée, je posai la main sur sa joue rasée de près.

— Tu sais bien que ça n'est pas possible. On n'est pas du même milieu, toi et moi.

Il plissa les yeux, et l'éclat glacé de son regard me fit frissonner.

— Peut-être, mais au lit il n'y a plus de différences sociales. Il n'y a plus de riche ou de pauvre, de fort ou de faible. Tout ce qui compte, c'est ce qu'on est ensemble. Qui tu es, ce que tu as fait, au lit, ça n'existe plus — et ça vaut aussi pour moi. La seule réalité, c'est l'instant présent. C'est ce qu'on en fait, toi et moi.

Je passai mon pouce sur sa lèvre inférieure encore humide et luisante du plaisir qu'il venait de me donner. C'était sans doute la chose la plus gentille qu'on m'ait jamais dite, pourtant, c'était loin d'être la vérité. Le passé pesait lourd dans la balance, sans compter qu'on ne serait jamais sur un pied d'égalité, lui et moi, même au lit. Il était un homme de pouvoir, et, même si je n'étais pas à proprement parler une stagiaire, je me situais tout en bas de l'échelle. A son contact, j'avais l'impression d'apprendre des tas de choses — sur lui, sur moi, sur ce que pouvaient être le sexe et l'intimité, quand on ne s'en servait pas pour nuire à l'autre.

— Il faut que tu ailles bosser, Quaid, je t'ai déjà suffisamment retardé comme ça.

Il se redressa. Ça n'était pas la réponse qu'il attendait de moi, je le vis à l'éclat glacé de ses yeux bleus.

Je n'avais pas grand-chose à offrir à un homme tel que lui, il devrait donc se contenter de la vérité, même si elle lui déplaisait. Même s'il devait regretter de ne pas m'avoir laissée le virer dès le début.

— Alors, ton avocat ? Qu'est-ce qui se passe entre vous deux ?

La voix de ma mère était empreinte de curiosité mais aussi de prudence. Au fond, je savais ce qu'elle espérait. Que je lui annonce que j'avais enfin trouvé un homme qui me maintiendrait dans le droit chemin. Hélas, plus je passais de temps avec Quaid — au lit et ailleurs —, plus il devenait clair que je m'étais fourrée dans une galère monstre. Lui et moi, on allait droit dans le mur, et l'impact risquait de m'être fatal.

C'est à peine si j'entendis sa question, d'ailleurs. Clouée sur place, je contemplais avec incrédulité et émerveillement la montagne d'affaires qui recouvrait mon lit de jeune fille du temps où je passais le week-end chez elle. Je n'étais pas entrée dans cette chambre depuis mon adolescence, et la voir remplie de vêtements et d'articles de première nécessité me bouleversait.

Portant la main à ma gorge, je clignai des yeux de toutes mes forces pour ne pas pleurer et me tournai vers ma mère.

— Je n'arrive pas à y croire ! Comment est-ce qu'elles peuvent être aussi généreuses avec moi, après tout ce que je leur ai fait ?

Ce n'était plus la peine que j'aille piocher dans son dressing : dans un formidable élan de solidarité, les femmes du réseau de *bikers* de mon père m'avaient apporté de quoi remplacer tout ce que j'avais perdu dans l'incendie. Il y avait là plus de vêtements que je n'en avais eu de toute ma vie ! Certains, tout neufs, avaient encore leur étiquette, tandis que d'autres, déjà portés, n'en paraissaient que plus confortables. Il y avait aussi des chaussures et des chaussettes ! Des sous-vêtements qui allaient du pratique au carrément coquin. Des affaires de nuit douces et moelleuses, dans lesquelles on devait bien dormir. Des produits de maquillage, une brosse, un séchoir et plein d'accessoires sympas pour les cheveux. Une brosse à dents… J'avais complètement oublié de m'en acheter une. Je ne m'en étais aperçue que le matin même, lorsque j'avais dû me laver les dents avec mon doigt, chez Quaid.

Les filles s'étaient mises en quatre pour atténuer la perte de tous mes biens. Muette d'émotion, je contemplai cet incroyable déploiement de générosité.

Ma mère posa la main sur mon bras et me sourit.

— Ton père a le coup pour choisir ses amis. Quant à ces filles…

A l'évocation de ces femmes formidables, je vis sur son visage une expression qu'elle n'avait jamais pour parler de moi : de la fierté.

— … Elles ont toutes un cœur d'or. Il faut bien ça pour supporter ces merveilleuses têtes de bourrique qu'elles ont choisi d'aimer !

Je me raclai la gorge, gênée.

— Je ne sais pas si je pourrai jamais les remercier. C'est trop… Je n'ai rien fait pour mériter tant de gentillesse de leur part.

La main de ma mère se resserra sur mon bras, et elle me fit pivoter vers elle. Ses yeux, dont j'avais hérité le vert et le doré, plongèrent dans les miens.

— Elles n'ont pas fait ça pour obtenir ta gratitude, Avett, et elles se fichent bien que tu sois digne ou non de leur compassion. Elles l'ont fait parce que, pour elles, c'était une évidence. Ton père a été là pour leurs hommes au moment où ils avaient besoin de quelqu'un pour les guider. Alors, pour elles, c'est un devoir de t'aider.

Elle me sourit à nouveau.

— Elles auraient sûrement agi de la même manière pour n'importe qui, mais il faut rendre justice à ton père : le fait que tu sois sa fille a certainement joué en ta faveur.

Son visage reprit une expression de curiosité.

— Alors, cet avocat ?

Elle en revenait à son premier angle d'attaque, mais moi je continuais à penser à toutes ces marques d'affection. Je ne serais pas obligée de me passer du confort le plus élémentaire ou de remplacer péniblement les affaires qui m'étaient indispensables, tout ça parce que ces femmes que je connaissais à peine, ces femmes qui ne me devaient rien, avaient pensé que c'était la chose à faire. Etait-ce aussi réconfortant de faire une bonne action que d'en être la bénéficiaire ? Toute cette bonté me réchauffait l'âme. Mon cœur éclatait de gratitude et, pour la première fois depuis très longtemps, j'avais envie d'être digne d'un tel acte. Je voulais moi aussi être ce genre de fille qui sait d'instinct ce qu'il faut faire et choisit d'agir, afin que, grâce à moi, quelqu'un puisse un jour se sentir aimé et apprécié.

— Cet avocat ? C'est forcément une énième connerie de ma part, mais, pour l'instant, il me sécurise et, surtout, il me fait réfléchir — et vu les derniers événements un peu de réflexion s'impose…

Je lui tapotai la main ; elle me serrait toujours le bras.

— Quaid connaît mon caractère de merde, il sait de quels « exploits » je suis capable. Du coup, je ne me sens pas obligée de le mettre en garde ni de le protéger de ce qui risque de lui tomber dessus. T'inquiète, il ne va pas me laisser foutre en l'air sa belle situation.

C'était peut-être pour ça que je l'aimais autant. Au plus profond de moi, je savais que notre histoire allait mal finir, mais lui s'en tirerait sans dommage. Il resterait debout après le passage de l'ouragan Avett — fort, inentamé. Cet homme était un roc : il survivrait aux catastrophes que j'allais immanquablement déclencher.

Ma mère soupira et, lâchant mon bras, me caressa tendrement la joue.

— Oh ! Avett… si tu savais ! Tu me fais tellement penser à moi à ton âge…

Un rire mal assuré s'échappa de ma gorge. J'étais venue faire la paix avec elle, combler le fossé qu'avait creusé entre nous mon comportement irresponsable, et ses mots me piquaient au vif. Si on se ressemblait autant, comment avait-elle pu me laisser tomber si facilement par le passé, alors que j'avais tant besoin de son amour ?

— Ah, oui ? répliquai-je d'un ton cinglant. Toi aussi, tu as fait fuir tous tes proches ? Toi aussi, tu as tellement déçu ta mère qu'elle ne te supportait plus ? Toi aussi, tu as aligné les conneries et foiré ta vie ? Toi aussi, on te considérait comme une erreur sur pattes ?

Déjà énervée par le tour qu'avait pris notre conversation, je fis volte-face. Mais j'aurais dû savoir que je n'allais pas m'en tirer à si bon compte.

Elle se plaça pile en face de moi. J'avais beau avoir hérité d'elle ma petite taille, elle me dépassait de quelques centimètres et, à en juger par l'expression de son visage, n'avait pas l'intention de lâcher l'affaire.

L'espace d'une seconde, je fus tentée d'appeler mon père à la rescousse — enfermé dans le bureau, il s'entretenait par téléphone avec sa compagnie d'assurances. Il aurait peut-être pu désamorcer la situation, mais depuis le temps que le conflit couvait entre ma mère et moi c'était mieux comme ça : l'heure de la confrontation avait sonné. J'allais confesser tous mes péchés. Surtout ceux qui avaient causé du tort à mes parents. Il fallait que je mette les choses au point avec ma mère, une bonne fois pour toutes. Je voulais lui exprimer tous mes regrets, et en premier lieu lui demander pardon d'avoir détruit son couple. Je les aimais, tous les deux, pourtant, c'étaient eux qui avaient le plus souffert de mes tentatives d'expiation maladroites.

Ma mère poussa un énorme soupir, lesté de toutes ces années d'incompréhension.

— J'ai toujours souhaité ta présence ici, Avett. Mais tu voulais vivre avec ton père. Alors, quand on s'est séparés, lui et moi, et dans quelles conditions… on s'est dit qu'il méritait d'avoir ta garde, bien plus que moi. Est-ce qu'il y a eu des tensions dans notre couple quand tu t'es mise à faire les quatre cents coups ? Oui, bien sûr, mais on les aurait surmontées si je n'avais pas tout gâché, si j'avais été plus forte et meilleure épouse. Si j'ai déçu mes parents ? Et comment ! Tous les deux, pas seulement ma mère ! Je me suis aussi souvent demandé si en m'épousant ton père n'avait pas commis la pire erreur de sa vie.

Je la dévisageai, peinant à surmonter mon incrédulité. Je devais avoir mal compris…

— Mais qu'est-ce que tu racontes, maman ? Tout allait bien, avant, c'était même génial ! On formait une famille heureuse, comme dans les pubs à la télé, jusqu'à ce que tout s'effondre.

Le problème, c'était que leur couple battait déjà un peu de l'aile au moment où, de mon côté, j'affrontais le suicide de ma meilleure amie. A la suite de quoi j'avais enclenché la vitesse supérieure en matière de conneries. Horrifiée par les conséquences tragiques de ma non-intervention, je m'étais lancée à corps perdu dans une espèce de course au châtiment divin, afin d'expier le viol et la mort d'Autumn.

— Ton père et moi, on se donnait beaucoup de mal pour te faire croire que tout allait bien entre nous, ma chérie. C'est ce que font tous les parents qui aiment leurs enfants, même quand ils ont la tête sous l'eau. Mais plus tu grandissais, plus on avait du mal à te tenir à l'écart de nos problèmes. Brite et moi, on n'était pas d'accord sur la façon de t'élever. Et puis, lui et toi, vous étiez si proches…

Elle émit un petit bruit de gorge et secoua la tête.

— Brite était marié, quand on s'est rencontrés. Moi, je m'en fichais pas mal, mais mes parents, non. Il était aussi plus âgé que moi de plusieurs années et n'avait pas complètement surmonté les horreurs qu'il avait vues lors de ses missions à l'étranger, avec les marines. Du coup, il buvait un peu trop, et ses fréquentations n'étaient pas tout à fait du goût de mes parents. Mais tout ça ne comptait pas pour moi : j'étais amoureuse de lui, l'amour fou. Je l'adorais. Je ne vivais que pour lui. Et je me disais que tous ces obstacles, sur notre route, ça n'était rien. On était faits l'un pour l'autre : l'essentiel à mes yeux. Je n'avais aucun respect pour le foyer qu'il s'était déjà construit ni pour la femme qui l'aimait. J'ai su qu'il était l'homme de ma vie à la seconde où je l'ai rencontré, et j'étais bien décidée à l'avoir, malgré les avertissements de mes parents. Eux trouvaient que j'allais trop vite en besogne, que je ne réfléchissais pas assez aux conséquences…

Tout ça, je le savais déjà. Ce qui était nouveau, par contre, c'était la façon dont ma mère m'en parlait, avec regret. On aurait dit moi quand l'une de mes erreurs m'explosait à la figure.

— Je suis tombée enceinte de toi avant que leur divorce soit prononcé. Je n'ai jamais eu aucun doute concernant ton père, je savais qu'il nous aimait plus que tout, toi et moi, seulement, je vivais très mal le fait d'avoir pu si facilement le voler à sa première femme. En plus, il se trouvait toujours quelqu'un pour me rappeler que, de son côté, Brite n'avait pas vraiment eu le choix. Je me disais qu'il s'était peut-être senti *obligé* de me suivre, parce qu'il y avait un enfant en route. Je me demandais tout le temps si une autre femme n'allait pas débarquer de nulle part et nous le prendre, exactement comme je l'avais fait. J'étais devenue jalouse. Méfiante. Possessive. Et pour un homme comme ton père, un homme qui a l'honneur et l'intégrité chevillés au corps, c'était usant. Il m'aimait, mais mon sentiment d'insécurité est devenu trop lourd à porter pour lui : il avait déjà suffisamment à faire avec ses propres démons. Il s'est mis à passer de plus en plus de temps au bar, et moi, bien sûr, je me suis imaginé qu'il voyait d'autres femmes. Etant donné qu'il avait trompé sa première épouse, qu'est-ce qui l'empêchait de me tromper, moi ? A l'époque, je n'avais pas compris que son amour pour moi n'avait rien à voir avec ses aventures passées. Je ne m'étais pas rendu compte que le fait d'avoir une famille et une fille qu'il aimait plus que tout l'avait complètement transformé.

Ma perplexité augmentait. Je ne me souvenais pas de la moindre tension entre mes parents. Aucune dispute, aucun désaccord. Je n'avais en tête que notre bonheur et leur amour. Jusqu'à mes seize ans, la vie m'avait paru douce et agréable. Et puis tout s'était écroulé avec la mort d'Autumn. J'étais tellement convaincue que tout était ma faute que je n'avais pas envisagé que mes parents puissent avoir des problèmes de couple, indépendamment de l'enfer que je leur faisais vivre. Aussi, quand mon père était parti, je l'avais suivi, persuadée que ma mère en avait marre de mes frasques d'ado, voire marre de moi tout court.

Je voulus intervenir, mais elle m'en empêcha d'un geste. Ses yeux reflétaient une tristesse insondable.

— A force d'accuser ton père à tort, je me suis véritablement mis dans la tête qu'il avait une maîtresse. Le pauvre avait beau nier, je ne l'écoutais pas. Je ne lui ai jamais accordé le bénéfice du doute. J'ai préféré croire mes peurs et écouter les médisances. Comme d'habitude, j'ai agi sans réfléchir… Je me suis dit que, puisqu'il allait me briser le cœur avec une autre femme, j'allais lui rendre la pareille.

Je faillis en tomber à la renverse.

— Maman ! Tu n'as pas fait ça ?

Les mots m'écorchaient la gorge.

Elle hocha lentement la tête : si. Et son visage ne reflétait plus que le dégoût qu'elle avait d'elle-même.

— Dès que j'ai compris tout le mal que j'avais causé à mon couple et à ma famille, je me suis fait horreur. J'avais un mari merveilleux, une fille pleine de vie, indépendante, mais au fond de moi je ne m'étais jamais sentie digne de vous, sans doute à cause de la façon peu conventionnelle dont on avait fondé notre famille. Je me faisais l'effet d'une usurpatrice et je ne voulais pas que tu t'en rendes compte, Avett. J'aurais tellement voulu que tu sois fière de moi, que tu me voies comme un modèle ! Bien sûr, j'ai commis l'impardonnable à vos yeux. Je n'ai jamais voulu mettre notre famille en péril, tu sais. Mais je me dégoûtais tellement que je me suis éloignée de vous au moment où tu avais le plus besoin de moi. Parce que je sentais bien que quelque chose n'allait pas chez toi : tu t'étais mise à faire des bêtises, à accumuler les ennuis, et je me sentais responsable. Sans compter que tu souffrais de l'ambiance à la maison, étant donné que, Brite et moi, on n'arrivait même plus à sauver les apparences. Nos tensions éclataient au grand jour. Je lui avais avoué mon incartade, et il avait accepté de passer l'éponge. Sauf que je me sentais indigne de son pardon. Et puis, entre-temps, mes peurs étaient revenues de plus belle. Tu comprends, je me disais que je lui avais donné une bonne raison d'aller voir ailleurs. A la fin, il n'en pouvait plus de ma jalousie maladive, et je ne peux pas lui en vouloir. On était tous les deux très malheureux, et tout ça t'affectait. Je me sentais si coupable qu'au bout du compte je vous ai laissés partir. A mes yeux, je méritais d'être seule, puisque tout était ma faute. Après tout, c'était moi qui avais détruit notre famille.

— Bon sang, maman…

Je ne m'étais jamais rendu compte qu'on était si semblables, elle et moi.

Elle croisa les bras sur la poitrine, comme pour se donner le câlin dont elle avait bien besoin, et détourna le regard.

— Pour ton père et moi, le chemin a été long et semé d'embûches. Avant qu'on puisse se retrouver dans la confiance et la sérénité, il a fallu que je prenne du recul. Brite, lui, s'est remarié, il a aimé une autre femme, mais il t'a toujours soutenue, il a toujours été envers toi d'une loyauté inconditionnelle. Il faut que tu saches que jamais il n'a varié dans son amour pour toi, Avett. Jamais. Et, si j'ai pu te sembler plus intransigeante que lui, c'est parce que je me retrouvais dans tes erreurs de jugement et tes coups de tête. Tout ce que je voulais, c'est que tu aies un parcours plus facile que le mien.

Je laissai échapper un rire étranglé.

— Raté…

Car le divorce et le remariage de mon père, le tout avant mes dix-huit ans, n'avaient pas été faciles à accepter. Ma mère, c'était ma mère, même si, entre nous, les relations n'étaient pas au beau fixe. Mais c'était avec elle que je voulais qu'il se remarie, parce qu'elle était la femme de sa vie. Elle et aucune autre !

Quaid m'avait dit, la veille, que certaines personnes sont nées pour être tempête : apparemment, c'était le cas de ma mère. Tout s'éclairait dans mon esprit, à présent. Mon côté dévastateur était inscrit dans mon code génétique, mon goût pour le chaos inné. J'avais la rébellion dans le sang. Cependant, prise dans ma spirale autodestructrice — seul moyen que j'avais trouvé pour surmonter mon traumatisme —, je n'avais pas vu que ma propre mère se débattait dans les mêmes tourments que moi.

— Je sais que ça n'a pas été simple pour toi, Avett, et je m'en veux de ne pas avoir su te faire profiter de mon expérience. J'ai appris de mes erreurs, et Dieu sait que j'en ai fait plus souvent qu'à mon tour !

Je me laissai glisser contre le mur et me passai les mains sur le visage.

— J'aurai au moins appris que la culpabilité est un sentiment toxique. Tu t'y es peut-être mal prise, maman, mais, de mon côté, je n'ai rien fait pour t'aider. De toute façon, on ne peut pas revenir en arrière. Tout ce qu'on peut faire, maintenant, c'est tourner la page et repartir du bon pied. La culpabilité m'a pourri une bonne partie de ma vie et, là, ça commence à bien faire.

Je la regardai avec curiosité.

— Papa, comment il a fait pour te pardonner ?

Mon père était un homme bien, mais c'était aussi un dur à cuire. Et la plupart des durs à cuire prennent assez mal le fait que leur femme les trompe et n'ait pas confiance en eux.

Ce fut sa voix grave et rocailleuse qui me répondit.

— Je lui ai pardonné parce que je l'ai toujours aimée, même à l'époque où elle faisait n'importe quoi. Je lui ai pardonné parce que je n'avais pas de leçon à lui donner dans ce domaine. Moi aussi, j'ai déconné, dans ma vie. J'aurais pu attendre d'être séparé de ma première femme avant de m'engager dans une histoire avec ta mère, mais j'étais tellement amoureux que je n'ai pas réfléchi. Sur le moment, je n'ai pas pensé que mon attitude envers ma première femme pourrait un jour affecter ma relation avec Darcy. J'ai passé l'éponge parce que c'était la mère de ma fille et que le pardon était une étape indispensable pour tourner la page, même si ce n'était pas ensemble. Il n'y a que le pardon qui libère, Avett. Et, si j'ai pu pardonner à ta mère, c'est qu'après toutes ces épreuves elle s'est enfin pardonné à elle-même. Notre histoire s'écrit au jour le jour, désormais. On n'en connaît pas encore la fin, et d'ici là on aura le temps de corriger certains passages.

Avait-il parlé à Asa ? Etait-ce sa façon subtile de me faire passer un message ? Sûrement. Par ces mots, il m'encourageait à me pardonner, pour que je me libère de cette culpabilité qui m'attirait vers le fond comme un poids mort. A partir de là seulement, je pourrais commencer à remonter la pente. Ça serait long et difficile, mais au bout du chemin m'attendait un avenir meilleur.

J'enfouis les mains dans mes cheveux indisciplinés de nature et poussai un long soupir. Avec lui, je sentais des années de culpabilité s'envoler. Le brouillard se levait enfin dans ma tête.

— Je suis tellement contente que vous vous soyez retrouvés, tous les deux…

Mon père gloussa comme un ogre et, passant un bras autour des épaules de ma mère, l'attira affectueusement à lui.

— Nous aussi, Sprite, on est contents, parce que notre histoire a été longue à s'écrire. On voulait attendre que tu sois en mesure de nous écouter, avec ta tête et avec ton cœur. On savait que si on te la racontait au mauvais moment ce se serait la catastrophe. Tu as toujours des réactions si excessives ! Bien sûr, à chaque fois, tu es sincère dans tes émotions, mais reconnais que tu n'es pas toujours ta meilleure amie… Bon, maintenant qu'on s'est tout dit, il me semble qu'on pourrait se retrouver tous les trois sous le même toit. Ma maison est complètement foutue. Les murs extérieurs sont toujours debout, mais à l'intérieur tout a brûlé. Ça coûterait une fortune de tout reconstruire et, à mon avis, il y a de meilleures façons d'utiliser l'argent de l'assurance.

Je laissai ma tête partir en arrière contre le mur et levai les yeux au plafond.

— Je suis d'accord. Sers-toi de cet argent pour renflouer ton compte retraite, celui que tu as vidé pour payer ma caution et les honoraires de Quaid. Je ne veux pas que tu perdes l'argent de l'assurance en plus de tes économies, papa. Je vais trouver un moyen pour rembourser la note de l'aigle de la justice.

Mes parents pouffèrent, et je ne pus m'empêcher de sourire, moi aussi. Quelle coïncidence, quand même… Quand je lui avais donné ce surnom idiot, j'ignorais encore qu'il avait un aigle tatoué sur son torse de statue grecque.

Mes parents tentèrent alors de me raisonner, soulignant que je n'avais pas les moyens de rembourser quoi que ce soit dans ma situation actuelle, mais, à mon tour, je coupai court à toute discussion.

— Considérez ça comme le premier pas dans la bonne direction. Jusqu'ici, je n'ai pas fait grand-chose de bien dans ma vie, mais ça…

Je pointai mon doigt sur eux.

— … Ça, je sais que c'est la chose à faire. Assumer mes responsabilités, y compris au niveau financier, c'est primordial si je veux pouvoir me pardonner certaines de mes fautes.

Je pris une profonde inspiration et les regardai bien en face.

— Et, puisque l'heure est au grand déballage, il faut que je vous raconte mon histoire. Comme ça, vous comprendrez pourquoi j'ai laissé la culpabilité et les remords contrôler mon existence. J'ai besoin que vous sachiez que toutes ces conneries que j'ai faites, c'était pour me punir, moi. Ça n'avait rien à voir avec vos problèmes de couple. Je dois vous parler de ça, pour acquérir au plus profond de moi la conviction que vous m'aimerez toujours malgré tout.

Peut-être alors pourrais-je enfin m'accorder ce pardon dont tout le monde me parlait.

Ils se récrièrent en même temps : comment pouvais-je douter une seconde de leur amour ! Ils seraient toujours là pour m'aider ! N'empêche, c'était tellement réconfortant de savoir ce qu'il fallait faire. C'était une sensation enivrante, excitante, comme si, tout à coup, du champagne coulait dans mes veines. L'étrange euphorie qui s'était emparée de moi avait dissipé le brouillard de reproches qui m'empêchait d'y voir clair.

Savoir reconnaître le bon choix, c'était vraiment extraordinaire ! A présent que j'en étais capable, tout allait changer. J'allais me débarrasser une bonne fois pour toutes de mes mauvaises habitudes. J'allais faire ce qu'il fallait, au lieu de dévier de la trajectoire et de finir dans le mur. Cette fois, je ne voulais pas me crasher. Au contraire, je voulais m'envoler vers de nouvelles hauteurs.

12

Quaid

Je sortis de la salle d'audience aussi satisfait que mon client : encore un que j'avais fait acquitter. Que les jurés aient acheté sa comédie de l'innocence me dépassait. Moi, j'aurais parié ma chemise qu'il était coupable. Coupable d'avoir attiré chez lui la plaignante, une prostituée, et de l'avoir séquestrée durant plusieurs jours. Le poids de l'opinion publique avait fait pencher la balance en sa faveur : les jurés, ces citoyens lambda, avaient estimé, au bout de trois heures pile de délibération, que la jeune femme avait bien cherché les sévices qu'elle avait subis, puisqu'elle vivait de ses charmes et prenait des risques en proposant ses services sur Craigslist.

Mon client avait un regard de cinglé, des antécédents de violence envers les femmes, il n'avait montré aucun remords à la barre, mais ce n'était pas grave… Il avait le look d'un bon père de famille et roulait en monospace. Il bossait pour l'opérateur local du câble et possédait un plan épargne retraite par capitalisation. Bref, un citoyen modèle, infiniment plus crédible que la plaignante.

De mon côté, j'avais fait mon boulot d'avocat, déployé tout mon talent pour salir plus encore cette pauvre femme.

Pourtant, je n'avais pas envie de fêter cette brillante victoire avec un scotch hors de prix et la compagnie d'une bimbo. Non, ce que je voulais, à cet instant, c'était braver la folie d'un petit ouragan à cheveux roses et me débarrasser de la pellicule de dégoût qui me collait à la peau sous une bonne douche brûlante.

Oui, j'allais passer chercher Avett chez sa mère. J'étais en train de la prévenir par texto, quand j'aperçus devant les ascenseurs l'inspecteur chargé de l'enquête sur Jared Dalton. Visiblement, il m'attendait. Je rempochai aussitôt mon téléphone et le saluai d'un signe de tête.

— Qu'est-ce qui se passe ? Vous avez du nouveau sur l'incendie ?

Il opina sèchement, lâcha un profond soupir et se caressa le menton.

— D'après l'expert, il s'agit d'un incendie criminel. Il a retrouvé un produit accélérant dans toute la maison, et le flexible du gaz a été sectionné. L'objectif était de faire flamber la baraque, ça ne fait aucun doute.

Ça ne m'étonnait pas, mais j'étais furieux. J'avais la haine pour Avett et Brite : ils ne méritaient vraiment pas ça ! J'étais écœuré qu'on ait pu vouloir leur faire une chose aussi horrible.

— C'est bien ce qu'on pensait. Vous avez interrogé Dalton ? Il sait pourquoi on a incendié la maison des Walker ?

Le flic soupira à nouveau.

— On l'a interrogé, oui… Ce gamin est un minable, une petite frappe, tout en bas de l'échelle. Il serait prêt à balancer père et mère pour sauver sa peau. L'hypothèse, c'était qu'il avait peut-être demandé à l'un de ses potes de défonce de s'en prendre à la fille, histoire de l'empêcher de témoigner, mais c'est *niet*. Il n'a eu aucun contact avec l'extérieur depuis son arrestation.

Je poussai un juron et fourrageai dans mes cheveux.

— Bon, et où ça nous mène, tout ça ?

Le flic fronça les sourcils.

— Le toxico n'a pas eu de contact direct avec l'extérieur, mais il a pu passer par son avocat, Larsen Tyrell. Vous le connaissez ?

Je grognai :

— En effet.

Larsen acceptait les clients dont personne d'autre ne voulait. C'était lui qui représentait les trafiquants de drogue et d'êtres humains. Lui qui faisait libérer les pédopornographes et jubilait de passer aux infos, lorsqu'il défendait sans honte et sans complexe des tueurs de flics et des violeurs en série.

— Il représente aussi Aitor Acosta. Quand Dalton a été arrêté, la nuit du braquage, il a raconté qu'il avait cambriolé le bar parce qu'il devait un gros paquet de fric à Acosta. L'histoire, c'est que le gamin est allé chercher à la frontière une livraison de drogue qu'il était censé planquer chez lui, mais on sait ce qui ce passe, quand on confie plusieurs kilos de coke à un junkie...

Je jurai à nouveau et, fourrageant plus énergiquement dans mes cheveux en bataille, j'énonçai la suite :

— Il a liquidé la marchandise tout seul et s'est retrouvé sans drogue ni argent pour dédommager son employeur.

— Exact ! Alors, quand Acosta a envoyé ses gars pour récupérer la came, ils ont secoué sa copine. Voyant ça, Dalton a paniqué et il a décidé de braquer le bar pour financer sa fuite. Résultat : il s'est retrouvé derrière les barreaux. Le problème, c'est qu'Acosta est lié aux principaux gangs mexicains qui opèrent en taule. Du coup, ce serait par peur d'éventuelles représailles que Dalton aurait dit à son avocat qu'Avett Walker avait la came. Larsen aurait passé l'info à Acosta, qui aurait commandité l'incendie. De toute façon, depuis le début, Dalton essaie de sauver sa peau en chargeant Walker. Pour la drogue, comme pour le braquage.

— Le fils de pute !

Ma main se crispa sur la poignée de ma sacoche, et je dus me retenir pour ne pas balancer un coup de poing dans le mur le plus proche.

— A cause de lui, ces mecs vont la tuer !

Le flic acquiesça, les mains sur les hanches.

— L'avocat n'a rien voulu nous dire, normal, mais Dalton a brusquement changé de stratégie, et ça, ça en dit long. Il s'est refermé comme une huître, alors qu'il était prêt à balancer tout ce qu'il savait sur Acosta et son trafic. Le proc avait même un joli petit deal à lui proposer, mais dès que Larsen est entré en lice il n'a plus été question de collaborer avec la justice. Il a dû négocier une protection à l'intérieur de la prison en attendant que le procès soit fini et que les mecs aient retrouvé la drogue... Or, on sait très bien qu'ils ne la retrouveront pas. C'est reculer pour mieux sauter, mais en attendant c'est la fille qui va trinquer.

Il me lança un regard appuyé.

— Le problème, c'est que, pour l'instant, on en est réduits aux spéculations. Rien n'est officiel, et on a un avocat marron dans les pattes. Autrement dit, on ne peut pas faire grand-chose pour la fille. Elle s'est mise dans un foutu merdier qui risque de lui coûter très cher !

Je me pinçai la base du nez : un mal de tête commençait à m'élancer derrière les yeux.

— Ma cliente a le don pour se fourrer dans ce genre de situations. Merci pour le tuyau, en tout cas. Je lui transmettrai l'info, ainsi qu'à ses parents. Il va falloir qu'on soit tous hyper vigilants pour sa sécurité. Encore merci, inspecteur.

Il eut un petit rire tandis qu'on entrait dans l'ascenseur.

— De rien, maître. D'habitude, je considère que vous jouez dans l'équipe adverse, mais cette fille…

Il ne termina pas sa phrase, et je ne pus qu'acquiescer mentalement.

Cette fille… avait quelque chose. Elle donnait envie de l'aider, de la choyer, de la protéger, même si, de son côté, elle faisait tout pour se détruire, à force de mauvais choix qui finiraient par laisser des marques dans sa tête, son corps et son âme.

Arrivé à mon pick-up, j'avais déjà ôté ma cravate et ma veste. Avett m'avait répondu par texto : ce soir, c'était elle qui faisait le repas, et j'étais cordialement invité chez sa mère. Etant donné sa réaction devant l'espace cuisine de mon loft, elle devait aimer se mettre aux fourneaux. Cela dit, vu son âge, je devais m'attendre à un plat tout simple, genre spaghettis-boulettes de viande. A vingt-deux ans, je me nourrissais exclusivement de pizzas et de bouffe asiatique. Lottie ne cuisinait pas et, entre la fac et les petits boulots, je n'avais pas le temps de m'adonner aux tâches ménagères. Si Avett nous servait quelque chose de tout bête, genre plat préparé, je ferais semblant d'apprécier ses talents de cordon-bleu. Pour rien au monde je ne voulais la vexer : elle pourrait décider, sinon, de rester chez ses parents au lieu de venir dormir chez moi !

Je profitai des vingt minutes de trajet jusqu'au quartier Baker pour réfléchir à la situation. Entre la menace qui planait sur Avett et notre relation qui penchait vers quelque chose de bien plus sérieux que ce que j'avais prévu, Denver devenait oppressant. Nous devions prendre le large quelques jours. Avett avait besoin de souffler après tout ce qu'elle avait enduré depuis son arrestation, et moi, j'avais besoin d'un break pour retrouver un peu de ma tranquillité d'esprit. Il fallait qu'on aille quelque part où personne n'irait nous chercher. Un lieu quasi inaccessible. Discret. Loin de tout. J'allais lui faire voir d'où je venais, lui montrer l'enfant que j'avais été, afin qu'elle comprenne qu'au fond on n'était pas si différents l'un de l'autre. Lui montrer l'endroit où j'avais grandi, où j'avais pourtant juré de ne plus jamais remettre les pieds. Mais force m'était de constater que, depuis notre rencontre, Avett n'avait fait que me ramener à mon point de départ.

L'emmener dans mes montagnes, c'était lui laisser accès à tout un pan de ma personnalité que je m'efforçais de dissimuler depuis mes dix-huit ans. L'embarquer dans ce retour aux sources signifiait que je ne pourrais plus me camoufler sous des dehors sophistiqués et un luxe ostentatoire. Ça voulait surtout dire que j'allais me montrer aussi authentique qu'elle, et cette pensée me foutait une trouille bleue.

La dernière fois que j'avais assumé mes origines, je faisais mon sac, direction le camp d'entraînement, et c'était il y a un million d'années. Revendiquer toute cette réalité d'un coup ne se ferait pas sans mal, mais l'idée de tomber le masque, de traverser l'écran de fumée et d'émerger de l'autre côté dans la peau du véritable Quaid me bouleversait. J'allais me débarrasser de tous mes artifices et retrouver mes vraies valeurs.

A mon arrivée, Avett m'attendait derrière la porte. Avant même que j'aie frappé, elle se jeta sur moi comme une folle. Sous le choc, je reculai d'un pas, mais déjà elle s'accrochait à moi comme un petit singe, les jambes enroulées autour de ma taille. Une main sous ses fesses, je laissai sa bouche coquine trouver le chemin de mes lèvres entrouvertes. De mon bras libre, je l'attirai à moi, me délectant du goût acidulé de sa langue et de sa façon de gémir dans ma bouche, tandis que j'approfondissais notre baiser et lui grignotais la lèvre inférieure. Mais, surtout, j'étais profondément heureux d'être accueilli avec tant d'enthousiasme à la fin d'une dure journée au palais. Lottie, elle, s'était toujours contentée d'un sourire contraint.

Avett posa une main sur ma joue pendant que je la laissais doucement retomber, et ses yeux étincelèrent d'espièglerie lorsque son ventre passa sur l'érection qui transformait ma braguette en toile de tente.

— Comment ça s'est passé, au tribunal ?

Je promenai mon pouce sur le renflement humide de sa lèvre inférieure et jetai un coup d'œil au-dessus de sa tête pour m'assurer que je n'allais pas devoir affronter la colère de son père. Brite était bien capable de m'en coller une pour m'apprendre à tripoter sa fille sur le pas de la porte !

— Ça s'est passé comme au tribunal, dis-je. Et toi, ta journée avec tes parents ?

Elle haussa les épaules et s'écarta, considérant la protubérance sous mon pantalon avec un intérêt non dissimulé.

— Bien. J'ai eu une longue conversation avec ma mère. Ça nous a permis de mettre certaines choses au clair et, ça, c'est plutôt positif. Elle m'a rappelé que je n'étais pas la seule à avoir une histoire… Tout le monde a la sienne.

Elle s'abîma dans la contemplation du sol, avant de lever sur moi un regard où brillait quelque chose qui ressemblait à de la fierté.

— Je leur ai tout raconté, pour Autumn : son viol, sa mort et ce sentiment de culpabilité qui ne me lâchait pas. Mon père n'a pas eu l'air surpris du tout, et ma mère a pleuré. Ça nous a fait du bien de parler.

Son regard se posa sur ma braguette.

— Tu veux attendre quelques minutes avant d'entrer ?

Elle se foutait de moi ! En temps normal, j'aurais été

furieux, offensé, mais là je n'avais qu'une envie : lui sourire et entrer dans son jeu.

— En effet, j'aimerais prendre quelques minutes, mais pas pour ce que tu crois. J'ai quelque chose d'important à te dire.

Elle écarquilla les yeux, et son front se plissa de manière si adorable que je ne pus m'empêcher de le lisser du doigt.

— Après enquête, la police a conclu à un incendie criminel, Avett.

Elle étouffa une exclamation d'horreur et porta la main à sa bouche.

— C'est vrai ?

Je hochai gravement la tête et effleurai son sourcil arqué de mon pouce.

— Oui, d'après les flics, ce sont les mecs qui s'en sont déjà pris à toi qui auraient fait le coup. Ils sont toujours à la recherche de la marchandise que leur a soufflée Jared et, s'ils n'arrivent pas à remettre la main dessus, ils vont te le faire payer.

Elle fronça les sourcils et croisa les bras sur sa poitrine avec défi.

— Je n'ai jamais vu cette foutue came ! Je savais que Jared se droguait, mais j'ignorais qu'il dealait à ce niveau-là. Je n'aurais jamais accepté de prendre part à ce genre de trafic !

— Moi, je le sais, mais ces mecs non. Jared ne pense qu'à sa gueule. A tous les coups, il leur a dit que tu avais piqué la marchandise et l'avais planquée quelque part. Son but, c'est de gagner du temps, et sa version, de dire que c'est toi l'instigatrice du braquage. En te faisant porter le chapeau, il te place dans leur ligne de mire.

Elle remua les lèvres, mais aucun son ne sortit de sa bouche. Une terreur glacée avait envahi son regard.

— Et s'ils s'en prennent à mes parents ? S'ils s'en prennent à toi ?

Sa voix n'était plus qu'un murmure étranglé. Je ne pus m'empêcher de la serrer contre moi. La joue appuyée contre sa tête, je tentai de la rassurer.

— Ce qu'ils veulent, Avett, c'est la came, et ils opteront pour le moyen le plus efficace de la récupérer. Je vais expliquer la situation à ton père pour qu'il se tienne sur ses gardes, mais, franchement, je pense que tu es la seule à avoir besoin d'une protection. Pour ta sécurité, on devrait s'éloigner quelques jours de Denver. Juste un week-end, pour te permettre de décompresser un peu après tout ce que tu viens de vivre. L'enquête peut se poursuivre sans nous et, avec un peu de chance, d'ici notre retour, la police aura mis la main sur ces mecs. Je vais t'emmener dans un endroit où tu seras en sécurité, promis. Une virée à moto, ça te dit ?

Elle avait l'air un peu sonnée, mais elle fit oui de la tête en se mordant la lèvre.

— Mais après, Quaid ? Le danger sera toujours là, et mes parents seront toujours menacés.

— Laissons d'abord passer ce week-end et le procès. Ensuite, on trouvera une solution. Jared va vite comprendre qu'il prendra cher et que son avocat a des intérêts plus haut placés que les siens. Il chantera alors une autre chanson et, à partir de là, on fera pression sur lui pour faire tomber son employeur.

Pour le moment, je n'avais rien de mieux à lui proposer et surtout je me refusais à l'apaiser avec des mots et des promesses faciles. Il fallait qu'elle reste sur le qui-vive — le danger était plus que réel. Si j'avais pu, je l'aurais enfermée dans la plus haute tour d'une forteresse imprenable.

Elle hocha la tête sous mon menton et, passant les bras autour de ma taille, me serra très fort.

— On dirait que vous êtes passé du côté de l'accusation, maître… Ce n'est pourtant pas notre camp.

Je l'écartai de moi pour effleurer sa bouche de la mienne.

— Pour le moment, je suis dans le camp d'Avett. C'est le seul qui compte. Et maintenant si on entrait avant que ton père vienne nous chercher ?

Elle partit d'un grand rire et me précéda dans la maison.

— C'est surtout le fait que tu roules sur une italienne qui va le rendre furax, plus que de savoir que tu couches avec sa fille ! Il ne se fait plus d'illusions sur moi, tu sais, mais ne pas acheter américain… Pour un fan de Harley, c'est une faute impardonnable !

J'avais l'habitude de ce genre de raisonnement de la part des *bikers*, néanmoins l'idée de décevoir Brite Walker, cet homme pour lequel j'avais le plus grand respect, me contrariait. Même pour un motif dérisoire.

— J'aime la vitesse, tentai-je de me justifier.

Et j'aimais aussi la tenue de route des italiennes. Ce qui me plaisait, avec les sportives, c'était qu'il fallait rester concentré à deux cents pour-cent sur la conduite, se focaliser entièrement sur l'asphalte et les virages. Quand je pilotais ma bécane, il n'y avait plus que la route qui existait. C'était uniquement dans ces moments-là que je parvenais à éprouver un sentiment proche de la liberté. Mais ça, c'était avant qu'Avett ne croise mon chemin.

Elle m'adressa un sourire que j'eus envie d'effacer d'un baiser.

— Tu m'étonnes !

On traversa la maison, confortable et chaleureuse, dans le style ranch. Une maison normale, accueillante ! Brite se leva du canapé, la main tendue, et Darcy m'adressa un sourire bien plus serein que la dernière fois qu'on s'était vus, au tribunal. Avett me tapota le bras et s'éclipsa dans la cuisine — elle devait finir de préparer le repas si on voulait pouvoir passer à table dix minutes plus tard. Je me rendis alors compte que toute la maison embaumait. Apparemment, j'allais échapper à la sauce toute prête et aux nouilles déshydratées.

— Ça sent bon…

Je pris place dans un fauteuil inclinable qui avait visiblement beaucoup servi et m'intéressai aux parents d'Avett. Moi qui m'attendais à un interrogatoire au troisième degré, je n'eus droit qu'à des hochements de tête approbateurs et des sourires détendus.

— Cette petite est un vrai cordon-bleu. Elle me bat largement aux fourneaux et, pourtant, j'ai passé ma vie en cuisine, que ce soit pour le boulot ou à la maison, commenta Darcy, la voix vibrante de fierté maternelle.

Je ramenai mes cheveux en arrière et lui confiai avec un petit sourire contrit :

— Je vous avoue qu'en venant je m'attendais à manger de la sauce à spaghettis toute prête et peut-être du pain à l'ail décongelé.

Brite partit d'un rire tonitruant et se donna une claque sur le genou.

— Lorsque Avett se met en tête de préparer le repas, elle fait tout elle-même, et c'est beaucoup mieux qu'au restaurant ! Quand on vivait tous les deux, je n'étais pas souvent là le soir, à cause de mes horaires au bar. Elle avait la cuisine tout à elle. En rentrant, je trouvais des assiettes qui auraient pu rivaliser avec celles de n'importe quel resto trois étoiles de LoDo. Elle a un don pour la cuisine. C'est sa façon à elle de s'occuper des gens qu'elle aime : elle les nourrit. Ce soir, elle nous a fait une *piccata* de poulet et des pâtes maison.

Brite était décidément un père très perspicace. Je m'étais demandé à plusieurs reprises d'où venait l'enthousiasme d'Avett quand elle avait découvert ma cuisine. L'explication de son père était tout à fait logique. Préparer de bons petits plats à ses proches, c'était une façon de prendre soin d'eux. Sa façon… Dans ce domaine au moins, elle était sûre de ne pas se planter. Se sachant douée en cuisine, elle voulait en faire profiter les autres.

Mon cœur se serra, et je ne pus me retenir de murmurer :

— Sacrée Avett…

Ignorant ma soudaine fringale, j'informai Brite et Darcy des derniers développements de l'enquête. Je crus que Brite allait exploser. Quant à Darcy, elle se tordait nerveusement les mains. Je leur fis également part de mon projet d'emmener leur fille loin de Denver le temps d'un week-end. A ma grande surprise, mon idée ne souleva aucune protestation. Brite était d'accord pour qu'Avett se fasse oublier autant que possible jusqu'au procès et il m'annonça que, dès notre retour, il battrait le rappel des troupes afin qu'elle ne soit jamais seule. Darcy, elle, se contenta de marmonner en hochant la tête :

— Vous allez devoir être très prudents, tous les deux…

Elle me regardait, d'un air spéculatif. Entendait-elle par là que la menace qui pesait sur Avett m'englobait également ? A moins que ça ne soit une mise en garde d'ordre plus sentimental. Voyait-elle à l'horizon un chagrin d'amour d'une ampleur cataclysmique ?

Avett nous cria que le repas était prêt, et on passa dans la salle à manger.

Ça n'était pas qu'une bonne cuisinière, c'était une véritable magicienne des fourneaux ! Tout était succulent. Je n'avais jamais rien mangé d'aussi délicieux. Durant tout le repas, je ne cessai de la complimenter sur son talent, ce qui la faisait rougir joliment, et le reste de la soirée se déroula dans une ambiance très agréable.

De retour au loft, je la remerciai pour ce dîner chez ses parents… à ma façon. Plusieurs fois et sous la douche. La première fois à genoux, sa jambe passée sur mon épaule et ma bouche collée à son intimité, tandis qu'elle m'empoignait les cheveux en me demandant d'aller toujours plus loin. La seconde, je la pris par-derrière, fasciné par l'eau qui ruisselait le long de la courbure de son dos et par ses cheveux couleur de barbe à papa qui lui collaient à la peau.

Me perdre dans ce corps doux et sexy me lavait mieux de ma détestable victoire au tribunal que toutes les douches du monde. Avec Avett, je me sentais régénéré. Meilleur. La faire jouir dans un long soupir, mon nom dansant sur ses lèvres, était pour moi une victoire bien plus importante.

Après avoir remis de l'ordre dans la salle de bains et rempli deux sacs à dos pour notre week-end à la montagne, on alla se coucher. Une fois au lit, je lui fis la promesse de la protéger quoi qu'il arrive. Je lui dis qu'elle avait un véritable don pour la cuisine et que ses parents m'étaient très sympathiques. Que j'avais particulièrement apprécié sa façon de m'accueillir, après ma journée de travail, et que j'adorais être au lit avec elle. Elle m'écouta en silence et me laissa la tenir serrée contre moi sans rien demander de plus.

Elle ne me posa aucune question sur ma journée au palais. Pas plus qu'elle ne m'en posa sur notre virée dans les montagnes. Elle n'exigeait ni attention ni reconnaissance, elle prenait juste ce que j'avais à lui donner. Elle se blottit contre moi pour suivre d'un doigt paresseux les ailes tatouées sur ma poitrine. Ma compagnie semblait lui suffire, en tout cas, elle ne me demandait rien d'autre. J'aimais beaucoup de choses chez elle, mais ce dernier point constituait de loin sa plus grande qualité à mes yeux. Son caractère modeste et authentique me poussait à retrouver des sentiments que je croyais perdus, afin de lui offrir autre chose que des vestiges d'émotion. Avec elle, je voulais autant donner que recevoir.

Je m'endormis, sa tête au creux de mon épaule et sa main sur mon cœur. Quand je me réveillai, le visage inondé de soleil, elle avait pris ma queue dans sa bouche et sa main jouait agréablement avec mes couilles. Jamais on ne m'avait réveillé d'une façon aussi agréable… La journée commençait bien. Je fis de mon mieux pour lui rendre la pareille et, quand on eut fini de saccager le lit avec enthousiasme, il était plus que temps de prendre la route. Ma moto était rapide, mais le trajet jusqu'aux montagnes présentait des cols plutôt traîtres, d'autant qu'en fin d'automne la météo était toujours imprévisible. Je voulais mettre Avett en sécurité, pas lui faire courir encore plus de risques !

J'avais gardé un blouson en cuir et un casque que j'avais achetés pour Lottie et qui, bien entendu, n'avaient jamais servi. Avett fit la grimace en apprenant à qui appartenaient ces affaires, mais les enfila sans rien dire et grimpa derrière moi, comme si elle avait fait ça toute sa vie — ce qui ne devait pas être très loin de la vérité. Une sportive, ça n'a rien d'une Harley, mais pour le passager les principes sont les mêmes. Avett devait se coller à moi, s'accrocher à ma taille, ses jambes épousant les miennes pour aborder chacun des lacets. Elle accompagnait si bien mes mouvements, parfaitement synchro avec ma conduite, que je ne pensais qu'à une chose : me garer sur le bas-côté, la posséder sur la moto, m'enfouir en elle si profondément et si totalement que son corps ne pourrait plus jamais se passer du mien.

On traversa une succession de petites stations de ski plus huppées et sélectes les unes que les autres. Au fur et à mesure qu'on s'éloignait de Denver, les arbres viraient au jaune d'or et au rouge vif, attirant de nombreux touristes, venus admirer les couleurs de l'automne avant que la neige ne s'installe pour l'hiver. Ma moto, elle, se jouait des encombrements. On filait sur la route, sans s'arrêter, à la poursuite du vent qui augmentait avec l'altitude. Ça faisait tellement d'années que je n'étais pas revenu chez moi que je faillis louper la formation rocheuse qui conduisait au petit embranchement. Malgré tous mes efforts pour gommer cette partie de ma vie, je me souvenais qu'à cet endroit je pourrais garer ma moto sur un petit accotement plane.

Quittant la route, je stoppai derrière les blocs de roche et attendis qu'Avett soit descendue pour mettre la béquille. On ôta notre casque en même temps. Sa longue chevelure l'enveloppait d'un vaporeux nuage rosé. Elle promena un regard circulaire sur la zone densément boisée, le visage empreint d'une respectueuse admiration. On avait laissé très loin derrière nous le bling-bling snobinard des stations de ski branchées.

— On est où ? me demanda-t-elle.

Je me passai la main dans les cheveux et fourrai les clés de la moto dans ma poche.

— Sur l'autre versant de la White River National Forest.

Elle fit entendre un petit rire et posa son casque sur la moto, à côté du mien.

— D'accord… En tout cas, c'est magnifique ! Aucun de ces malfaisants n'aura l'idée de nous suivre jusqu'ici, c'est clair. N'empêche qu'on n'a rien emporté pour camper. Je suis larguée, Quaid, je l'avoue. Et je te pose officiellement la question : qu'est-ce qu'on fout là ?

Je lui pris la main et l'entraînai en direction des arbres. Autrefois, il y avait un sentier dans ces taillis, un sentier que j'avais tracé jour après jour, par tous les temps, pour aller jusqu'à l'arrêt de bus situé à presque deux kilomètres de là. Il avait bien sûr disparu depuis longtemps, mais mon instinct et mes souvenirs refoulés guidaient mes pas à travers la densité de la végétation.

— Je t'ai dit que je t'emmenais dans un endroit sûr. Quelque part où tu pourras décompresser, l'esprit tranquille, pendant quelques jours. Je tiens ma promesse, rien de plus. Personne ne connaît l'existence de ce coin.

Elle trottinait derrière moi, un peu essoufflée, s'efforçant de se caler sur ma longue foulée sans trébucher sur les rochers dissimulés et les branches mortes.

— Si personne ne sait qu'il existe, comment ça se fait que tu le connaisses ?

La question se posait, en effet…

Après avoir crapahuté trois quarts d'heure en terrain difficile, on pénétra enfin dans la clairière qui avait été le berceau de mon enfance.

Avett pila net à côté de moi. Ses beaux yeux s'agrandirent comme des soucoupes, et elle tourna vers moi un regard rempli de questions.

— Quaid ?

Je lui désignai le chalet en haussant les épaules.

— C'est ici que j'ai grandi.

Elle eut un petit rire incrédule.

— Tu te fous de moi ?

Je fis quelques pas hésitants, assailli par une foule de souvenirs.

— Pas du tout. Mon père a acheté ce terrain et quelques acres alentour à peu près à ton âge. Ma mère et lui rêvaient de vivre de leur terre comme des colons des temps modernes, en autosuffisance. Mais le retour à la nature n'a jamais dispensé ses adeptes de régler leur dû à l'Etat : qui dit propriétaire terrien dit impôts fonciers. Et mes parents avaient des milliers de dollars d'arriérés. A la fin de mon service dans l'armée, j'ai découvert qu'ils avaient foutu le camp pour s'installer avec mon frère cadet dans un coin perdu de l'Alaska. Ça a l'air d'une blague, mais c'est la vérité vraie. Pour le coup, là-bas, ils vivent en marge de la société, en autosuffisance ! Ils habitent une maison flottante très rudimentaire, sur un lac, dans un coin où on ne peut accéder qu'en traîneau ou en motoneige. Je ne leur ai pas parlé depuis des années. Je ne sais même pas s'ils sont au courant de mon divorce.

Avett battit des paupières, tentant d'assimiler toutes ces infos.

— Tu veux dire qu'ils sont comme les gens qu'on voit dans cette série… *Ice Lake Rebels* ?

Je lâchai un petit rire surpris. Elle avait tout pigé !

— Oui, c'est le genre.

— Tu as raison, ça ne paraît pas vrai. En même temps, je trouve ça triste, pas toi ? Je veux dire… Ils ne te manquent pas ? Et toi, comment est-ce que tu peux ne pas leur manquer ?

Je l'entraînai vers la rustique habitation en rondins, tandis qu'elle poursuivait d'un ton inquiet :

— Attends, Quaid… Si tes parents sont partis en Alaska, on n'a sans doute pas le droit d'entrer ici… On est peut-être chez quelqu'un. Parce que j'aimerais autant éviter de me faire arrêter pour infraction, maintenant que je commence à savoir faire le tri dans mes choix !

— Ne t'en fais pas, il ne s'agit pas d'une violation de propriété privée. Quand je suis entré chez McNair et Duvall, j'ai pris contact avec le mec qui avait racheté le terrain de mes parents aux enchères. Il se servait du chalet comme pavillon de chasse. Je lui en ai offert un bon prix, en lui assurant qu'il pourrait continuer à y venir pendant la saison de la chasse. C'était le deal du siècle. Du coup, il m'a revendu tout le domaine.

Je lui coulai un regard.

— Je pensais que ça inciterait mes parents à réintégrer les lieux, du moment qu'ils pouvaient occuper le terrain sans avoir à payer impôts et autres taxes, mais non. Ils aiment trop la vie qu'ils mènent en Alaska pour revenir ici. De toute façon, ils m'ont rayé de leur existence à la minute où je leur ai annoncé que je m'engageais dans l'armée. Ils n'ont jamais compris pourquoi je voulais partir ni pourquoi j'aspirais à autre chose qu'à vivre comme eux. Tu sais, c'est la première fois que je reviens ici depuis mon départ pour ma période d'entraînement.

Elle siffla — un petit sifflement étonné — et imprima une pression affectueuse à mes doigts.

— Ça doit être dur pour toi…

J'ouvris la porte et me figeai à la vue des murs nus et du plancher poussiéreux. Le chalet n'avait pratiquement pas bougé depuis mon enfance. Quatre murs percés de fenêtres aux vitres fêlées, une cuisine rudimentaire, une mezzanine avec un matelas pas très épais dans un coin et un petit lit de camp dans l'autre. Un sofa usé jusqu'à la corde devant un vieux poêle à bois et une table fabriquée dans l'un des pins qui entouraient la maison. Il n'y avait pas de salle de bains. Pour faire ses besoins, il fallait foncer dans les bois jusqu'aux latrines — quatre planches de contreplaqué et un trou dans le sol — en tremblant de tomber sur un ours ou un puma.

— Très dur, oui. C'est pour ça que j'essaie de ne pas trop penser à eux, ça fait trop mal, sinon. Quand je me suis tiré d'ici, je ne savais pas du tout à quoi m'attendre. Je ne savais pas où l'armée allait m'expédier ni si j'avais raison de prendre autant de risques. Mon pari pouvait se révéler payant ou fatal pour moi. Partir sans le soutien ni les encouragements de ma famille, c'était l'horreur. Je me sentais seul au monde, ne pouvant compter que sur ma copine de l'époque, mon ex-femme. C'est sûrement pour ça que je n'ai rien vu quand notre mariage a commencé à prendre l'eau. Lottie était la seule personne qui me reliait à ma vie d'avant, la seule qui ne m'avait pas laissé tomber. Je ne savais plus où j'en étais. J'étais juste un gamin terrifié en partance pour une zone de guerre. Aujourd'hui, je sais que son amour c'était de la comédie, mais à l'époque ça m'a permis de tenir le coup.

Le chalet était modeste, spartiate, rustique. La signification même de survivre avec le strict minimum. C'était si différent de mon mode de vie actuel que je ne savais pas comment j'arrivais à concilier les deux dans un même corps.

Je regardai celle qui m'avait ramené ici, celle qui m'avait empêché de continuer à faire semblant. Je voulais qu'elle voie qu'on n'était pas si différents l'un de l'autre. On n'était pas du même monde, mais pas comme elle se l'imaginait. Mes origines, c'était ça : cette existence misérable et dénuée de tout. J'étais un moins-que-rien, contrairement à elle.

— C'est à cause de ça…

J'englobai d'un geste large l'intérieur brut et désolé du chalet.

— … que je dors dans des draps à deux cents dollars et que je décore mes murs d'horreurs hors de prix. Quand tu n'as jamais rien eu de toute ta vie, quand tu as toujours dû chasser pour manger à ta faim, fendre des piles de bois pour avoir chaud, tu ne rêves que de posséder. Tu veux le confort et le bien-être. Tu veux le luxe et l'extravagance. Tu veux toutes ces filles qui te paraissaient alors inaccessibles. Tu ne veux plus être ce gamin dont on se moque parce qu'il vit dans une misère crasse. Tu veux pouvoir être soigné par un médecin si tu te blesses en coupant du bois et non pas être ce garçon qu'on recoud sur la table de la cuisine et à qui on ordonne de s'endurcir, parce qu'il crie chaque fois que l'aiguille s'enfonce dans sa chair. Tu veux tellement de choses quand tu n'as connu que cette vie-là... Tu veux tout, Avett, et même quand tu as tout obtenu tu en veux plus encore. Alors, tu bosses comme un malade pour pouvoir te payer toutes ces choses. Et tu as beau comprendre que ça ne suffira jamais, tu continues de bosser et d'accumuler les biens matériels. Toute ma vie, j'ai cherché à ensevelir cette misère sous des tonnes de possessions. Et puis je voulais montrer à mes parents que j'avais fait le bon choix en partant, même s'ils n'ont jamais vu l'homme que je suis devenu. Tu me diras : ça ne fait rien, parce que, de toute façon, ils auraient tout détesté chez lui.

Avett retira sa main de la mienne. Je crus qu'elle allait faire une vanne sur la cabane au fond du jardin ou sur le fait que j'avais quasiment grandi dans *La Petite Maison dans la prairie*, mais non. Elle passa ses bras autour de ma taille et se pressa contre mon dos. Je sentis sa joue contre mes omoplates, et sa voix, pourtant très douce, résonna très fort dans le chalet vide.

— Je trouve beaucoup plus facile de te voir ici plutôt qu'entouré de toutes ces choses, Quaid.

Je poussai un soupir et posai mes mains sur les siennes.

— Parce que, ici, tu ne peux pas te cacher derrière ce que tu as.

J'en avais marre de me cacher d'Avett et du reste du monde.

13

Avett

Ça me faisait mal, mais je ne pouvais que constater l'évidence… Crapahuter dans les bois et courir après un mec qui n'était pas pour moi, ça n'était carrément pas dans mes compétences ! Je soufflais comme un bœuf pour ne pas me laisser distancer par les grandes enjambées de Quaid. Apparemment, nos séances effrénées de sexe acrobatique ne me suffisaient pas comme cardio-training. J'avais l'impression que j'allais crever, et on n'arpentait les bois que depuis une heure ! Quaid tenait absolument à me faire voir un truc sur la propriété. Un coin qui, selon lui, justifiait que je me tape des courbatures pour une semaine et un pneumothorax. Mais comment ne pas craquer en voyant l'éclat nostalgique qui brillait dans ses yeux lorsqu'il me racontait comment, avec son frère cadet, il passait des heures à escalader les rochers et à plonger d'un promontoire dans un petit lac de montagne ? Il m'avait promis que le bruit de la cascade alimentant cette étendue d'eau glacée saurait m'apaiser… La nature n'était pas mon truc, mais hors de question que je le prive de ce pèlerinage qu'il avait visiblement besoin d'entreprendre !

Je trébuchai soudain sur une racine et m'écrasai contre

son large dos dans un gémissement. Gémissement qui se transforma en soupir de bien-être lorsqu'il me rattrapa, à l'aveuglette. Il faisait toujours ça… il me stabilisait. Ce geste instinctif me bouleversa, et mon cœur toujours lourd de tristesse et de regrets me parut soudain plus léger.

— Ça va, derrière ? me demanda-t-il, sa voix grave teintée d'humour.

Et, me jetant un coup d'œil par-dessus l'épaule, il esquissa un sourire narquois.

Je fis la grimace.

— Si jamais j'arrive là-haut, faudra peut-être que tu me portes au retour…

Il se mit à rire.

— Dans tes rêves ! Je n'ai plus l'âge !

Je lui donnai une bourrade entre les omoplates et évitai de justesse de marcher dans quelque chose qui ressemblait à une bouse. Incroyable ! Quaid s'orientait comme un véritable homme des bois sur ce relief accidenté. Dire que dans son enfance cette forêt était son jardin et son terrain de jeux ! Ça ne collait pas avec ses costumes impeccables et son loft nickel. Décidément, il cachait pas mal de choses sous les cravates en soie qu'il aimait tant porter…

— La trentaine, ce n'est pas si vieux ! Par contre, l'un de nous deux a intérêt à se mettre au sport, y a pas photo… Petit indice : ce n'est pas le gars au cul d'acier qui reste frais comme un gardon.

Il se remit à pouffer, et son regard me parcourut de haut en bas, depuis mon chignon en pétard jusqu'au bout poussiéreux de mes rangers.

— Je t'aime comme tu es, Avett.

Ces paroles toutes simples m'allèrent droit au cœur. A part lui, la seule personne à m'avoir toujours aimée comme j'étais, c'était mon père. Moi-même, la plupart du temps, je ne m'aimais pas.

— Merci.

On se dévisagea longuement, puis il marmonna :

— De rien.

On marcha encore quelques minutes en silence. Peu à peu, les arbres se clairsemèrent et, soudain, on déboucha au sommet d'un promontoire escarpé. L'eau cascadait depuis la sculpture naturelle d'un amoncellement de rochers. C'était beau, majestueux et terriblement impressionnant ! Je restai soufflée, muette d'admiration.

Le fracas de la chute d'eau était si fort que j'entendis à peine la voix de Quaid.

— Voilà, c'est ici. Mon endroit préféré au monde quand j'étais jeune. A l'époque où j'étais dans le désert et où je bouffais du sable à longueur de journée, le soir, dans mon lit, je rêvais de ce lieu.

Me prenant la main, il me tira jusqu'au bord des rochers qui surplombaient le lac. C'était sans doute une chute de douze ou quinze mètres et, en contrebas, l'eau était si cristalline que j'en voyais le fond.

— Que c'est beau… Je comprends que tu te sois raccroché à ce souvenir pour essayer d'oublier tout le reste.

Il se tourna vers moi, le visage grave et crispé. Je voulus caresser sa barbe de deux jours, mais il se détourna à nouveau vers le splendide panorama et murmura :

— J'avais oublié. J'ai passé tellement de temps à nier que j'ai été ce petit sauvage que j'ai fini par oublier qu'il y avait tant de beauté dans ces montagnes.

Je me rapprochai de lui et inspirai à pleins poumons. L'air pur envahissait toutes les cellules de mon corps, chassant la culpabilité et la honte qui m'encrassaient l'âme depuis si longtemps. Je voyais soudain le monde d'un œil neuf.

Je m'avançai jusqu'au bord du précipice et regardai en bas.

— Tu as déjà sauté d'ici ? Ça fait sacrément haut…

Mais, déjà, une idée se dessinait dans mon esprit. Mon cœur se mit à battre plus vite, aiguillonné par l'interdit.

Quaid m'attira à lui, m'empêchant de continuer à me pencher dangereusement au-dessus du vide.

— Oui… Mon frère Harrison et moi, on se mettait au défi de plonger d'ici. En général, ça va si tu entres correctement dans l'eau, mais, quand le temps change, la surface du lac gèle très vite et la cascade est sacrément froide. Un jour, Harrison a sauté sans faire gaffe et il s'est cassé le bras.

Je le sentis se crisper dans mon dos, et son bras se resserra autour de ma taille, comme un étau.

— Mes parents n'ont pas voulu l'emmener à l'hosto. Mon père a essayé de réduire la fracture lui-même, et ma mère lui a fabriqué une attelle avec des branches de tremble et un drap déchiré. L'os s'est mal ressoudé, et mon frère n'a jamais complètement retrouvé l'usage de son bras.

Je promenai ma main sur ses doigts crispés qui s'enfonçaient dans mes côtes.

— Harrison et Quaid. Vous avez écopé de prénoms plutôt chicos pour des petits montagnards qui ont grandi dans un trou perdu…

Je tentais de détendre l'atmosphère, mais ma remarque eut l'effet contraire. Il se crispa encore plus et éclata d'un rire sans joie. En fait, le son qui s'échappa de sa gorge ressemblait plutôt à une plainte, comme s'il souffrait dans son âme.

— Quaid n'est pas mon vrai prénom. Ma mère craquait pour les stars des années 1980… Ses deux acteurs préférés étaient Harrison Ford et Dennis Quaid.

Il poursuivit, un ton plus bas :

— Comme je ne me suis jamais senti dans la peau d'un Dennis, j'ai choisi d'être Quaid.

Je voyais bien qu'il avait du mal avec son passé, surtout quand celui-ci se télescopait avec son présent, pourtant, je ne pus réprimer un gloussement nerveux lorsqu'il m'avoua l'histoire de ce prénom pour le moins inhabituel.

— Dennis ? Tu ne ressembles vraiment pas à un Dennis, mais si tu veux je peux essayer de t'appeler comme ça, la prochaine fois qu'on sera au lit.

Il me décocha un regard dur, imperméable à cette petite taquinerie.

— Je ne sais pas à quoi est censé ressembler un Dennis, mais je sais qu'un Quaid est beaucoup plus difficile à oublier. J'ai toujours voulu transcender mes origines, même à travers mon prénom.

Je me laissai aller contre son torse et frottai mes fesses à son jean.

— Bah, que tu sois un Dennis ou un Quaid, ça m'est égal… Moi aussi, je t'aime comme tu es.

Je le sentis pousser un profond soupir, et sa poigne de fer se desserra enfin. Quand je pus me dégager de son étreinte, je retournai au bord du précipice et tournai vers lui un regard plein d'expectative.

Il me fit les gros yeux et secoua la tête d'un air catégorique.

— Pas question ! Ça fait trop longtemps que je ne l'ai pas fait. Qui sait si l'eau est assez profonde ? Si jamais il y a un problème, on est au milieu de nulle part, loin de tout secours. Non, Avett, c'est trop risqué. Si je t'ai emmenée ici, c'est justement pour que tu sois en sécurité.

Je laissai tomber le blouson en cuir sur les rochers et me penchai pour délacer mes rangers.

— Et moi, je veux plonger ! Tu voulais revenir ici pour te souvenir du bon comme du mauvais. Eh bien, moi, j'ai envie de t'offrir ça.

J'avais envie de nous l'offrir à tous les deux, parce que,

quelque part au fond de moi, je savais que j'avais beaucoup de points communs avec cet endroit et les souvenirs de Quaid. Chez moi aussi, il y avait des tas de choses positives, enfouies quelque part sous des couches et des couches de négatif. Si je pouvais lui redonner une bonne image de ce lieu, il se souviendrait peut-être de ce qu'il y avait de positif en moi, une fois passée la tempête.

Je retirai une première chaussure à cloche-pied, puis m'attaquai à l'autre. Quaid me regardait faire avec incrédulité.

— Je suis capable d'avoir des souvenirs sans risquer ma vie. Arrête ça, Avett ! C'est ridicule.

J'avais déboutonné mon jean et je commençais à l'ôter lorsque ses mains s'abattirent sur mes épaules.

— Arrête, je te dis ! C'est stupide et surtout extrêmement imprudent. Je ne suis plus ce gamin depuis longtemps !

Je déboutonnai ma chemise et laissai les pans s'écarter. J'étais à moitié nue devant lui, au milieu de toute cette nature sauvage.

— Non, ce n'est pas vrai, Quaid. Tu as beau tout faire pour le renier, cet enfant vit toujours quelque part en toi et il a envie de plonger avec moi.

Je marquai une pause avant de conclure :

— Tu ne le sais peut-être pas encore, mais tu es un homme qui n'a pas besoin de posséder des tas de trucs pour se prouver sa valeur. Tu es quelqu'un d'extraordinaire, Quaid Jackson.

Il plissa le front, troublé. Sans lui laisser le temps de discuter, j'enlevai mon T-shirt. Je n'avais plus sur moi que mes sous-vêtements et une bonne couche de frime. Son regard tomba sur mon soutien-gorge et descendit plus bas. Sa pomme d'Adam tressauta, et il serra les poings contre ses cuisses.

— Et toi, tu es une fille qui n'a pas besoin de commettre ces imprudences pour exister, Avett.

Vraiment ? Avais-je dépassé ce besoin de me punir ? Moi qui croyais devoir expier mes fautes à l'infini, étais-je enfin parvenue à un stade où le pardon était possible ? Avais-je enfin, après tant d'erreurs, compris que la rédemption existe à partir du moment où on accepte d'être pardonnée ? Avais-je vraiment acquis la faculté de faire spontanément le bon choix au lieu du mauvais, voire de ne rien faire du tout ? Peut-être. Parce que, en dépit du regard assassin de Quaid, je sentais que ce plongeon c'était la chose à faire pour moi. Plus qu'un acte de foi, c'était un acte de vie. Je me réappropriais peu à peu cette vie que j'avais abandonnée aux remords et à la culpabilité. Et sauter du haut de cette cascade, dans cette nature où le jeune Quaid avait vécu à la dure, à la sauvage, c'était un premier pas.

Je me détournai de ses yeux électriques pour contempler le bleu serein du lac, en contrebas. Je pris une grande inspiration, regardai à nouveau Quaid qui me fixait comme si j'avais perdu la tête et lui souris, pénétrée de ma toute nouvelle lucidité. Je vivais une révélation ! J'avais émergé d'un profond sommeil et, pour la première fois depuis longtemps, je voyais les choses telles qu'elles étaient, et non entachées par mes fautes et mes échecs.

— Ce sont les risques que tu prends qui donnent de la saveur à la vie, Quaid. C'est pour ça que je ne regrette aucune des imprudences que j'ai pu commettre, je suis bien trop heureuse d'être là pour te les raconter. Parce que ces histoires, les pires comme les meilleures, ce sont les miennes et elles m'ont façonnée.

Sur ce, je lui fis un petit signe de la main et me jetai dans le vide. Mon prénom jaillit de ses poumons, résonna dans les collines et percuta mon propre cri. Happée par une spirale de vent violent, je vis le monde tournoyer dans un flou vert et bleu, tandis que ma chute s'accélérait. Je traversais l'air. C'était un frisson unique ! La sensation d'apesanteur, le sentiment de liberté, le fracas de la cascade dans mes oreilles et la morsure du vent sur ma peau… mélange euphorisant — le plus fantastique des orgasmes. Forcément, avec Quaid qui me regardait tomber, debout, là-haut, au bord des rochers. A mesure que l'eau se rapprochait de moi, je l'entendais me maudire par-dessus les battements effrénés de mon cœur.

J'eus à peine le temps d'inspirer un coup et de me boucher le nez. A la seconde où ma peau entra en contact avec la surface vitrée du lac, tout mon corps s'engourdit. Sous le choc, mes muscles se tétanisèrent et mon sang gela dans mes veines. L'impact fut d'une violence qui me fit claquer tous les os. L'espace d'une seconde, je paniquai. Le froid était tel que je craignais que mes membres paralysés ne puissent pas me faire remonter à la surface. Je brassai l'eau comme une folle. Mon corps m'en voulait à mort de l'avoir plongé dans ce lac, mais je contrôlais encore mes bras et mes jambes. Je me calmai et repoussai de toutes mes forces l'eau glaciale qui m'entourait. Finalement, en deux mouvements de brasse, je parvins à émerger, mais je suffoquais, la respiration coupée.

— Tu es complètement ravagée, tu le sais, ça ?

La voix rageuse de Quaid se répercuta dans le canyon. Me dévissant le cou, je le regardai descendre tant bien que mal du promontoire d'où j'avais sauté jusqu'à une formation rocheuse vers laquelle j'allais devoir nager pour m'extraire de l'eau.

De mes mains tremblantes, je ramenai en arrière mes cheveux qui s'étaient collés sur mes yeux et entrepris de progresser vers lui, mes mouvements ralentis par le froid glacial.

— Ce n'est pas toi qui m'as dit qu'il y avait un temps pour tout ? Pour la folie comme pour le reste ?

Je grelottais si fort que j'avais du mal à me concentrer. Il me fallait pourtant lutter pour ne pas être aspirée vers le fond par le froid polaire.

— Parce que tu crois peut-être que c'est l'endroit idéal pour recommencer tes folies ? A des kilomètres de toute civilisation ! A des heures de tout secours médical !

Il atteignit les rochers et y déposa un paquet — sans doute mes fringues. Puis il se pencha vers moi pour m'aider à remonter.

J'étais frigorifiée. Jamais je n'avais eu aussi froid de ma vie. J'arrivais enfin à son niveau. Et maintenant ? Allais-je réussir à attraper la main qu'il me tendait ? Je levai les yeux sur son beau visage, plissé par l'inquiétude et la contrariété, et là je compris. Je compris ce que voulait dire Asa l'autre jour, quand il m'avait confié que son admiration pour Royal l'encourageait à se hisser à son niveau.

Voir Quaid au-dessus de moi m'encourageait à tenir bon, malgré le froid et l'épuisement, mais aussi à me hisser à son niveau. Je voulais m'arracher à mon trou pour m'élever à sa hauteur, ou du moins m'en rapprocher le plus possible, après mes années de dégringolade.

J'atteignis enfin la formation ; il ne me restait plus qu'à tendre la main… Quaid la saisit. Il me tira hors de l'eau sans effort, alors que je n'étais plus qu'un poids mort grelottant. Mes membres engourdis refusaient de coopérer. Je claquais tellement des dents que je ne tentai même pas de protester lorsqu'il ôta son blouson pour m'en envelopper les épaules. Le cuir avait gardé sa chaleur, et je m'y blottis avec délice. Il se mit à lisser mes cheveux ruisselants.

— Et vous faisiez ça pour le fun, vous ? articulai-je avec difficulté.

Passant les mains sous le blouson, il entreprit de me frictionner vigoureusement. J'étais couverte de chair de poule, et mes lèvres avaient dû virer au bleu violacé. La classe…

— Il se trouve que moi j'ai dépassé mon besoin de sensations fortes, Avett. Aujourd'hui, je ne me mets en danger que lorsque le risque sert un objectif ou un intérêt supérieur. L'adrénaline a pas mal perdu de son attrait le jour où mon frère s'est cassé le bras. Bon, il faut qu'on retourne au chalet avant que tu chopes une pneumonie. Une fois là-bas, je te ferai un bon feu.

Je fis catégoriquement non de la tête.

— Trop froid pour marcher.

Il jura dans sa barbe et me serra contre lui. Blottie dans sa chaleur, je soupirai d'aise en la sentant pénétrer ma peau glacée.

— Tu crois vraiment que c'était malin de faire ça ? Tu es complètement gelée et tu as de la chance de ne pas t'être fait mal. Tu crois que le jeu en valait la chandelle ?

Il avait l'air furieux. Inclinant la tête en arrière, je rencontrai son regard bleu acier et me lovai plus encore contre lui. Je poussai un petit cri étouffé lorsqu'il passa sa large main sous la dentelle humide de mon soutien-gorge et se mit à me caresser un sein. Ma peau se réchauffa instantanément, et mon téton déjà durci se tendit sous l'effet d'un plaisir surpassant le froid qui me transperçait.

— Ça, tu me le demanderas après.

Il prit une expression étonnée, tandis que ses doigts se mettaient à jouer avec la pointe veloutée qui n'attendait que ça.

— Après quoi ?

Je posai la main sur sa nuque et ne pus réprimer un sourire en le sentant tressaillir à mon contact.

— Après, c'est tout.

Je l'attirai à moi pour l'embrasser. La sensation de mes lèvres glacées fondant sur la chaleur des siennes me fit frissonner, mais pas de froid. Il mêla habilement sa langue à la mienne et me pinça le téton. Puis il le fit rouler entre ses doigts, déclenchant une onde de chaleur qui se propagea jusqu'à mon centre d'amour. Sa main parcourut mon dos encore tremblant et, m'empoignant les fesses, il me plaqua contre son corps puissant et musclé. Je gémis dans sa bouche lorsque je sentis son sexe dur se presser contre mon ventre. Ma culotte était encore trempée, pourtant, ma peau se mit à brûler d'excitation, tandis que Quaid passait rudement sa main sous la fine dentelle.

— Rien de tel que la chaleur corporelle pour faire repartir la machine…

A elle seule, sa voix grave teintée d'ironie réchauffa mon sang.

Je sortis son tunisien gris foncé de son pantalon.

— Puisque c'est pour ma santé, on aurait tort de s'en priver !

Il m'aida à lui ôter ses deux T-shirts, et sa peau cuivrée se couvrit de chair de poule à l'air glacé. M'arrachant à sa bouche avide, je léchai ses muscles contractés de froid. L'aigle qui s'étalait majestueusement sur son torse me semblait à présent tout à fait légitime, comme si, après toutes ces années, Quaid s'était reconnecté avec cet aspect de sa personnalité. Je promenais mes doigts sur l'impressionnant tatouage quand, soudain, la main qui m'enveloppait les fesses s'aventura plus loin.

Quaid trouva sans mal le chemin de mon intimité, qui paraissait créée pour lui. Cependant, j'eus un léger sursaut lorsque ses doigts s'insinuèrent où je n'avais encore jamais laissé personne s'aventurer. C'était à peine un effleurement, un soupçon de caresse, mais ses yeux bleus irradiaient de passion, et cette sensation inattendue dans cet endroit secret me fit m'arc-bouter de surprise. Je m'agrippai fort à lui. Il trouvait toujours le moyen de me mettre à l'épreuve, d'allumer ma curiosité pour des choses qui ne me seraient jamais venues à l'idée avant lui. Que ce soit sur le plan sexuel ou psychologique. Par exemple, c'était lui qui m'avait fait entrevoir que je n'étais pas seule responsable de tout ce qui s'était passé lors de cette soirée fatidique. J'ignorais que j'avais ce genre de limites en moi et je me délectais du fait qu'il me pousse à les dépasser et à les redéfinir.

Il promena sa bouche sur ma joue, chassant du bout de la langue les gouttelettes d'eau encore accrochées à mon visage. Ce chaud et froid stimulait merveilleusement le sang qui coulait comme au ralenti dans mes veines. Je sentis mes jambes mollir lorsque ses doigts expérimentés se frayèrent un chemin dans le seul endroit de mon corps qui n'était pas frigorifié, mais brûlant, au contraire, torride, liquéfié de désir, entièrement à lui.

Ses lèvres s'arrêtèrent sur mon oreille.

— J'en ai désiré, des choses, dans ma vie, Avett… J'en ai passé, du temps, à essayer de les obtenir.

Je murmurai quelques mots sans suite dans son cou. Il avait enfoncé un doigt en moi et caressait mon clito gonflé de désir. Le contraste entre mon plaisir brûlant et la dentelle humide et glacée de ma culotte produisit une décharge électrique dans tout mon corps. J'articulai son nom dans un souffle et me cramponnais vainement à ses épaules. Il s'activait entre mes cuisses, jouant avec mon corps désirant, pendant que ses mots, eux, s'insinuaient dans ma tête et mon cœur.

— Mais je n'ai jamais rien désiré autant que toi. Je te veux de toutes les façons imaginables et, si ça ne suffit pas, j'en inventerai de nouvelles pour que tu saches à qui tu appartiens. Je veux graver mon nom et mon désir sur toutes les parties de ton corps, pour que tu ne puisses jamais m'oublier.

Il était déjà tatoué dans mon cœur, et pour rien au monde je ne l'aurais effacé, même si notre histoire n'était pas faite pour être racontée.

J'enfouis les doigts dans ses cheveux. Il recommença à m'embrasser, et je me plaquai à lui de toutes mes forces. Il releva ma cuisse pour mieux accéder au petit bouton qui palpitait de plaisir sous ses doigts. Je mouillais tellement que mon désir laissait un sillage brûlant le long de ma cuisse. D'une poigne ferme, il remonta ma jambe plus haut, tout en s'agenouillant sur la roche irrégulière.

Je laissai échapper un cri de plaisir. Dans cette nouvelle position, j'étais à califourchon sur ses cuisses musclées, et sa braguette distendue appuyait sur la partie la plus sensible de mon anatomie. Le frottement du zip sur la dentelle de ma petite culotte, le métal froid contre mon clito brûlant, la sensation de ses doigts en moi m'emmenèrent en un éclair au bord de l'orgasme. Un oiseau poussa un cri irrité au-dessus de nous, mais j'étais trop occupée à essayer de défaire la boucle de sa ceinture de mes doigts tremblants pour me laisser distraire par la faune, à laquelle on allait offrir un sacré spectacle.

D'un mouvement d'épaules, j'écartai les pans du blouson afin de plaquer ma poitrine à son torse tatoué. Frottant mes tétons douloureux contre sa peau qui se rafraîchissait rapidement, je soupirai de plaisir dans sa bouche. Quaid aussi appréciait le contact de mon soutien-gorge humide et de ce qu'il devinait derrière. C'était peut-être la caresse la plus érotique que j'aie jamais vécue avec un homme. Dès que j'ouvris sa braguette, en faisant attention au paquet impressionnant qui palpitait derrière, Quaid retira ses doigts de mon sexe offert pour s'occuper du petit bouton de plaisir qui commençait à s'impatienter. Mon clito frémit sous sa rude caresse et le plaisir m'envahit, si intense que je crus que j'allais en mourir.

Je poussai un gémissement profond qui se répercuta dans le canyon, faisant écho à nos murmures extasiés. Je l'aidai à baisser son jean jusqu'à mi-cuisse, juste assez pour m'emparer de sa queue sans qu'il s'écorche les genoux sur les rochers. Son autre main se fraya un passage sous le blouson et se referma sur l'un de mes seins, tandis que je me trémoussai sur ses doigts agiles et l'énorme poutre qui titillait mon sexe épanoui. Il savait exactement ce que je cherchais en le chevauchant frénétiquement, sans crainte du froid ni de l'immensité qui nous entourait. Il s'acharnait sur mon clito. Je balbutiais de désir, réduite à un délire incohérent. Alors que je me déchaînais sur lui, ses caresses se firent de plus en plus rudes.

Empoignant sa bite tendue à mort, je promenai son gland renflé entre mes lèvres trempées. Cette caresse nous arracha un son étranglé, et Quaid intensifia sa pression sur mon clito. Si je ne jouissais pas très vite, j'allais devenir folle ! L'air glacial qui s'insinuait entre nos sexes brûlants le faisait jurer d'excitation et me mettait au supplice.

Je m'agrippai à son cou et vis avec satisfaction ses muscles et ses veines saillir, tandis que je continuais à le branler entre mes lèvres et à le taquiner avec ma fente. Son gland brillait de notre désir l'un pour l'autre ; pour moi, il n'y avait pas plus belle vision au monde. Je poussai un gémissement qui chassa mes derniers frissons. J'étais en manque, je sentais mon sexe se contracter violemment, comme si j'avais attendu toute ma vie la queue de Quaid, rien que la sienne, comme si mon corps n'avait été créé que pour accueillir ce puissant gourdin. Je me soulevai légèrement pour faire glisser sa bite entre mes fesses, là où ses doigts inquisiteurs s'étaient aventurés un peu plus tôt. Moi aussi, je pouvais le surprendre par des petits jeux inédits…

Il écarquilla les yeux, et ses prunelles virèrent au bleu marine : visiblement, il appréciait que je le chevauche de cette nouvelle manière, et moi j'aimais son regard allumé de curiosité et de spéculation. J'aimais qu'il redécouvre son côté sauvage dans ses montagnes et qu'il s'accorde si parfaitement au mien. Je pris note mentalement : le sexe avec un homme de pouvoir offrait des possibilités très intéressantes auxquelles on ne pouvait accéder avec un stagiaire.

Soudain, Quaid me pinça méchamment le téton. Sous l'effet de la douleur, je cessai brusquement de lui dévorer la bouche et lui fis les gros yeux. Les siens étaient passés du bleu denim au bleu d'orage : lui aussi en avait marre de ces petits jeux. Délaissant mon clito, il revint du côté de ma petite culotte toujours trempée… de désir à présent.

— Dans la poche de mon blouson, j'ai des capotes. Vite !

Je sentis le froid d'une lame glisser sur ma peau, puis il y eut un bruit de tissu qui se déchire, et ma culotte céda dans un claquement d'élastique. J'avais déjà lu cent fois que des mecs déchiraient la lingerie de leur femme dans l'excitation du moment, mais jamais je n'aurais imaginé que ça m'arriverait un jour, encore moins avec mon avocat ! OK, Quaid était toujours prêt, mais je doutais fort qu'il ait appris chez les scouts cet usage-là du couteau suisse… J'étais franchement admirative !

Dire que c'était moi qui libérais son côté sauvage ! Cette idée me fit frissonner. Penser que je le reconnectais à ses instincts les plus primaires me fit presque jouir sur son érection que je continuais à piéger entre mes cuisses.

Le cœur battant à tout rompre, je glissai la main dans la poche de son blouson et ne pus m'empêcher de rire.

— Tu es parti en rando avec des capotes ?

Je me débarrassai de ce qu'il restait de ma culotte et m'emparai de sa queue palpitante, la détournant de l'endroit où je la désirais le plus, le temps de lui enfiler une capote. Il me regarda dérouler le latex sur la peau soyeuse de son sexe.

— Quand je pars en rando avec *toi*, oui. Avec toi, je prendrais des capotes pour aller à l'épicerie ou à la poste. Même pour me rendre à l'église, j'en prendrais tout un paquet. Je te l'ai dit…

Il écarta ma main et me pénétra. Enfin, je l'avais en moi, enfin, il me remplissait tout entière !

— … Tu m'as rendu accro, Avett, je suis tout le temps en manque de toi. Je me fous du lieu et du moment. La seule chose qui compte pour moi, c'est d'être en toi.

J'étais assise sur ses genoux, à poil et en pleine nature, mais je ne pensais qu'à la douceur de ses paroles, véritable caresse sur ma peau rose d'excitation. Il savait trouver les mots. Il me disait des choses adorables tout en me baisant sauvagement, et je ne pouvais que le laisser imprimer sa marque dans mon corps et mon cœur.

En appui sur ses cuisses, je me tenais à ses épaules, tandis qu'une main sous mes fesses il me faisait coulisser sur lui. Chacun de ses coups de reins assombrissait le bleu de ses yeux et me faisait mouiller davantage. C'était plus que de la baise brutale et sans entrave. C'était une communion, une connexion entre nous qui allait bien au-delà de la façon dont il me prenait. Il me soulevait sans effort pour mieux me laisser glisser ensuite sur sa queue, se retirant presque pour mieux m'empaler. Nos deux corps s'emboîtaient si parfaitement qu'on ne savait plus où commençait l'un et où finissait l'autre. On était unis dans le plaisir, ne songeant qu'à jouir du corps de l'autre pour le lui rendre au centuple. On se prenait l'un l'autre avec passion, apaisant dans cette frénésie sexuelle nos blessures les plus secrètes.

Je me cambrai en arrière, soutenue par la main de Quaid dans mon dos. Transpirant sous son lourd blouson de cuir, je sentais ma chevelure mouillée effleurer le rocher derrière moi. D'une voix rauque, il me demanda d'écarter les pans du blouson. J'avais l'impression d'être son sex-toy préféré et j'adorais ça. Je le laissais prendre son plaisir avec moi et je prenais le mien, m'abandonnant totalement à ses mains expertes. Dès qu'il vit mon soutien-gorge en dentelle, il plongea vers ma poitrine et goba un mamelon. Sa bouche était brûlante, et ses dents agaçaient la peau délicate de mes seins. Poussant un cri de douleur et de plaisir, j'allais lui agripper les cheveux lorsqu'il m'ordonna brutalement :

— Touche-toi !

Sa bouche toujours occupée à sucer ma poitrine, il ne pouvait désigner qu'un seul endroit, celui que pilonnait frénétiquement sa queue. Soudain, il ralentit le rythme et se retira presque totalement de moi. Je sentis alors son gland gonflé me caresser les lèvres, et la morsure de l'air glacé me coupa le souffle. Puis il replongea en moi, chassant le froid de son érection brûlante. Cette sensation inouïe me fit hurler de plaisir. Je devais avoir fait fuir tous les oiseaux du coin…

Quaid gloussa, amusé par ma réaction, et recommença deux fois, jusqu'à ce que je me décide enfin à exécuter son ordre : me caresser. Je lâchai son cou, effleurai maladroitement le téton qu'il avait cessé de tourmenter avec sa langue et ses dents, et descendis jusqu'à l'endroit où nous étions unis. Cet endroit où nos sexes imbriqués rivalisaient de plaisir. Moi et lui. Lui et moi. Dur et doux. Chaud et froid. Je frissonnai d'excitation et glissai la main entre mes replis trempés. Je gémis, les yeux clos, submergée par une volupté plus puissante que toutes les souffrances que je m'étais jamais infligées.

Je la sentais envahir tous mes membres. Je la sentais pulser sous les dents de Quaid, qui me mordillait obstinément le cou. Je la sentais dans mes mamelons tendus à craquer et dans mon sexe qui enserrait la bite de Quaid. Un dernier spasme et j'explosai de plaisir. Je voulais le garder en moi pour toujours.

L'orgasme me déchira et me laissa pantelante. Son intensité m'avait certainement purifié le cœur de tout ce qui me pourrissait la vie. Je n'arrivais pas à retrouver mon souffle, enivrée par l'effet que me faisait cet homme, par sa générosité, dont je craignais de ne jamais être digne.

A cet instant, il susurra mon nom dans mon cou, et je me rendis compte qu'il cherchait encore sa propre jouissance. Il me donnait toujours du plaisir avant de prendre le sien.

Je me calai sur ses genoux, m'avançant un peu pour prendre appui sur le rocher, et me remis à le chevaucher — énergiquement. Une main sur sa nuque, l'autre sur sa joue, je l'immobilisai pour lui dévorer la bouche de baisers agressifs. C'était mon tour de lui dire des mots doux, tout en le baisant à la sauvage.

Sans cesser de le chevaucher, je déposai un baiser sur sa joue et glissai jusqu'à son oreille pour en dessiner le contour de ma langue.

— Tu peux me prendre de toutes les façons que tu veux, chuchotai-je. Je suis heureuse de t'accueillir en moi, du moment que tu sais ce que tu fais.

Mes mots — ou l'image qu'ils évoquaient — déclenchèrent un regain d'envie chez moi, car, même si je n'avais jamais laissé personne me toucher à l'endroit où il s'était aventuré, cette pensée m'excitait terriblement. Arc-bouté au maximum, Quaid s'encastra une dernière fois en moi, et son rugissement de plaisir résonna dans ces montagnes où il retrouvait ses instincts primaires. Un puissant orgasme le secoua tout entier. Je sentis sa queue tressauter violemment en moi, puis il s'immobilisa et son regard perdit un peu de la passion qui l'habitait.

Il soufflait comme s'il avait couru le marathon. Je lui souris. Il me déposa sur un rocher, en s'assurant que l'épais cuir de son blouson me protégeait les fesses, et sans se retirer se cala dans le berceau de mes hanches.

Il repoussa mes cheveux tout emmêlés et, effleurant de son pouce ma pommette rouge d'excitation, murmura dans un souffle :

— Mes montagnes sont encore debout après le passage de mon ouragan Avett.

Son intonation possessive me serra le cœur. Je nouai mes mains sur sa nuque.

— Cette fois, au moins, on a limité la casse.

Car j'étais capable de causer les pires ravages, on le savait tous les deux.

Lorsqu'il me regarda, ses yeux avaient repris leur teinte bleu-gris et brillaient d'une émotion que je n'avais encore jamais vue chez lui.

— Ça, c'est toi qui le dis, Avett !

Déroutée par son sérieux après cette mémorable séance de sexe, je l'embrassai tendrement et frottai mon nez contre le sien.

— Pour ton info, Quaid…

Je haussai un sourcil, le regardai droit dans les yeux et contractai une dernière fois mon vagin autour de sa queue.

— … Je continuerai à sauter dans le vide et à penser que le risque en vaut la peine. Parce que je suis comme ça.

Son visage ne trahit aucune émotion. En revanche, lorsque je lui dis que je prenais la pilule et que je m'étais fait dépister dès que j'avais compris que Jared était un junkie, il releva brusquement la tête. Apparemment, il s'intéressait davantage à tout ce qu'on pouvait faire ensemble sans la barrière protectrice du latex.

14

Quaid

Avec quelle facilité je m'étais remis dans la peau du mec qui sait se contenter de l'essentiel ! Ces deux jours passés dans le minuscule chalet, avec, pour seul luxe, la compagnie d'Avett et une bonne flambée, m'avaient relaxé et revigoré. Je n'avais pas connu une telle paix depuis… bien trop longtemps. Je pensais qu'Avett était la seule à devoir fuir le chaos de son existence, mais en définitive c'était moi qui avais le plus profité de cette coupure forcée avec la civilisation. Auparavant, le silence me faisait peur, il me narguait avec son vide et ses souvenirs. Aujourd'hui, il me réconfortait, apaisait des blessures que je croyais pourtant avoir cautérisées sans états d'âme. En outre, mon prénom crié ou murmuré par Avett sonnait bien mieux dans le silence des montagnes que dans le vacarme de la ville.

C'était comme si mon âme schizophrène retrouvait peu à peu son unité. Avett, elle, restait égale à elle-même, à Denver comme en pleine nature. Elle m'accompagnait à la pêche sans se plaindre et ne rechignait pas à nettoyer nos prises et à les faire cuire. Elle me suivait tant bien que mal à travers bois, des aiguilles de pin et des fragments d'écorce accrochés à ses cheveux roses — les arbres ne pouvaient pas s'empêcher de la toucher, eux non plus. Je l'emmenai au stand de tir improvisé qui avait fait partie intégrante de ma jeunesse. A ma grande stupéfaction, elle mania mon arme presque aussi bien que moi. J'en fus impressionné. Elle m'expliqua en riant qu'une fille de dur à cuire devait savoir mettre dans le mille à chaque fois et ne pas tourner de l'œil à la vue du sang — ça faisait partie du job. Il n'y avait qu'une chose qui l'embêtait : devoir aller aux toilettes en pleine nuit. Non pas à cause de la cahute branlante à l'orée du bois ; c'étaient les pumas et les ours qui la rendaient nerveuse. On ne disposait que du contenu de nos sacs à dos — Ducati oblige —, pourtant, elle n'avait pas l'air de manquer de quoi que ce soit. Elle se satisfaisait de ma compagnie et de la forêt pour seul décor, ébranlant par là toutes les vérités auxquelles je m'étais si longtemps raccroché.

J'accordais de l'importance aux biens matériels, car j'avais grandi dans le dénuement. En accumulant les possessions, je voulais m'asseoir socialement et combler les manques qu'avaient créés en moi mon enfance, la rupture avec mes parents et la mascarade de mon mariage. Je comptais sur les signes extérieurs de richesse pour affirmer ma réussite et ma valeur, tant je craignais de passer pour un usurpateur, notamment aux yeux de Lottie. C'était une angoisse profondément ancrée en moi, et j'étais suffisamment lucide pour m'en rendre compte. Un défaut d'estime sans doute dû à une éducation centrée sur la survie en milieu hostile et non sur l'amour et les valeurs humaines. Mes parents m'avaient toujours considéré comme le maillon faible de la famille, parce que j'aspirais à autre chose qu'eux, parce que je voulais faire des études, parce que je voulais fuir cette existence. A leurs yeux, je n'étais pas assez fort, pas assez résistant, pas assez solide ni courageux pour être l'homme qu'ils voulaient que je sois. Alors, je m'étais focalisé sur une fille qui, je le savais, ne se contenterait pas de cette vie et de ce milieu. En participant activement à une guerre dans l'armée de mon pays, j'avais fait le jeu d'un gouvernement que ma famille rejetait par principe, puis j'avais entamé une carrière axée sur l'ordre, la loi et les règlements. J'avais aussi choisi d'être pénaliste, un métier qui m'assurait de me trouver sous le feu des projecteurs, tout en étant le garant d'une certaine éthique. Et j'avais eu tout ce que je voulais. J'avais arboré tous les codes de la réussite parce que j'avais quelque chose à prouver.

Sauf que, maintenant, je ne savais plus du tout à qui je voulais prouver tout ça.

Avett ? Celle qui m'avait enchaîné à elle et réduit à mes instincts les plus basiques, à mon être le plus pur, se fichait apparemment du luxe matériel dont je m'entourais. Elle m'aimait pour moi-même.

Mes parents ? Ils avaient repris contact avec moi uniquement pour me dire qu'ils ne reviendraient pas dans le Colorado, lorsque je leur avais fait savoir que j'avais racheté leur terrain.

Harrison ? On avait été proches dans notre enfance, mais, quand il était parti avec nos parents, je l'avais mis dans le même sac qu'eux. Je ne lui avais jamais accordé le bénéfice du doute. Il ignorait peut-être que j'avais divorcé. De mon côté, je n'avais pas la moindre idée de ce qu'il fabriquait. Je me sentais abandonné par ma famille, sans pour autant avoir tenté quoi que ce soit pour combler le gouffre entre nous. Comme quoi, je n'avais pas forcément gagné en sagesse avec les ans.

Lottie ? Si j'étais parvenu à l'impressionner, elle aurait peut-être hésité à piétiner notre couple et ne m'aurait peut-être pas trompé. De toute façon, rien ne l'aurait satisfaite. J'aurais pu me crever au boulot, claquer tout mon fric pour elle, jamais je n'aurais fait le poids. Je serais toujours resté pour elle un gamin parti de rien, ramant désespérément pour garder une fille trop bien pour lui.

Enfin, il y avait Orsen et les gars de la boîte. Je bossais comme un malade, quitte à accepter les affaires qui faisaient peur aux autres, et j'avais plus de victoires que de défaites à mon actif. Je rapportais beaucoup d'argent au cabinet. Je m'étais docilement coulé dans le moule qui m'avait été attribué au moment de mon embauche, agissant comme on l'attendait de moi, avec volonté, persévérance, sans quitter des yeux mon objectif final : devenir associé. Pourtant, je devais me rendre à l'évidence : j'avais un bel appart et des costumes hors de prix, mais mon nom n'était toujours pas accolé à celui des autres, alors que je méritais largement de figurer sur la plaque. Etait-ce parce que je ne sortais pas d'une université de l'Ivy League ? Parce que mon divorce houleux avait fait les gros titres ? Ou, tout simplement, parce que mes employeurs savaient que sous mes dehors classes et raffinés je n'étais qu'un mec qui se la jouait ? Les gens civilisés étaient-ils équipés d'un radar capable de détecter mon côté sauvage, ce naturel qui était revenu au galop dès que je m'étais retrouvé dans mes montagnes avec Avett ? Mes origines étaient-elles une entrave à mes ambitions ? Du moins à ce que j'avais cru être mes ambitions avant ma rencontre avec mon petit ouragan…

J'avais été tiré du sommeil par la lumière de l'aube, les mains dans la chevelure d'Avett. Je l'avais réveillée par des baisers, des caresses, et j'avais allumé un feu pour la réchauffer. Ça me contrariait de devoir la ramener dans une ville où elle était en danger, mais ce qui m'ennuyait le plus, c'était de devoir confier sa sécurité à d'autres hommes que moi. Pourtant, il fallait bien la protéger des problèmes qu'elle attirait comme un aimant…

*
* *

On s'arrêta pour manger en début d'après-midi. Elle était nerveuse, et je tentai de la rassurer. Jared l'avait chargée au maximum, mais, quand le procès aurait permis de faire toute la lumière sur l'affaire, il allait vite s'apercevoir que son avocat avait des intérêts ailleurs. Et j'étais prêt à parier que sa première nuit en prison sans la protection d'Acosta lui ferait chanter une tout autre chanson.

Avett hocha la tête à mes paroles, mais je voyais bien qu'elle était inquiète. Moi aussi, je l'étais… Mon job, d'habitude, c'était de remettre des mecs comme Jared en liberté, sans m'intéresser à leur histoire. Sauf qu'aujourd'hui l'héroïne de l'histoire en question me regardait dans les yeux, terrifiée, même si elle faisait tout pour ne pas le montrer. Je compris alors pourquoi j'avais toujours mis tant de distance entre mes clients et moi. Je ne pouvais concilier l'affectif et le travail tel qu'on me demandait de l'exercer. Si j'avais dévié de ma ligne avec Avett, si j'avais ignoré tous mes principes, c'était que, dès le début, elle avait réussi à me raconter son histoire. Sans prononcer un mot. Il m'avait suffi de la voir ce premier soir à la prison, recroquevillée sur sa chaise, anéantie et comme indifférente à son propre sort, persuadée d'avoir elle-même orchestré sa chute. Elle n'avait jamais été une cliente pour moi. Ni un dossier, une victoire dont j'aurais pu me prévaloir pour obtenir la reconnaissance de mes employeurs. C'était une femme qui avait réussi à percer mon armure professionnelle en devinant l'homme que j'étais réellement derrière ma façade élégante et sophistiquée.

Je voulais qu'elle s'installe chez moi dès notre retour à Denver, mais elle insistait pour rester chez ses parents. Ça faisait trop longtemps qu'ils n'avaient pas été réunis sous le même toit. De mon côté, je devais être de bonne heure à mon bureau le lendemain et, à cause de notre escapade, j'allais crouler sous la paperasse… Du coup, j'acceptai, à contrecœur.

Brite me lança un regard mauvais quand je me garai devant la maison de Darcy. Pour être franc, je ne savais pas s'il me reprochait d'avoir sa fille à l'arrière ou de rouler sur une moto qui n'était pas de fabrication américaine. Quoi qu'il en soit, j'en pris acte d'un signe de tête et relevai ma visière teintée pour contempler le petit bout de femme qui avait balayé toutes mes défenses et chamboulé ma vie bien ordonnée.

Avett descendit de la moto. Arrivée à mon niveau, elle ôta son casque et, se dressant sur les orteils, posa un baiser sur le bout de mon nez en me promettant de m'envoyer un texto un peu plus tard.

De retour à mon loft froid et aseptisé, je m'accordai une douche brûlante, histoire de me remettre la tête à l'endroit, avant la reprise du collier. Peine perdue. Tout ce que je voyais, c'était des yeux brillants de toutes les teintes de la forêt qu'on avait laissée derrière nous. Tout ce que je sentais, c'était une peau de velours et des cheveux soyeux qui caressaient mon corps. Je m'étais brossé les dents avant de me doucher, mais, dans ma bouche, je gardais le goût d'une douceur sauvage. Chacun de mes sens avait été contaminé par Avett.

J'allai me coucher, à poil, sachant que j'étais parti pour une nuit sans sommeil. J'avais la queue dure et le cerveau en vrac. Un état particulièrement inconfortable et agaçant.

J'éteignis. Je faisais défiler mes mails sur mon téléphone quand le texto d'Avett arriva. Je m'attendais à un truc genre « bonne nuit » ou « à demain ».

Au lieu de ça, je lus :

Ta queue me manque. Je voulais t'envoyer ce texto quand tu m'as embrassée pour la première fois, mais je me suis retenue.

Abasourdi, je me frottai les yeux et relus plusieurs fois son SMS. Mais non, je ne rêvais pas. Personne ne m'avait jamais envoyé un message pareil… personne à part Avett Walker. J'ignorais si j'étais doué en matière de sextos, mon expérience dans le domaine était plus que limitée, mais j'étais d'accord pour essayer.

Toi aussi, tu lui manques.

Tu bandes ?

Je contemplai le drap monté en toile de tente devant moi et soupirai, soudain ravi de ne pas m'être fait du bien en pensant à elle, sous la douche.

Comme un malade.

Je te veux dans ma bouche ou dans mes mains. Je ne suis pas difficile. Où tu aimerais me la mettre, Quaid ?

Je gémis tout haut dans l'obscurité et regardai les lumières de la ville par la baie vitrée. On aurait dit les yeux de milliers de voyeurs qui me mataient, alors que j'empoignai ma bite palpitante. Je sentais le sang affluer sous mes doigts et une tension s'enrouler au bas de ma colonne vertébrale.

Les deux me vont.

LOL. Non… où tu voudrais mettre cette queue qui bande si dur pour moi, Quaid ?

Je voulais la lui mettre à tellement d'endroits ! Entre ses cuisses, là où elle était toujours mouillée et prête à m'accueillir. Ou par-derrière, pour la prendre comme personne, certainement, ne l'avait jamais prise auparavant. Mais je mourrais heureux si je pouvais la lui fourrer dans la bouche ; trop occupée à me sucer, elle ne pourrait plus me déstabiliser avec ses mots et ses histoires qui me démolissaient le cœur. Je monterais au septième ciel si elle m'astiquait sur toute ma longueur de ses mains expertes. Ses mains si douces qui me caressaient les couilles, pendant qu'elle me murmurait à l'oreille tout ce qu'elle avait envie de me faire. Mais, comme je me branlais tout seul dans le noir, je lui avouai mon fantasme le plus secret, ce que j'avais eu envie de faire avec elle à la seconde où j'avais maté ses seins sublimes :

J'ai envie de baiser tes nichons. Je veux les embrasser et les sucer jusqu'à ce que tu sois toute glissante et mouillée… partout.

Durant une longue minute, il n'y eut pas de réponse. Mais les petits points de suspension m'indiquaient qu'elle était en train de composer son message.

Je ne l'ai encore jamais fait. Mais, comme je mouille rien qu'en te lisant, je pense que je vais mettre ça tout en haut de ma liste des trucs à essayer en priorité.

Ma queue tressauta à ces mots.

Je serais ravi de te montrer toute l'étendue de mes talents, Avett.

J'en ai, de la chance ! Tu vas jouir ? Tu m'imagines en train de me caresser en pensant à toi, en pensant à toutes les choses délicieuses que tu peux me faire avec ta bite d'homme de pouvoir ?

Je fronçai les sourcils, perplexe. C'était quoi, ce vocabulaire pour parler de mon attirail ? Il fallait que je lui demande ce qu'elle entendait par là… Mais pour le moment j'avais la tête ailleurs. Mes couilles commençaient à me faire mal, m'indiquant que la jouissance était proche.

Grommelant dans ma barbe, j'appuyai sur le numéro d'Avett et lançai FaceTime — je voulais la voir. Il faisait sombre et, lorsqu'elle répondit, je ne vis d'abord que ses yeux brillants et son sourire coquin.

— T'en as mis, du temps…

Elle n'avait plus qu'un filet de voix, comme quand elle était sur le point de jouir.

— Quand je t'ai dit que tu me faisais mouiller, j'étais sûre que tu allais m'appeler, ajouta-t-elle.

— Je vais jouir. Alors, j'ai pensé que tu aurais envie de contempler ton œuvre.

Tout ça ne me ressemblait vraiment pas, c'était tellement différent du sexe dont j'avais l'habitude ! Mais c'était bon. Totalement libérateur.

Avett geignit doucement. Elle se coucha sur son lit en tenant le téléphone à hauteur de son visage. Je voyais ses épaules remuer tandis qu'elle se caressait.

— Moi aussi, je vais jouir, mais j'essaie d'être discrète. Pas d'orgasme bruyant sous le toit de maman…

Mon rire se mua en gémissement, tandis que je frottais mon gland humide. Ça glissait bien, mais ce n'était rien comparé à la bouche d'Avett et à ses douces caresses.

— Plus haut, le téléphone ! Je veux te voir.

Il faisait trop sombre pour que je puisse bien distinguer sa peau claire, mais elle obéit presque immédiatement. Sa poitrine se soulevait à un rythme rapide et ses mamelons pointaient de plaisir, pendant que son corps accompagnait les caresses qu'elle se faisait hors champ.

Je prononçai son nom dans un soupir et lui dis d'un ton dur :

— Tes seins vont me rendre dingue !

Son visage était rouge d'excitation, et sa respiration, saccadée.

— Je ne savais pas que tu flashais sur les seins.

Elle se passa la langue sur la lèvre inférieure et murmura mon nom en rejetant sa tête dans l'ombre, sur les oreillers.

— Je ne flashais pas dessus avant de te connaître.

— Mmm, c'est bon…

Ses paupières se fermèrent dans un frémissement. Elle se mit à haleter pour de bon, et je lui ordonnai de me regarder.

— Tu vas jouir, Avett ?

Elle hocha la tête.

— Oui.

Mes reins se cambrèrent, et je me mis à me branler bien plus agressivement que d'habitude. Le désir me martelait le corps, et je sentis monter en moi un plaisir irrépressible.

— Je veux que tu jouisses en même temps que moi, alors observe-moi bien !

Elle fit oui de la tête, frénétiquement. J'aurais pu lui dire de baisser le téléphone pour voir ses doigts s'activer sur son sexe mouillé et taquiner cette chair rose qui s'épanouissait si joliment pour moi, mais c'était son visage que je voulais contempler dans l'orgasme. Je voulais savoir que c'était moi qui la mettais dans cet état-là, même à l'autre bout de Denver. Je voulais que notre alchimie soit d'une puissance qui nous emporte en toute situation.

— Quaid…

Elle savoura mon nom comme si c'était le plus exquis des desserts, et il ne m'en fallut pas davantage pour exploser.

Je marmonnai son nom et lâchai un soupir de satisfaction tandis que de puissants jets de plaisir jaillissaient de ma queue et retombaient sur mes abdos.

Elle ferma brusquement les yeux. Sa poitrine se soulevait de plus en plus vite, tandis que sa tête roulait de droite à gauche. Elle se mordit la lèvre si fort que ses dents y laissèrent une marque, puis tout son corps prit la même teinte rosée que ses cheveux. J'avais envie de la lécher comme un sucre d'orge à la cerise. Elle était ma friandise à moi. Une bien belle friandise, et le plaisir qu'elle prenait en pensant à moi, en nous imaginant tous les deux, était le plus beau cadeau qu'on m'ait jamais fait.

J'attendis qu'elle redescende du septième ciel, ce qu'elle fit avec un petit rire de gorge, sans la moindre honte d'avoir joui pour moi de façon aussi spectaculaire.

Je m'assis au bord du lit. J'allais devoir retourner sous la douche…

— C'était beau, Avett, comme toi.

Elle se réinstalla dans son lit.

— C'est vous qui êtes beau, maître.

Je soufflai d'un air désabusé.

— C'était fun, mais quand même moins bien que de te voir jouir en vrai. Je n'ai jamais été très doué pour regarder sans toucher. Ce que j'aime, c'est posséder, tu te rappelles ?

Elle bâilla et m'adressa un sourire ensommeillé.

— Je te laisserai me toucher où tu voudras la prochaine fois qu'on se fera une soirée pyjama. Je te laisserai même essayer des trucs très coquins que personne n'irait imaginer de la part d'un mec comme toi. Bon, j'ai sommeil… Alors, bonne nuit, Quaid.

Bien sûr, qu'un mec comme moi pensait à ces trucs-là, mais il n'en parlait jamais avant de tomber sur la bonne personne. Qui aurait cru que, dans mon cas, ce serait cette minidynamo rose, câblée pour l'autodestruction ?

— Bonne nuit, Avett. Sois sage jusqu'à demain.

Elle hocha la tête vaguement.

— Promis.

Elle m'envoya un petit baiser, et l'écran devint noir.

Je me levai et partis vers la salle de bains. Sous ma seconde douche de la soirée, je me souvins que je voulais lui demander ce qu'elle entendait par « bite d'homme de pouvoir ». Je gloussai, amusé par son inventivité, tout en faisant partir sous l'eau les conséquences concrètes de son petit jeu. Décidément, Avett Walker n'en finirait jamais de m'étonner…

Le lendemain, je fus retenu toute la journée au bureau par une succession de rendez-vous. Des affaires dont je m'occupais déjà, mais aussi deux clients que je voyais pour la première fois. Ceux-là, je les sondai avec beaucoup plus de soin que par le passé, leur posai des questions, curieux d'en savoir plus sur eux. Bref, je m'intéressais à autre chose qu'à leur solvabilité. En fin de compte, je refusai de représenter l'un d'eux — un mec en liberté sous caution, accusé d'incendie criminel.

Je lui avais été chaudement recommandé par son ami Orsen, me dit-il. Je le remerciai du compliment, mais au fil de l'entretien je compris que je ne pourrais pas assurer sa défense — question d'éthique. Ce mec imbu de lui-même me rendait malade. Il était accusé d'avoir incendié la maison de son ex, qui l'avait quitté pour un autre. Un acte de violence gratuite. Quand il m'indiqua que son ex-copine, son nouveau mec et leur bébé étaient à la maison au moment des faits, je dus faire appel à tout mon sang-froid pour ne pas lui mettre mon poing dans la gueule. Il n'avait pas l'ombre d'un remords, pas la moindre compassion pour ses victimes qui avaient tout perdu. Vu le désespoir d'Avett après l'incendie qui avait détruit sa maison, je ne pouvais supporter l'idée d'aider ce salaud.

Lorsque je lui signifiai mon refus, il explosa. Mais je n'en attendais pas moins de lui. Il m'insulta, me traita d'avocaillon. Menaça de se plaindre à Orsen. Enfin, lorsque je lui suggérai de demander à son ami de le défendre, il sortit de mon bureau avec fracas, laissant derrière lui des relents d'immoralité.

Mon refus d'accepter cette affaire — ainsi que le chèque qui allait avec — allait me valoir la visite d'Orsen, je le savais. Aussi, quand la réceptionniste m'avertit que quelqu'un voulait me parler, je fus stupéfait de voir s'avancer… Avett !

Elle portait un legging imprimé de roses multicolores qui moulait le galbe de ses jambes, un long haut noir à encolure en U qui s'évasait sur ses hanches comme un tutu et ses sempiternelles rangers. Elle me souriait. Avec son chignon flou en technicolor et ses lèvres rouge pétard, on aurait dit une ballerine hipster !

Sans me laisser le temps de lui demander ce qu'elle venait faire au centre-ville alors qu'elle était censée rester claquemurée chez sa mère, elle me mit une boîte en polystyrène dans les mains et me plaqua un baiser sauvage sur la bouche. Je la regardai, complètement ahuri.

— C'est Asa, mon garde du corps, aujourd'hui. On est venus jeter un œil à une maison, dans le quartier. Il veut ouvrir son propre bar. Son idée, c'est d'en faire une espèce de bar clandestin, comme durant la prohibition, tu vois, mais en plus stylé. Et il m'a proposé de tenir la cuisine !

Elle éclata de rire.

— Ce mec est complètement perché !

Elle posa une fesse sur mon bureau, les yeux brillants.

— Je lui ai dit que tu bossais tout près. Il m'a accompagnée jusqu'à l'entrée de l'immeuble, et là j'ai repéré un *food truck*, garé juste en face. De la bouffe grecque. Je parie que tu rattrapes ce week-end avec moi et que tu n'as pas déjeuné, alors je me suis dit que j'allais t'apporter ton repas et que j'en profiterais pour te faire un petit coucou.

Elle parlait à la vitesse d'une mitraillette. Elle me sourit, et j'eus l'impression que son sourire remplissait le vide en moi.

— Les *food trucks*, c'est mon nouveau kif. Ils proposent des tas de cuisines différentes et circulent partout. Du coup, tu n'es pas coincé sur un emplacement. La bouffe et la liberté, ce sont des notions qui me parlent !

Elle s'arrêta enfin pour reprendre sa respiration.

— Alors, coucou ! Et bon appétit !

Je posai la main sur son genou et, du doigt, lui fis signe de se pencher pour que je puisse l'embrasser.

— Salut.

C'était un baiser très tendre, mais qui se propagea à nos deux corps. Je crus sentir son cœur cogner contre le mien, tandis que sa moue boudeuse épousait mes lèvres.

Du pouce, elle me caressa la joue.

— Tu as l'air fatigué.

Je reniflai dédaigneusement et remontai le long de sa cuisse jusqu'à la courbe opulente de ses fesses. J'avais envie de lui enlever son legging ridicule et de l'asseoir sur ma queue.

— Je me demande bien pourquoi !

Elle pouffa et se pencha jusqu'à ce que son front touche le mien.

— Aucune idée.

Je me levai de mon fauteuil pour l'embrasser à nouveau. J'allais prendre son visage en coupe quand la porte de mon bureau s'ouvrit à la volée et alla claquer si fort contre le mur qu'elle dérangea l'alignement de mes diplômes et autres certificats.

Je savais qu'Orsen serait contrarié que j'aie refusé de défendre son ami, mais je ne m'attendais pas à voir un fou furieux, rouge et soufflant comme un bœuf, faire irruption dans la pièce. Avett sursauta et laissa retomber ses mains, tandis que je m'écartai vivement d'elle. Orsen nous considéra, les yeux hors de la tête, le temps d'enregistrer la chevelure originale d'Avett et sa tenue flashy.

Sa bouche se tordit en un rictus mauvais.

— Si tu voulais te faire payer en pipes, Jackson, tu n'avais qu'à bosser pour le procureur ! On ne fait pas dans le bénévolat, nous ! On prend des clients qui peuvent régler en argent. Pas en nature !

J'entendis Avett étouffer une exclamation indignée et, du coin de l'œil, je la vis se raidir.

Les mains sur les hanches, je regardai mon boss droit dans les yeux :

— Ça suffit, Orsen ! Ça fait des années que je choisis mes clients. Je l'ai bien mérité, il me semble. Et j'ai traité l'affaire d'aujourd'hui comme toutes les autres.

Toujours écumant de rage, il toisa Avett, puis revint sur moi.

— Mais pas celle de cette fille ! Tu lui as envoyé la note, Quaid ? Ou tu as estimé que tu pouvais faire perdre du temps et de l'argent à la boîte, tout ça parce que tu voulais tremper ta nouille ?

J'allais lui dire de fermer sa gueule quand, d'un geste, il me fit taire.

— Si tu veux devenir notre associé, il va falloir que tu acceptes de représenter ce client, comme tu aurais dû le faire dès le départ. Alors, écoute-moi bien : tu vas dire au revoir à ta bimbo, lui envoyer la facture et te chercher une partenaire… convenable pour la soirée de la boîte. Je ne sais pas où tu as la tête en ce moment, ni quelles sont tes priorités, mais je ne tolérerai pas une telle attitude de la part du jeune homme que j'ai engagé. A croire que ton ex n'est pas partie qu'avec ton compte en banque… Tu as l'air de ne plus avoir un sou de jugeote !

Sur un dernier regard méprisant, il sortit en trombe de mon bureau, aussi furieux que lorsqu'il y était entré.

Accablé, je me passai la main sur le visage et me tournai vers Avett. Elle fixait l'endroit où Orsen s'était tenu, les yeux écarquillés et les lèvres tremblantes.

— Je suis désolé, Avett.

Mes excuses semblaient bien dérisoires face à ce que mon boss venait de lui dire.

— Orsen est plutôt vieille école dans ce domaine… Il n'a pas les idées larges.

Elle se racla la gorge et, comme elle refusait de me regarder dans les yeux, je posai la main sur son bras. Visiblement, cet esclandre l'avait secouée.

— Asa m'a envoyé un texto. Il a fini sa visite, il m'attend dehors, devant l'immeuble.

Je ravalai un flot de jurons, et ma main remonta sur son épaule.

— Avett, ne te laisse pas bousiller par les paroles d'Orsen. Tu as toujours été différente de mes autres clients,— et ça n'a rien à voir avec le fait que j'ai tout de suite eu envie de toi.

Elle croisa enfin mon regard, et je pus constater l'ampleur du désastre. Un vortex destructeur tourbillonnait en elle. Mon ouragan rose s'apprêtait à balayer les premières pages de l'histoire que nous avions commencé à écrire.

— Avett…

Même son nom était une supplique, une promesse, un serment : jamais je ne l'humilierais, jamais je ne la rabaisserais comme Orsen venait de le faire. En ce qui la concernait, je me désolidarisais totalement de mon boss, j'espérais qu'elle s'en rendait compte.

Mais elle secoua la tête et s'écarta de moi. Un petit sourire amer se dessina sur sa jolie bouche, et j'eus soudain envie de tout casser dans mon bureau.

— Envoie-moi ta facture, Quaid… Je me débrouillerai pour la payer. Je sais que tu ne voulais pas d'une question d'argent entre nous, mais quoi qu'on fasse on en revient toujours à ça.

Je m'avançai, mais elle leva aussitôt les mains comme pour parer ma colère.

— Je me fous de cette putain de facture, Avett ! Tout ce qui m'intéresse, c'est toi ! Te protéger et t'empêcher de foutre ta vie en l'air par culpabilité envers une morte !

Je balayai l'espace d'un geste rageur.

— Ce qui se passe entre nous, c'est bien, c'est même mieux que bien, et, ça, tu ne peux pas l'accepter. C'est pour ça que tu cherches à tout saboter depuis le début.

Mes mots étaient durs, accusateurs. J'avais tort et je le savais. C'était une erreur de m'en prendre à quelqu'un d'aussi vulnérable qu'elle. Comme si je n'avais pas vu suffisamment de témoins se fermer comme des huîtres quand l'accusation employait ce genre de tactique !

— Disons plutôt que j'attendais juste que ça parte en vrille parce que… il ne faut pas se raconter d'histoires, Quaid. Tu as souvent vu une erreur de jugement générer quelque chose de positif ?

Elle secoua la tête, résignée.

— Je ne serai jamais respectable. Pas plus que je ne serai le genre de fille que tu peux emmener à la soirée chicos de tes patrons… soirée dont tu ne m'as jamais parlé, d'ailleurs.

Je frémis intérieurement. Elle marquait un point. Evidemment, que je ne lui en avais pas parlé ! D'abord, parce que c'était dans un mois, et puis parce que, entre l'incendie de sa maison et les mecs d'Acosta, j'estimais qu'il y avait plus urgent que cette foutue fiesta snobinarde à laquelle je n'avais même pas envie d'aller !

Elle haussa les épaules et se dirigea vers la porte.

— J'ai grandi dans l'arrière-salle d'un bar. Mon père est moitié saint, moitié *biker*. Ma mère gagne sa vie en faisant des sandwichs, elle est presque aussi ravagée que sa fille, et moi, j'ai les cheveux roses. Mais je suis super craquante comme ça ! Du coup, je n'ai pas l'intention de changer de couleur, ni de changer tout court. Je n'ai pas honte de mes origines, moi, et je commence enfin à aimer la fille que je suis en train de devenir.

Elle se racla la gorge et, croyant que je n'avais pas vu les larmes qui voilaient ses yeux, elle me jeta par-dessus son épaule :

— Je ne cherche plus à expier la mort d'Autumn, en partie grâce à toi, mais j'ai encore pas mal de fautes à racheter. Je dois des excuses à trop de monde pour vouloir ajouter votre nom à la liste, maître.

Elle franchit le seuil et referma doucement la porte derrière elle. Furieux contre moi-même, je jetai rageusement dans la corbeille le déjeuner qu'elle m'avait apporté et donnai un coup de pied dans mon bureau, ce qui eut pour seul résultat d'érafler ma chaussure et d'augmenter mon amertume.

Dégoûté, je me laissai tomber dans mon fauteuil en cuir et fixai d'un air mauvais les preuves de ma réussite, ces diplômes tout de traviole, qui semblaient sur le point de se décrocher du mur. J'avais bossé tellement dur pour les obtenir, ces bouts de papier ! J'étais tellement sûr qu'ils me garantiraient la vie dont je rêvais et toutes ces choses que je croyais indispensables à mon bonheur !

Je les voyais maintenant pour ce qu'ils étaient vraiment : des morceaux de papier qui n'avaient de sens que si leur titulaire faisait quelque chose de valable de son temps et de ses compétences.

A mon départ du bureau, après avoir feint d'ignorer plusieurs mails de mon boss exigeant que j'accepte le cas de son ami, je compris soudain qu'Avett n'était pas partie à cause de ce que lui avait dit Orsen. Elle était partie à cause de ce qu'il m'avait dit à moi ! Encaisser, même les coups les plus bas, elle savait faire — c'était son mode de fonctionnement. Mais elle n'avait pas supporté de voir sur la sellette l'homme pour qui elle avait de l'affection, voire de l'amour. Elle ne voulait pas que notre relation puisse mettre mon poste en danger ou menacer ma possible promotion au sein de la boîte. Il faut dire aussi que je ne lui avais jamais caché l'importance que j'accordais à ma carrière. Du coup, elle me protégeait de la seule façon qu'elle connaissait… en détruisant tout ce qui était positif entre nous et en renonçant à son propre bonheur. Si jamais ma situation devait être remise en question par notre couple, elle s'en voudrait à mort. Elle avait donc pris les devants, s'évitant au passage une dose de culpabilité supplémentaire. Mieux vaut prévenir que guérir…

Je me traitai de tous les noms. Comment avais-je pu passer à côté ? J'aurais dû me douter qu'elle tiendrait ce raisonnement !

Trop occupé à formuler ma contre-argumentation, j'avais oublié que la fille dont j'étais amoureux était autant tornade que martyre.

15

Avett

A force de me voir traîner mon cafard en refusant de prendre les appels de Quaid, mes parents commençaient à se faire du souci. Que s'était-il passé entre nous ? Ma mère n'osait pas aborder directement le sujet. Elle se contentait de me lancer des regards implorants, censés m'inciter à recoller les morceaux coûte que coûte. J'avais envie de lui dire que, pour une fois, j'avais de bonnes raisons d'avoir tout bousillé. Je ne cherchais pas à m'automutiler simplement pour déposer mon cœur brisé aux pieds de Quaid. Je me faisais du mal, oui, mais pour éviter que l'homme dont j'étais folle amoureuse souffre par ma faute, chose qui ne manquerait pas d'arriver, si on continuait sur notre lancée. Quaid ne devait pas s'engager dans une voie sans issue à cause de moi. Je n'en valais pas la peine et lui méritait mieux.

Tant de mépris s'était peint sur la figure de son boss, lorsqu'il avait surpris notre complicité ! Quant à ses insultes, c'était le cri du cœur… Je n'étais pas la fille qu'il fallait à Quaid, je n'étais pas « convenable ». Je ne cadrais pas avec son standing et ferais toujours tache parmi les gens auxquels il tenait à faire bonne impression.

J'avais enfin atteint le degré de souffrance et de malheur

que je m'obstinais à rechercher depuis cette nuit tragique de mon adolescence. C'était comme si mon cœur s'était définitivement fracassé ou, du moins, comme s'il avait choisi de me poignarder à chacun de ses battements. Je ne me sentirais jamais quitte envers Autumn et porterais toujours la culpabilité de son suicide, mais Quaid m'avait aidée à comprendre qu'on est toujours responsable de ses actes et que la seule chose qu'on peut maîtriser, ce sont ses choix et ce qu'ils font de nous. Mon schéma autodestructeur n'avait pas fait de moi une mauvaise personne, juste une fille incontrôlable et en manque de repères.

Même si me couper de lui, de sa bienveillance, ne me semblait pas forcément la chose à faire, j'avais choisi d'agir ainsi. Ce qui constituait un gros progrès par rapport aux décisions que je prenais avant de le connaître. OK, j'avais enfin rencontré l'homme qu'il me fallait. Manque de bol, je serais toujours la fille qu'il ne lui fallait pas.

Mon père, lui, fut plus cash que ma mère. Comme toujours. Un soir, il attendit qu'elle soit couchée pour venir s'asseoir à côté de moi sur le sofa, alors que je me faisais un marathon d'épisodes d'*Archer*. Ah, si seulement j'avais pu être aussi coriace que Lana ! Pourtant, la désopilante super espionne ne m'avait pas arraché un seul rire depuis deux heures que j'étais scotchée devant la télé. Décidément, je n'allais pas fort… Je n'avais pas seulement le cœur brisé, je l'étais tout entière.

D'un bras musclé, mon père m'attira contre lui. Blottie contre son torse, je laissai échapper un soupir frémissant et fermai les yeux pour contenir les larmes qui menaçaient depuis que j'étais sortie du bureau de Quaid.

— Tu veux me dire ce qui s'est passé ?

Sa voix grave et rocailleuse eut un effet apaisant sur moi, tout comme son odeur familière et réconfortante.

— Malgré ses goûts calamiteux en matière de bécane, je l'aimais bien, ce gars. Pour une fois que tu me ramènes un mec bien !

Mon petit rire faillit se transformer en sanglot. J'inspirai profondément.

— Un mec bien, oui, mais au mauvais moment et au mauvais endroit. En plus, je ne suis pas vraiment son genre.

Mon père poussa un grognement si offusqué qu'il fit voler mes cheveux contre son torse.

— Il t'a dit ça ?

Il semblait vexé pour moi. Relevant la tête, je le regardai droit dans les yeux : il fallait qu'il comprenne que c'était moi qui étais partie, pas Quaid.

— Non, papa, il ne m'a jamais rien dit d'approchant. C'est moi qui ai toujours su que notre histoire n'avait pas d'avenir. On n'est pas du même monde, lui et moi.

J'eus un rire plein d'amertume et me blottis à nouveau contre lui.

— Un seul de ses costumes vaut plus que toutes mes fringues réunies.

Il me serra l'épaule.

— Allons, Sprite ! Ce n'est pas comme ça que je t'ai élevée. Tu sais bien que l'habit ne fait pas le moine… On ne juge pas un homme à ce qu'il a sur le dos ! L'essentiel, c'est qu'il ait les épaules larges, qu'il assume. Le reste, ça ne compte pas.

— Ce n'est pas une question de fringues, papa, c'est un tout… Là où il vit. Où il bosse. L'avenir qui l'attend… On a des points communs, d'accord, mais uniquement au lit, apparemment.

Sa grande carcasse se contracta.

— Pas de détails ! Je ne veux pas savoir ce que ma petite fille fait au lit.

Je pouffai.

— Désolée, papa !

Il n'y avait pas grand-chose qui le gênait, mais la sexualité de sa fille unique avait encore le pouvoir de le mettre mal à l'aise.

— Je ne connais pas bien ton « aigle de la justice », Avett, mais il t'a déjà plusieurs fois sauvé la mise, tout comme il a refusé de te laisser affronter seule cet épisode de *New York, unité spéciale*. Il est intervenu dès qu'il t'a sentie en danger et il a aussi rappliqué le jour de l'incendie. Ce sont des qualités qu'un père apprécie. Quaid est un mec comme je les aime. Si tu voulais mon avis, tu l'as.

Je me pelotonnai plus encore contre lui et marmonnai doucement :

— Et c'est toi qui me dis ça ! C'est bien la première fois que tu essaies de me convaincre de garder un mec. D'habitude, tu les casses tous ! Ils ne sont jamais assez bien pour moi.

Je sentis sa barbe remuer contre ma tête, tandis qu'il soupirait :

— Parce que Quaid est d'un autre calibre que tes petits minables, Avett… C'est un homme qui avait déjà sa vie et son histoire avant de te rencontrer. Je crois qu'il a envie de construire quelque chose avec toi, mais qu'au lieu d'accepter sa proposition tu as fichu le camp. Tous tes mecs, c'était des Kleenex, Sprite — celui-là, tu devrais le garder. Pas sûr qu'il y en ait un seul d'assez bien pour ma petite fille, mais celui qui s'en rapproche le plus, c'est lui.

Je me redressai, les bras croisés sur la poitrine.

— Je n'ai pas foutu le camp ! Je suis partie, parce que l'un de nous deux aurait dû le faire un jour ou l'autre.

Ses sourcils broussailleux se haussèrent d'incompréhension.

— Pourquoi ça ? Pourquoi est-ce qu'il faudrait qu'un de vous deux s'en aille ?

J'ouvris la bouche pour répliquer. Parce qu'on n'était pas faits l'un pour l'autre. Parce que Quaid avait besoin de quelqu'un de plus stylé et de plus cultivé que moi, quelqu'un qui correspondrait à sa vie sophistiquée, sans tache. J'aurais voulu me justifier, expliquer à mon père qu'on était de deux mondes trop différents, que nos idéaux et nos valeurs s'opposaient, que nos histoires s'écrivaient en parallèle, sans jamais se rencontrer. Mais je ne trouvais pas les mots, parce que en fait ça n'était pas tout à fait vrai. J'avais passé ma vie à me culpabiliser à mort pendant que Quaid passait la sienne à se valoriser au maximum. Finalement, ni lui ni moi n'avions atteint notre objectif.

A cet instant précis, je ne me sentais pas plus coupable que d'habitude et j'avais vu dans les yeux de Quaid, quand on faisait l'amour, qu'il ne s'était jamais senti autant en accord avec lui-même que dans ses montagnes.

On reconnaît toujours ses semblables. Même si on s'était chacun perdu dans des chemins de traverse, ensemble, on roulait de front dans la bonne direction.

Je poussai un gros soupir, vaincue, et me renfonçai dans le sofa.

— L'autre jour, son patron nous a surpris dans son bureau. Il m'a carrément pourrie, sans jamais s'adresser à moi directement. Il a accusé Quaid d'avoir accepté de me défendre uniquement pour coucher avec moi. Ensuite, il lui a conseillé de se dégoter une fille convenable pour l'accompagner à une soirée de boulot. Quaid était furieux, et moi, dans ma tête, je voyais déjà le film catastrophe : Quaid m'emmenait à l'une de ces soirées, et c'était l'horreur. Il a trop fait pour moi, tu comprends, et tout ça en quelques semaines ! Je ne veux pas lui causer d'ennuis à son travail ni le brouiller avec son boss. Sa grande ambition, c'est de devenir associé de sa boîte, et si on reste ensemble ça m'étonnerait que ça arrive un jour. Je ne veux pas qu'il sacrifie ses projets et ses rêves à cause de moi.

Mon père croisa les bras sur son torse et me dévisagea pensivement.

— Et pourquoi pas ? Il est majeur et vacciné. S'il décide de sacrifier quelque chose, même si c'est sa carrière, pour la femme qu'il aime, ça le regarde. Ce n'est pas à toi de décider pour lui, Avett.

Je pointai un doigt sur moi.

— Je ne veux pas être l'erreur dont il va souffrir. Mon aigle a déjà laissé trop de plumes dans la bagarre.

Je ne me sentais pas de lui raconter l'histoire de Quaid. Son enfance, son divorce… il était assez grand pour lui en parler tout seul. Même si, vu les circonstances, il y avait peu de chances que l'occasion se présente.

Mon père jura dans sa barbe, déplia pesamment sa grande carcasse et déposa un tendre baiser au sommet de mon crâne. Merde, ces foutues larmes menaçaient à nouveau !

— Je comprends ton raisonnement, Sprite, ça part d'une bonne intention. Tu as trop bon cœur… N'empêche que ça n'est pas à toi de décider. Si cet homme veut refaire sa vie avec toi, c'est son choix, bon ou mauvais. Jamais un coup de dés n'abolira le hasard, Avett. Rien n'est garanti, surtout pas l'amour, mais seuls les lâches refusent de saisir la chance quand elle se présente à eux. Accorder à Quaid le bénéfice du doute, reconnaître qu'il sait ce qu'il veut, c'est bien plus courageux que de te mettre avec tous ces paumés qui te tirent vers le bas depuis des années. Avec eux, tu étais vouée à l'échec. Du coup, quand tout partait en vrille, tu te retrouvais en terrain connu et ça te rassurait.

Un sourire entendu lui étira les lèvres.

— Regarde-nous, ta mère et moi… On a perdu avant de gagner, mais si on n'en avait pas bavé, si on n'avait pas parié l'un sur l'autre dès le début, on ne t'aurait pas eue et on ne serait pas ensemble aujourd'hui.

Je râlai :

— Merci, papounet, de me pousser aux chagrins d'amour et aux coups de folie...

Mais ses paroles pleines de bon sens me trottaient dans la tête — j'avais dépassé le stade de la rébellion. Je voulais être raisonnable, mener ma barque aussi bien que possible et devenir une meilleure Avett, ce qui supposait ne plus zapper les sages conseils de mon père ni son expérience acquise à la dure.

Il se mit à rire.

— A ton service. Au fait, Zeb Fuller va passer à la maison, demain. Il veut voir l'étendue des dégâts sur les fondations et la brique extérieure. Si la structure n'est pas trop abîmée, il me fera une offre d'achat. Il voudrait la rénover.

J'en restai bouche bée. La maison avait l'air complètement foutue, la dernière fois que je l'avais vue. Mais mon père n'avait pas terminé.

— S'il me l'achète, je te reverserai la moitié de l'argent de la vente. La maison était à moitié à toi, après tout.

Je secouai la tête, machinalement. Il avait essayé de me faire le même coup avec l'argent de l'assurance, mais je l'en avais empêché.

— Non, papa. Cet argent est à toi. Légalement, je n'étais pas propriétaire de la maison et je veux que tu renfloues ton compte épargne retraite. Tu pourrais aussi emmener maman en voyage, faire le tour du monde, par exemple ! Moi, je n'ai rien fait pour mériter ce genre de cadeau.

Il jura à nouveau et me regarda. Quand il plissait les yeux comme ça, je savais qu'il était inutile de discuter.

— Elle est à moitié à toi, Avett, et ça n'a rien à voir avec ce que tu racontes ! Cette maison est à toi parce que tu es ma fille, que tu y as habité et que tu as perdu autant de choses que moi dans l'incendie. C'est dans cette maison que tu t'es transformée en cette belle jeune femme qui fait ma fierté. Quant à mon plan retraite, il va très bien. De toute façon, ce n'est pas à toi de t'inquiéter de ça. J'ai remis le fric que j'avais emprunté pour ta caution et je n'ai pas reçu de facture de ton avocat. Réfléchis, cet argent tomberait à pic pour toi, tu pourrais t'installer avec Quaid… quoique ça m'étonnerait que tu le fasses. Ecoute, Avett… Je me fous de ce que tu feras de ce fric, mais, si Zeb me fait une offre pour la maison, ce sera cinquante-cinquante. Point final.

Je soupirai, vaincue. L'idée de pouvoir rembourser mes dettes auprès de Quaid mais aussi de Rome était plus que tentante.

— Ça m'étonnerait que Zeb te fasse une offre pour ce tas de ruines. Bonne nuit, papa.

Il gloussa.

— Tu ne connais pas ces gars comme moi, Sprite. Les secondes chances, ça leur parle. Ils sont doués pour redonner du sens et de la dignité même aux ruines et aux épaves. Tu n'as qu'à venir avec moi demain, comme ça, tu pourras te faire une opinion sur lui.

Comme il était hors de question que je reste seule avec les menaces qui pesaient sur moi, j'avais le choix entre l'accompagner et me réfugier au bar. Pour le bar… je ne me sentais pas encore tout à fait prête à affronter le regard de Rome. J'acceptai donc d'aller voir la maison. Je passai l'heure qui suivit devant la télé, le temps d'intégrer les paroles de mon père et d'en mesurer toute la portée.

Ma mère et lui avaient eu un parcours genre montagnes russes… Ils avaient tous les deux donné des coups de canif dans le contrat, mais en fin de compte ils n'étaient heureux qu'ensemble. Ni l'un ni l'autre n'avait jamais rien regretté, même à l'époque où leur amour s'était transformé en crises de larmes et en engueulades.

De mon côté, j'aimais tellement Quaid que je m'étais résolue à le laisser partir, à me briser volontairement le cœur.

L'aimer, c'était facile, comme de se laisser emporter par sa bienveillance. Mais étais-je assez forte pour endurer la tempête d'erreurs — et leurs conséquences — qui allait forcément s'abattre sur nous, si on s'obstinait à écrire notre histoire ? C'était déjà un miracle que j'aie survécu à mes propres bourdes. Je ne voulais pas tenter le diable une fois de plus en étant un obstacle à l'avenir de Quaid.

C'était moi qui plongeais dans l'eau glacée, lui qui restait au sec sur la terre ferme. Pas question que mon amour le détruise, or, ça me paraissait inévitable.

Mon père pensait que la réponse se trouvait sous mon nez… Mais est-ce qu'on regardait dans la même direction, lui et moi ?

Le lendemain, plantée dans l'allée, je contemplai avec accablement ce qu'il restait de mon ancien chez-moi : un tas de briques et de poutres calcinées. Notre foyer n'était plus qu'une carcasse incendiée ! Comment mon père trouvait-il la force de marcher dans les décombres avec Zeb, qui sondait les murs en cognant dessus ? Tous ses biens matériels avaient été réduits en cendres, toute une vie qu'on pouvait désormais balayer et jeter à la poubelle…

Lorsque je lui fis part de mon chagrin, il me serra dans ses bras et énuméra ce qui comptait pour lui : ma mère, ses souvenirs, ses expériences et moi. Ce qu'il aurait été triste de perdre… Le reste, c'étaient juste des objets.

Je fis deux pas à l'intérieur. Je voulais les suivre tous deux dans les profondeurs noircies de la maison, histoire de lui dire un véritable adieu, mais face à la catastrophe je fus rattrapée par mes émotions. Le désespoir me tomba dessus, et je tournai les talons. Mon père, toujours inquiet de me savoir une cible sur pattes, alla frapper à la vitre de la Cadillac flashy qui venait de se garer en face. Quelques minutes plus tard, Hudson Wheeler se postait à mes côtés. Il étouffa un bâillement et se frotta les yeux. Il avait l'air d'être tombé du lit…

Ce mec était encore plus canon vu de près. J'avais tout de suite flashé sur ses cheveux acajou, et je fus touchée par la façon dont son regard s'emplit de compassion et de colère en contemplant la vision de cauchemar qui s'offrait à lui. Ses yeux bleus étaient deux tons plus foncés de ceux de Quaid, en nettement moins perçants et moins désabusés, mais ils me faisaient quand même de l'effet. J'avais l'habitude de fréquenter des mecs couverts de tatouages, et dans ce domaine Wheeler les battait tous haut la main. Son cou arborait des motifs en spirale et ses mains étaient ornées d'impressionnantes œuvres d'art. Lorsqu'il inclina la tête pour me dévisager d'un air interrogateur, je remarquai qu'il en avait aussi derrière les oreilles. Il était coloré, beau, et parlait d'une voix douce. Son côté zen était à l'opposé de son look de dur à cuire, et je ne l'en trouvais que plus sympathique. Décidément, je détestais plus encore sa garce de copine, qui le traitait comme un chien devant tout le voisinage !

— Putain… ça me fout en l'air qu'un truc comme ça vous soit arrivé. Brite est un mec formidable.

J'opinai distraitement et regardai par-dessus mon épaule. Une berline passe-partout s'était garée devant la maison. La conductrice semblait consulter quelque chose sur son téléphone. Elle avait l'air de tout sauf d'une tueuse… Je reportai donc mon attention sur mon séduisant compagnon tatoué.

— Et ce mariage, ça avance ? demandai-je.

Je priais en secret pour qu'il me réponde que sa sorcière avait été enlevée par des extraterrestres, mais ça aurait été trop beau.

Il haussa les épaules et marmonna :

— Ça avance… Mais personne ne m'avait prévenu que ce serait aussi galère ! Il faudrait un truc genre mode d'emploi pour tout organiser. On est ensemble depuis toujours, du coup, le mariage, ça nous semblait l'étape suivante, logiquement. J'ignorais que ce serait comme de sauter d'un avion sans parachute…

Je toussotai pour m'éclaircir la gorge et lui coulai un regard en coin.

— Tu ne t'es jamais dit que, si les préparatifs étaient aussi difficiles, le mariage en lui-même serait peut-être plus galère ?

Il se raidit et serra ses poings tatoués.

— On est ensemble depuis le lycée, elle et moi. Elle n'était pas comme ça avant qu'on décide de se fiancer.

Il me regardait comme pour voir si j'achetais sa version. La réponse était non.

— En général, on ne ressemble pas à ce qu'on était au lycée. Moi-même, je ne suis pas la même personne qu'il y a deux mois ! En grandissant, on change. Le truc, je pense, c'est que, quand tu es avec quelqu'un, tu ne t'aperçois pas que l'autre évolue et toi avec.

Un peu comme Quaid et moi, ces deux derniers mois. Il m'avait ouvert les yeux sur certaines choses, et j'avais fait pareil pour lui. Je connaissais son besoin de reconnaissance. Je savais qu'il voulait être apprécié pour lui-même, indépendamment de son écran géant ou de son portefeuille d'actions. Il existait au-delà de ce qu'il possédait. A mon niveau, j'espérais le réconcilier avec ses origines, l'aider à comprendre que c'était un élément de sa personnalité.

Pas une faiblesse, mais une force qui lui avait permis de se réaliser professionnellement.

De mon côté, sans lui, j'en serais encore à me vautrer dans mes remords et ma culpabilité. Grâce à lui, je remontais la pente, m'accrochant à ce petit coin de ciel bleu. Mon objectif, à présent, ça n'était plus de m'enfoncer mais de m'élever.

Wheeler ne fit aucun commentaire. Il considéra les restes de la maison avant de me dévisager, sourcils froncés.

— Avant, Kallie était la plus gentille fille du monde. Elle ne disait jamais rien de mal sur personne et elle était toujours de bonne humeur. Chez mes parents, au contraire, ce n'était pas la joie… Alors, sa gaieté, c'était ma bouffée d'oxygène. En plus, ses parents m'ont accepté. Pourtant, ils savaient ce que je faisais avec leur fille, quand on s'enfermait dans sa chambre. J'avais besoin d'elle. Sans elle, je ne crois pas que j'aurais supporté le lycée, ni que j'en serais là aujourd'hui. Ça ne la dérangeait pas que je passe plus de temps sur mes bagnoles qu'avec elle — elle a toujours été ma plus grande fan. Alors on a décidé de vivre ensemble, on s'est fiancés et, du jour au lendemain, tout a changé. On va se marier dans quelques mois, et tout ce que j'espère c'est que la fille dont je suis tombé amoureux me retrouve devant l'autel.

Je grimaçai… Cette fille-là n'existait plus, j'en aurais mis ma main à couper, et cet adorable garçon était sur le point de faire la plus grosse bêtise de sa vie. Ça ne me regardait pas, bien sûr, ça n'était pas mon rôle, mais je ne pouvais pas laisser faire ça. Mon inertie, c'était terminé, j'avais compris la leçon. Je posai la main sur son bras et lui dis gravement :

— Ecoute, Wheeler, on ne se connaît pas, et j'imagine que ma réputation me précède, mais je dois quand même te dire une chose. Tous les jours, quand tu pars bosser, une Honda rouge se gare dans ton allée, et elle repart une heure avant que tu rentres. Vous avez peut-être une femme de ménage ou ta copine a une amie qui passe ses journées chez vous, mais pour moi c'est chelou de chez chelou. Tu m'as l'air d'être un mec très bien, Wheeler. Alors, tu n'es pas obligé de me croire, mais moi je te dis que la meuf qui vit avec toi ce n'est pas la fille que tu me décris.

Je m'attendais à ce qu'il se rebiffe ou efface mes soupçons d'un rire, mais pas du tout. Il accusa le coup. Ses épaules s'affaissèrent, et il se passa la main sur la nuque, les yeux rivés au sol.

— Tous les jours ?

J'acquiesçai, alors qu'il continuait de fixer le béton de l'allée.

— Tous les jours.

Il poussa un profond soupir et releva enfin la tête.

— Ce n'est pas la première fois qu'elle me trompe… On avait rompu, et elle m'avait juré que ça n'arriverait plus. Pendant six mois, elle a tout fait pour me convaincre qu'elle était redevenue la fille que j'aimais. Mais quand je l'ai demandée en mariage tout est reparti en sucette, exactement comme avant notre rupture.

Il lâcha un juron et, renversant la tête en arrière, s'adressa au ciel :

— C'est compliqué, tu crois, d'annuler un mariage ?

Je pouffai de surprise.

— Sûrement moins que d'en organiser un avec cette emmerdeuse ! Ecoute, je ne sais pas à qui appartient cette bagnole ni ce qui se passe réellement chez toi quand tu as le dos tourné, mais j'ai entendu la façon dont elle te parle, comment elle te rabaisse sans cesse. Alors, qu'elle te trompe ou non, je t'assure que tu peux trouver mieux…

Il soupira, et j'eus envie de le serrer dans mes bras. Il avait perdu son air maussade et taciturne, et ça lui allait vraiment très très bien. Quand il aurait largué cette chieuse, il resterait célibataire zéro seconde. Les filles de Denver savaient reconnaître une bonne prise lorsqu'elles en voyaient une. Malheureusement, mon goût désastreux en matière de mecs m'excluait de ce groupe. Mon corps sentait sans problème que Quaid était un trésor, mais ma tête et mon cœur avaient plus de mal à capter l'info.

— Mieux que la fille que tu aimes depuis que tu sais ce qu'aimer veut dire ? Ça existe, ça ?

Je lui tapotai le bras en hochant la tête.

— Mieux que cette fille qui ne sait pas prendre soin de cet amour ? C'est clair.

Il fronça les sourcils, pensif.

— J'ai vendu une voiture à une fille, hier… Elle était venue avec un de ses potes et plutôt du genre discrète, très triste, très timide. Elle faisait tout pour ne pas se faire remarquer, c'était clair, mais, moi, je l'ai vue. Je l'ai vraiment vue, tu comprends ? Et je me demandais ce qui avait pu arriver à une jolie fille comme ça pour qu'elle ait l'air aussi perdue. Je me demandais aussi si je l'aurais remarquée, si tout avait baigné dans l'huile à la maison. Parce que avant qu'on ait des problèmes, Kallie et moi, je ne voyais pas les autres filles…

— D'après mon père, la réponse à toutes nos questions se trouve toujours sous notre nez…

Il me fit un sourire triste. C'était trop mignon, il avait des fossettes ! Comme si ses tatouages et son petit air pensif ne donnaient pas déjà envie de le mettre dans son lit ! Ces satanées fossettes scelleraient le deal à tous les coups.

— Ton père serait fier de savoir que tu fais profiter les autres de ses conseils. Il faut juste que tu peaufines ton imitation : « Ecoute-moi bien, sinon… »

Je me mis à rire.

— Je te préviens : si jamais tu lui racontes que je le cite, je nierai tout en bloc ! Si je devais compter le nombre de fois où il m'a sorti : « Je te l'avais bien dit » !

— Avett Walker ? lança quelqu'un dans mon dos.

Je fis un bond, et Wheeler, qui pourtant n'avait pas été totalement briefé sur ma situation, s'interposa immédiatement pour me protéger. La femme que j'avais repérée de l'autre côté de la rue s'approchait de nous sans se presser.

— Vous êtes Avett Walker ?

Rien qu'à son ton et à sa façon de nous dévisager sans ciller, on sentait qu'elle n'était pas là pour rigoler.

— Vous êtes qui ? aboya Wheeler tandis que, planquée derrière son dos musclé, je jetai un coup d'œil à l'inconnue.

Elle tenait une enveloppe, et je sentis mon sang se figer dans mes veines.

— Je suis du bureau du shérif. C'est votre citation à comparaître.

Wheeler se raidit. Tout, en moi, refusait viscéralement ce document, mais je savais que je devais le prendre. Passant devant mon garde du corps improvisé, je saisis l'enveloppe que la femme me tendait. Elle hocha la tête.

— Je vous remets votre assignation en mains propres. Bonne chance.

Je plaquai le document officiel contre ma poitrine, les doigts pris d'un tremblement incontrôlable.

— Qu'est-ce que c'est que cette histoire ?

Wheeler était intrigué, mais pas indiscret. Je soupirai et me tapotai le front avec l'enveloppe. Je ne voulais pas l'ouvrir car, ensuite, il faudrait que j'appelle Quaid. Et mon cœur n'était pas encore prêt à reprendre les armes — ni avec lui ni pour lui.

— Encore une de mes conneries…, dis-je. Quoi que je fasse, elles finissent toujours par me pourrir la vie. Mon père dit que les erreurs font de belles histoires à raconter, mais jusqu'ici celle-là ne m'a valu que des embrouilles sentimentales et des frais de justice astronomiques.

Wheeler lâcha un petit rire gentil et, à nouveau, son visage se creusa de fossettes. Soupir…

— Les chagrins d'amour et les honoraires d'avocat, c'est vrai que ça fait bon ménage…, dit-il.

Normalement, oui. Sauf que, moi, j'aurais voulu que cette histoire finisse bien, or, pour le moment, ça paraissait plutôt mal barré.

Mon père et Zeb se dirigeaient vers nous, la satisfaction peinte sur leurs deux visages barbus. Ils étaient recouverts de suie, mais, rien qu'à les voir — épaule contre épaule et la démarche assurée —, on comprenait qu'ils avaient passé un deal.

J'aurais dû le savoir : il ne fallait jamais douter des gars de mon père. La maison avait beau être une cause perdue, Zeb ne lâcherait jamais l'affaire. Parce que cette maison comptait pour mon père et que mon père comptait pour lui.

Apparemment, le chapitre financier de mon histoire allait avoir une fin heureuse. Les yeux fermés, je priai tous les anges du ciel pour que le chapitre sentimental se règle aussi facilement.

16

Quaid

Je regardai l'homme assis à l'autre bout de la longue table en verre, essayant de ne pas laisser paraître mon irritation. A côté de moi, Avett se tenait très droite, tendue comme une arbalète dans cette salle de conférences froide et moderne du palais de justice. Etait-ce parce qu'elle devait affronter l'avocat de Jared, ou parce qu'on était proches à se toucher ? Elle fuyait mon regard, mais l'anxiété se lisait sur son visage délicat. Depuis la prononciation de son non-lieu, elle n'était plus ma cliente, mais, quand j'avais reçu son texto m'annonçant qu'elle était citée à comparaître au procès de Jared, j'avais su que je ne la laisserais pas descendre seule dans la fosse aux lions. Ce qui m'avait achevé, c'était qu'elle m'interrogeait sur la « communication de la preuve », expression dont elle ne comprenait pas le sens… Oui, elle avait besoin de moi.

Du coup, j'avais pris ma matinée pour l'assister, au grand mécontentement d'Orsen. Cette déposition était en gros une répétition générale de ce que l'avocat de Jared comptait lui infliger le jour du procès. Dès notre entrée dans la salle, j'avais su qu'il allait tout faire pour démolir son témoignage et la casser moralement.

Larsen Tyrell était mieux habillé que moi : ses chaussures étaient plus chères que les miennes, tout comme sa montre, un modèle de luxe. Avant le passage de l'ouragan Avett dans ma vie, ce genre de détail m'aurait déstabilisé et, en réaction, je me serais automatiquement mis sur la défensive. J'aurais sorti les griffes et montré les crocs, histoire de bien lui faire comprendre qu'on jouait à armes égales. Aujourd'hui, la vue de sa montre tape-à-l'œil ne m'inspirait qu'une seule pensée : représenter les cartels de la drogue, ça payait remarquablement bien. Comment Larsen arrivait-il à profiter de tout cet argent en sachant d'où il venait ? La coupe de son costume était impeccable — de la haute couture étrangère, de toute évidence —, mais combien de personnes l'avaient payée de leur vie ? Tous ces signes extérieurs de richesse n'éveillaient plus une once d'envie en moi, et c'est là que je compris vraiment tout ce que je devais à ce petit bout de femme qui n'osait plus respirer à côté de moi.

Avett avait créé l'onde de choc dont j'avais besoin ; elle m'avait ouvert les yeux et, depuis, le professionnel carnassier que je m'efforçais d'être avait cédé la place à un homme qui n'avait plus l'impression de jouer le rôle qui lui avait été imposé. Ce nouveau moi ne se prenait plus la tête pour des frivolités, il se battait pour des choses importantes. Et, pour le moment, rien ne comptait plus pour lui que cette jeune femme à cheveux roses. Celle qu'il aimait plus que tout et qu'il voulait garder pour toujours.

Elle s'agrippait aux bras du fauteuil comme s'il risquait de s'envoler. Je lui effleurai volontairement le coude, en signe de réconfort. Elle poussa un long soupir, comme si elle avait retenu sa respiration jusque-là, et, enfin, tourna vers moi des yeux agrandis d'inquiétude. D'un hochement de tête, je lui fis comprendre que tout allait bien se passer. Elle opina et commença à se détendre.

— Bien ! commença Larsen Tyrell. La date du procès a enfin été fixée : il aura lieu dans un peu moins de deux semaines. Les jurés ont été désignés, et vous êtes le premier témoin de l'accusation. Je m'étonne d'ailleurs que Townsend n'ait pas souhaité assister à cette session de communication de la preuve…

L'allusion m'était directement destinée : j'étais là au lieu du procureur.

Il nous adressa un sourire d'une courtoisie tout aussi artificielle que sa blancheur et poursuivit :

— En tant qu'avocat commis au dossier, je transmettrai donc à Townsend tous les éléments dont j'estime qu'ils doivent être portés à sa connaissance avant le procès.

Je le fixai d'un air mauvais ; son sourire de requin s'était élargi.

— Si je comprends bien, maître Jackson, c'est par intérêt professionnel pour votre cliente, témoin dans le procès à venir, que vous êtes ici aujourd'hui ?

Je ne répondis pas. Du moment que je ne représentais plus Avett, nous pouvions être intimes sans qu'il y ait conflit d'intérêts. Mais Tyrell n'allait pas se priver d'entretenir le doute à son avantage. Ce type était aussi glauque et fuyant que les individus qu'il défendait.

— Les intérêts de mes clients sont les miens. Commençons, voulez-vous ? Tous ces effets de manche peuvent impressionner l'accusation et les jurés, mais là, franchement, je m'ennuie. Or Miss Walker et moi avons autre chose à faire.

Il haussa les sourcils et joignit les mains avec un sourire qui me fila la chair de poule.

— Je n'en doute pas… J'ai moi aussi une journée bien remplie et une audience à la cour, j'irai donc droit au but. Miss Walker, étiez-vous contrariée que votre père ait vendu son bar à quelqu'un d'autre que vous, ce bar qu'il comptait vous léguer depuis que vous êtes en âge de travailler ?

Je sentis Avett se raidir. Je mourais d'envie de la réconforter, mais je ne devais pas trahir le moindre sentiment à son égard. Sinon, Tyrell s'en servirait contre elle au procès.

— J'étais contrariée, oui, répondit-elle. Mais je n'en voulais pas à mon père. Ce qui me contrariait, c'était d'avoir tout gâché, de ne jamais lui avoir donné une bonne raison de me transmettre son bar. D'ailleurs, il ne me l'avait jamais explicitement promis. Beaucoup de gens le supposaient simplement, moi y compris.

Elle était crispée, mais s'exprimait clairement et sans crainte. Elle ne cachait rien de la vérité, et Larsen le voyait aussi bien que moi : au procès, son honnêteté et son sérieux sauteraient aux yeux des jurés.

Il griffonna quelques notes et nous adressa son sourire glaçant que j'eus aussitôt envie d'effacer à coups de poing.

— Etiez-vous contrariée d'avoir été renvoyée par le nouveau propriétaire du bar, Rome Archer ? Renvoyée pour avoir volé dans la caisse ?

Avett changea de position et, du coin de l'œil, je vis sa bouche pulpeuse se pincer en un mince trait.

— Oui, bien sûr, j'étais contrariée, mais encore une fois c'était à moi que j'en voulais. Je savais qu'il y avait des caméras de surveillance. Je savais que c'était mal, mais je l'ai fait quand même, parce que Jared n'arrêtait pas de me dire qu'on avait besoin de cet argent. On arrive à justifier beaucoup de bêtises quand on se croit amoureuse...

J'aurais voulu me tourner vers elle pour voir si elle parlait du braquage ou de nous, mais je ne devais pas donner d'arme à l'adversaire qui m'observait à l'autre bout de la table.

— Si je comprends bien ce que vous me dites, vous saviez en le faisant que vous vous feriez prendre ?

Elle opina et échangea un regard avec moi.

— Oui, je le savais.

Il prit encore quelques notes. J'entendais cliqueter les rouages de son esprit.

— Ça vous arrive souvent de commettre des illégalités en sachant que vous allez vous faire prendre ?

— J'ai fait quelques erreurs par le passé… Mais je suis sûre que vous les avez déjà toutes consignées dans votre dossier. Il suffit de consulter mon casier.

Tyrell essayait de l'énerver, mais elle ne mordait pas à l'hameçon. Elle se maîtrisait parfaitement, et j'en crevais de fierté.

Il marmonna et avança sur son siège.

— Les caméras de surveillance du bar montrent que mon client vous a brutalisée. Etait-ce un acte isolé ?

Avett se tâta sous l'œil en secouant la tête.

— Non. Jared m'avait déjà frappée. C'était toujours quand il redescendait après un shoot ou qu'il flippait pour trouver sa prochaine dose. Une fois, c'était parce que j'avais oublié d'apporter de la bière à une soirée. Ma mère et d'autres employés du bar ont bien vu, le lendemain, que j'avais un œil au beurre noir. Un des videurs a même dit à Jared que, s'il me revoyait un jour dans cet état, il lui ferait passer définitivement l'envie de cogner sur des femmes. Après ça, il m'a laissée tranquille.

— Donc je résume : vous saviez que M. Dalton avait un problème d'addiction à la drogue ainsi que des antécédents de violence et pourtant vous êtes allée avec lui ce soir-là. Pourquoi ?

Avett se figea, et je ne pus résister à l'envie de la regarder. Ses yeux étaient immenses, et elle était très pâle. De toute évidence, elle cherchait une manière de justifier son comportement ce soir-là, comportement qui pouvait en effet paraître étrange, sans entrer dans les détails de sa propre histoire.

— Parce que j'avais peur et qu'il m'avait assuré qu'il allait m'emmener en lieu sûr. Je l'ai suivi parce que c'était mon copain et que, comme je l'ai déjà dit, je croyais l'aimer.

— Vous ne le croyez plus, aujourd'hui ?

Agacé par cette question insidieuse, je le fusillai du regard. Il me renvoya un sourire narquois.

— La prison, ça éclaircit les idées. Je ne pourrai jamais aimer un homme qui pointe une arme sur quelqu'un que j'aime. Jared était aux abois ce soir-là, prêt à tout.

— Et pourquoi ça, Miss Walker ?

Avett eut un petit haussement d'épaules.

— Parce qu'il avait volé de la drogue et de l'argent à des sales types et qu'ils étaient à sa recherche.

— Comment le savez-vous ?

— Parce que, avant de le trouver lui, ils m'avaient trouvée moi, répliqua-t-elle d'un ton cassant.

Tyrell commençait à l'énerver.

— Ah oui ? Il n'y a pourtant pas trace de plainte de votre part concernant une quelconque agression par ces « sales types » à la recherche, selon vous, de mon client.

— Je ne voulais pas causer d'ennuis à Jared, c'est pour ça que je n'ai pas appelé la police. Mais vous pouvez vérifier auprès d'Asa Cross. Il est passé me voir le lendemain de mon agression. Il vous décrira dans quel état il m'a trouvée. Vous pourrez aussi interroger la propriétaire de Jared. C'est elle qui a fait fuir mes agresseurs.

Il se renversa dans son siège et se mit à pianoter sur le dossier ouvert devant lui.

— Eh bien, voyez-vous, Miss Walker, c'est là que nous avons quelques petits soucis avec votre version des événements qui auraient conduit au braquage du bar.

La propriétaire en question ne se souvient pas d'avoir vu quelqu'un dans l'appartement, à part mon client et vous. Quant à M. Cross, il prêche pour sa paroisse, puisqu'il tenait le bar le soir du braquage. Sans oublier que sa compagne n'est autre que l'officier de police qui a tiré sur mon client. Vous comprendrez que son témoignage est biaisé à plus d'un titre : il a tout intérêt à ce que mon client soit incarcéré. La seule à prétendre qu'il s'est produit une agression avant le braquage, c'est vous. Ne serait-ce pas plutôt vous qui, furieuse d'avoir été dépossédée de ce bar, avez obligé votre copain toxicomane à le cambrioler, sachant qu'il aurait fait n'importe quoi pour se payer une dose ou faire plaisir à la femme qu'il aimait ?

Tous mes poils se hérissèrent lorsqu'il mentionna la proprio. A tous les coups, sa soudaine amnésie avait été provoquée par quelques poignées de dollars. Cet enfoiré était bien le genre à graisser la patte à un témoin gênant ! Un procès dégueulasse s'annonçait : il allait falloir jouer serré.

Avett laissa échapper un petit rire et se tourna vers moi, incrédule, avant de revenir vers Tyrell.

— C'est une blague ? Même si j'en avais voulu à mon père, ce qui n'était pas le cas, jamais je n'aurais mis en danger la vie des employés du bar ! J'aurais dû quitter Jared dès la première fois qu'il m'a frappée, je l'avoue. J'ai été assez bête pour rester avec lui, mais je ne l'aurais pas laissé s'en prendre aux gens que j'aime. Je savais à quel point il pouvait être dangereux, quand il était défoncé.

— Vraiment ?

Elle poussa un profond soupir et secoua la tête.

— Oui, vraiment. Je fais des bêtises, je me mets dans des situations impossibles, mais je m'arrange pour que mes erreurs ne rejaillissent pas sur les gens que j'aime.

— En ce cas, comment expliquez-vous ce qui est arrivé à Autumn Thompson, il y a de ça quelques années ?

J'encaissai le coup en même temps qu'Avett. Autumn ! La fille qui l'avait jetée sur la voie de l'autodestruction. J'entendis son exclamation étouffée, un hoquet de douleur qui me transperça le cœur.

Très vite, je repris la situation en main.

— Autumn s'est suicidée, comme vous le savez certainement, dis-je d'un ton tranchant comme une lame de rasoir.

C'était un avertissement délibéré de ma part. Je pouvais rivaliser avec les meilleurs de mes confrères dans les duels à fleurets mouchetés, mais je tenais plus que tout à ce qu'Avett garde son sang-froid. Il fallait que je calme le jeu à tout prix, même si, pour ça, je devais refréner mon agressivité.

— Les parents de Mlle Thompson ont une analyse très différente de ce drame. Ils ont beaucoup à dire sur Miss Walker et son influence sur leur fille. Il semblerait que votre cliente soit très douée pour mettre les autres dans le pétrin, maître, et pour se défiler au moment d'affronter les terribles conséquences de ses actes.

— Je pense surtout que ma cliente est attirée par les personnes faibles et vulnérables, qu'elle cherche toujours à aider, à sa façon. Nous savons tous les deux que, si vous faites citer les Thompson à la barre, Townsend va les passer à la moulinette. Pourquoi les interroger, eux, et non les garçons qui ont violé leur fille ? Les seuls criminels, ce soir-là, ce sont eux. A cause de vous, Tyrell, Townsend va mettre ces gens sur le gril. Il va leur reprocher d'avoir laissé Autumn fréquenter Avett, puisqu'ils trouvaient qu'elle avait une si mauvaise influence sur leur fille. Il va sous-entendre qu'ils ont manqué à leurs devoirs de parents et, tout ce que verront les jurés, c'est que vous serez allé chercher une malheureuse morte et que vous aurez obligé ses parents à ressasser leur deuil. Les gens n'aiment pas qu'on les manipule, Tyrell. Ça ne sert pas le procès, et le juge vous arrêtera dès la première question. Vous exhumez cette triste affaire dans le seul but de déstabiliser ma cliente.

Il prit un air faussement surpris, son sourire mielleux réapparut, et je dus faire appel à tout mon self-control pour ne pas serrer les poings.

— Vous feriez la même chose à ma place, maître, dit-il. Je suis tenu de fournir la meilleure défense possible à mon client.

J'étais furieux parce qu'il avait raison. Ce suicide, c'était une plaie qui gangrénait tous les aspects de la vie d'Avett. Autumn, c'était son talon d'Achille, et tout bon avocat, qu'il soit de la défense ou de l'accusation, visait ce point-là chez un témoin.

Avett se redressa brusquement sur son siège et me saisit l'avant-bras. Ses yeux lui mangeaient le visage.

— Asa n'était pas seul quand il est passé me voir, le lendemain de mon agression ! Sa sœur était en visite chez lui et elle l'avait accompagné !

— Le témoignage de cette femme serait également sujet à caution. Je vous rappelle que mon client est accusé d'avoir braqué le bar de son frère, répliqua Tyrell d'un ton cassant.

Il nous fixa d'un air mauvais. Depuis notre entrée dans la salle, c'était la première fois qu'il perdait un peu de sa suffisance.

Je poussai une petite exclamation de dédain et m'appuyai sur le plateau en verre de la table.

— Très bien… Si je vous suis, Avett Walker, Asa Cross et sa sœur sont tous de mèche contre votre client, c'est ça ? Ils veulent le piéger pour l'envoyer en prison. Moi, ce que je vois surtout, c'est que le témoignage de la sœur était la version de ma cliente. A savoir que Jared Dalton a doublé ses fournisseurs, ce qui a valu un tabassage en règle à ma cliente. Dalton recherchait désespérément de l'argent pour fuir ses créanciers : le braquage du bar, c'était son idée à lui, c'est clair comme de l'eau de roche !

— Ce témoin ne figure pas sur la liste de l'accusation, il n'a pas été approuvé par le parquet.

A mon tour, je me fendis d'un petit sourire narquois.

— Justement, Tyrell, ce n'est pas pour rien que ce genre d'entretien s'appelle une « communication de preuve ». Je veillerai à faire part de ce nouvel élément à Townsend, dès la fin de cette réunion.

On se mesura méchamment du regard, puis il referma son dossier avec plus d'énergie que nécessaire.

— Eh bien, en ce qui me concerne, ce sera tout pour aujourd'hui, Miss Walker.

Avett poussa un soupir de soulagement. Pour ma part, je restais vigilant : le regard prédateur de Tyrell m'indiquait qu'il était loin d'en avoir fini avec nous.

— Merci d'avoir bien voulu me consacrer un peu de votre temps, reprit-il. Je tiens cependant à vous ...peler, Miss Walker, qu'à la barre tous les sujets — et ...is bien tous — peuvent être abordés. Je pourrai vo... ...ser des questions sur votre passé, sur les hommes ...n ont fait partie, mais aussi sur ceux que vous fré...z actuellement... Je suis sûr que McNair et Duval ...ravis que le nom de leur boîte soit cité dans une aff... ...aquage avec violence. La presse en fera ses cho... ...vois d'ici les gros titres : *Le ténor du barreau cou...* ...*principal témoin à charge*. Avec la bonne formul... ...sous-entendu, je peux vous discréditer tous le... ...d, on sait faire, pas vrai, Jackson ? A la fin de ce ... ...pourrez dire adieu à votre statut d'associé, je ...ets !

Sur ce, il sortit de la salle de conférences, l'air altier, et avant que j'aie pu dire à Avett de ne pas prêter attention à ces menaces elle se leva et lui emboîta le pas. Je l'appelai, mais elle ne se retourna pas, se fondit parmi les gens qui entraient et sortaient du palais, et franchit les portes vitrées sans ralentir le pas. Je la rattrapai trente mètres plus loin. La saisissant par le coude, je lui fis faire volte-face : elle pleurait et sa lèvre inférieure tremblait. J'en eus le cœur fracassé.

Je ne pesai pas le pour et le contre. Ce n'était ni l'endroit ni le moment, mais je ne pouvais pas la laisser partir comme ça. Elle était malheureuse, et je voulais que ça s'arrête. Sans réfléchir, je l'attirai à moi et m'efforçai de chasser son chagrin d'un baiser.

Au début, elle s'abandonna, tout en douceur et en tendresse. Malheureusement, cette délicieuse capitulation ne dura pas, et ce baiser consolateur se mua en une sorte de combat. Elle s'écarta de moi et me gifla si violemment que ma tête partit sur le côté. Une exclamation horrifiée lui échappa en même temps que je criais son nom. Elle porta une main tremblante à sa bouche et posa l'autre sur ma joue brûlante. Je sentis ses remords vibrer jusque dans mes os.

— … m'en veux tellement, Quaid ! Mais qu'est-ce qui décon… chez moi ?

Elle r… d'un pas. Les larmes s'étaient remises à couler de ses y… …rrifiés.

— Av…

Mon in… …on patiente ne reflétait pas mon état d'esprit. Et … je m'aperçu… …acement augmenta d'un cran lorsque notre écha… blonde que je connaissais bien suivait … une curiosité non dissimulée, son portable col…

— Non, Q… …e.

Je suis écœur… …en veux à mort de t'avoir frappé ! … je ne sais plus où j'en suis, mais ce n'est pas une excuse ! C'est comme si j'étais incapable de faire ce qu'il faut ou de réagir correctement, même quand c'est ce que je veux. Je me sens trop nulle ! Tout le monde nous regarde, les gens doivent se dire qu'on est en train de rompre. C'est peut-être mieux comme ça… Ton patron ne te fera pas payer notre histoire et peut-être que ce charognard d'avocat te lâchera, lui aussi. Eloigne-toi de moi, Quaid ! Eloigne-toi de tout ce bordel tant qu'il est encore temps. Sinon, tu vas foutre en l'air ton avenir !

Je tentai à nouveau de l'attirer à moi, mais elle me glissa entre les doigts et secoua violemment la tête.

— Je suis sérieuse. Je serai toujours la fille qui se jette dans le vide sans savoir ce qu'il y a en dessous. Je m'y jetterai même si l'eau est froide et s'il y a du danger. Quels que soient les risques. Même en sachant que le choc va être brutal. Tu l'as dit toi-même : tu n'es plus ce gamin qui sautait du haut des rochers. Pour toi, la chose a perdu son attrait. Tu as mûri, et peut-être que moi aussi, après tout ça. Pourtant, je continuerai à me jeter dans le vide, parce que je suis comme ça. Mais jamais je ne laisserai cette fille [illegible] à te détruire, Quaid ! Jamais de la vie !

Maintenant qu'elle avait vidé son sac, elle sem[illegible] prête à me planter là. Les mains dans les poches, je l[illegible]isageai pensivement.

— Tu n'as donc pas compris que j'ét[illegible] homme détruit, quand on s'est rencontrés, et q[illegible] été essentielle à ma reconstruction ? Avant qu[illegible]arques dans ma vie, Avett, je n'existais plus. [illegible] femme m'a quitté, elle portait l'enfant d'un [illegible]s parents, eux, m'ont pratiquement renié. Mo[illegible] dégoûte de plus en plus, et tout ce qu'il me r[illegible]st un dressing de luxe et une vue spectacul[illegible]a, c'est de la frime !

Avant toi, rien n'était authentique dans mon existence. Je te l'ai déjà dit : ton chaos ne me fait pas peur.

Mais son côté sauvage, lui, me terrifiait : sur un coup de tête, elle allait sortir de ma vie aussi brutalement qu'elle y était entrée. On ne peut pas retenir le vent…

Elle porta la main à sa poitrine et détourna son regard mouillé.

— Mais à moi il me fait peur, Quaid. Je t'aime. Je ne voulais pas t'aimer, mais c'est plus fort que moi. Tu fais partie des rares personnes que je veux absolument épargner sur cette Terre. C'est pour ça que je dois renoncer à toi.

J'avais envie de la serrer très fort pour ne plus jamais la lâcher. De lui opposer tous les arguments possibles et imaginables pour l'empêcher de commettre cette erreur fatale. Je voulais réfuter ses paroles, reformuler son discours en en modifiant la fin. Entendre seulement qu'elle m'aimait, pas qu'elle me quittait… Mais elle tourna les talons, rendant toute tentative impossible.

— Avett !

Elle pila net et me lança par-dessus son épaule un regard empli de chagrin et de tristesse.

— Tu fais le mauvais choix. Et rien ne t'y oblige. Je n'ai pas b…in que tu me protèges, ni de toi ni de rien. Je suis un gra…garçon, tu sais.

Elle s…ra, et je lus sur son petit visage si expressif que sa décis…ait irrévocable.

— C'e…n ça, le problème, maître. Ce mauvais choix me sembl…e seul possible. Et je ne te protège pas de moi. Je te p… contre toi-même : tu as tout à perdre, si tu me rend…mour, Quaid.

Ses parol…gnirent en plein cœur et, soudain, je fus submerg…unami d'émotions. J'aurais voulu tout lui donn… que j'avais en moi, toutes ces

17

Avett

J'étais contente d'avoir refusé à mes parents qu'ils m'accompagnent pour ma déposition, même si mon entêtement avait rendu mon père hyper ronchon et ma mère hyper nerveuse. L'interrogatoire de l'avocat de Jared allait me déstabiliser, je le savais, mais sûrement moins que le fait de revoir Quaid. J'avais eu raison sur ces deux points. Je dus faire appel à toute ma volonté pour ne pas craquer devant lui et me répandre en torrents de larmes. Après ce baiser et cette gifle, j'avais le cœur en miettes.

Essuyant le mascara qui devait me faire une triste peinture de guerre sur les joues, je hélai un taxi.

A la maison, mon père attendait mon compte rendu et, à ma grande surprise, ma mère avait pris sa journée pour rester avec lui. Sa décision de m'apporter son soutien moral témoignait d'un changement radical dans nos rapports. Depuis qu'on avait échangé nos histoires, elle et moi, on se comprenait mieux. On n'aurait jamais une relation classique, je serais toujours la fille de mon père, mais c'était sympa de savoir qu'on avait réussi à dépasser nos désaccords. Retrouver l'amour de ma mère, c'était une étape cruciale sur le chemin de la rédemption et du changement.

Couper les ponts avec Quaid m'avait fait toucher le fond du fond. Et, puisque je ne pouvais pas tomber plus bas, je décidai d'essayer de me racheter auprès de la seule personne que je n'avais pas été capable d'affronter depuis le début de ma chute, quelques mois plus tôt. Il était temps de prendre mes responsabilités, en adulte, et de faire amende honorable auprès de Rome Archer. Je redoutais de sentir sur moi le jugement de son regard aussi inflexible que perspicace, mais je ne pouvais plus reculer. Même s'il devait rester sourd à mes excuses et mes remords sincères, je repartirais le cœur un peu plus léger d'avoir fait ce que je savais être juste. Rome comptait beaucoup pour mon père, ce qui le rendait très important à mes yeux. Ce colosse balafré ne m'accorderait peut-être pas son pardon, mais l'essentiel, pour moi, c'était d'accomplir cette démarche. Il fallait que je me libère de ce fardeau pour saisir les cadeaux que la vie réserve parfois. Je ne pouvais pas continuer à trimballer toute la culpabilité à laquelle je me raccrochais depuis si longtemps.

Je demandai au taxi de me déposer devant le bar, remarquant à peine l'inquiétude du chauffeur, qui, durant tout le trajet, avait guetté dans le rétro mon visage maculé de larmes.

J'inspirai à fond et poussai les portes de l'établissement, comme une héroïne de western débarquant sans son colt au beau milieu d'une fusillade. Clignant des yeux dans son ambiance tamisée, je me réhabituais à ce lieu qui avait toujours fait partie de moi.

Une voix rocailleuse s'éleva alors, reconnaissable à son profond accent du Sud.

— Avett ?

Dash Churchill — Church pour les intimes — avait été engagé comme videur à peu près à l'époque où je m'étais fait virer. C'était un mec incroyablement beau. C'était lui aussi qui m'avait soutenue contre Jared, alors qu'il me connaissait à peine. Je craquais carrément pour cet ancien soldat hyper canon, et pas seulement pour ses yeux — tourbillon de bleu, de marron et de jaune qui éclairait sa peau dorée. Church était du genre taiseux, du coup, je ne savais pas trop s'il était vraiment du Sud, mais ce qui était sûr c'était que ses parents avaient réussi à faire un fils d'une beauté hallucinante. Impossible de l'oublier une fois qu'on l'avait vu et ça n'était pas peu dire, car tous les gars de mon père étaient impressionnants, chacun à sa façon.

— Salut, Church. Rome est dans son bureau ? Je dois lui parler, c'est urgent.

— Ça fait un bail, petite.

J'aurais pu passer la journée à écouter son marmonnement nasillard à la Johnny Cash, mais j'étais venue dans un but précis et si je ne parlais pas tout de suite à Rome j'allais me dégonfler.

— Oui, c'est vrai. Seulement… je ne savais pas si j'étais encore la bienvenue ici et… disons que… Je veux lui présenter mes excuses. Je ne sais pas s'il voudra m'écouter, mais il faut que je tente le coup.

Pour un mec aussi baraqué, Church se déplaçait avec la vivacité et la discrétion d'un félin. Dans son job, c'était un atout : quand il intervenait lors d'une bagarre, il la faisait cesser avant que les protagonistes aient compris ce qui se passait. Stoïque, il semblait immunisé contre les charmes féminins qu'on lui mettait sans arrêt sous le nez, mais moi j'étais sûre que c'était parce que, en secret, il craquait pour l'adorable Dixie Carmichael. Dixie avait toujours travaillé au bar. Elle faisait partie de cet endroit tout autant que mon père, et je ne l'avais connue que malheureuse en amour.

Church et elle se tournaient autour depuis un bon moment, ce qui était à la fois amusant et frustrant à observer.

Je sursautai. Son bras musclé venait de s'abattre sur mes épaules. Je poussai une exclamation en me retrouvant plaquée contre un torse dur comme la pierre. Il n'était pas le mec le plus affectueux de la Terre. Son étreinte de grizzly me prit donc par surprise, mais elle me mit aussi un peu de baume au cœur, après ma rupture avec Quaid.

— Tu sais bien que pour le patron tu es ici chez toi. Tu as toujours été la bienvenue, Avett, et tu nous as manqué. Il va t'écouter, il te dira ce qu'il pense, et on n'en parlera plus.

Du menton, il m'indiqua le fond du bar et m'adressa une esquisse de sourire, une première chez lui.

— Il fait la compta du mois. Va le voir, il sera content de pouvoir lever le nez des factures.

J'acquiesçai et, redressant les épaules, traversai le parquet abîmé jusqu'au bureau. Je frappai à la porte et patientai quelques secondes qui me parurent une éternité.

— Entrez ! fit une voix bourrue.

Je poussai lentement la porte, tandis que Rome levait la tête de son bureau en désordre. Je m'attendais à affronter un regard noir ou un visage renfrogné. Mais un sourire d'une blancheur parfaite illumina sa beauté rugueuse, caractérisée par la profonde cicatrice qui lui barrait le front jusqu'au sourcil. Ce mec était à tomber !

— Avett ! Qu'est-ce qui t'amène ? Ton père est là ?

Il s'exprimait comme s'il était encore dans l'armée : il n'avait pas de temps à perdre, pas de salive à gaspiller. Je restai clouée sur place, hypnotisée par ses yeux bleus. Comme je ne répondais pas, il pencha sa tête rasée sur le côté et me dévisagea avec perplexité.

— Tu as pleuré ?

Prise d'un petit rire nerveux, je m'avançai jusqu'à l'un

des fauteuils miteux, m'y laissai tomber, et m'offris à son regard intrigué. Je me sentais à poil, vulnérable, écorchée vive après cette horrible confrontation avec Quaid devant le palais de justice. J'ouvris les vannes, et les mots déferlèrent.

— Je suis venue te présenter mes excuses, Rome. Je regrette d'avoir été une employée merdique. De t'avoir manqué de respect et d'avoir méprisé tes efforts. Et surtout je regrette terriblement de ne pas avoir su dire non quand Jared m'a demandé de piquer du fric dans la caisse. Je m'en veux de t'avoir obligé à me virer, de m'être définitivement exclue de ce bar. Tu es un mec bien, et mon père n'aurait pas fait de ce lieu ce qu'il est sans toi. J'ai passé beaucoup de temps à me saborder, c'est pour ça que j'ai repoussé toutes les perches que tu m'as tendues. Je pourrais te donner des tas d'explications, t'expliquer pourquoi je trouvais juste d'en prendre plein la gueule, pourquoi je voulais à tout prix me punir, mais je te dirai simplement que j'ai compris que l'autodestruction ne me mènerait à rien et qu'avec mes conneries je faisais surtout du mal aux autres.

Je déglutis péniblement et me mordis la lèvre.

— A toi, par exemple... et à Asa.

Il lâcha son stylo et s'appuya sur le bureau pour me scruter au fond des yeux.

— A la guerre, dans une situation extrême, tu es amené à prendre des décisions rapides, qui auront des conséquences sur d'autres personnes que toi... Et quand tu rentres au pays, que tu dois te réadapter à la vie civile, au quotidien, personne ne te dit comment gérer ce que tu as rapporté dans tes bagages.

Je l'écoutais, bouleversée par la sincérité et la profondeur de ses paroles.

— Tu es rempli de regrets et de doutes. Certaines nuits, tu n'arrives pas à dormir tellement tu t'interroges, tellement tu ressasses tes décisions passées… Tu as l'impression que la culpabilité va finir par avoir ta peau. Puis tu te rends compte finalement que la seule solution c'est d'accepter d'avoir dû faire ces choix. Tu ne peux pas revenir en arrière, mais tu peux tirer des enseignements de tes erreurs et admettre qu'elles te fassent progresser. Je suis presque jaloux que tu aies l'occasion de t'excuser, Avett. Certains jours, je donnerais tout pour pouvoir dire : « Pardon pour toutes les erreurs que j'ai pu faire. » Et je ne te parle pas de la période où j'étais en mission à l'étranger.

Je relâchai ma respiration. La crainte et l'excitation qui m'animaient s'apaisèrent un peu. Je frottai mes yeux pleins de traces de mascara.

— Merci d'avoir compris, Rome. Tu sais, je compte bien te rembourser l'argent que je t'ai volé jusqu'au dernier cent.

— J'avais compris avant que tu viennes me voir, Avett. J'ai un petit frère qui a connu une phase d'autodestruction, lui aussi. En fait, tu t'en es sortie plus vite que lui.

Je fronçai le nez et soupirai :

— C'est parce que les filles mûrissent plus vite que les garçons…

Il gloussa.

— C'est bien vrai ! Et, pour ton info, sache que tu auras toujours une place dans ce bar. Cette cuisine, c'est celle de ta mère, pas la mienne. Alors, si jamais tu veux revenir, c'est auprès d'elle que tu devras faire amende honorable.

— Ça va mieux entre nous… enfin, mieux qu'avant. Depuis ma sortie de taule, je fais profil bas et j'essaie d'assumer mes responsabilités. Le passage par la case prison a été très instructif.

— Ta prise de conscience, elle ne ressemblerait pas à l'avocat qui t'a évité la prison ? Brite ne dit que du bien de lui. Le seul truc qui coince, c'est sa sportive de bobo. A croire qu'il essaie de te shipper à tout prix avec ce mec.

Je haussai les sourcils.

— Me *shipper* ?

Il leva les yeux au ciel, et je souris en voyant le rouge lui monter aux joues.

— C'est la faute de Cora… A force de regarder toutes ces séries sur CW Network, elle n'arrête pas de dire shipper par-ci, shipper par-là. Elle m'a contaminé.

Cora, sa future épouse, était enceinte jusqu'aux dents. Ils avaient déjà une fillette adorable, un petit bout de femme aussi énergique que sa mère. Mais Cora était surtout la seule personne assez costaude pour supporter au quotidien cet ancien militaire pas toujours commode. De l'extérieur, ils semblaient aux antipodes l'un de l'autre, mais, quand on les voyait ensemble, il était clair qu'ils étaient parfaitement assortis et profondément amoureux. Pour moi, ils incarnaient le couple idéal.

Je me mis à rire pour de bon, cette fois, avant de soupirer :

— Cet avocat est peut-être à l'origine de ma prise de conscience, mais il est surtout la cause de ça, dis-je en désignant mon visage de clown triste. Certaines choses ne sont pas faites pour être…

— … Et d'autres si, même si ça n'est pas toujours évident à première vue.

Il parlait comme mon père, lui dis-je. C'en était presque flippant. Il me décocha un de ses sourires ravageurs.

— Je prends ça comme un compliment !

Je me levai et ne pus m'empêcher d'aller lui nouer les bras autour du cou.

— Mon père et ce bar ont de la chance d'avoir trouvé quelqu'un comme toi, Rome. Je le pense vraiment.

Il me tapota le bras avec maladresse et se leva. Je dus me dévisser le cou pour croiser son regard.

— Et moi, je suis content que tu te sois enfin trouvée, Avett.

Je ravalai une boule d'émotion. Je n'avais jamais autant eu la larme à l'œil ! Toutes ces émotions malmenaient mon cœur déjà bien amoché.

— Le truc, c'est de garder le cap. C'est tellement facile de se perdre quand on navigue à vue ! Il faut tout le temps refaire le point.

Il posa la main sur mon épaule et dit gravement :

— C'est pour ça qu'il te faut quelqu'un pour te guider, quelqu'un qui te tienne la main, qui t'aide à affronter les tempêtes, parce que, dans la vie, on ne peut pas toujours les éviter.

Je tressaillis. Je m'étais éloignée de ma boussole, j'en étais persuadée. J'avais quitté le seul mec qui ne m'avait pas laissée m'égarer. Quaid ne perdait pas le cap dans la tempête, lui : il la surmontait.

— Je n'oublierai pas, Rome. Merci de m'avoir facilité la tâche. On sait tous les deux que tu n'étais pas obligé de le faire.

Ma voix se brouilla. Les larmes menaçaient à nouveau. Je ne pouvais pas chasser de mon esprit mon aigle de la justice.

Rome me suivit sans répondre dans le bar quasiment vide. Church, accoudé au long comptoir, bavardait avec l'un des habitués et un barman que je ne connaissais pas.

— Où est ton père ? me demanda Rome.

Il me fallut une minute pour m'apercevoir qu'il cherchait des yeux la personne censée être mon garde du corps pour la journée.

— Il n'est pas là. J'étais convoquée au palais de justice, aujourd'hui. Je ne savais pas combien de temps ça allait durer, alors j'ai préféré qu'il m'attende chez ma mère. Tu le connais… D'ailleurs, je devrais leur téléphoner pour leur dire où je suis. Il faut aussi que j'appelle un taxi pour rentrer avant qu'ils s'inquiètent.

Il croisa les bras sur son torse musclé, recouvert d'un T-shirt délavé des Eagles.

— Ça va prendre des heures. Je vais te raccompagner, puisque Church est là pour surveiller le bar.

Je m'apprêtais à accepter, quand le numéro de mon père s'afficha sur l'écran de mon portable. Levant un doigt, je m'excusai auprès de Rome tout en collant le téléphone à mon oreille.

— Salut, papa. Désolée de ne pas avoir appelé plus tôt. L'avocat de Jared est un vrai connard, une ordure totale. Ecoute, laisse-moi une minute. Je suis au bar avec Rome. Il m'a proposé de me ramener.

— Dis-lui qu'un chauffeur t'attend dehors.

Cette voix n'était pas celle de mon père, non, sûrement pas. Mais, avant que j'aie pu demander qui avait décroché à sa place, le mec ajouta sèchement :

— T'as intérêt à faire comme si tout allait bien, sinon tes parents vont passer un mauvais quart d'heure !

Comme Rome me regardait d'un drôle d'air, je me plaquai un sourire mal assuré sur les lèvres et m'éloignai de lui. Une main sur mon estomac noué, je murmurai :

— Je comprends.

Je bloquai mes genoux. J'avais l'impression qu'ils allaient se dérober sous moi.

— Tu crois ? En clair, voilà ce qui va se passer. Tu vas tranquillement sortir par-devant et monter dans la Yukon noire qui t'attend. Tu vas dire à mes partenaires où tu as planqué la came que ton mec a piquée à mon patron, et tu vas les emmener sur les lieux. Si tu préviens les flics, si tu préviens n'importe qui, cette jolie petite baraque va finir exactement comme l'autre, sauf que cette fois on laissera tes vieux cramer à l'intérieur.

Je me raclai la gorge et jetai un coup d'œil par-dessus mon épaule. Church avait rejoint Rome, et tous deux me fixaient avec attention. Je frissonnai et murmurai :

— Qu'est-ce qui me dit qu'ils sont encore vivants ?

Il y eut un froissement, des bruits de lutte, puis la voix tendue de mon père à l'autre bout du téléphone :

— Ne va nulle part avec ces mecs, Avett ! Tu entends ? Appelle la police et reste en lieu sûr ! Ne t'en fais pas pour moi…

J'entendis un craquement horrible, suivi d'un coup violent et assourdi. Je portai la main à ma bouche, au bord de la nausée.

— A ta place, je n'écouterais pas le conseil de ton père, reprit le mec. Si les flics se pointent, on fout le feu à la baraque et, ensuite, on s'occupera de ton avocat. On veut la marchandise. Dès qu'on l'a, on se casse. Ta liberté et la vie de tes parents contre notre came. Le choix n'est pas très compliqué à faire, à mon avis.

Le problème, c'était qu'il n'y avait plus de came et que je savais de quoi ces mecs-là étaient capables. J'en faisais encore des cauchemars, sauf que, cette fois, il n'y aurait pas de proprio pour me sauver la mise avec une batte de base-ball.

— N'essaie pas non plus d'appeler ton copain l'avocat. On le surveille de près. Lui, c'est notre plan B, si jamais tu décidais de nous doubler.

Quaid ! Lui aussi était en danger ! Penser à lui me donna soudain une idée. OK, ce n'était pas le plan du siècle, mais le seul qui me vint à l'esprit, vu les circonstances.

— C'est bon, je vais sortir et monter dans le SUV. Je vous donnerai ce que vous voulez.

— Tu vois, ce n'était pas bien compliqué ! Tu es plus futée que t'en as l'air, finalement !

Je fermai les yeux de toutes mes forces, et mes doigts se crispèrent sur le téléphone.

— Manifestement pas assez pour épargner les gens que j'aime… Je pars tout de suite.

Je raccrochai et me retournai vers Rome et Church.

— Les gars, il faut que vous alliez chez ma mère. Mon père a vraiment besoin d'aide, déclarai-je d'une traite, la gorge nouée de culpabilité.

Je ne pouvais peut-être pas appeler la police, mais je pouvais envoyer deux vétérans hyper entraînés au secours de mes parents. En même temps, impossible de tout leur dire, sinon, jamais ils ne me laisseraient me faire enlever gentiment, dès que j'aurais fait un pas dehors.

— Oui, euh… il s'est mis dans une sacrée galère et il a besoin de vous deux. Moi, il faut que je retourne au palais de justice. L'avocat de Jared m'a même envoyé une voiture, il a encore des questions à me poser. Bon, faut que j'y aille, là…

Je me précipitai vers la porte. Rome et Church me suivirent à l'extérieur. Je leur lançai par-dessus mon épaule :

— Grouillez-vous, les gars, et n'essayez pas de l'appeler ! Il ne pourra pas vous répondre.

— Qu'est-ce que c'est que ce bordel, Avett ?

Visiblement, Rome avait épuisé tout son stock de patience.

— Allez chez ma mère, vite… et soyez très, très, très prudents tous les deux. Il se passe quelque chose de grave, et vous êtes les seuls à pouvoir nous aider. Alors, promettez-moi de ne pas appeler la police. Sinon, vous mettrez mon père dans une situation encore plus grave. Vous comprenez ce que j'essaie de vous dire ?

Ils me scrutaient avec intensité, les sourcils froncés de colère et de perplexité.

— Quand vous serez là-bas, vous lui direz de ma part que je regrette. Terriblement.

Je poussai la porte et me précipitai vers le parking, tous deux sur mes talons. Un gros SUV noir stationnait dans la rue. Je courus droit vers lui, le cœur dans la gorge. La main sur la poignée, je jetai un regard derrière moi. Rome et Church avaient chacun leur portable collé à l'oreille et arpentaient l'asphalte comme des lions lâchés dans la nature. J'aurais dû savoir qu'ils ne m'écouteraient pas. Restait à espérer qu'ils n'appelleraient pas la police avant d'aider mon père. Alors que je montais dans le SUV, je leur hurlai :

— Ne prenez pas de risques !

S'il leur arrivait quoi que ce soit, je ne me le pardonnerais jamais. Mais moi, il fallait que je fasse quelque chose. Je me jetai sur la banquette du véhicule, direction l'inconnu.

J'eus un haut-le-cœur en voyant un mec de mon âge, un flingue pointé sur moi. Le conducteur se retourna et me fixa derrière ses lunettes miroir, tandis que son passager m'adressait un rictus narquois. Lui, je le reconnaissais. Il était là le jour où j'avais été tabassée dans l'appart de Jared. Mon sang se figea dans mes veines : j'étais comme anesthésiée.

— On va où ? demanda le conducteur.

Il inséra le gros 4x4 dans la circulation. Je déglutis. Il fallait que je réagisse. Je crispai les poings sur mes genoux, sans cesser de fixer l'arme au reflet maléfique.

— Vous avez fait le plein ? réussis-je à articuler.

Les deux hommes à l'avant se retournèrent vers moi.

— Pourquoi ?

Je relâchai ma respiration. J'avais le sale goût de la peur dans la bouche.

— Parce qu'on va dans les montagnes.

Pas n'importe lesquelles. On allait dans les montagnes de Quaid. Mon objectif, c'était de balader ces salauds, pour donner le maximum de temps à Rome et Church. J'espérais qu'ainsi ils pourraient sauver mes parents. Il y avait de fortes chances pour que je ne voie pas le jour à venir, et si c'était le cas je voulais passer mes derniers moments à l'endroit où j'étais tombée amoureuse et où je m'étais sentie aimée pour la première fois de ma vie.

C'était la décision la plus facile que j'aie jamais eue à prendre.

18

Church

— Elle t'a dit de ne pas appeler les flics, Rome !

Ça faisait longtemps que ce grand costaud n'était plus mon supérieur à l'armée, mais certaines habitudes ont la peau dure, et depuis que je bossais dans son bar je me tournais souvent vers lui dans l'attente d'un ordre ou d'un conseil. Ce mec m'avait sauvé la vie à plusieurs reprises, et c'était une des rares fois où je remettais son jugement en cause. On fonçait chez Darcy avec, pour seuls indices, les paroles énigmatiques d'Avett et son comportement étrange. Rome avait un mauvais pressentiment et, malheureusement, j'étais d'accord avec lui.

Il lança son portable sur le siège du pick-up et croisa mon regard. La cicatrice qui lui barrait le front lui donnait l'air plus féroce et plus inquiétant qu'il ne l'était en réalité. Depuis son départ de l'armée, il s'était investi à fond dans la vie civile. Il avait une femme du genre qui reste pour toujours et une famille sur le point de s'agrandir. Comme si ça ne suffisait pas, il faisait sa compta et payait ses factures comme M. Tout-le-Monde, alors qu'il avait été formé pour être une machine à tuer. J'aurais dû l'envier. Depuis qu'il avait quitté le service, Rome avait trouvé la paix, mais aussi sa place dans le monde. Sauf que, tout ça, ça n'était pas pour moi.

Je dirais même que foncer vers l'inconnu, flingues en poche, tout en passant en revue les diverses configurations qui pouvaient nous attendre chez Darcy, ça me revigorait. Ça faisait longtemps que je ne m'étais pas senti aussi vivant. Je ne savais pas ce qui m'excitait à ce point. Peut-être que ne plus être sous le feu de l'ennemi, ne plus entendre les balles siffler et les bombes exploser me manquait… Ce qui ne me manquait pas, en revanche, c'était de voir mes amis se battre et mourir dans une guerre qui semblait ne jamais devoir finir. Si seulement j'avais pu ne plus jamais avoir à appeler une veuve ou une famille en deuil, j'aurais été un homme heureux. Un homme qui s'emmerde, un homme insatisfait, mais un homme heureux. Dans mon nouveau job, la seule chose qui me plaisait, c'était de cogner sur des crétins les soirs où ça chauffait. Ça, et croiser Dixie à longueur de journée.

Le boulot, ça allait — j'aurais pu le faire les yeux fermés —, mais côtoyer cette Little Miss Sunshine avec ses boucles blondes et son optimisme à toute épreuve, c'était une autre histoire. Je n'avais jamais rencontré quelqu'un d'aussi… heureux. Cette fille faisait comme si le monde ne partait pas en couille, comme si servir des verres et sourire à des ivrognes, c'était le bonheur sur Terre. Mais ce qui me dépassait, c'était qu'elle veuille être amie avec moi. C'était quoi, ce délire ? Des amis, j'en avais qu'une poignée, et pas une seule femme parmi eux, bordel ! Je n'étais pas ami avec les personnes que j'avais envie de baiser… Et, quand bien même, son optimisme aurait suffi à me faire fuir. Lorsqu'elle posait sur moi ses yeux de biche, doux et chaleureux, j'avais trop envie de croire en des choses qui n'existaient qu'au cinéma. J'avais abandonné tout espoir et toute foi en l'homme là-bas, dans le désert, le jour où ma section avait été attaquée et où j'avais enterré quasiment tous les gars avec qui j'avais combattu durant dix-huit mois. Mais Dixie se foutait de tout ça ; elle répandait son soleil autour d'elle, essayant de percer de ses rayons le nuage noir qui planait au-dessus de ma tête, et je la désirais comme un malade. Mais, comme je n'avais à lui montrer que la cruauté du monde et la laideur de l'âme humaine, je gardais mes distances, afin de ne pas lui ôter toute sa lumière.

J'allais finir par exploser à force de ronger mon frein et de faire profil bas. Pas parce que l'action me manquait, parce que j'avais de plus en plus de mal à refréner mon désir.

— Je n'ai pas appelé *les* flics, Church, j'ai appelé *un* flic. Royal m'a dit qu'elle tiendrait des gars prêts à intervenir dès qu'elle aurait notre rapport.

Je me mis à pianoter sur mon genou.

— Ça ne te manque vraiment pas, tout ça ?

Rome se tourna vers moi, l'air grave.

— Non. Je suis père de famille, aujourd'hui, et je veux voir mes enfants grandir. Me mettre en danger et prendre des balles, ce n'est plus à l'ordre du jour.

Il leva son sourcil balafré.

— Parce que ça te manque, à toi ?

Je haussai une épaule et regardai par la vitre, tandis que Rome se garait non loin du pâté de maisons où se situait la modeste demeure de Darcy.

— Je suis resté longtemps dans l'armée, plus longtemps que toi, Rome. Parfois, je me dis que la guerre et la peur m'ont modifié le sang. Il ne circule plus dans mon corps comme avant. Il n'y a que l'adrénaline qui me donne l'impression d'être vivant.

Son front se plissa de contrariété.

— On ne peut pas vivre comme ça, Church. Tu ne devrais pas avoir besoin de sensations fortes pour te sentir exister.

Il avait raison, mais j'étais comme ça. Et ça faisait de moi quelqu'un de dangereux, bien plus dangereux que lorsque je bossais pour l'oncle Sam.

On descendit du pick-up. Je fis signe à Rome, tandis qu'il contournait l'arrière du véhicule.

— Tu prends l'extérieur et tu me laisses entrer dans la maison.

— On ne sait pas ce qui t'attend à l'intérieur, Church. On ferait mieux de couvrir le périmètre à deux et ensuite d'entrer.

Je secouai la tête.

— Pas question, mon frère. Il y a trop de paramètres inconnus dans la maison. Brite est sacrément balèze, il a certainement fallu plus d'un mec pour le neutraliser. Et puis tu as une famille : inutile que tu prennes plus de risques que nécessaire. Moi, je vais entrer. Toi, tu vérifies que le champ est libre dehors.

Rome se rembrunit. Ses yeux reflétaient son scepticisme.

— Ce plan ne me plaît pas… Pas du tout !

J'eus un petit rire et serrai son épaule musclée.

— Peut-être, mais, vu que je ne suis plus sous tes ordres et que j'ai plus d'expérience que toi en technique d'assaut, c'est comme ça qu'on va procéder.

Il souffla, résigné.

— Espérons qu'on n'aura pas besoin de ton expérience dans ce domaine.

Personnellement, je n'espérais plus rien, mais un peu d'action, je n'étais pas contre.

— Faisons le job. Après, on pourra se concentrer sur l'endroit où a pu aller Avett. On sait tous les deux qu'elle n'est pas montée de son plein gré dans cette bagnole de location. On est dans la merde jusqu'au cou.

Rome acquiesça, et on se sépara pour aborder le pâté de maisons en tenaille.

Il avait changé depuis qu'il avait quitté l'armée, mais son besoin de protéger les autres restait profondément ancré en lui, quelle que soit la situation. Brite n'était pas seulement son sauveur et son mentor : c'était son ami, et en ancien soldat Rome ne reculerait devant rien pour lui venir en aide. De mon côté, mon job, c'était de veiller à ce que les personnes qui comptaient, celles qui avaient charge de famille, ne soient pas blessées. J'allais donc prendre la forteresse d'assaut. D'autant plus que ça faisait six mois que je n'avais pas eu mon shoot d'adrénaline !

Je traversai le jardin situé juste derrière celui de Darcy et évitai un berger allemand qui se mit à aboyer, tandis que j'escaladai la barrière du fond. Par chance, le terrain de Darcy était planté de grands ormes. Je me planquai derrière l'un d'eux, au cas où le mec qui séquestrait Brite et Darcy serait allé vérifier ce qui avait provoqué les aboiements du chien.

J'attendis une seconde, pour voir si quelqu'un sortait de la maison en nous arrosant d'un feu nourri. Rien. Je repris mon approche furtive en m'abritant derrière les arbres, puis derrière la terrasse en bois. Je veillais à garder la tête baissée. Grand comme je l'étais, je me serais fait tout de suite repérer. Je me faufilai le long de la maison jusqu'à la porte de derrière. Je ne pensais pas la trouver ouverte, mais apparemment la chance était avec Brite : la poignée tourna aisément sous mes doigts. A l'intérieur du garage, tout était sombre, pourtant, je distinguai nettement le contour de la Harley de Brite ainsi que la Chrysler 300 de Darcy, garée à côté.

Mon cœur cognait à mes oreilles, et tout mon corps était

focalisé sur la menace éventuelle qui m'attendait derrière la porte de communication avec l'intérieur de la maison. Aucun bruit ne me parvenait du dehors. Pas étonnant : Rome était un bon. Si des complices surveillaient le périmètre, il les neutraliserait en silence, même s'il était un peu rouillé.

J'eus moins de chance avec la porte de communication : elle était fermée à clé. OK, l'approche furtive s'arrêtait là. Je n'allais pas perdre mon temps à trafiquer la serrure ; un grand coup d'épaule me ferait entrer beaucoup plus vite.

Je sortis l'arme que j'avais glissée dans ma ceinture et en ôtai le cran de sûreté. J'inspirai profondément et pris mon élan : je n'avais droit qu'à un seul essai pour défoncer la porte et tomber par surprise sur le mec qui se trouvait de l'autre côté. C'était comme au bon vieux temps ! Mon sang circulait plus vite dans mes veines, et je me sentais dix fois plus vivant. Tout ça me manquait tellement, depuis que j'avais quitté l'armée et les zones de guerre.

Le fin panneau de bois céda assez facilement ; le mec de l'autre côté aussi. Je l'envoyai au tapis et l'assommai aussitôt d'un coup de crosse. Un coup de feu claqua au-dessus de moi. Je roulai sur le côté, tandis qu'une autre balle frappait le plancher, manquant ma tête de peu. Je lâchai un juron et répliquai par un tir qui atteignit sa cible, à en croire le cri du mec.

Je me remis debout, serrant mon arme à deux mains, et balayai la pièce du regard. Le premier mec était K-O, le second gisait par terre, cramponné à sa jambe qui pissait le sang. Je m'approchai de lui et écartai son flingue du pied.

— Vous êtes combien dans la baraque ?

Il me regarda avec des yeux vitreux, tandis que sa figure passait du blanc au gris. J'avais peut-être touché son artère fémorale. Tant pis, je n'allais pas culpabiliser pour ça, je n'avais pas le temps.

Je le poussai du bout de ma chaussure et redemandai :

— Vous êtes combien ?

Sa tête partit mollement sur le côté, tandis que ses yeux se fermaient. OK, je n'en tirerais rien avant un bon moment. Je jurai dans ma barbe et, dos au mur, remontai le couloir jusqu'à l'avant de la maison, offrant le moins de surface possible à l'ennemi. Comment est-ce que tout ça avait pu me manquer ? Et pourtant... J'opérais à l'instinct, guidé par des années d'expérience. Ça faisait du bien d'agir, de se sentir utile, d'avoir un objectif. J'avais besoin de ça. J'avais besoin du danger, même si, comme le disait Rome, ça n'était pas un mode de fonctionnement pour moi. Je n'avais qu'une vie et je devais la préserver en mémoire de mes frères qui n'avaient pas eu ma chance.

Arrivé au bout du couloir, j'aperçus un reflet sur le verre d'un des cadres accrochés au mur. Brite était par terre, couché sur le côté, les mains attachées dans le dos. Il ne bougeait pas, peut-être à cause de l'homme en costume sombre dont je voyais également l'image déformée sur le sous-verre. Il pointait un flingue sur Darcy, qui pleurait, assise sur le sofa.

Bordel !

Je ne combattais pas des insurgés, mais des criminels qui menaçaient une famille innocente. Quoi qu'il en soit, je ne pouvais pas regarder Darcy et Brite se faire torturer sans agir.

— Je savais que tu étais là. J'ai entendu de l'agitation à l'arrière de la maison, et mon guetteur ne m'a pas prévenu. Si tu ne veux pas que la cervelle de cette jolie dame recouvre le sofa, tu vas jeter ton gun, bien en vue, et ramener ton cul.

Je jurai à nouveau, assez fort cette fois pour qu'il m'entende. Je n'aimais pas me défaire de mon arme, mais là je n'avais pas le choix. Je lâchai mon flingue et, d'un coup de pied, l'expédiai jusqu'au milieu du salon. Je secouai la tête.

Avec quelle rapidité les choses étaient parties en vrille… Je levai les mains en signe de reddition et entrai dans la pièce. Baissant les yeux sur Brite, je vis que son torse massif se soulevait à un rythme régulier. Il me lança un regard furieux. Du sang dégoulinait sur son visage : une vilaine estafilade lui barrait le front. Coriace comme il l'était, sûr qu'il n'avait pas lâché l'affaire sans se battre !

L'homme secoua la tête et me fit un sourire qui me fila la chair de poule.

— Je n'en reviens pas que tu aies balancé ton arme aussi facilement. C'est un geste d'amateur. Je veillerai à ce que la fille paye pour ne pas avoir suivi mes ordres.

Brite poussa un grognement, et les pleurs de Darcy redoublèrent.

Je laissai retomber mes mains et considérai le mec d'un air ironique.

— Un amateur n'aurait pris qu'une seule arme.

Avant qu'il ait compris ce qui se passait, je dégainai le second pistolet que j'avais glissé dans mon dos et tirai le premier. Je le touchai à l'épaule, et son flingue tomba par terre, inutile. En deux enjambées, je traversai la pièce et lui mis mon poing dans la gueule, si fort que mes jointures en craquèrent. Il crachota un filet de sang et gémit pitoyablement avant de s'effondrer. Je récupérai son arme et demandai à Darcy où je pourrais trouver une corde pour ficeler tous ces fumiers.

Secouée de sanglots, elle fut incapable de me répondre, mais Brite me cria qu'il avait tout un stock de liens de serrage dans le garage.

Je ligotai en clin d'œil le mec à l'autre bout du couloir et contournai celui qui devait s'être vidé de son sang. De retour dans la pièce principale, je secouai le bras du mec à qui j'avais mis une balle dans l'épaule. Il hurla de douleur et cracha un torrent d'insultes. Quand ils furent tous les trois hors d'état de nuire, Rome fit irruption par la porte d'entrée, suivi par une jolie rousse en uniforme de police.

Ils marquèrent un temps d'arrêt en voyant tout le sang, mais se reprirent très vite, et Rome se précipita pour libérer Brite de ses liens.

— J'appelle le central. Demande au mec qui est encore conscient s'il sait où ses potes ont emmené Avett.

La jolie rousse s'éclipsa par la porte d'entrée, tout en communiquant par la radio épinglée à son épaule.

Brite se leva d'un bond et alla détacher sa femme. Ses yeux sombres glissèrent sur nous. Il avait le regard intense du mec qui a fait la guerre ou du parent dont l'enfant est en danger.

— Il faut que j'appelle Quaid. Il a peut-être une idée de l'endroit où elle a pu les emmener. Je dois la retrouver.

Rome lui posa la main sur l'épaule et lui dit gravement :

— On va la retrouver.

Brite hocha la tête et se mit à pianoter frénétiquement sur son téléphone.

Rome se tourna vers moi, les yeux plissés, et me demanda d'une voix à peine audible :

— Et c'est ça qui te manque, bordel ?

Je regardai tout le sang autour de moi. L'odeur âcre de la poudre me piquait les narines. Je fis jouer mes jointures meurtries et transférai mon poids d'une jambe sur l'autre.

— Oui.

C'était bien pour ça que je devais me tirer d'ici en vitesse, avant de faire la connerie du siècle. Genre tomber amoureux d'une fille qui n'avait pas la moindre idée du mec que j'étais vraiment.

19

Quaid

Assis derrière son bureau, Orsen me fixait d'un air auquel je n'avais jamais eu droit depuis que je bossais pour lui. Il semblait frustré, déçu, mais, plus que tout, résigné. Ses mains reposaient sur sa brioche naissante, et ses lèvres étaient réduites à un simple trait.

— Qu'as-tu à dire pour ta défense, Quaid ? me demanda-t-il sèchement.

Je me renfonçai dans mon fauteuil. J'avais l'impression d'être un élève convoqué chez le proviseur. En temps normal, j'aurais fait mon maximum pour le calmer et arrondir les angles, mais, maintenant que j'y voyais clair dans mes priorités et mes aspirations, ses menaces ne m'atteignaient plus.

— Rien.

Je croisai ma cheville sur mon genou, décontracté. Je voulais lui faire savoir que ce petit entretien ne m'impressionnait pas. Je n'étais plus son jouet.

— Je n'ai rien à dire pour ma défense, Orsen. Je ne représenterai pas votre ami, et si j'avais été là quand vous l'avez fait revenir, cet après-midi, ma réponse aurait été la même.

Il faillit s'étouffer.

— Tu oublies que tu travailles pour cette boîte ? Et tu prétends vouloir devenir notre associé !

— Comment pourrais-je l'oublier, alors que c'est vous qui me faites miroiter cette association depuis des années, pour mieux m'avoir à votre botte ! Répondez-moi sincèrement, Orsen. Avez-vous ne serait-ce qu'envisagé, Duvall et vous, de me proposer de devenir votre associé à part entière ?

Il souffla d'exaspération, et le rouge monta à ses bajoues. Je compris alors pourquoi il me confiait les procès les plus médiatiques : il était incapable de cacher son jeu. On lisait en lui comme dans un livre ouvert.

— Tu dois d'abord faire tes preuves, Quaid.

Sa voix était ferme, mais l'agitation de ses mains trahissait son malaise. Ces mecs allaient me presser comme un citron, faire de moi la figure de proue de leur boîte, mais jamais je n'aurais mon nom sur la plaque. Ils ne me considéreraient jamais comme leur égal.

— Mes preuves, je les ai faites. Largement, même, que ce soit au sein de la boîte ou du barreau en général. J'ai gagné le droit de choisir mes affaires et les personnes que je représente, alors, si vous n'êtes pas d'accord avec moi sur ce point, je pense qu'il est temps que nos chemins se séparent.

Il se raidit et perdit un peu de sa belle arrogance.

— Tu ne démissionneras pas. Tu as investi trop de temps et trop d'énergie chez nous.

Il semblait si sûr de lui… Je pouvais le comprendre, cela dit. Avant de connaître Avett, l'idée de donner ma démission ne m'aurait jamais traversé l'esprit, mais quand on a survécu à un ouragan on ne voit plus les choses du même œil. Et moi, je n'avais plus besoin ni envie d'impressionner Orsen McNair. En clair, je ne voulais plus bosser pour lui.

— Justement, c'est ça, le problème, Orsen. C'étaient

du temps et de l'énergie investis au mauvais endroit. Parce que, si je ne m'étais pas donné à fond pour obtenir votre approbation, je me serais peut-être aperçu plus tôt que mon mariage battait de l'aile. Si je n'avais pas cru que mon bonheur et ma fierté passaient par ce foutu statut d'associé, je me serais peut-être rendu compte que mes patrons ne méritaient absolument pas que je leur donne le meilleur de moi-même, que jamais ils n'apprécieraient mon travail à sa juste valeur. Mon but, Orsen, c'est de réussir ma vie. Et ça n'a rien à voir avec tout ça !

Il leva les mains, et son visage accusateur afficha une expression plus conciliante.

— Allons, fiston, ne prends pas de décision sur un coup de tête. Où crois-tu que tu trouveras les revenus et les opportunités de carrière qu'on t'offre ici ? On a une liste d'attente longue comme mon bras ! Des avocats frais émoulus de la fac qui meurent d'envie d'entrer chez nous… Tu as déjà de la chance qu'on t'ait proposé un poste, Quaid. Tes références n'avaient rien d'extraordinaire, reconnais-le ! Si je t'ai choisi, c'est parce que j'ai senti chez toi une ambition et une volonté de fer. N'oublie jamais ça.

J'eus un reniflement de mépris.

— Je suis un bon avocat… Non, un excellent avocat ! Et c'est moi qui me suis tapé toutes les affaires les plus moches, les plus complexes, les plus sensibles et les plus embrouillées. Toutes ces affaires grâce auxquelles la boîte s'en est mis plein les poches depuis que j'y suis entré ! Vous croyez vraiment que les gens ont envie d'être représentés par Duvall ou par Orsen McNair au tribunal, alors que vous ne quittez jamais votre foutu bureau ? N'inversez pas les rôles ! C'est vous qui devriez m'être reconnaissant pour tout ce que je vous ai rapporté. Mais cette fois c'est fini. Je m'en vais, et les gros clients vont me suivre, de même que les médias. N'oubliez pas que je gagne ma vie par le mensonge, mon vieux, alors un bon conseil… N'essayez pas de jouer au plus fin avec moi, vous allez perdre. Vous manquez trop d'entraînement au bluff.

Il cessa alors de la jouer « petite conversation amicale entre collègues ». Il se pencha vers moi, les mains posées sur son bureau. Sa figure avait viré au cramoisi. Il était furieux et se mit à cracher :

— Si tu quittes cette boîte, je te détruirai, Jackson ! Je veillerai à ce qu'aucun autre cabinet juridique ne veuille t'employer et à ce que tu ne puisses plus jamais représenter personne !

Je levai les yeux au ciel. Je lui avais suffisamment donné, ainsi qu'à son inestimable boîte. Je pris appui sur le bureau et fixai d'un air menaçant l'homme que j'avais longtemps considéré comme mon bienfaiteur.

— Je ne veux plus représenter le genre d'individus que vous me collez dans les pattes. Faire libérer un homme qui a mis le feu à une maison, en sachant pertinemment que son enfant était à l'intérieur, ça ne m'intéresse plus. Je ne veux pas de référence ni de recommandation de votre part. Je souhaite au contraire mettre le plus de distance possible entre vous et l'homme que vous m'avez aidé à devenir.

Une bouffée de satisfaction m'envahit en voyant la peur traverser son regard. Je commençai à retrouver mes instincts sauvages.

— D'ici ce soir, j'aurais vidé mon bureau.

Là-dessus, je tournai les talons. J'allais franchir le seuil lorsque sa voix s'éleva, très calme :

— Tout ça, c'est la faute de cette fille. Tu étais bien parti pour faire une carrière exceptionnelle, Quaid, jusqu'à ce que tu t'occupes de son affaire. Elle t'a retourné comme un gant, et tu l'as laissée faire.

Je le regardai par-dessus mon épaule, quand mon portable se mit à sonner. Je fronçai les sourcils en tirant le téléphone de ma poche. Brite… A tous les coups, j'allais me faire engueuler pour avoir fait pleurer sa fille… Pas grave. J'étais prêt à lui expliquer qu'Avett était tout pour moi et que, justement, j'étais en train de faire ce qu'il fallait pour qu'elle le comprenne. Clairement et sans erreur possible. Brite semblait le genre de mec qui préfère les actes aux grands discours, mais avec quelques mots justes j'allais pouvoir calmer le jeu.

Je répliquai, très terre-à-terre :

— Vous avez raison, Orsen. Avett m'a ouvert les yeux. J'attends autre chose de la vie que plaider l'affaire du siècle ou toucher un gros chèque. En revanche, vous vous trompiez sur mes ambitions, mon vieux. Le parcours que vous me destiniez ne mène qu'à l'hypertension et à l'accumulation de tout un tas de gadgets qui n'ont jamais impressionné personne.

J'effleurai l'écran de mon portable, m'attendant à me faire traiter de petit con, mais Brite, à bout de souffle, lâcha d'une voix rauque de panique :

— Avett a été enlevée !

Je sortis du bureau d'Orsen, les doigts crispés sur le téléphone.

— Quoi ? Comment ça, enlevée ?

Sans m'en rendre compte, je me dirigeai vers l'ascenseur. Le sang pulsait à mes oreilles, et j'avais du mal à entendre Brite qui parlait comme une mitraillette :

— Des mecs sont entrés dans la maison et ils nous ont séquestrés, Darcy et moi, pendant qu'ils appelaient Avett au téléphone. Ils croient qu'elle sait où est planquée la came que ce minable de Dalton leur a soulevée. Je lui ai dit de ne pas les suivre, mais tu crois qu'elle m'aurait écouté ? Elle est montée dans un SUV noir. Ces mecs se sont barrés avec ma petite fille, Quaid !

— Vous avez appelé la police ?

Mon cœur cognait à grands coups, et mes mains étaient moites de peur.

— Bien sûr, qu'on a appelé la police ! On a aussi l'immatriculation de leur Yukon, mais ils sont armés, Quaid, ils ne rigolent pas ! Il faut qu'on trouve où elle a pu les emmener. Son but, c'est sûrement de les éloigner au maximum de Denver et de la maison. Tu as une idée de l'endroit où elle a pu aller ?

— Attendez, si ces mecs vous séquestrent, comment pouvez-vous savoir tout ça ? Comment avez-vous fait pour m'appeler ?

Mon cerveau turbinait à dix mille à l'heure, tandis que je rejoignais mon pick-up au pas de course. Je ne pouvais pas m'empêcher de bombarder Brite de questions, afin de recueillir le maximum d'infos — déformation professionnelle.

— Ces enfoirés sont allés chercher Avett au bar. Mais, avant de monter dans leur voiture, elle a fait comprendre à Rome et Church que j'avais besoin d'eux à la maison. Ce genre de racaille, même avec des flingues, ça ne fait pas le poids face à des vétérans des forces spéciales. Dès que la situation a été sous contrôle, on a appelé les flics, mais ces salauds ont bien une heure d'avance sur nous !

Où pouvait-elle les avoir emmenés ? Où irait-elle pour gagner du temps et protéger ses proches ?

La main sur la poignée de la portière, je lâchai une bordée de jurons.

— Je sais !

Elle avait dû les entraîner là où j'irais moi-même, si je ne voulais pas qu'on puisse me retrouver.

— J'ai un petit chalet dans les montagnes, un truc

complètement paumé, en pleine forêt. C'est là qu'on s'est planqués, le temps d'un week-end. Je vais dire aux flics du coin de filer là-bas, mais ces bois sont tellement profonds que pour trouver la baraque il faut vraiment connaître. Si je pars maintenant, j'ai toutes les chances d'y arriver avant eux.

— Ces mecs sont dangereux, Jackson ! Ils avaient des flingues et ils étaient bien décidés à nous faire cramer avec la maison, dès qu'ils auraient eu des nouvelles de leurs complices.

Je me raidis brusquement en entendant un bruit derrière moi. Dans le reflet de la vitre côté conducteur, je vis s'avancer un homme en total look noir. Je laissai échapper un long soupir.

— Je me rends très bien compte de la dangerosité de ces hommes, Brite, et de la gravité de la situation. Dès que j'aurai pris la route, je vous communiquerai mon itinéraire par texto.

A la seconde où le mec allait me tomber dessus, je m'esquivai, tête baissée, et, faisant volte-face, je lui saisis le poignet, profitant de l'effet de surprise pour lui remonter le bras entre les omoplates, si fort que j'entendis claquer l'os qui sortait de son logement. Puis je rabattis le type contre la voiture et, me plaquant à lui, je lui dis à l'oreille :

— T'as intérêt à ce que tes potes ne touchent pas à un seul de ses cheveux. Si jamais vous lui faites du mal, la taule, ce sera un camp de vacances à côté de ce que je vous réserve, à tes copains et toi.

Il hoqueta, tandis que j'augmentai la pression sur son bras.

— Je voulais juste vous emprunter votre téléphone... J'ai crevé et j'ai oublié le mien chez moi.

Je l'écrasai un peu plus contre la voiture et, de ma main libre, je le fouillai rapidement et retournai les poches de son manteau. Comme je m'y attendais, un couteau à cran d'arrêt tomba par terre ; dans l'autre poche, je découvris un flingue. Je m'emparai de l'automatique et le glissai dans mon dos, sous ma veste de costume, puis je lâchai le bras du mec, qui se retourna dans un gémissement de douleur.

Le visage déformé de rage, il me regarda expédier du pied le couteau sous le pick-up.

— Je croyais que t'étais un homme d'affaires ! Les gars m'avaient dit que t'étais avocat, pas un putain de commando !

Je le repoussai de mon véhicule et remis la main sur la poignée.

— Je n'ai pas toujours été avocat, ducon ! Ton boss aurait dû mieux se renseigner.

Je faillis lui dire de faire passer le message à ses collègues, puis je me ravisai. Je ne voulais pas que les ravisseurs d'Avett sachent que je partais à sa recherche et que j'étais prêt à tout pour la ramener saine et sauve à ses parents.

Le pick-up démarra dans un rugissement de moteur. Je notai avec satisfaction que la police d'Etat avait déjà envoyé des patrouilles sur les principaux axes, à la recherche du SUV noir. Je leur indiquai l'itinéraire à suivre à partir de l'embranchement, m'efforçant de leur expliquer le meilleur chemin pour accéder au chalet. Mais ils allaient perdre trop de temps à passer les bois au peigne fin. J'étais le seul à pouvoir retrouver Avett avant que l'inconcevable ne se produise.

Sans lâcher le volant, j'envoyai un texto à Brite pour le tenir informé. Sans surprise, il me répondit que les deux gars qui l'avaient libéré étaient déjà en route. Personne ne laisserait Avett affronter seule cette épreuve, même si c'était ce qu'elle avait décidé de faire. Son comportement pouvait sembler héroïque, mais moi qui la connaissais je savais qu'une fois de plus elle capitulait, alors que ce n'était pas nécessaire. Elle ne comptait pas sortir vivante de ces montagnes et se sacrifiait pour sauver ses parents. J'aurais voulu l'étrangler ! Quel besoin avait-elle d'agir avec autant de stupidité et de noblesse ! Quand je l'aurais retrouvée, je lui ferais piger une bonne fois pour toutes qu'elle était tout pour moi et que, si elle se sacrifiait au nom de l'intérêt général, je n'aurais plus rien au monde.

Une voiture klaxonna, tandis que je changeais de voie sans regarder — je n'aurais pas dû téléphoner au volant. Je posai mon portable et appuyai sur le champignon. Le pick-up bondit, et le compteur afficha une vitesse pour laquelle ce monstre n'avait pas été conçu. Je sentais la carrosserie vibrer autour de moi, en accord avec les rugissements du moteur. Les yeux rivés à la route, je zigzaguais dangereusement d'une voie à l'autre pour rejoindre l'autoroute qui me ferait sortir de Denver. J'espérais que personne ne me signalerait à la police de la route… De toute façon, je n'avais pas l'intention de m'arrêter avant le petit embranchement qui menait au chalet. Si une patrouille voulait me prendre en chasse, il faudrait qu'elle me suive jusque dans les montagnes.

D'habitude, le trajet me prenait un peu plus de trois heures. Je le fis en deux et, à ma grande surprise, sans être interpellé. A bout de nerfs, je négociai le dernier virage dans une gerbe de gravier, les pneus à peine en contact avec le bitume. La petite aire de stationnement était en vue, ainsi que le Yukon noir. Le mec assis au volant se redressa brusquement tandis que je stoppai devant lui dans un nuage de poussière et de gaz d'échappement.

Pas vraiment subtil, comme entrée en scène… Il s'empara de son téléphone, sans doute pour signaler mon arrivée au comité d'accueil, mais déjà mon pied écrasait l'accélérateur et, sans réfléchir, je jetai le pick-up sur le Yukon.

Il y eut un épouvantable fracas de ferraille, et l'airbag me mit à moitié K-O en se déployant. Mes oreilles tintaient, j'avais un goût métallique dans la bouche et, quand ma vision redevint normale, je m'aperçus que tout l'avant du SUV s'était plié en accordéon. Le conducteur gisait sur son propre airbag, le visage en sang. De la fumée s'élevait du capot des deux véhicules : seule une dépanneuse les ferait bouger de là.

Les jambes en coton, je descendis et portai la main à mon front, qui me brûlait. J'en retirai mes doigts tachés d'écarlate, signe que je m'étais, moi aussi, salement cogné la tête dans la collision. Aucune importance, ça ne m'empêcherait pas de m'enfoncer dans les bois. Avant toute chose, je devais toutefois m'assurer que le conducteur du SUV ne pourrait pas s'enfuir, en attendant que les flics se pointent.

En allant vers le véhicule défoncé, je fis glisser le flingue que j'avais confisqué au mec sur le parking du cabinet. Pas question de prendre le moindre risque ! J'étais l'unique espoir d'Avett, le seul capable de la ramener en vie de ces montagnes.

J'eus un peu de mal à ouvrir la portière qui s'était pliée sous le choc ; le conducteur s'affaissa sur le côté. Il n'était pas en état de s'enfuir, mais je pris quand même mes précautions. Otant ma cravate, je lui ligotai les poignets au volant, en faisant plusieurs tours. La soie était serrée à fond. Pour se libérer, il lui faudrait arracher le volant. Et, vu l'état dans lequel il était, ça semblait hautement improbable.

Je secouai la tête avec force pour retrouver mes esprits, expédiant du sang sur mes derbys italiens. Putain ! J'aurais tout donné pour être en jean et en chaussures de marche ! Si, avec ça, je n'avais pas encore compris que tout ce luxe ne me servait à rien, c'était à désespérer ! Il était temps que je redevienne l'homme que j'avais enterré, si je voulais me montrer digne de la femme que j'aimais.

Je sortis ma chemise de mon pantalon et ôtai ma veste

de costume. Tel un Petit Poucet des temps modernes, j'allais la lacérer pour baliser mon parcours à l'intention des renforts de police. Je m'en remettais à mon instinct de survie, à mon expérience de petit sauvage et à ma formation militaire. Je n'aurais jamais cru que tout ça me serait un jour à nouveau utile, mais à cet instant je me félicitai d'avoir toutes ces cordes à mon arc.

Je fis sauter tous les boutons avec mes dents. Puis j'arrachai les manches et déchirai la doublure en soie. Muni d'un tas de bouts de tissu, j'entrai dans la forêt. J'avançais prudemment, à l'affût du moindre mouvement, puisque, de toute évidence, le mec que j'avais neutralisé était leur guetteur. Je tournai en direction du chalet et levai les yeux vers le ciel. On était à la fin de l'automne, et le soir tombait de bonne heure. Bientôt, il n'y aurait plus beaucoup de lumière, ce qui jouerait en ma faveur, à condition que les ravisseurs d'Avett ne soient pas avertis de mon arrivée. Par contre, s'ils savaient que j'étais sur leurs traces, si mon copain à l'épaule luxée ou le conducteur du SUV avaient réussi à les prévenir, ces types n'hésiteraient pas à canarder dans le noir, ce qui rendrait mon approche plus délicate.

Esquivant les arbres, je n'arrêtais pas de glisser sur les feuilles humides. Plus jamais je ne mettrais de chaussures italiennes à semelle lisse! Je faisais attention à semer les lambeaux de ma veste à bonne distance les uns des autres. Même un aveugle ou un citadin pur jus aurait trouvé le chemin vers le chalet.

En entrant dans la clairière, je poussai un soupir de soulagement. Personne ne m'attendait, un double canon pointé sur moi.

Je fis le tour des latrines rudimentaires et allai m'accroupir derrière la pile de bûches que j'avais moi-même entassée quelques jours plus tôt. Je rasai le mur en rondins rugueux du chalet, attentif à faire le moins de bruit possible. Ne surtout pas alerter les animaux de la forêt qui pourraient trahir ma présence.

Avec une lenteur infinie, je continuai à progresser vers la fenêtre, à croupetons. Je jetai un coup d'œil par la vitre crasseuse, puis relâchai ma respiration et me redressai entièrement pour mieux voir. L'intérieur était désespérément vide, aussi triste et délabré que lorsque Avett et moi avions quitté le chalet.

Elle n'était pas là. Si elle ne les avait pas amenés ici, il ne restait qu'une possibilité : la cascade. Ma femme était intrépide, mais c'était aussi une petite futée. Ses ravisseurs ne connaissaient ni la chute d'eau ni le chalet. Elle pouvait donc les balader des heures dans les bois et, avec un peu de chance, leur fausser compagnie en sautant du promontoire rocheux.

Elle n'hésitait jamais à se jeter à l'eau. C'était l'une des choses qui me plaisaient le plus chez elle, je le comprenais à présent.

Changement de manœuvre ! Je me mis en marche vers la chute d'eau. En m'engageant sur le sentier à peine visible la dernière fois, je vis qu'il avait été emprunté récemment. La terre humide était marquée de plusieurs empreintes de pas, certaines toutes petites. Celles d'Avett ! Le dessin des semelles correspondait bien à ses grosses rangers, qu'elle ne quittait jamais. A certains endroits, l'herbe était couchée, et des branches de buisson avaient été brisées par le passage d'intrus impatients. Il y avait même quelques cheveux bruns pris dans l'écorce noueuse d'un pin qui poussait en bordure du sentier.

Je retroussai mes manches, bien que la température soit descendue de plusieurs degrés. Frustré de voir ma progression ralentie par mes chaussures de ville, je m'en débarrassai et ôtai également mes chaussettes à losanges. Je n'avais pas couru pieds nus à travers bois depuis que j'étais gamin, et sentir mes orteils s'enfoncer dans l'humus me ramena immédiatement à un stade purement primitif. Je n'étais pas n'importe quel homme à la recherche de la femme qu'il aimait ; je faisais partie de ces bois, de ces montagnes, de ce lieu qui m'avait façonné.

Je progressais vite, au vu du froid et de l'obscurité. J'avais l'habitude de l'altitude et de la pression qu'elle exerce sur les poumons et le reste du corps. Mais ça n'était sûrement pas le cas de ces mecs. Avett ne les avait probablement pas conduits directement au promontoire. Elle devait les avoir baladés un maximum, histoire de les épuiser et de gagner du temps pour ses parents.

Quand le fracas de l'eau parvint à mes oreilles, je ralentis le pas et m'écartai du sentier pour m'approcher discrètement. Avett et deux hommes se tenaient juste au bord de la cascade. Même dans la lumière déclinante, je pus voir sa pâleur et les traces noires qui marquaient ses joues. Elle enserrait sa poitrine en tremblant. Terrifiée, vulnérable, elle paraissait encore plus menue et plus jeune que d'habitude.

Elle tournait le dos au vide. Face à elle, un mec pointait un flingue sur sa poitrine. A cette distance, il ne pouvait pas la rater. Le second mec faisait le guet, scrutant les bois qui s'obscurcissaient. Lui aussi était armé, mais il semblait nerveux. Il n'arrêtait pas de changer de position et de transférer son flingue d'une main à l'autre. A chaque cri d'oiseau, à chaque bruissement d'écureuil, il jetait un regard à son complice et lui disait de se grouiller.

— On s'est tapé deux heures de marche dans cette putain de forêt pour arriver jusqu'ici, alors t'as intérêt à ne pas nous avoir menti, salope ! Elle est où, cette grotte ?

Celui qui la visait s'avança vers elle, menaçant. Elle recula d'un pas. Encore un, et elle basculerait dans le vide — ce qui devait être son plan depuis le début.

Elle secoua lentement la tête.

— Il n'y a pas de drogue. Je te l'ai déjà dit le soir où tu as essayé de me violer et je te le répète. Je n'ai rien à voir avec les magouilles de Jared.

Je bouillais d'une rage inconnue. Le type qui la menaçait était celui qui s'en était déjà pris à elle ! J'avais envie de l'écorcher vif.

— Grouille-toi et arrête de bander pour cette petite conne ! Je crois que j'ai entendu quelque chose bouger, par là.

L'autre homme l'insulta et agita son flingue.

— Arrête ta parano ! Tu devrais sortir plus souvent de la ville, ducon.

— C'est toi le connard qui a acheté son histoire de drogue cachée dans les bois ! Tu connais beaucoup de junkies qui iraient planquer leur came ici, toi ? Y a même pas de réseau dans ce trou ! Comment tu veux qu'on sache si les autres se sont occupés de ses vieux ? T'as merdé, pauvre con, et Acosta va nous faire la peau !

Je retins ma respiration, tandis que leur querelle enflait. Je rongeais mon frein. Il fallait que celui qui visait Avett se retourne. Je ne voulais pas agir tant qu'elle était dans sa ligne de mire. L'idée qu'elle se prenne une balle m'était insupportable.

— Je te dis que ça bouge par là…

— T'as qu'à aller voir !

— T'as qu'à lui mettre une putain de balle et aller voir toi-même, bordel ! Je ne bosse pas pour toi !

— Je ne la descendrai pas avant d'avoir fini ce que j'ai commencé l'autre fois. Je déteste qu'on me prive de mon dessert quand je l'ai entamé.

— On n'a pas le temps !

— On va le prendre.

Je serrai les dents à me les briser. Avett laissa retomber ses bras le long de son corps et, sur son visage, la terreur et l'angoisse cédèrent la place à une étrange sérénité. Je sus ce qu'elle allait faire avant qu'elle ait esquissé le moindre mouvement. Je visai le guetteur. Je ne pouvais plus attendre, c'était maintenant ou jamais.

Elle fit un pas en arrière et disparut dans le vide. Ce fut plus fort que moi, je hurlai son nom et fis feu au moment où le mec tirait sur elle. Les détonations se répercutèrent dans la gorge rocheuse, l'air s'emplit de l'odeur âcre de la poudre, et, tandis que le premier homme s'effondrait, son complice se retourna pour m'arroser à son tour. Je fonçai vers la cascade, répliquant aux balles qui sifflaient à mes oreilles. Mes montagnes résonnaient du tumulte de la guerre et de la fureur. Je courus comme un dératé jusqu'au mec qui continuait de me tirer dessus au jugé. Surgissant du bois, j'empoignai la main qui tenait l'arme, et, l'entraînant dans une lutte au corps à corps, je le repoussai vers le rocher plat d'où avait sauté Avett.

Il fit à nouveau feu sans cesser de m'injurier et tenta de me donner un coup de pied, mais j'étais mû par la rage et l'amour. Contre ça, il ne faisait pas le poids. Je le soulevai une dernière fois sur mon épaule, comme un catcheur, et dans l'élan je nous précipitai dans le vide. Malgré l'obscurité, je le vis lâcher son arme dans l'air mordant des montagnes. Son hurlement me perça les tympans durant toute la chute. Je fus presque soulagé, lorsque l'eau glaciale nous engloutit.

Sous le choc, tout mon corps se raidit douloureusement, et j'eus toutes les peines du monde à brasser l'eau de mes membres engourdis pour remonter à la surface. Enfin, j'émergeai. Avalant l'air à grandes goulées, je fouillai l'obscurité du regard, comme un fou, à la recherche d'Avett.

Je ne savais pas si le type que j'avais entraîné dans ma chute l'avait touchée pendant qu'elle sautait.

Je m'époumonai :

— Avett !

Je gesticulais pour ne pas que le froid m'aspire vers le fond.

— Avett !

Son nom et ma peur se répercutaient sur les parois rocheuses, mais elle ne répondait pas. J'aurais dû repérer ses cheveux roses dans le noir.

— Je ne sais pas nager ! Au secours ! Je me noie !

A quelques mètres de moi, le malfrat se débattait dans l'eau comme un karatéka combattant un adversaire invisible.

— Avett ! Avett ! Où es-tu ?

Je ne pouvais quand même pas l'avoir perdue juste au moment où je l'avais retrouvée !

Un hibou hulula quelque part au-dessus de moi, et je tournai brusquement la tête.

Là, juste sous la surface, flottait une masse de cheveux en technicolor.

— Avett !

Je nageai vers elle aussi vite que me le permettaient mes membres anesthésiés par le froid.

Elle flottait sur le ventre, une entaille sur le côté de la tête, juste au-dessus de l'oreille. J'attirai à moi son corps glacé ; on aurait dit une poupée de chiffon. Je luttai pour nous maintenir à la surface sans cesser de murmurer son prénom.

Le mec faisait un tel raffut dans l'eau que je n'arrivais pas à entendre si elle respirait, mais ses lèvres étaient bleues et elle ne réagissait pas à mon contact.

Lorsque j'avais compris que mes parents ne seraient jamais fiers de moi, j'avais cru avoir le cœur brisé. Quand Lottie m'avait quitté en m'annonçant qu'elle était enceinte d'un autre homme, j'avais cru avoir tout perdu. Quand j'avais découvert que toute ma vie était bâtie sur un mensonge, j'avais cru ne plus rien avoir à donner. Mais là, en tenant dans mes bras cette femme qui était tout pour moi et qui ne respirait plus, je ressentais pour la première fois le désespoir véritable. Et je sus que j'avais encore dans mon cœur et mes muscles l'énergie et la volonté d'agir pour la garder auprès de moi.

Maintenant le haut de son corps hors de l'eau, je lui inclinai la tête en arrière et commençai à lui faire du bouche-à-bouche. Je lui insufflais tout l'amour que j'éprouvais pour elle, toute ma certitude qu'on était faits l'un pour l'autre. Je lui emplissais les poumons de ma reconnaissance, de l'avenir que je voulais partager avec elle et des souvenirs qu'on allait se fabriquer ensemble.

Il s'écoula un temps qui me parut interminable, mais, à force de souffler dans sa bouche et d'embrasser désespérément ses lèvres glacées, je parvins à la ranimer. Elle se mit à tousser et cracha de l'eau. Ses yeux s'ouvrirent lentement, et elle posa sur moi un regard flou, visiblement désorientée.

— Tu m'as trouvée...

Sa voix, éraillée, était à peine audible par-dessus le boucan que faisait le mec qui continuait de se débattre, derrière nous. Il ne savait peut-être pas nager, mais il se débrouillait comme un chef pour garder la tête hors de l'eau !

— C'est toi qui m'as trouvé la première, Avett.

Je fermai les yeux et la serrai de toutes mes forces contre moi.

— Je t'aime.

Elle passa mollement un bras autour de mon cou, tandis que ses jambes se remettaient à remuer.

— Je sais, Quaid.

— Je viendrai toujours te chercher, partout où tu seras. Tu le sais, hein ?

Elle opina et, portant la main à son oreille, tressaillit en touchant sa plaie sanguinolente.

— Tu n'es pas simplement venu me chercher, Quaid, tu t'es jeté dans le vide.

— Oui, et je le referai chaque fois qu'il le faudra. Tu es tout pour moi, Avett.

Elle allait répliquer quand une voix vibrant d'une panique égale à la mienne déchira l'obscurité.

— Avett !

Brite… Lui aussi était venu la chercher, comme toujours. Elle écarquilla les yeux, et je criai :

— On est là, dans l'eau ! Avett est blessée !

Je commençai à nous ramener vers la formation rocheuse la plus accessible.

Avett fit la grimace.

— Je me suis cognée en sautant.

Je poussai un soupir de soulagement. Elle n'avait donc pas été touchée par une balle.

— Heureusement que tu as la tête dure et que tu es la fille d'un *biker*…

Je soufflais comme un bœuf sous l'effort. Etais-je proche de l'hypothermie ? J'avais si froid que je ne grelottais même plus. Mes lèvres devaient être aussi bleues que celles d'Avett. Il fallait qu'on sorte de l'eau le plus vite possible ou j'allais m'évanouir.

— Tu as sauvé la vie à tes parents, Avett. Tu nous as tous sauvés, toi y compris. Tu es une véritable héroïne !

J'étais fier d'elle à en crever.

Elle fit entendre un rire mal assuré et son bras se resserra autour de mon cou, tandis que son père et deux hommes que je ne connaissais pas surgissaient derrière les rochers. La voix de Brite s'éleva à nouveau, et la peur panique que seul peut ressentir un parent dont l'enfant est en danger se répercuta d'une paroi à l'autre de la gorge.

Avett me regarda, puis son attention se reporta sur nos sauveurs. L'ombre d'un sourire effleura ses lèvres tremblantes.

— J'ai peut-être réussi à m'en sortir aujourd'hui, mais c'est quand même cool de savoir que les gens qui m'aiment répondent toujours présents quand j'ai besoin d'eux.

Je lui plaquai un rapide baiser sur la bouche, alors qu'on atteignait enfin les rochers.

— Toujours.

Dire que je cherchais le moyen de lui prouver mon amour…

Il suffisait juste de sauter dans le vide !

20

Avett

Trois semaines plus tard

J'entrai dans le loft avec la clé que m'avait donnée Quaid, quinze jours plus tôt. Aussitôt, je plissai le nez et me bouchai les oreilles. Je débarquais apparemment en plein massacre culinaire.

Quand il m'avait avertie par texto qu'il s'occupait du repas, ce soir, j'en avais été surprise. La seule personne qui profitait de cette cuisine géniale, c'était moi et le livreur qui posait la bouffe qu'on commandait sur le comptoir. Quaid n'était pas franchement à l'aise au milieu des poêles et des casseroles, mais son intention était adorable, d'autant que ces derniers jours je m'étais fait un souci monstre à propos de ce que me réservait l'avenir.

Le procès de Jared avait été reporté en raison des nouvelles charges retenues contre lui et des preuves accablantes rassemblées contre Acosta et sa bande. Son avocat avait demandé un renvoi d'audience pour adapter sa défense aux nouveaux chefs d'inculpation. A savoir : kidnapping, tentative de meurtre, d'incendie, de subornation de témoin et de coercition. Quaid était sûr que les feds allaient entrer en lice, maintenant qu'il y avait assez d'éléments pour envoyer Acosta à l'ombre pour un bon bout de temps, mais jusqu'ici tout se passait encore au niveau de l'Etat. Comprenant qu'il allait porter le chapeau pour les autres, Jared était passé d'un extrême à l'autre. Il avait viré Tyrell et balancé tout ce qu'il savait au procureur. Il n'avait pas réussi à décrocher une négociation de peine, mais, en échange de son témoignage contre Acosta, le proc avait accepté de le transférer dans une résidence sécurisée, hors d'atteinte du malfrat et de sa bande. Jared espérait obtenir un deal au niveau fédéral afin d'intégrer le programme de protection des témoins, mais pour le coup il se mettait le doigt dans l'œil, Quaid en était certain. Jared allait purger une peine de prison, et Quaid refusait que je culpabilise pour ça.

J'allais quand même devoir témoigner à son procès, lorsqu'il aurait enfin lieu, et je m'attendais aussi à devoir déposer au procès d'Acosta. Néanmoins, je n'avais plus aucune peur ni aucune hésitation à l'idée d'être confrontée à mon ex ou à ces mecs qui avaient failli me tuer. Je voulais tous les envoyer derrière les barreaux pour que justice soit faite. J'y étais décidée, d'autant que, cette bataille, je ne la livrerais pas toute seule. Mes parents et Quaid seraient à mes côtés lorsque je raconterais mon histoire à la barre, et ça me donnait tout le courage nécessaire.

J'entrai… Quaid lâcha à cet instant une grossièreté, lança une casserole dans l'évier et ouvrit le robinet à fond pour noyer la chose noire et fumante qu'elle contenait. Il jurait comme un *biker.*

Je refermai la porte derrière moi avant que la fumée déclenche l'alarme incendie dans tout l'immeuble. Quaid me darda un regard exaspéré, puis grimpa sur le comptoir en marbre et agita un torchon sous le détecteur de fumée pour faire cesser la sirène.

— Salut, me dit-il.

— Salut…

Mon petit rire se mua en un soupir d'admiration. En levant les bras, il avait fait remonter son T-shirt, dévoilant les tablettes de chocolat qui ornaient son estomac. Depuis qu'il avait démissionné, je le voyais plus souvent en mode décontracté et commençais à m'habituer à son look jean délavé et T-shirt. Bien sûr, ça ne durerait pas. Il croulait déjà sous les propositions de cabinets juridiques, mais je comptais bien profiter au maximum de ce Quaid plus doux et plus tendre. C'était tellement plus facile de lui ôter un jean et un T-shirt qu'un costume trois pièces ! Et depuis qu'il avait sauté dans le vide, me prouvant de façon irréfutable qu'il nous aimait, mon chaos et moi, je ne le lâchais plus une seconde. Mes mains, ma bouche, mon corps entier ne pouvaient se rassasier de lui. En réaffirmant notre bonheur d'être ensemble, je ne célébrais pas seulement le fait qu'on s'en soit sortis vivants tous les deux. J'étais prise d'une boulimie d'amour, du besoin frénétique de me fabriquer un maximum de souvenirs et d'avoir des tonnes d'histoires à raconter sur nous. Dans la vie, rien n'est jamais acquis, du coup, je voulais m'éclater un maximum avec lui. Si possible à poil et au pieu.

Parce que, cerise sur le gâteau, le mec qui s'était jeté à l'eau pour me sauver était craquant à mort et une affaire au lit.

Le détecteur d'incendie s'arrêta enfin. Je m'avançai vers le comptoir en m'éventant. Quaid en redescendit et m'attira à lui pour un rapide baiser. Ses doigts effleurèrent la partie de mon crâne qui avait été rasée et arborait une cicatrice en relief à l'endroit où ma tête avait rencontré un rocher. De l'autre côté, ma chevelure était rassemblée en une longue tresse rose sur laquelle Quaid tira sèchement, en s'écartant de mes lèvres avides. A l'hôpital, on ne m'avait rasé qu'une toute petite partie du crâne. Mais c'était juste au-dessus de l'oreille, autrement dit impossible à cacher. Je m'étais donc fait une demi-boule à zéro. Cette coupe asymétrique, hyper tendance, me faisait un look d'enfer. De toute manière, Quaid aimait mon originalité et ne bronchait devant aucune modification radicale.

— Comment ça s'est passé, aujourd'hui ? me demanda-t-il avec autant de curiosité que de sympathie.

Quand j'avais de mauvaises nouvelles, je savais qu'il serait là pour m'aider à les surmonter, mais également pour m'aider à trouver un plan B. L'un des principaux bénéfices secondaires, lorsque tu sortais avec un homme aussi brillant et efficace que lui, c'était qu'il ne voyait jamais rien comme une impasse. Il suffisait juste de chercher un itinéraire bis. Grâce à lui, je ne tournais plus en rond, j'avais enfin trouvé ma voie dans l'existence.

— Bien. Mes résultats ne sont pas assez bons pour que je m'inscrive ce semestre à l'Institut des arts. Je vais devoir retourner un an à la fac, histoire de revoir les bases et de décrocher des notes correctes, mais ensuite je devrais être admise dans l'un des cours de cuisine. La fac, je peux me la payer sans problème et, si j'accepte de bosser dans le nouveau bar d'Asa, je mettrai assez de fric de côté d'ici l'an prochain pour au moins financer le premier semestre de l'école de cuisine. Je veux tout faire dans les règles, tu comprends, et j'ai l'impression que c'est plutôt bien parti.

Je frimais, mais à la vérité c'était assez effrayant d'avoir une ambition aussi sérieuse à long terme… Je n'avais jamais brillé à l'école, mais j'avais un objectif, désormais : apprendre à cuisiner et être la meilleure dans mon domaine. Je voulais me prouver que j'étais capable de m'engager dans un projet qui me tenait à cœur, mais aussi prouver à mes parents, voire à Quaid, que j'étais sortie de ma logique d'échec. Je remontais la pente, et ils n'avaient plus à s'inquiéter pour moi. C'était fini, je ne dégringolerais plus. En me penchant sur mon passé, je voyais encore le fond du trou, sauf qu'après les épreuves de ces derniers mois je ne voulais plus jamais y retomber. L'autodestruction ne me semblait plus ni confortable ni nécessaire.

— Ça m'a l'air d'un bon plan, approuva Quaid. Si tu as besoin de quoi que ce soit, tu n'auras qu'à m'appeler. Je serai là pour toi.

Il mit les mains sur mes hanches et me fit sortir à reculons de la cuisine encore enfumée, me guidant vers l'énorme canapé en cuir qui occupait le centre du séjour.

Je posai les mains sur ses épaules lorsque mes fesses entrèrent en contact avec le dossier du canapé et j'écartai les jambes pour qu'il puisse s'encastrer à l'endroit qui, j'en étais sûre, avait été créé pour lui et rien que pour lui.

— Tu pourras déjà m'aider à faire mes maths… à poil.

Il gloussa et m'effleura les lèvres. Je retins mon souffle sous l'effet de sa douce caresse, tandis qu'il m'inclinait plus en arrière. Mes pieds ne touchaient plus terre, et je dus enlacer sa taille étroite de mes jambes pour ne pas partir à la renverse. Mes mains s'accrochèrent à ses biceps et, à travers mes paupières mi-closes, je vis que son regard tombait sur mes rangers. Il m'en enleva une et la jeta négligemment par-dessus son épaule. Elle atterrit bruyamment sur le parquet.

— Tes devoirs ne seront jamais faits, si on se retrouve à poil, toi ou moi. Je n'arrive même pas à faire bouillir de l'eau quand je commence à penser à toi au lit, en train de crier mon nom. J'ai failli mettre le feu à ce foutu loft en essayant de faire griller du pain ! Quand j'ai l'esprit ailleurs, je ne vois que toi, à genoux devant moi, en train de me sucer de ta bouche boudeuse. Tu as le coup pour me faire tout oublier, Avett, en bien comme en mal. Alors, si le repas a fini à la poubelle, c'est entièrement ta faute.

Je laissai échapper un rire étranglé, tandis qu'il glissait les mains sous l'élastique du legging noir et blanc que je portais sous ma robe-chemisier écossaise, la tenue que j'avais choisie pour mon entretien avec les conseillers de l'Institut des arts. En un clin d'œil, je me retrouvai jambes nues. Quaid se pressa contre mon sexe, et le frottement rude du jean à l'intérieur de mes cuisses m'arracha un gémissement de plaisir. Je vins moi aussi à la rencontre de l'impressionnante protubérance qui se signalait à moi avec insistance.

Il posa une main sous mes fesses et, de l'autre, commença à ouvrir lentement ma robe.

— Désolée pour ton repas foutu.

Ma remarque le fit rayonner de cette joie pure et sans mélange qu'il portait désormais en lui. Mon cœur se gonfla d'amour. Il avait enfin trouvé son équilibre entre sa véritable nature et son idéal de réussite. Le résultat faisait plaisir à voir et m'incitait à progresser moi-même.

— Tu peux toujours te rattraper en m'offrant le dessert…, dit-il.

Ayant enfin défait tous les boutons de ma robe, il m'en débarrassa. J'étais assise devant lui, vêtue en tout et pour tout d'une culotte rouge foncé et d'un soutien-gorge assorti.

Il passa un doigt sous la dentelle de ma culotte, et je réprimai un petit cri lorsqu'il effleura délicatement mon sexe.

— C'est parce que je ressemble à un bonbon que tu me traites de dessert ?

Mon ton était un peu vif, car son doigt avait trouvé ce

qu'il cherchait, et je me mis, comme toujours, à frémir de désir pour lui.

— Tu es un dessert parce que tu es douce, Avett. Trop douce. Et ça n'a rien à voir avec tes cheveux couleur de barbe à papa.

Je souris, heureuse, tandis que mon corps se liquéfiait, s'amollissait sous sa délicieuse caresse. Je l'attirai à moi pour le remercier d'être si doux lui-même mais, alors que je m'apprêtais à l'embrasser de toute mon âme, je poussai un cri de surprise. D'un geste sec, il venait de m'ôter ma culotte. Il se mit à genoux devant moi et m'installa les jambes sur ses larges épaules. Je m'accrochais à ses épais cheveux blonds pour ne pas partir en arrière, tandis qu'il me gratifiait d'un suçon à l'intérieur de la cuisse. D'excitation, ma peau se couvrit de chair de poule. Je vis le désir envahir le regard de Quaid et me mis à mouiller.

Le frottement de sa barbe de trois jours contre les parties les plus tendres de mon corps me mettait au supplice ! Du bout de la langue, il dessinait de langoureuses arabesques sur ma peau.

Soudain, je me cambrai involontairement contre son visage : j'avais failli tomber en arrière ! En me rattrapant, je lui tirai les cheveux, lui arrachant un grognement de douleur. Relevant la tête, il me dévisagea, ses yeux pâles embrumés d'humour et de désir.

— Doucement !

— Je ne réponds plus de rien, quand tu me fais des trucs comme ça !

Je me forçai à le lâcher, mais tout mon corps se tendit à nouveau, lorsque son rire fit vibrer mon petit bouton sensible.

Me saisissant par les hanches, il me cala plus confortablement sur ses épaules, tout en me rapprochant de sa bouche. Sa langue se mit à lécher ma fente de haut en bas, m'envoyant des décharges de plaisir.

Je murmurai son nom. D'instinct, je m'ouvris davantage et m'arc-boutai sous la caresse de sa langue. Sa barbe râpait délicieusement ma peau tandis qu'il s'installait pour me dévorer à pleine bouche, comme si j'étais, en effet, le dessert le plus exquis qu'il ait jamais goûté.

Quand il frôla mon clito, je tressautai. Aussitôt, ses mains se crispèrent sur mes hanches pour m'empêcher une nouvelle fois de basculer en arrière. Il se remit à rire, et son souffle, associé à la vibration de ses lèvres, me fit hoqueter son nom. Mes yeux se fermèrent ; le plaisir m'électrisait, s'insinuait dans toutes les cellules de mon corps. De la langue, il taquina mon clito, l'agaça du bout des dents. Je rejetai la tête en arrière dans un long gémissement.

Quaid m'ordonna alors de me tenir au dossier du canapé. Je sentis ses doigts m'envahir et sa bouche affamée se referma sur mon bourgeon gonflé qui palpitait sous sa langue. Je me cambrai plus encore vers lui, et le loft s'emplit de la douce musique mouillée du sexe. Quaid jouait de mon corps comme d'un instrument et, quand il y mettait la bouche, ça me rendait folle.

Mon dos se raidit. Tout mon corps vibrait du plaisir à venir. Ses doigts coulissaient en moi, et je me frottai frénétiquement à sa bouche. Je caressai sa joue mal rasée que je sentais se creuser sous ma main tandis qu'il suçait mon clito, le grignotait de manière exquise.

Je frissonnai.

— Quaid…

Il ajouta un doigt. Je geignis en sentant mon propre fluide dégouliner à l'intérieur de ma cuisse. Comme, apparemment, il ne m'avait pas entendue — à moins qu'il n'ait fait la sourde oreille —, je lui tapotai la joue et haussai le ton :

— Attends une minute, Dennis !

Il rejeta la tête en arrière. Ses sourcils formaient un V au-dessus de ses yeux bleu délavé. Je changeai de position et m'agenouillai tant bien que mal sur l'assise du canapé. Qu'est-ce qu'il était mignon, avec son beau visage rouge et brillant de mon plaisir ! Je fis courir ma main sur les contours fermes de ses abdos, puis remontai vers son torse sculpté, offrant sa magnifique œuvre d'art à mon regard gourmand. Il finit d'ôter son T-shirt, et j'empoignai son jean pour l'attirer à moi. Je fis sauter le bouton de sa braguette. Sa queue émergea du boxer noir et, du pouce, je me mis à lui caresser délicatement le gland.

— Un dessert, ça se partage, dis-je. Tu as goûté au tien, maintenant, je veux le mien.

Depuis qu'il m'avait avoué qu'il avait fait brûler le repas parce qu'il m'imaginait en train de le sucer, j'avais envie de l'avoir dans ma bouche. Prendre du plaisir avec lui, c'était fantastique, mais lui en donner, c'était enivrant. Ce que j'aimais, c'était le tenir en mon pouvoir, le rendre aussi addict au sexe que moi.

D'un geste sec, je baissai son jean sur ses cuisses, entraînant son boxer au passage. J'avais enfin accès à son impressionnante queue. Elle pointait vers moi, et j'imaginais déjà tout ce que j'allais lui faire. Je souris à Quaid et, de mes ongles courts, labourai la traînée de poils blonds qui partait de son nombril et rejoignait la toison plus sombre de son pubis. Tout en lui était splendide et doré. Son corps offrait des possibilités érotiques infinies. Coucher avec cet homme resterait la meilleure décision de toute mon existence, et le savoir décuplait mon excitation.

Je parcourus de ma langue sa queue rigide, de sa base jusqu'au gland, m'arrêtant à la fine incision humide de désir, le temps de savourer son goût. Puis je me mis à le sucer tout en le branlant avec délicatesse. Il gémit et posa une main sur ma tête, pendant que l'autre appuyait sur mon dos pour m'inciter à l'avaler aussi profondément que possible.

Sa respiration se modifia. Je resserrai le poing autour de sa bite et le suçai de plus en plus fort. Ses ongles couraient sur ma peau, ses cuisses musclées se tendirent. Je soupirai d'admiration devant cette splendeur masculine sans cesser d'y promener la langue le long de son bâton de chair, comme si c'était un sucre d'orge. Il se mit à bouger contre mon visage, j'avais du mal à respirer, mais ça m'était égal. J'aimais quand, fou d'excitation, il perdait le contrôle et s'oubliait dans son propre plaisir. Tant que c'était moi qui le lui procurais, il pouvait être aussi avide et égoïste qu'il le voulait.

Mais c'était Quaid… L'homme qui m'aimait et qui s'était donné pour mission de remettre du bonheur dans ma vie. Alors que je pensais qu'il allait jouir dans ma bouche en un long frisson, il retira sa queue luisante de salive avec un juron de frustration.

Sans me laisser le temps de protester, il me souleva par les aisselles et m'installa contre le dossier du canapé, dos à lui, en m'ordonnant de me tenir. L'agrafe de mon soutien-gorge défaite, mes seins tombèrent lourdement dans ses mains impatientes. Il s'était placé derrière moi — je sentais son cœur battre contre ma colonne vertébrale. Du pied, il m'écarta les chevilles, et son érection dure comme l'acier vint frotter contre moi, tandis que ses hanches se calaient contre mon dos.

Ses lèvres se posèrent sur ma nuque, et ses doigts habiles pincèrent puis firent rouler mes tétons durcis.

— Et si on le prenait ensemble, ce dessert ?

Je sentis son haleine chaude sur ma nuque, et tout mon corps fut traversé d'un frisson.

J'opinai faiblement et posai la main sur la sienne qui continuait à me caresser avec autant de douceur que de rudesse.

— Ça m'a l'air d'un bon plan.

Il gloussa en reconnaissant ses propres mots, mais très vite on en fut tous les deux réduits aux exclamations et aux gémissements : le bout de son sexe venait d'entrer en contact avec mon sexe trempé. Je me penchai un peu pour l'aider à me pénétrer, et il s'enfonça en moi jusqu'à la garde.

Il se mit alors à me pilonner avec tant de force que, me mordant la lèvre inférieure, je me dressai sur la pointe des pieds pour l'accueillir plus profondément encore. Mon sexe se contractait autour de lui, l'aspirant. Je voulais qu'il me prenne encore plus fort, encore plus loin, et, comme c'était mon homme de pouvoir, il devinait ce que je voulais sans que j'aie besoin de le lui demander.

Il me pressa contre le dossier. J'avais les mains en appui sur l'assise du canapé. Ce n'était pas franchement confortable, mais il était si profondément en moi, il me labourait avec tant d'ardeur, que j'étais partante pour toutes les acrobaties. Enroulant ma tresse autour de son poignet, il me tira la tête en arrière et m'ordonna de le regarder pendant qu'il me baisait. Dans cette position, j'allais exploser tout de suite, j'en étais sûre. Le claquement rythmique de nos corps qui s'entrechoquaient, le bruit de nos sexes qui se cherchaient, la vue de son torse tatoué luisant de sueur… C'était tellement animal que je dus fermer les yeux de toutes mes forces pour ne pas me laisser emporter par ce torrent de sensualité. J'adorais tout chez lui : son corps magnifique, sa personnalité complexe. Mais cette version de lui était de loin ma préférée. C'était là qu'il était le plus authentique, le plus sincère : lorsqu'il me baisait à la sauvage, me possédait en me donnant ces sensations-là. Il savait ce qu'il voulait et comment l'obtenir. Il connaissait mes moindres désirs et il était le seul homme capable de me satisfaire. Avec lui, le sexe était chaque fois une expérience inoubliable.

Il me caressa la hanche, glissa sur mes fesses surélevées. Il aimait explorer chaque centimètre carré de mon corps, mais je n'étais pas encore prête à tout et, de son côté, il ne m'obligeait pas à faire des choses qui me mettaient mal à l'aise. Ça ne l'empêchait pas de me titiller avec des caresses au goût d'interdit qui me donnaient un aperçu du plaisir et des surprises qui m'attendaient, quand je me laisserais aller entre ses mains expertes. J'inspirai profondément et relâchai lentement ma respiration dès qu'il effleura mon clito. L'orgasme déferla alors en moi avec la puissance d'un raz-de-marée. Emportée par un tourbillon de plaisir, je poussai un cri aigu et, les poings serrés sur les coussins du canapé, je laissai ma tête partir en avant. Quaid lâcha enfin mes cheveux et, me saisissant par les hanches, entreprit de me défoncer frénétiquement, en quête de sa propre délivrance.

Son souffle rauque me parvenait à travers les brumes de la jouissance. Il murmura mon prénom. Jamais il ne m'avait paru aussi mélodieux. Toujours en appui sur les mains, je remontai un genou sur le dossier du canapé pour qu'il puisse aller plus profond et se rapprocher de son propre orgasme. Dans cette position, je m'ouvrais plus encore pour lui. Il grommela quelque chose de très cochon et, très vite, je sentis son grand corps se tendre. Sa queue tressauta en moi et cessa son va-et-vient.

Il resta affalé sur moi, le temps de reprendre son souffle. Je flottais dans une bulle d'euphorie, de plénitude et de langueur amoureuse. J'émis un doux murmure de protestation quand ses bras puissants me soulevèrent pour me plaquer à lui. J'aurais juré sentir sur mon dos la caresse des plumes de son aigle tatoué.

Sans desserrer l'étau de ses bras, Quaid marmonna :

— Maintenant, tu ressembles vraiment à un dessert, avec tes cheveux roses en bataille et ton corps plein de crème. Si un autre mec s'imagine pouvoir y goûter, il y aura du sang sur les murs !

Sa vulgarité me fit renifler, et je levai les bras pour m'accrocher aux mains qui me tenaient serrée.

— Tu es peut-être nul en cuisine, mais tu t'y connais en desserts, chef !

Il déposa un baiser sur mon crâne, et je me laissai aller contre lui, soupirant d'aise. On était collants de transpiration et d'amour.

— Hé, Quaid...

Ma voix avait la douceur qui régnait dans mon cœur.

— Quoi ?

— Tu es la meilleure des pires décisions que j'aie jamais prises et, de loin, ma plus belle histoire.

Il rompit notre étreinte, se retira de moi et me retourna face à lui. Puis il me prit le visage en coupe et déposa sur mes lèvres le baiser le plus aérien qui puisse exister.

— Toi, tu es la *meilleure* décision que j'aie jamais prise, un point c'est tout. Notre histoire ne fait que commencer, Avett, et j'espère que tu auras envie de la raconter pendant longtemps.

Je me mis à rire et l'attirai à moi pour un vrai baiser. Dans ma tête, une seule pensée dominait toutes les autres : comme d'habitude, mon père avait raison sur toute la ligne.

Les bêtises, ça fait des histoires à raconter, et, dans mon cas, elles conduisaient même au grand amour. Toutes mes conneries, toutes mes erreurs, je les aurais refaites sans hésiter pour qu'elles m'amènent au point exact où j'en étais aujourd'hui. Chacune faisait partie de moi, chacune apportait un élément à mon histoire, et, sans elles, je n'aurais jamais pu commencer à écrire mon propre conte de fées dans le regard bleu-gris de Quaid.

Epilogue

Quaid

Jour de Noël

Elle était tout ce dont je rêvais, et même au-delà.

Ses yeux multicolores pétillaient d'humour et d'expectative, tandis qu'appuyé d'une main sur le mur je caressais du pouce son mamelon velouté. Quand elle m'avait annoncé qu'elle avait un cadeau de Noël pour moi, je m'étais dit que ça devait être une nouvelle cravate, puisque j'avais recommencé à exercer, ou une gourmandise maison, maintenant qu'elle avait pris les commandes de ma cuisine en même temps que celles de mon cœur.

Je ne m'attendais pas à ce qu'elle me conduise à notre chambre, se déshabille et m'offre mon plus grand fantasme pour Noël. Au lit, elle était toujours généreuse et avide d'expériences, néanmoins, je savais qu'elle n'était pas prête à réaliser toutes mes envies. Du coup, quand elle s'allongea, ses magnifiques seins tout luisants d'huile, je compris que j'avais enfin atteint le paradis sexuel.

Pourtant, c'était plus fort que moi : je ne pouvais recevoir quelque chose d'elle sans d'abord tout lui donner. Aussi, avant de profiter de son cadeau, je semai un parcours de baisers sur son corps, en veillant à prendre mon temps pour la déguster à l'endroit où elle était déjà prête et mouillée. Elle ressemblait à une jolie friandise qui cachait un cœur moelleux, sous une coque dure et colorée. Une friandise qui avait le goût des rêves et des promesses. Quand son sexe s'épanouissait de plaisir, cette saveur indéfinissable envahissait ma bouche et c'était chaque fois meilleur.

Du bout de la langue, j'explorai le petit creux de son nombril, puis me mis à tourmenter son clito. Je remontai le long de son corps délicieux, aussi lentement que possible. Arrivé au vallon de ses seins luisants, je murmurai en gloussant « barbe à papa » contre sa peau glissante.

— Le parfum que tu préfères, répondit-elle dans un souffle, la voix tendue de plaisir anticipé.

Ses jambes remuaient sous moi, et son bassin accompagnait le va-et-vient de mes doigts qui la saccageaient.

Je me penchai pour grignoter son téton sucré comme un bonbon.

— C'est toi que je préfère, dis-je.

Elle marmonna de bien-être et enfouit les mains dans mes cheveux, tandis que je commençai à caresser son clito du pouce. Je bandais comme jamais et ne pus m'empêcher d'empoigner ma queue pour nous branler simultanément, jusqu'au point de rupture. A cet instant, Avett se mit à lécher sa voluptueuse lèvre inférieure. J'étais foutu ! Je m'installai à califourchon sur elle et ravalai un déluge de grossièretés tandis qu'elle m'enveloppait la bite de sa poitrine moelleuse. Ses seins opulents, couronnés de leurs ravissants petits tétons, m'engloutirent. Je ne voyais plus qu'elle et mon bout, ce qui surpassait de loin mon fantasme initial.

La position ne lui permettait pas tout à fait de prendre

mon gland humide dans sa bouche. Je m'avançai sur elle en faisant attention à ne pas écraser son corps menu, d'autant que je réagissais avec ardeur à ses caresses très spéciales. Mes couilles frottaient délicieusement contre sa peau huilée, et ma queue palpitait de plaisir, prise au piège de cet étau de velours, le plus excitant qui ait jamais existé. Avett ne pouvait pas me sucer, mais chaque fois que mon gland avançait vers sa bouche elle s'arrangeait pour le lécher, lapant de sa langue habile la perle de mon plaisir, à chaque fois renouvelée. Je chevauchais ses seins avec une queue si dure que j'en avais mal. C'était la première fois que ça m'arrivait, mais laisser ce petit ouragan m'emporter vers des rivages inconnus me mettait dans un état d'excitation à peine supportable.

Une spirale de désir me vrilla la base de la colonne vertébrale — je n'allais pas pouvoir me retenir très longtemps. Ses seins rougis et malmenés seraient bientôt recouverts d'autre chose que d'huile parfumée à la barbe à papa.

Ce qui m'excitait plus que tout, c'était de marquer Avett de toutes les façons possibles et imaginables. Ça répondait au besoin que j'avais de me l'approprier complètement, de la revendiquer, de la faire mienne. Mais ce que je préférais, c'était être profondément en elle, dans sa chaleur étroite et humide. Quand nos cœurs battaient à l'unisson et qu'elle respirait mon souffle imprégné d'amour, je me sentais vraiment moi-même, un homme qui méritait cette femme aussi sauvage que douce.

A quelques secondes d'exploser, je m'allongeai sur elle et effaçai d'un baiser sa moue étonnée. Ses yeux reflétèrent un certain trouble, très vite remplacé par la passion, quand je la pénétrai avec un soupir de satisfaction. Son corps m'accueillit avec des frémissements de désir.

— Tu me fais plus de bien que n'importe quoi, Avett.

Elle noua les bras autour de mes épaules, m'enserra de ses jambes, et ses talons s'enfoncèrent dans mes fesses.

— Toi aussi, Quaid, murmura-t-elle à mon oreille.

Elle était faite pour moi, c'était une évidence. Je le sentais dans sa façon de s'accorder à mon rythme, de réagir à mon corps, de prononcer mon nom, de jouir avec une passion et une générosité égales aux miennes… Oui, elle se donnait à fond et, chaque fois, je découvrais quelque chose d'autre à aimer chez elle. Aujourd'hui, c'était son insistance à échanger les rôles, pour que ce soit elle qui me baise.

Je m'exécutai et recueillis aussitôt ses seins lourds dans mes paumes. Sa chair douce était encore brillante d'huile, ses mamelons me glissaient entre les doigts. Elle gémit de plaisir et entreprit de me chevaucher avec fougue. J'aimais la voir au-dessus de moi. Je ne pouvais pas détacher le regard de son sexe qui s'empalait sur le mien.

Lorsqu'elle plongea la main entre ses jambes et qu'elle se mit à se caresser, tout en accélérant la cadence, je compris qu'elle était proche de l'orgasme. Délaissant ses seins, je l'embrassai, alors que, terrassée par des spasmes de plaisir, elle laissait échapper un petit geignement. Elle était toujours belle dans la jouissance, mais dans cette position je voyais tout son corps rose de volupté. Je voyais les reflets mordorés de ses yeux se fondre en un dégradé de plénitude. Je voyais son sexe frémissant épouser délicatement mon érection agressive.

Je me mis à pilonner sa chatte trempée. Les mains plaquées sur mon torse, elle m'accompagna jusqu'à la fin de la tempête. Je donnai encore quelques coups de boutoir ; elle me dit qu'elle m'aimait, et j'atteignis la jouissance. Elle s'effondra sur moi et, du bout des doigts, suivit le dessin d'une des ailes de mon aigle. J'étais tellement fou d'elle que j'avais l'impression que les plumes se gonflaient sous sa caresse.

— C'est le plus beau cadeau qu'on m'ait jamais fait, lui dis-je.

Je voulus lui embrasser la joue, mais déjà elle avait relevé la tête et me regardait avec des yeux agrandis d'excitation.

— Ce n'est pas tout ! J'ai encore autre chose pour toi. Dès que j'aurai retrouvé l'usage de mes jambes, j'irai te le chercher.

J'enroulai ses longs cheveux colorés autour de ma main pour l'attirer à moi et l'embrasser.

— Je t'ai dit qu'on n'avait pas besoin d'échanger des cadeaux, Avett. Je t'ai toutes les nuits, et ça suffit largement à mon bonheur.

Plus d'un mois auparavant, je lui avais demandé de venir habiter chez moi, mais elle avait refusé. Elle voulait encore progresser dans son attitude et consolider ses retrouvailles avec sa mère. En plus, son géant barbu de père n'avait pas complètement digéré le fait d'avoir failli perdre sa petite fille. Du coup, il n'était pas prêt à la laisser partir.

Je lui avais donné la clé de mon loft en lui disant qu'elle serait toujours la bienvenue chez moi et, par chance, elle passait plus de nuits dans mon lit qu'ailleurs.

Puis il y avait eu du changement…

Rentrée plus tôt que prévu d'un entretien au bureau du proc, elle avait trouvé son père et sa mère dans une position carrément compromettante, sur la table de la cuisine. Sur le moment, elle en avait ri, se réjouissant qu'ils ne puissent plus se passer l'un de l'autre, mais cette petite scène avait fini par la convaincre d'emménager chez moi. Pour fêter ça, je l'avais mise dans une position compromettante sur notre *propre* table de cuisine… deux fois.

Elle se trémoussa doucement, provoquant la désunion

de nos corps, à notre grand regret. Elle brillait de la tête aux pieds, et je n'avais qu'une envie : l'envelopper de mes bras et me recoucher sur elle. Elle tenta de décoller ses cheveux de sa poitrine huilée, sans succès. Elle était terriblement excitante…

Elle m'adressa une petite grimace.

— Ce n'est pas facile de cacher un cadeau dans ce loft ! Heureusement que tu as évité la cuisine comme la peste, depuis ton repas raté.

Elle partit vers le frigo, et la vue de son petit derrière nu réveilla ma libido pourtant momentanément satisfaite. Quelques secondes après, elle revint vers le lit, chargée d'un paquet plus grand qu'elle, emballé de papier marron. Avec une exclamation de triomphe, elle posa son lourd fardeau sur le lit et me le présenta avec un sourire malicieux.

— Joyeux Noël, Quaid !

Je saisis l'énorme présent et ôtai avec précaution le scotch qui fermait l'un des coins. Avett me regardait faire avec de grands yeux, impatiente. Je réussis à détacher tout un côté. Les bras croisés sur la poitrine, elle trépignait. Enfin, d'un coup sec, je déchirai tout un pan de papier… et, le souffle coupé, contemplai l'immense tableau qui s'offrait à ma vue.

A cet instant, le lit s'affaissa un peu — Avett était venue me rejoindre. Elle effleura l'aigle tatoué sur ma poitrine, tandis que, du doigt, je traçais son jumeau peint sur toile.

— Tu te souviens, me dit-elle, je t'avais dit que je connaissais le mec qui t'avait fait ton tatouage. Figure-toi que son associé et lui ont diversifié leurs activités. Maintenant, ils font aussi des tableaux sur commande. J'ai pensé que tu pourrais l'accrocher dans ton nouveau bureau. Comme ça, il te rappellera que sous le Quaid civilisé se cache un Quaid sauvage.

Je ne pouvais détacher mes yeux de la toile, pas plus que

je ne pouvais empêcher mon cœur d'épeler son prénom. Personne ne m'avait jamais fait un cadeau aussi attentionné et aussi personnel. Mais personne ne me comprenait comme Avett, preuve s'il en fallait qu'elle était faite pour moi.

Elle continua de déballer la toile.

— Ce sont mes montagnes…, murmurai-je.

Elle opina et entortilla autour de son doigt l'une de ses mèches.

— Je voulais que tu puisses voir ton endroit préféré, même les jours sans.

A peine remis de mon émotion, je déplaçai l'immense tableau sur le côté du lit pour prendre Avett dans mes bras. Je l'installai à califourchon sur moi et appuyai mon front contre sa poitrine. Elle sentait le sucre et la décadence. J'avais à nouveau envie de la manger toute crue, mais les battements sourds et réguliers de son cœur me firent déclarer :

— Les montagnes, c'était mon endroit préféré, avant. Maintenant, c'est partout où tu es.

Elle émit un petit murmure de contentement, et ses doigts caressèrent mes cheveux coupés ras sur les tempes.

— Alors, les jours sans ne devraient pas être très nombreux, maintenant que tu es à ton compte.

Au lieu d'accepter les propositions qui avaient déferlé quand j'avais quitté McNair et Duvall, j'avais décidé de jouer à fond la carte du changement. Je m'étais trop longtemps crevé à bosser pour les autres — et pour de mauvaises raisons. La seule personne que je voulais impressionner, la seule auprès de qui je voulais faire mes preuves, était assise à califourchon sur mon ventre, et rien de ce que je pourrais faire ne diminuerait son amour pour moi. Du coup, je m'étais à nouveau jeté à l'eau : j'avais vissé ma propre plaque. J'avais fixé la date officielle de ma reprise d'activité au 1er janvier, mais j'avais déjà des clients à ne plus savoir qu'en faire. En même temps, je comptais être plus sélectif. Je continuais à penser que toute personne a le droit d'être défendue, mais je voulais à présent mettre mes compétences au service de personnes qui les méritaient vraiment. Fini de remettre des salauds en liberté contre quelques liasses de billets et une grosse couverture médiatique.

Je m'étais accordé un peu de temps pour repartir du bon pied, sans jeux de miroirs ni écrans de fumée, pour profiter d'Avett avant qu'elle reprenne les cours et recommence à travailler pour Asa. Je me conduisais de façon égoïste, c'est vrai, mais c'était pour la bonne cause. Préserver ma relation avec Avett, c'était tout ce qui comptait à mes yeux.

— Moi aussi, je t'ai trouvé quelque chose pour Noël, mais c'était trop grand pour que je le cache dans le loft…

Elle rejeta la tête en arrière et me regarda, perplexe, avec sa petite moue irrésistible.

— Je t'ai dit de ne pas claquer ton fric pour moi, Quaid ! J'espère pour toi que tu ne m'as pas acheté une bagnole ou un truc du genre, parce que, sinon, on va s'engueuler pour notre premier Noël ensemble !

Je fis non de la tête contre sa peau douce et gloussai. Mon petit ouragan était plein de fougue et d'indépendance ; elle faisait en sorte que je ne puisse jamais l'oublier. Je pouvais l'aimer, la soutenir, mais elle refusait de se laisser couver et chouchouter. Pour elle, il y allait de la survie de notre relation. Certaines fois, j'avais envie de la gâter, ne serait-ce que parce qu'elle se désintéressait des choses matérielles, mais alors elle me rappelait que je lui avais donné mon cœur et mon moi véritable, et que ça valait plus que n'importe quel gadget que, de toute façon, elle finirait par perdre ou casser.

— Ce n'est pas une voiture… enfin, pas tout à fait. On va prendre une douche et, ensuite, on passera au bar. Je veux que tu voies ton cadeau avant qu'on aille manger chez tes parents.

Elle continuait de me regarder avec méfiance, mais ne protesta pas lorsque je la portai jusqu'à la salle de bains. Quand on prenait une douche ensemble, on faisait toujours beaucoup de cochonneries avant de se laver. Heureusement que ses parents n'étaient pas trop à cheval sur la ponctualité…

En fait, ce Noël chez Brite et Darcy m'enthousiasmait. J'avais hâte de passer du temps en famille, mais aussi au sein d'un groupe d'amis où on pouvait se fréquenter sans avoir forcément une fille « convenable » à son bras, ni apporter le plus beau cadeau pour se faire bien voir du patron. Etre intégré dans la bande de Brite Walker constituait pour moi une expérience unique. J'étais fier que ce *biker* bourru m'apprécie en tant qu'homme, mais plus encore qu'il me trouve digne de sa fille. C'était une validation qu'aucun de mes diplômes n'aurait jamais pu m'apporter. Je me sentais valorisé, comme si je m'étais enfin accompli au niveau personnel et humain.

Réussir sa vie, c'est plus important que de réussir dans la vie, c'est ce que m'avait fait comprendre mon petit ouragan à cheveux roses.

Côtoyer Avett et ses parents m'avait même donné envie de renouer avec ma propre famille. J'avais envoyé une carte de Noël à mes parents, une carte représentant mes montagnes, dans laquelle je leur disais que j'aimerais bien monter les voir, là-haut, dans le Nord. J'ignorais s'ils recevaient le courrier sur leur lac gelé, et s'ils avaient envie de me revoir après tant d'années et tant de ressentiment de part et d'autre. Mais au moins je faisais l'effort de leur tendre la main. Ça devait tout de même vouloir dire quelque chose pour eux…

Après une douche torride — et pas seulement parce que l'eau était chaude —, on s'habilla et on rassembla les cadeaux qu'Avett avait trouvés pour ses parents : un ensemble de couteaux pour Darcy et, pour son père, une photo d'elle encore en couche-culotte, assise sur une Harley, dans les bras d'un Brite déjà barbu et rayonnant. Elle avait pleuré quand Zeb l'avait appelée pour lui dire qu'il avait mis la main sur un carton de photos dans l'un des placards de la maison incendiée. Cette petite chose toute simple avait eu un effet immense sur elle. La boîte avait été protégée des flammes par un blouson en cuir. Sous l'effet de la chaleur, la photo avait jauni et présentait quelques traces de brûlure aux angles, mais le cadre argenté, qui semblait fait en rayons de roue de moto, les dissimulait en grande partie.

On s'emmitoufla contre le froid hivernal de décembre. La neige était tombée dans la nuit, laissant un fin tapis blanc qui crissa sous nos pieds lorsqu'on traversa le parking à l'arrière du bar. Avett se blottit contre moi et se frictionna les mains, tandis que je la guidais vers le gros véhicule métallisé qui occupait une bonne partie des emplacements.

— Qu'est-ce que c'est ? Un camion de marchand de glaces ? demanda-t-elle, décontenancée. Qu'est-ce que fait Rome avec ce genre de truc garé sur son parking en plein hiver ?

Je lui serrai la taille et de l'index je dessinai un cœur sur le givre qui s'était accumulé sur un côté de l'énorme véhicule.

— Ce n'est pas un camion de marchand de glaces, c'est un *food truck*. Et il est à toi.

Elle me dévisagea avec de grands yeux, muette de stupeur. J'en laissai échapper un petit rire.

— Joyeux Noël, Avett…

Elle jeta un coup d'œil en direction du camion, puis

revint vers moi, tout son corps exprimant l'incrédulité et la stupéfaction.

— Mais qu'est-ce qui t'a pris de m'offrir un truc pareil, Quaid ? hoqueta-t-elle, la voix remplie d'une admiration respectueuse.

Elle se libéra de mon étreinte. Arrivée devant l'immense camion, elle dessina un cœur à côté du mien et laissa traîner ses doigts sur le givre comme si elle caressait le flanc d'un monstre mécanique.

— Ce n'est pas vraiment mon idée, aussi je ne veux pas en récupérer tout le bénéfice… Quand j'ai parlé à Asa de mon projet de t'offrir quelque chose que tu pourrais toujours garder — quoi qu'il se passe entre nous, quels que soient tes choix pour l'avenir —, il a eu cette idée : t'offrir ton propre espace où cuisiner.

Je me massai la nuque, puis baissai les yeux sur le sol enneigé, penaud.

— Bon, j'avoue… Il se peut que j'aie vaguement émis l'idée de t'offrir un restaurant… Mais on m'a vite fait comprendre que c'était une entreprise ridicule et irréaliste, sans parler du fait que ça aurait été super gênant pour toi. C'est là qu'Asa m'a parlé du *food truck*. Dans la foulée, ton père et Rome ont décidé qu'ils voulaient participer, et voilà… C'est de notre part à tous, Avett. On t'offre pour Noël l'avenir de tes rêves. Parce qu'on croit tous en toi et qu'on adore la jeune femme passionnée et pleine de talents que tu es.

Elle fit volte-face et se jeta à mon cou, manquant me faire chanceler sur le sol glissant. Je réussis tant bien que mal à garder l'équilibre, tandis que ses bras m'enserraient à m'étouffer.

— Je n'arrive pas à croire que vous ayez fait ça ! Je n'ai même pas commencé mes cours de cuisine ! Oh ! Quaid, je ne sais pas quoi dire…

Je l'embrassai parce que j'étais heureux de la voir heureuse, mais aussi parce que, pour la première fois, elle ne m'avait pas répondu qu'elle ne méritait pas un tel cadeau. On avait fait un sacré bout de chemin tous les deux, depuis le jour où elle s'était assise en face de moi en uniforme orange de la prison, écrasée par une culpabilité qui n'était même pas la sienne. Je l'embrassai parce qu'elle était à moi et que cette pensée me comblait de bonheur.

— C'est ça, l'idée… Ce camion est à toi, du coup, tu peux en faire ce que tu veux. Tu peux le laisser là le temps de terminer ton cursus ; tu peux t'en servir le week-end… Et, quand tu auras décidé de ce que tu veux en faire, tu pourras en confier l'exploitation à quelqu'un ou même le revendre et réinvestir l'argent dans tes études. Les options sont illimitées, et le choix t'appartient.

Elle enfouit son visage dans mon cou. Je frissonnai en sentant son petit nez glacé sous mon oreille.

— Et tu crois que je vais faire le bon ? me demanda-t-elle.

Il y avait du rire dans sa voix et, lorsqu'elle s'écarta de moi, je vis que ses yeux brillaient de joie.

Je pris son visage en coupe et posai ma bouche sur la sienne.

— Bon ou mauvais, on s'en fout… Pense à toutes les histoires que ça te fera à raconter…

Moi, j'avais surtout hâte de jouer un rôle dans chacune d'elles, car Avett était le début, le milieu et la fin de mon plus beau roman. Elle n'était jamais à court d'intrigues passionnantes ni de rebondissements dramatiques. J'ignorais encore quelles péripéties nous attendaient, mais une chose était sûre : notre histoire ne serait jamais barbante ni prévisible. De toute manière, je n'avais pas envie d'atteindre l'épilogue ni l'orgasme avec quelqu'un d'autre qu'elle. Cette analogie stupide me fit sourire, tandis que ses lèvres frottaient doucement contre les miennes dans un murmure de remerciement.

Du moment que mon histoire et la sienne se terminaient de la même façon et à la même page, du moment qu'on était réunis à la fin, je me foutais pas mal des choix, bons ou mauvais, qu'on allait devoir faire en cours de route. Car, toutes les décisions importantes, je savais déjà qu'on les prendrait ensemble. Elle et moi.

Note de l'auteur

L'autre jour, je lisais l'introduction que Joanna Wylde place toujours en préambule de sa série *Reapers,* dont je dévorais le dernier tome. (Je fais une fixette sur son écriture, les filles ! Elle est trop forte !) Elle y explique qu'elle ne laisse jamais la réalité gêner la progression de son intrigue. Ça me fait plaisir qu'elle le souligne parce que, pour moi, c'est exactement pareil.

Quaid étant avocat, il y a pas mal de jargon juridique et judiciaire dans ce roman. Bien sûr, j'ai veillé à ce que la plus grande partie des termes soient aussi précis que possible, mais certains passages et certains délais ont été bricolés pour les besoins de l'histoire. Dans la réalité, la justice va beaucoup moins vite et possède davantage de rouages, j'en suis bien consciente... Mais, pour l'essentiel, c'est correct. Et puis, comme je l'ai déjà dit : la réalité rend parfois la fiction carrément barbante.

Alors, à tous les ténors du barreau, mes excuses les plus plates pour les libertés que j'ai pu prendre avec votre profession. J'espère de tout cœur que vous avez quand même kiffé le résultat final !!!

La playlist d'Avett et de Quaid

Riders on the Storm — The Doors
Tornadoes — Drive-by Truckers
Hurricane — American Aquarium
Ain't No Sunshine — Bill Withers
Black Hole Sun — SoundGarden
Have You Ever Seen the Rain — CCR
Like a Hurricane — Neil Young
Lightning Bolt — Pearl Jam
Only Happy When It Rains — Garbage
Rock You Like a Hurricane — The Scorpions
Set Fire to the Rain — Adele
The Sun and the Rain — Madness
After the Storm — Mumford and Sons
Butterflies and Hurricanes — Muse
Crying Lightning — Arctic Monkeys
Dust in the Wind — Kansas
Hurricane — Thirty Seconds to Mars
Look out Sunshine — The Fratellis
She's a Rainbow — The Rolling Stones
Snow Falls in June — Ryan Bingham
This Is a Low — Blur
Thunder Road — Bruce Springsteen

Remerciements

Sincèrement, je n'aurais peut-être pas écrit ce roman, en tout cas, je n'aurais pas pris autant de plaisir à le faire sans Kristen Proby, Jennifer Armentrout, Jen McLaughlin, Karina Halle, Cora Carmack, Lindsay Ehrhardt, Heather Self, Ali Hymer, Debbie Besabella, Denise Tung et Stacey Morgan. J'avais besoin d'un break. J'avais besoin de me changer les idées. J'avais besoin de décompresser et de remettre de l'ordre dans tout le bazar qui m'encombrait la tête et m'empêchait de réfléchir. Cette histoire ne voulait pas venir et, dans mon métier, c'est une situation plus que flippante. J'ai pris mes distances avec mes amies et je me suis octroyé quelques jours de relâche, loin de toute responsabilité, puisque, visiblement, je n'étais plus en état de faire face. J'avais besoin d'un peu de temps pour faire le point. J'avais aussi besoin d'entendre que je n'étais pas seule dans cette galère et que tout finirait par s'arranger.

Ces femmes m'ont toutes aidée à me remettre en selle. Elles m'ont botté les fesses quand il le fallait et m'ont permis de sortir la tête de l'eau, alors que je coulais à pic. Mes amies sont de belles personnes qui savent me remettre les pieds sur terre, toujours avec beaucoup de sincérité. Franchement, ce sont des filles formidables. Les jours où j'ai l'impression que je vais me faire bouffer toute crue par ce métier, ça me fait du bien de savoir qu'elles ne me laisseront pas trop m'éloigner de la route que je trace depuis le début de cette aventure, il y a trois ans. Je leur dois énormément et je ne remercierai jamais assez les livres et l'écriture de les avoir fait entrer dans ma vie. Ces filles-là sont uniques, et je ne les échangerais contre rien au monde.

Ce roman a du bol, c'est le numéro treize ! (Déjà, j'ai réussi à le finir, ce qui, à mon avis, est un exploit ! Chez moi, ça s'appelle avoir de la chance… LOL.)

En fait, je n'en reviens toujours pas ! Tous ces mots alignés, tout ce travail accompli en si peu de temps… Et pourtant je ne me lasse pas d'écrire. Je continue de lâcher la bride à mes délires très particuliers et de créer ma petite magie dans l'univers des livres. Merci mille fois de me lire… que ce roman soit le premier que vous lisiez ou que vous les ayez lus tous les treize. Grâce à vous, je peux raconter mes histoires et vivre à fond le rêve de ma vie. Tous les lecteurs, blogueurs, auteurs, professionnels, amis et parents qui m'ont soutenue dans cette aventure ont participé à la réalisation d'une chose qui me semblait inaccessible. C'est trop extraordinaire pour que je puisse un jour vous exprimer toute ma gratitude.

Merci à tous… Je vous envoie un million de mercis… et un million supplémentaire…

Amanda (et Martha outre-Atlantique), Jessie, Caroline, Molly, Elle, KP, Stacey et Melissa… Merci de ne jamais douter, de garder le cap, de continuer à naviguer, même quand la mer se fait mauvaise. Merci de m'apporter votre confiance, quand la mienne me fait défaut. Merci de me rappeler qu'écrire est un sport d'équipe les jours où j'ai l'impression de jouer, de gagner et de perdre en solo.

Merci à mes parents, les meilleurs qu'une fille puisse avoir… Si vous les voyez lors d'une opération de promo d'un de mes livres, faites-leur la bise de ma part et dites-leur que Jay les aime tendrement. Vous pourrez même leur payer un pot, tant que vous y êtes, parce que voyager avec moi et toutes mes superstitions ça n'est pas de tout repos !

Hé, Mike, tu assures ! Et je n'aurais jamais fini l'année si tu n'avais pas été là — sans blague. Merci de toujours répondre présent, solide comme un roc, et de me dépanner en toutes circonstances.

A toutes les auteures qui m'impressionnent par le talent et la générosité dont elles font preuve : merci d'être à la fois mon inspiration et mes amies. Vous êtes toutes des filles brillantes, de belles personnes et d'inégalables conteuses d'histoires. Cette énorme accolade virtuelle est destinée à : Jennifer Armentrout, Jenn Foor, Jenn Cooksey, Jen McLaughlin, Tiffany King, Tina Gephart, Tillie Cole, Joanna Wylde, Kylie Scott, Cora Carmack, Emma Hart, Renee Carlino, Penelope Douglas, Kristen Proby, Amy Jackson, Nichole Chase, Tessa Bailey, J. Daniels, Rebecca Shea, Kristy Bromberg, Adriane Leigh, Laurelin Paige, E.K. Blair, S.C. Stephens, Molly McAdams, Crystal Perkins, Tijan, Karina Halle, Christina Lauren, Chelsea M. Cameron, Sophie Jordan, Daisy Prescott, Michelle Valentine, Felicia Lynn, Harper Sloan, Monica Murphy, Erin McCarthy, Liliana Hart, Laura Kaye, Heather Self et Kathleen Tucker.

Sérieusement, j'admire chacune d'elles pour tout ce qu'elles apportent à ce métier et à ma vie d'écrivain. Si vous cherchez un bon gros pavé à lire, je vous promets que vous ne serez pas déçue en piochant dans leur œuvre.

Dernier point, et non le moindre : merci à ma tribu à quatre pattes — mes amours. Ouaf, ouaf !

Chères lectrices, si vous voulez me contacter, vous n'avez que l'embarras du choix !

Vous pouvez consulter mon site en ligne pour rester informées des dernières nouveautés, des dates de parution de mes romans et de tous les événements auxquels je participe :

www.jaycrownover.com

Je suis aussi partout sur le web !
N'hésitez pas à rejoindre mon groupe de fans sur Facebook :
https://www.facebook.com/groups/crownoverscrowd/
https://www.facebook.com/jay.crownover
https://www.facebook.com/AuthorJayCrownover ? ref = hl
Suivez-moi sur Twitter : @jaycrownover
Suivez-moi sur Instagram : @jay.crownover
https://www.goodreads.com/Crownover
http://www.donaghyliterary.com/jay-crownover.html
http://www.avonromance.com/author/jay-crownover

Composé et édité par HarperCollins France.

Achevé d'imprimer en mars 2018.

CPI
BLACK PRINT

Barcelone

Dépôt légal : avril 2018.

Pour limiter l'empreinte environnementale de ses livres, HarperCollins France s'engage à n'utiliser que du papier fabriqué à partir de bois provenant de forêts gérées durablement et de manière responsable.

Imprimé en Espagne.